郊外的家

梁东方 著

沈阳出版发行集团
沈阳出版社

图书在版编目（CIP）数据

郊外的家 / 梁东方著 . -- 沈阳：沈阳出版社，2022.10

ISBN 978-7-5716-2712-6

Ⅰ.①郊… Ⅱ.①梁… Ⅲ.①散文集 – 中国 – 当代 Ⅳ.① I267

中国版本图书馆 CIP 数据核字 (2022) 第 175793 号

出版发行：沈阳出版发行集团 ｜ 沈阳出版社
（地址：沈阳市沈河区南翰林路 10 号　邮编：110011）
网　　址：http://www.sycbs.com
印　　刷：三河市华晨印务有限公司
幅面尺寸：150mm×210mm
印　　张：14
字　　数：365 千字
出版时间：2022 年 10 月第 1 版
印刷时间：2023 年 1 月第 1 次印刷
责任编辑：周　阳
封面设计：优盛文化
版式设计：优盛文化
封面绘画和插图：钱星君
责任校对：李　赫
责任监印：杨　旭

书　　号：ISBN 978-7-5716-2712-6
定　　价：88.00 元

联系电话：024-24112447
E－mail：sy24112447@163.com

本书若有印装质量问题，影响阅读，请与出版社联系调换。

序："始终有一个精神的线索"

老哲

  我还一次也没有去过东方郊外的家，却读到了他的这本文字写成的《郊外的家》。在过去的几本书中，他写自己的旅行，德国的四季，莱茵河边的骑行，写上海的公园，都是外出行走时的见闻，终于写到了自己的定居之所及其环境了，也是意料中的事。郊外是相对城市而言的，属于城市的外围，通常距离不远，并非真正的乡下，因此也拥有城市的某些便利，还同时拥有乡下的广土沃野和清新空气。凡是在城市里住久的人，都不难了解和想象郊外安家的吸引力所在。距离工作地点的远近、交通状况、生活便利条件、孩子入学入托、医院的距离以及房价等，构成多方面的考虑。透过落地窗眺望时正好看得见不远处的山，当然是一个容易理解的优点，安家毕竟是多种需求的某种平衡与综合之后的选择。

  记得2019年旅居柏林的时候，有半年以上住在白湖附近的郊区，255路公交车的终点站，还不能算郊外，步行十分钟就已是一望无际的田野。春天大片金黄的油菜花开了，在高纬度地带特有的玫瑰色的阳光斜射之下，有种很不真实的幻觉。我几乎每天都要离开驻地，信步走到郊外的旷野上散步，其间会穿过一栋又一栋排列整齐的平房和平房前后的花园，篱笆通常有半人高，院内的植物、设施，甚至房间的格局一望而知。经过多次的观察，我发现这里几乎无人居住，特别是在非周末非节假日，连个人影都看不见，后来进一步观察，又发现这里的房屋大都比较狭小，生活设施不全，令我迷惑不解，我女儿告诉我，这是柏林城里人的"童话小屋"，从政府那里租地，按照自己喜欢的样子盖起来，周末度假用的，平常他们不住在这里。果然，周末的时候，我看见房前屋后停满了汽车。我喜欢在鲜花盛开的时候，在非周末的时间尽情徜徉在这些无人居住的童话小屋间，从容地欣赏他们精心设计的园艺作品，也喜欢在周末时迎着那些城里人的目光走过去，分享他们洋溢在脸上的快乐，对视的时候用我仅有的德语"哈喽"打一声招呼。很多的柏林人都有属于他们自己的"郊外的家"。

1989年春天，我陪七十岁的祖母最后一次回故乡，将她在长沟祖居安顿下来后，我就到郑州参加考研之后的复试去了。那时，与东方相识不久，形影不离，早已是莫逆之交。夏天到来时，我邀请东方和我一道去了趟我的故乡。长沟北靠紫金山南临沁河，是我童年生长的小山村。紫金山距离我们的村子不过十里，其主峰当地人叫它小北顶，我曾天天望着它望了十年，从来没有去爬过。我请东方一起去爬这座山，需要为他找一双合适的鞋，东方身长脚大，45码，我记得问遍了村子里的人家，也没有能借到这个尺寸的鞋。我第一次惊讶地发现，这个村子的居民，除了口音相同神情相似外，甚至连脚掌的大小也近乎统一。我这个出生在千里之外的长沟人，在属于长沟这个论题上，突然多了一重实实在在的证据。在长沟生活的十年里，我的脚的确在一天天长大，但它后来最终止于40码，这个长沟的标准尺码，它让我在柏林的鞋店里几乎买不到适合自己的鞋。

2021年春天,我去了趟皖南,从徽州古街打了辆出租车开往戴震墓。靠近目的地时,司机的导航失去了指向。公路两边的田野,能看到土丘,但看不出来哪里是墓地,费了不少周折才打听出来确切的位置。离开公路后,就是田间的土路,刚下过雨,地上到处是积水,杂草丛生,每一脚踏下去,各类昆虫四散而逃,飞的飞跳的跳,这种景象令我猛然回想起儿时在长沟的岁月。在那么狭小的空间里聚集了那么多的小生命,生机盎然这四个字是不足以表达其境况的。在田间地头摸爬滚打出没了十年的我,离开长沟之后再也没有遇到过这样的景象。

阅读东方写《郊外的家》的文字,时常让我回忆起童年在长沟的岁月。那是沁河边上一个很小的村子,距离县城二十多里,十年里我竟然从未去过县城。那还是"文革"期间,人民公社体制下的生产队,是村里人劳作的方式,也主宰着他们全部的生活。我们住的房子,还是我祖父的祖父在清朝道光年间建的四梁八柱式三间堂屋,木板楼,典型的北方民居,我祖父的祖父和我祖父的父亲都是在这屋子里过世的。如果不是1942年的那场席卷中原的大饥荒,我祖父大概率也会在这个叫长沟的小村子里终老一生。庄稼人的命运,几千年来在世代相传的土地上播种五谷,纳粮进贡,繁衍子嗣,每逢战乱饥馑、旱涝绝收之年,少壮走四方,老幼转乎沟壑。1942年,我父亲五岁,随他的父母逃离长沟之后,再也没有回到这里定居。"文革"乱起,家中突然遭大字报封门,祖母为逃避批斗游街,抱着一岁半的我登上火车,回到了我们的祖居之地。自从降生人世,我就有一个银质的长命锁,是我祖母的父亲亲自打造的,我的第一张单人照片上,脖子上就挂着那个银锁。依照祖母相信的习俗,每过一个生日,银锁的绳套就包一层红布,越包越厚,等我十二岁生日的时候，我记忆里那根红布绳套已经有成年人拇指那么粗了。十二岁生日，在长沟叫"开锁"，包裹完第十二层红布后，邀请村子里一位十全老人来主持一个简短的仪式，然后把这个绳套从银锁上剪下来，丢到屋顶之上。我是开完锁之后不久离开长沟的，那时我正读小学五年级。

我一岁半时被祖母抱着坐火车远行千里，自然不会有什么记忆，此后稍大一些后，由于不断地乘坐火车旅行，几乎每年都往返于城乡之间，从中原山村的长沟，到重工业城市太原，旅行见闻随着年龄的增长而日益丰富。在差异极大的世界之间穿行，是我从小就非常习惯的人生经验，我认为这一点非常重要。假如一个人成年之后，再开始面对不同于已知世界的陌生环境，恐怕很难快速适应。

法国哲学家德勒兹喜欢使用"辖域化"和"解辖域化"这两个概念，辖域化指社会通过驯化和限制欲望的生产性能量，将之纳入某种既定的规范体系之内，以压抑欲望的过程。"再辖域化"指颠覆传统辖域化结构后的重造。资本主义颠覆了所有的传统符码，价值以及束缚生产、交换与欲望的各种结构，与此同时，又以抽象的等价交换逻辑对所有的事物进行了"再制码"，将它们融入国家、家庭、法律、商品逻辑、精神分析以及其他规范化的制度当中，这个过程就是再辖域化。在他看来解辖域化是一条逃逸路线，主体通过它不仅自身能够逃逸，而且可以彻底与过去脱节，实现个性解放。解辖域化就是生产变化的运动，所显示的是主体的创造潜能。通过逃逸，聚合体离开旧有环境进入全新领域，通过创造出新的环境而发掘自身的潜能。

1970年代的绿皮火车是我童年非常熟悉的交通工具，虽然那年代车票廉价，但怎奈那时父母的收入实在太低，我记得每年向铁路支付的这笔旅行费用是家里的一笔巨大的开支,从成年人谈论这笔钱的口气里总能听得出来,但儿童免票的乘车规则使我不必承担任何可能的心理压力。我不仅从火车上得到了无穷的乐趣,也意外地积累着解辖域化的人生经验,虽然我在多年之后才懂得其价值。

"解辖域化是锋刃,是勇往直前、不断开拓、永无止境的过程,它既可以是身体上的或物质上的,也可以是心理上的或精神上的。"德勒兹针对我们这个不断趋同的世界,创立了他的差异哲学,他以差异和生成为解毒剂,以解辖域化等为药方来医治时代病症,希望恢复世界的复杂多样、充满创造的本来面目。他认为进化初期鱼离开大海,逃向内陆是具有划时代历史意义的解辖域化,尽管这时解辖域化者不是战士,只是逃兵,但这一逃亡既是征服,也是创造。

东方的逃离城市,克服种种困难避居郊外,固然有其个性的因素,但在我看来解辖域化的人生追求才是贯彻始终的"精神线索"。

2007年夏天,我突然接到长沟打来的电话,说我的祖居漏雨很严重,老房子最怕空置,20世纪80年代后就无人居住,雨水一旦侵蚀很快就会倒塌。我匆匆赶回去,委托儿时的一位挚友将它翻修,又十五年过去了,我还没顾上再回去看一眼。这些年里,我心中暗存了一个愿望,将那祖居的屋子简单地装修一下,每年去小住一段儿,哪怕是短短几天也好,但至今仍没有采取行动。读完东方的这部书稿,我再次跃跃欲试,文字总会以某种方式影响到我们的生活,我们生活里的某一个决定。如果有一天我真的住到了长沟,我想一定有东方的文字的蛊惑力的作用。

有谁能面对这样的描写而无动于衷?

> 大地和山峦都是活的,不是图画上那种永远不变的线条和色

彩，它们在风霜雨雪之间的气息流转气象万千，什么时候也都有一种怎么看也看不够的不尽之妙。

这里南北窗户都打开的时候经常有地面上体会不到的风，而在楼顶平台上则一直沐浴在遥远的天风吹拂之下，在早晨和傍晚经常可以呼吸到不远的远山上的荆条气息。

大自然难道不是无处不在吗？哪里没有昼夜的更替，何处没有四季的变换，风霜雨雪，不是随处可见吗？

城市化是这个时代最引人瞩目的"再辖域化"的社会运动，它每天在改变着大地上的面貌，越来越多的人选择聚居在不同规模和等级的城市里，某种人工的节奏取代了自然的节律，我们似乎是给自己穿上钢筋水泥的外套，穿行于地下铁路和隧道中。灯光的照射和室内温度的调节，使我们获得了不受天气干扰的纯粹时间。从理论上讲，在这样的时间里，我们的工作应该有最高的效率。生活的舒适度随着技术干预程度而增加，除了火山、地震、海啸等少数极端灾害外，自然力似乎被人类驯服了。城市是为工作和效率而存在的，人类在城市里的生存也不得不功利化、实用化，我们对于自然的感受力在下降，原因是城市化的生活方式使我们不能很好地观察自然。我们越来越习惯于非常实用地看待自然，气候宜人的春秋季节，增加户外活动，严寒酷暑到来时躲避到可以调节温度的室内。这就是我们与自然的交流。

东方的文字中，最动人的部分是他对于自然的观察与感受。

他们只要早晨出行在林下，望见了那斑斑的光芒，就会被生活本来赐予人的健康的愉快、足以支撑一整天的愉快深深击中。他们便可以回到那种只要醒着就会炯炯有神的不懈怠，找到专注地投身于什么伟大事业一样的浑然人生；长此以往，重新过上这样的睡着和醒着界限分明的生活，便会不论年龄不分身份地达成内心的平衡，开启人生正向循环的自然之道。

住在郊外的家里，每一天当中的昼夜交替晨昏景象，一年当中季节的变换，阴晴雾霾，风霜雨雪，每一个时刻天空和房间光线的变化，身体对于温度寒暑的承受，是这部作品当中非常重要的内容。这些人生经验是每一个人都非常熟悉但同时又熟视无睹和毫不在意的。这本书里写得最精彩的文字是那些叙述下雨的篇章。作者对雨水和下雨天气的由衷喜爱很容易感染我们，尽管绵绵不尽的雨季未必令所有的人感到愉快，但是阅读这些描写雨天的文字，却无疑令我们耳目一新。

雨声均匀，可以说一直这样下，没有什么强弱的变化，没有变音，没有和弦；只有重复，只有像是重复却又分明在重复之中藏着你耳朵听不出来、听不够的变化。

我很快就读到了应该属于我自己最熟悉的内容，作为生活主要内容的阅读和写作。他没有顺着这个线索去深入评论或分析那些阅读之物，而是停留在读写这个动作上。

因为不愿意用电灯，尽量随着日光自然作息，所以有日光的每一分每一秒都是宝贵的，都要充分利用。那些可以在没有光线的情况下进行的事情，都尽量留到日落以后；那些必须有光才能进行的读写，则尽量在天还亮着的时候完成。不愿意在还有天光的时间去坐在电脑前写字，还是想尽量用天光来阅读。对于寒凉的降临也就尽量予以抵御，不肯后退。因为思绪还沉浸在佩索阿所引起的悠远沉浸之中。

他也写到了自己的过去，自己成长的历程，但这些因为不是这本书的重点，往往一笔带过。

在这样的好好学习的状态里，每天都欢欣喜悦，每天都执着于生命本身的兴奋之中。我们小时候对长大了的美好想象，不就正是这样的吗！与真实的小学生状态相比，现在我自己可以明确地意识到：这是人生的极致状态。

我没有东方那样的克制力，一谈起自己就往往情不自禁。我总是没有足够的时间去阅读，因为需要读的东西实在太多，几十年来，天天如此。这个矛盾我深知是无法解决的，古人云，吾生有涯，而知无涯，徒叹奈何。不知从什么时候起，想穷尽一切知识，读遍天下的好书的念头，偷偷溜进了脑子里，这听上去很疯狂，似乎不如此便不足以告慰平生。

东方对于他的郊外书房的描写，令我回想起了自己的第一间书房。十年前因马路扩宽而拆掉，现在是路边的一片小树林，那还是我出生的地方，因此我愿意借此机会，多写几句。它是自家小院里的一间自建的平房，门朝北开，窗户朝西开向院子，一只两米高的书柜，还是已故的父亲亲手为我打造的。上半部是推拉式玻璃门，下半部是木头拉门，我的藏书早已填满。那时我刚大学毕业，正经历着一个很大的不适应，我的写字台上放置了一尊贝多芬镀铜石膏胸像，是我青年时代的精神偶像。读书之余用一个双卡录音机听盒式磁带，贝多芬《英雄交响曲》《命运交响曲》《田园交响曲》，肖邦的钢琴曲夜曲，柴可夫斯基《第一钢琴协奏曲》《悲怆交响曲》，德沃夏克的《自新大陆》。

虽然拥有了属于自己的房间，我还是忍受不了跟父母家人住在同一个院子里，关上门也觉得受到他们的干扰。那一年里，我和朋友办文学沙龙，喝酒，情绪大起大落，整夜不睡，影响到正常的工作，我必须和朋友在一起才能抵御这个世界的孤独。现在回想起来，仍然记得那时的躁动不安，不知如何是好，出游算是某种生命本能的释放。无论如何，一定要活成一个自己，为自己的行动负责，要去闯荡世界，而在出发之前，我把一个他人废弃的砖窑用作了自己的青春堡垒。在我脆弱、敏感、不自信而又无比冲动的年纪，对于未来无限渴望同时又一筹莫展的时候，一个离群索居的独处经历似乎很有必要。

广阔地貌就是对人们进行长途远行的吁请。布谷鸟在用翅膀畅游过这样的长途以后，继续用歌声描绘自己畅游过的广阔。莫非它和人类一样，也认定只有被描绘过的生活才有意义。

在我外出散步的时候我发现有一座废弃的砖窑，不知什么原因，它停产了，建造它的人抛弃了它。我于是想住到那里去。我的父亲应我的要求去跟村里的干部打了招呼，得到他们的允许。我自己从附近的居民家里拉了一根电线，搬了一个简易的行军床，一桌一椅开始了我离群索居的生活。

冬天到来的时候，我从同学家借来他们淘汰掉的蜂窝煤炉子，自己安装了烟囱，在严寒之中坚守在那里。那时二十岁刚出头，满脑子叛逆的想法，看不起日常生活里平庸的一切，现在回想起来，那半年多的离群索居，我的父亲一定看出来象征意义大于实际意义，但他并没有阻止我，也没有劝我不要那么做。每当我在我的门口平台上练习哑铃时，总是看见成群结队的矿工从我门前经过，他们浑身乌黑，安全帽乌黑，脸乌黑，只有眼珠子在转动时露出眼白，开口说话或者笑的时候露出齿白，看上去格外醒目。西北风呼啸一夜，我的门窗不严四下里走风漏气，房间里寒冷异常，我躺在行军床上盖严棉被再把军大衣盖在被子上，勉强保持温度，在日记里，我称它为自己的 Castle，实际上它是我青春期的战斗堡垒。我怀着一颗不甘平庸的心，发誓要离开这个不能令我看到自己的价值的地方。那是一个写诗的年龄，我如今只能记住我当时写的诗的题目，其中一首叫《我走着，顶着冬天的风》。

在东方的这部散文作品中，实际上收录了他的十几首短诗，置于若干篇文字的开头，面对自然，面对内心，似乎只有诗能直陈其事，省去了所有的修饰与前后交代，省去了上下文，只说最重要的话。我最喜欢的东方的一首诗是这样的：

这一天
麦子微黄
排闼远去
有馨香
有陌生的梦
我们

一起去走这乡间平凡的路

早晨天刚亮就出发

没有方向

没有目的

更不想什么时候才回来

五月的大地无边无际

可以永远走下去

不晒也不累

我们兴致高昂

没有不愉快

没有愠色

好像

此生前此生后的一切

都只是今天的铺垫，和回味

我知道东方一直在写诗，以他对自然的热爱，迟早会走到写诗的路上。

读到他下面这段文字的时候，我感到心里一阵温暖。

妻子骑车相随，车轮轻快的旋转与脚步有节奏的蹬踏很快就找到了互相之间一个合适的协奏旋律。飘飘的小雨在汗水里变得温热，顺带着眼前被淋湿了的村庄和黄杏也都是温热的了。

三十五年前我在大学校园里认识东方的时候，他那时正在恋爱，女朋友坐在他自行车的前梁上，车在人群里穿行，他的黄头发和络腮胡子本来就显眼,还一边走一边开心地吆喝着:"让路啦!请各位让路啦!"曾经多么地招摇。三十五年后,这名女生自己骑着自行车,跟在那个跑步的男人的身后,穿行在人迹罕至的乡间土路上,天上下着小雨,车筐里放着他们刚刚买来的"温热的"黄杏,这实在是一个跨越了三十多年的感人故事。

东方是个早睡早起的人,所以他对于黎明和朝霞的观察非常动人。

早晨的黛色的西山与早晨朝霞之上带着夜的痕迹的浅灰色的云之间呼应着,中间是满满的,万事万物即将醒来还没有醒来的、已至的清新与将至的欢畅。

几十年来,我一直保持着自己晚睡晚起的坏习惯,所以我差不多错过人生的每一个"妙不可言的晨景",为了替自己能够继续这么做找个理由,我不得不提一下鲁迅先生的大名和他在夜深人静时的孤独的写作,他的那句"心事浩茫连广宇",在我看来似乎只能产生于子夜之后。

俄国作家契诃夫是我和东方共同喜爱的一位大师,他曾说过:"望着温暖的夜晚的天空,望着映照出疲惫的、忧郁的落日的河流和水塘,是一种可以为之付出全部灵魂的莫大满足。"

任何人只要你能够认可契诃夫这样"望着—满足"式的自然态度,那么在梁东方先生的新著《郊外的家》里,一定能找到令你欣喜的文字。

目 录

住在郊外的好感觉

2 / 在自然环境中的居所

8 / 呼吸好空气的幸福

11 / 看得见风景的房间

15 / 在楼顶平台上遥望

18 / 像是住在山顶上的庙里

21 / 每天早晨都因为自然的感召而沉浸在仿佛骤然而至的喜悦中

24 / 是什么治好了我总是向外跑的病?

30 / 顺应天地的生活

34 / 行云流水的睡眠

37 / 时间只有昼夜之别

42 / 终于找到了属于自己的平静

45 / 自感舒适愉悦幸福

48 / 读得进去书的地方

53 / 早春时候，最适合读书的位置

56 / 坐在书房里的风险

60 / 像是回到了学生时代

65 / 隐居的感受

68 / 我是不是实现了自己的理想

72 / 正是一年之中屈指可数的好时候

76 / 孤独本是题内之义

什　物

84 / 物格外是物

90 / 郊外的家点滴录

94 / 用蜡烛，不用灯

97 / 第一次开灯

100 / 每天用电 0.1 度

104 / 一个放在桌子上的菠萝

107 / 去县城买了一棵葱

110 / 夜行的汽车

112 / 布谷鸟开始歌唱

116 / 鸟儿邻居

121 / 声　响

126 / 长丝瓜了

129 / 喝　茶

133 / 夏日饮食记片

140 / 村口买桃

143 / 收向日葵的时候

146 / 修墩布

149 / 一把古代的椅子

153 / 一套笤帚簸箕

157 / 一只黄鼠狼斜穿菜地

160 / 秋虫又开始鸣叫

163 / 没有了蚊蝇、壁虎和鸟儿的冬天

天地物象

168 / 春雨美妙

172 / 雷声·观风看雨的机会

175 / 凌晨的雨

178 / 享受雷雨天气

182 / 麦田的颜色

185 / 麦田记事

190 / 雾　岚

194 / 做饭的时候看见窗外金黄的麦田

197 / 我看到的麦收

203 / 赶走酷暑的雨

207 / 未到立夏已入酷暑

211 / 怎么过夏天

215 / 葡萄园

217 / 大暑时节的热与不热

223 / 这里的雨比城里多

232 / 雨后黎明

235 / 傍晚的急雨

238 / 风

241 / 晚　风

245 / 开始只有像是雨的风

248 / 伏天里的连绵雨

251 / 是雾不是霾

254 / 雾里看花

257 / 阴凉天气，万物成诗

260 / 雾霾中的寒凉秋日

264 / 秋　雨

267 / 雾霾、寒凉、冬雨

晨昏暮晓

276 / 黎明前的黑暗

278 / 早晨四点的天空

280 / 凌晨的美

283 / 黎明时分乡村一景

286 / 早晨，生活里的另一维

289 / 早晨五点之前的好空气

292 / 山前平原上的雨后早晨

295 / 白露之前的晨光

299 / 妙不可言的晨景

302 / 雨后黎明

305 / 五月二十三日清晨

309 / 越来越早

312 / 夏至雨后的早晨与黄昏

315 / 阳光灿烂的白天

318 / 没有视觉障碍地看太阳落山

321 / 火烧云

324 / 望夕阳

327 / 看云、看晚霞

330 / 西山卧佛

333 / 晚霞之后的云天

335 / 秋天到来的一瞬间

338 / 秋天里纯粹的一天

342 / 雾霾中的早晨和黄昏

大地行游：徒步跑步和骑车

350 / 西北方向那一带未经开采的山脚

353 / 到山麓地带散步

356 / 山前平原上的大地漫游

363 / 五月二十四日的田野

369 / 芒种时节，往来路上

373 / 麦收时节的山前小行之古运河、普照寺和引岗渠

郊外的人

378 / 每天早晨在村口席地而坐吃早饭的穿保安制服的人
381 / 对折的人
383 / 两位坐在村外菜地边上的老人

城市与乡间

388 / 回到郊外的家
391 / 回看城市
394 / 城里的家
398 / 城里的家与郊外的家
402 / 离开城市，一定要住在乡间
406 / 不愿意回到城里去
410 / 寒冷到来以后

后　记

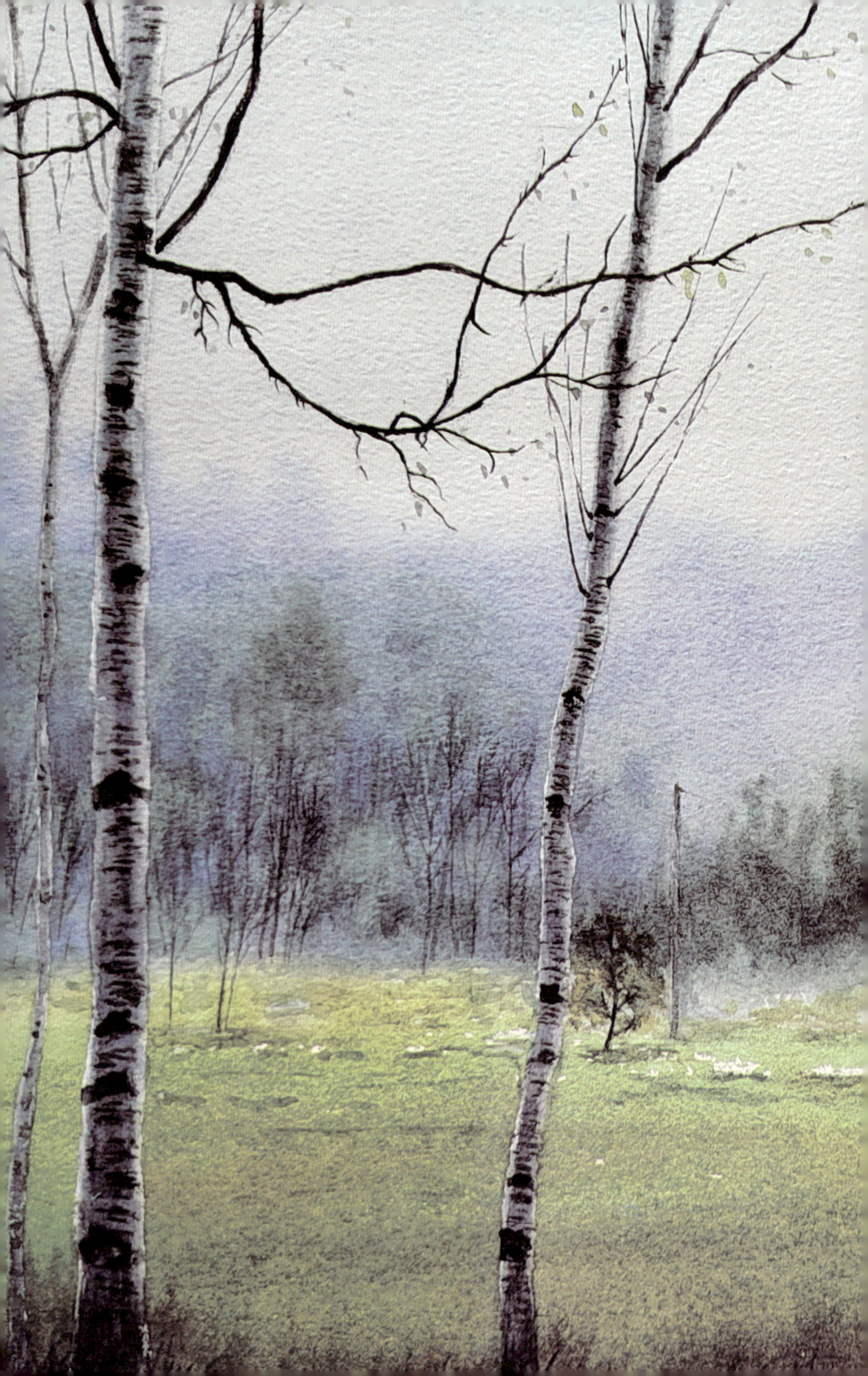

住在郊外的好感觉

在自然环境中的居所

在郊外的家里住下以后，对四季，对庄稼的生长和收获都有了较往常要深得多的印象：尽管自己一向是喜欢自然、喜欢田野，也经常看到外面侍弄庄稼的人，但是像这样日日面对楼下的田野，面对田野上的麦子和玉米的情况还是没有过的。

日日面对，麦子一天天长大，一天天变黄，被收割成了金黄刺眼的麦茬，再从金黄刺眼的麦茬一点一点地变成碧绿而稀疏的玉米，由碧绿而稀疏的玉米再变成完全遮挡了金黄的麦茬的黑绿黑绿的青纱帐，整个过程就像慢动作一样在脑海里留下了崭新而漫长的印象。不得不承认一个事实：陪伴着庄稼一点点度过四季的日子，对自己来说是全新的视觉体验。以前那种隔上多少天看见一次田野上的庄稼的日子里，对于四季的感受实际上还是打了很多折扣的。只有和自然生活在一起，完全不隔地生活在一起的时候，你才拥有了和它同步的目光。

而这一切，都得益于自己这郊外的家。

断断续续地下了一夜的雨，在梦里，在温暖的梦里时时被外面唰唰的雨声和滚滚的雷鸣拽到风雨之中，然后在一个醒来的瞬间再次庆幸着自己可以在这样的时候于家所给予的温暖里美妙地熟睡，随即便又重归梦乡。

这样的一夜的雨之后，照例在早晨刚刚过了五点的时候起床，村子里断断续续的炮声已经停了，不知道是红白之事的哪一个，那炮声在现在的寂静里还有着强大的回响一般，让这寂静更加寂静了。

清新的空气从窗口吹过，让从睡眠中刚刚醒来的人在这崭新的一天的开始就到了喜悦之中。周围广袤的田地，山前平原上丛丛的植被，还有不远的山峦上蕴含的水汽与凉气，是这种早晨的清新的所由来处。环境给予人的是源源不断的影响，是一天二十四小时挥之不去的浸染。

这种由清新的空气引起的喜悦于现代人、现代的城里人实在是罕见的，珍贵的。正是由这种罕见与珍贵，由这种久未浸染所引起的身心的兴奋，能把人引入长久的陶醉。

仅仅就是因为住在一个不一样的地方，便为不曾意料的妙处引向陶醉，这实在也是现代人、现代的城里人所罕有的经历了。

站在七楼的平台上，楼下葡萄园地头小屋里的狗立刻就察觉了我的出现，吠叫起来；它的穿着白衬衣的主人在深深的葡萄藤中慢慢地走着，一点不为所动地继续做着自己手里的活计。他这样日复一日地在葡萄园里干活，大约是对每一棵葡萄树上的每一串葡萄都有了自己的印象的，他会认识自己的每一串葡萄。而每一串葡萄，都是在主人这样由小到大的注视里长大成熟起来的。好像非经这样的每天每时的注视，任何劳动的果实都长不大、长不好。

远远近近的山野和平原都沐浴在一片湿润的雾里，连颜色干燥的麦茬也都有了一层深重的水色，大地里已经有早起的农民在趁着这一夜的及时雨在麦茬之间点种玉米了。空气中弥漫着一种在中国的北方很是少有的湿润，这种湿润后面应该是南方式的植被丰厚和万物葱茏。这让人有些兴奋，尽管也知道本地这样的湿润往往只是偶然，并不可持续，但是在自然里，在自己的身边的自然里，哪怕只有一瞬间的美妙，也都是确确实实的美妙，投身其中几乎都会是毫不迟疑的本能。

很想徒步走向大地深处；很想骑车沿着麦田之间的小路向着一个方向做无限地驰骋；很想飞起来，飞着掠过山前平原上的网格状的田畴向着远方翱翔。在这郊外的家所在的地方，只要走下楼去，只要走出小区，周围任何一个方向都是广袤的原野和连接村庄的土路，尽可以随意地走下去，走下去。那种不需要费很多力、耗很多时间就已经投身到了不受打扰的自然中的美妙，现在只想象一下就已经是十二万分的惬意了。那当是伏案之余的莫大享受。事前的想象和事后的回味都与事中的陶醉一样，是那种莫大的享受的几个有机组成部分；现在，自己已经在那样的享受之中了。

南面的外飘窗的俯瞰视野里，第一眼就是东西的小公路上夹道的两排大杨树黑绿的颜色和伸展到了天空里的树冠参差的树梢，它们无论是在午后风中的摇摆还是在早晨静默的安详之中的姿态，都对你的眼睛有抑制不住的吸引力，让偶尔从书本上抬起头来的你，让刚刚从床上坐起来的你，立刻就沉浸到了一种自然对人既无微不至又博大精深的抚慰之中。这条小公路上除了偶尔有农民的三马车通过之外，就是下地的人、收工的人在晨曦之初或者夕阳之后三三两两地走过了。每天上学放学的小学生，他们走走停停，全无章法地前进与后退无序结合的行走，是这条路上最大的人群景观；偶尔有结婚的和送殡的，则是这路上稀罕的景象。这路上少有外面的车辆通过，也就还能保持着乡村的平静。也就是说，在你家居的视野里，这样的小公路上还保持着乡村的平静。

北面的平台的俯瞰视野里是乡间土路，路边上也有大杨树，大杨树的树冠完整，树梢参差，就连树干上的所有枝枝权权也都保持着它们原初的模样——它们从小到大并没有被修过枝，几乎是从树干的根部开始的横生枝一律都自由地生长着，远远地看过去，整个杨树就显得格外丰满而有葳蕤之状。茂密的树枝间藏着鸟儿们的家，它们几乎是不受下面的小路上颠簸着通行的人或车的打扰地上上下下地蹦跳歌唱，你就是直接站在树下仰起头来也不过是只闻其声不见其形。相比南面的杨树，它们更有看头，更可以让人长时间地凝视着而不觉疲惫。

不论南北，所有的杨树大路或者杨树小路的景象中，广大的背景与衬托之物都是无边的麦田，是刚刚被收割过的金黄的麦茬；麦茬中已经点进去了密集的玉米，玉米还在孕育，还没有露头，尽管已经下过几场很大很大的雨，白天的阳光也早又把气温提高到了三十度之上，土地中的湿热为所有的孕育提供了最优厚的条件。

在郊外的家，我在每一个细节里都自然而然地有着与城市里不一样的发现，在每一个这样的发现里都获得着生命的沉醉。可怜的，又是久违了的沉醉。因为对比着才意识到，一向陷在城市里的生活几乎都是残缺的，已经彻底丧失了这本是得自天成的人之为人的最最基本的自然环境里的起居之享。

尽可能多地让生命中的时间成为一种愉悦，这并非只有那些望到了自己的死亡的绝症患者经过痛定思痛的思索以后往往已经可望而不可即的结论与实践，其实也是每一个智者的不二选择。关键是如何去实现这种让生命中的时间尽量愉悦起来的结论：吃喝拉撒睡之外，还有阅读，还有思考和艺术。这里的艺术是广义的，并不专指绘画、音乐、舞蹈、电影、电视、写作、雕刻之类，更有收藏，有保健，有运动，有探险，最最朴素的就是投身自然，让自己居住在这样相对远离喧嚣的地方……这种在外形上看上去并没有多少乐趣可言的居住环境的"艺术",就是上天为人类安排的诸多有形的乐趣中貌似枯燥而不直接的一种。它容量最大,最持久,最能让人沉溺。尤其在人到中年以后,物欲递减,倘没有精神层面的兴趣、艺术的兴趣来支撑,再不从事可以让人筋骨舒展和疲劳的体力劳动,其人生也就确实暗淡了许多;苟延残喘之外,人生苦乐,多寡自知。

生命中的时间段落,与自然为伍的时候无疑是质量很高的部分。而要最大限度地扩大这一时间段落,最有效的方式是将起居之地选在与大自然距离最贴近的所在。一个人的生活质量,生命质量,其居住之地的环境状态是不是与大自然贴近,是不是更少人类活动的打扰,经常是决定性的因素。这个事实往往是人到中年以后才能由自身深切地体会到的。

自为状态很少的儿童经常处于一种浑然不觉的自然状态,他们对环境与气氛固然敏感敏锐但是却常常不具备反思与前瞻的能力;年轻人的注意力又更多地在初入社会的奋斗,在人与人之间的关系上,少有精力也少有兴趣去关注什么居住环境的问题。有时候我们会对那些从发达国家来华学习的年轻人对这里城市的拥挤嘈杂完全不以为意,甚至还饶有兴趣而感到惊讶;其实那并不是因为这些从被保护得很好的自然环境中长大的孩子们有多么多么高的教养,或者具有多么多么优秀的入乡随俗的品质,而只是因为他们的注意力完全在新鲜的人际关系、新鲜的社会结构、新鲜的生活状态上而已。

好的居所,能与自然为伍的好的居所,在人的生命时间中时时刻刻抚慰着居住在这样的居所中的人;这是提高人的生命质量的一个效果最为显著的途径。要认识到这一点,除非自己有了这样的居住经验,别无他途。只有在这样的好的居所里生活上至少一整天以后，你才会深切地体会到它的妙处，才会对自己一向感觉不是很舒服但是又一向麻木地在城市楼群里的生活有了彻底告别的冲动。

只有人到中年以后才有时间精力和兴趣，才有金钱储备与物质准备，去为这种自然环境的居所投入。城里拥挤喧嚣，但是大多数人，无论是出于实际生活的需要还是审美趣味上的普遍取向，甚至只是出于习惯，都还不能接受郊外的居住和生活。这也是郊外的房子是价格洼地的原因。城里有医院有学校有买有卖，有人类这种本质上是群居动物对同类在视觉上的依赖，这些都是他们离不开城里的原因。在貌似不可摆脱的环境中，毕竟一个人还是有一个人自己的价值观审美观吧。

在这郊外的家里，自己长时间地发着呆，就是什么也不做地在那里凝视着，凝视着并不遥远的西山和西山后面的落日的余晖、西山前面的平原上金黄的麦海，还有点缀在金黄的麦海里的碧绿的树行……

这样享受着每一个位置，每一个角度上的惬意，让人意识到，即便是在郊外的家里发呆，实在也是一种将自己的享受表达出来的本能形式，是我们在巨大的幸福中最常用也最真切的方式。

呼吸好空气的幸福

端着用花盆种的又一茬韭菜包的十个饺子走上楼来，坐到窗户前，面对麦田和麦田尽头的一带青山，心里充满了明确的幸福感。

自己意识到了自己当下正在幸福中的那种激动，在一个普通人的人生感受中肯定有过，但是一般来说也肯定不多。在郊外的家里，我居然经常会有。不论是从外面回来，从背包里拿出各种各样在这里都显得很实用的食品、用品；还是站在厨房开着的窗户前一边做饭一边呼吸着清新的空气；抑或听着音乐坐在桌边喝茶，或者是走到窗前去看书、手扶键盘来写字，每一件事都充满了有明确自我意识的愉快，意识到愉快即将到来、果然到来、正在到来、已经到来。

这在一个岁数不小了的成年人来说，大致上是不会多有的；但是就因为是在郊外的家里，却可以频频发生。让人经常可以浸泡在幸福之中不能自拔，也不愿意自拔，为什么要自拔！

下了两天雨，打开窗户，外面的空气湿润清新。像是东南沿海，像是南方的珠江岸边，像是高高的太行山上，甚至像是深深的莱茵河谷。

好空气中不见尘埃，没有颗粒，即使用先进仪器测量 PM2.5 也应该在 20 以下。好空气的背景是五月初依旧碧绿的麦田，是麦田之间高高的大杨树形成的树冠绿墙，还有这一切后面并不遥远的地平线上的黛色青山。

　　那是雨后的山、天空清晰水汽氤氲的山，最为绰约丰赡。云气变幻而山形青黛不变，绝非简单的一堆石头堆积可成，人类运用任何现代工艺和技术也难以造出一座大自然原貌的山来。至今如此，从未超越，永难实现。

　　雨后天未晴，大地上没有被阳光照耀的麦田，均匀地显示着自己原来纯正的绿色。不衍射，不反光，不漫漶，不因为阳光过分强烈而有变颜变色的扭曲。五月上旬还没有一丝一毫黄的意思，一到两周以后就将势不可当地走向又一年里的成熟。

　　顺着碧绿的麦田遥望，云山之云干爽地流溢着、挪移着。你完全可以想象，在将湿漉漉的雨放下以后，那山那云所标志的一切，都已经昭然乎通透的邈远与广袤的流畅之间，唯一的等待，就是等待着你纵身其中，轻装上阵，心无挂碍地骑车或者奔跑而去……

　　吸一口，再吸一口，忍不住就会闭上眼睛，专一去体会纯净的空气洗遍整个呼吸系统之后的洁净与通透；忍不住就会陶醉着感叹：这样的好空气，才是人生的目的！呼吸到它们才是人生最基本的同时也是至高的幸福！

　　人们常说，喝西北风去吧。从字面意义上说，假设西北风是纯净的，那餐风饮露其实就已经是不错的幸福之境，如果不去考虑其对比意义上的吃不上饭的寓意的话。以前一直挣扎在温饱线上的时候，谁也想不到，有一天人类会从跷跷板的这头到了那头：喝西北风，喝纯净的西北风，也已经是一种奢望。

　　人类曾经在漫长的时代里都无虞于纯净的西北风的存在，但是经过最近几十年近百年的发展之后，蓦然回首才发现两千年前老子那样的先贤不无空洞的所谓发展与不发展的悖论，居然就应验了。

在人类享受原始环境和从原始环境中予取予求的矛盾中找到一个平衡点，使这样的好空气不仅仅是在雨后的短暂时间内才有，而是一直有，这至少在现在还是一个大课题。

这个课题在实践中落实下来，还需要时间，也许需要你的一生都不大能等待得到的时间。这样说来，你今天早晨打开窗户的时候呼吸到的这无边无际的麦田之上的好空气就弥足珍贵，在相当程度上说就是你人生的目的，就是你人生的幸福。

看得见风景的房间

《看得见风景的房间》，也许同名小说和电影看过的并不多，但记住这个有诗意的题目的人却不在少数。以小说理论家出名的福斯特，也以这部描绘爱情的小说而进入了大众的视野之中。他所讲述的那看得见风景的房间，演绎的还主要是爱情的纠结与婉转，在他的那个时代里，风景还不是稀缺品，看得见风景的房间也并不罕见。

不过，现在再谈论看得见风景的房间，如果将风景界定为自然风景的话，在如今的城市里已经越来越稀缺，越来越无缘于绝大多数人了。寸土寸金的土地利用与房地产开发原则，可以使一切自然风景消失殆尽；与此同时，那些房地产的名字偏偏为了推销反其道而行之，就叫作"森林""海岸"与"河畔"；殊不知这样叫起来就有了强烈的反讽意味，让住在完全与这样的名字无关的小区中的居民们，又凭空多了一层侧身嘲讽的尴尬。

这种普遍情况使城里的人总是要定期出去旅游，去别的地方找风景，专门去看看人家的森林、海岸与江河，看看人家的大地和山川。据说这样的旅游的频次与总人数都是逐渐增长的。

这不奇怪，从自然中来的人，还是经常意识到自己在自然中的时候才会觉着舒服，才会有没白活的价值感与愉悦心。设想一下，什么时候人们普遍可以从自己的窗口看出去就能看见风景，看见自然风景了，大约这样的专门去看风景的旅游的频次和总人数才可能会有所降低吧。

幸运的是，自己郊外的家就有这样可以看得见风景的窗口，连带着那房间也是可以"看得见风景的房间"了。

以前多次怀疑过：即使一个可以看见风景的房间所看见的一般来说也总是确定的风景，一成不变的风景，时间长了也还是会让人不以为然的吧。然而实践的结果却不是这样：且不说随着四季变化窗外的景色也在变化，就是看不出什么变化的一天两天之内，虽然一个窗口的位置和方向总是固定的，视野是一定的，但是通过这个没有被遮挡的角度可以望到，从而可以想象到的自然却是无限的。

大地和山峦都是活的，不是图画上那种永远不变的线条和色彩，它们在风霜雨雪之间的气息流转气象万千，什么时候也都有一种怎么看也看不够的不尽之妙。

楼前并无遮挡，但是感觉还是楼上更敞亮，主要是因为楼上的视野更远，连带着便也就觉着照进来的阳光更多。有阳光的时候，不愿意坐到阳光照不到的电脑桌前，以为那样就浪费了阳光。只有到能看见风景的窗口去沐浴阳光，才觉着得其所哉。

阳光晒着后背和后脑勺，逐渐温暖的好感觉以前只有野游的时候，在户外才偶尔能体会到。现在，在家里，就可以有这样全无遮拦的阳光明媚地照耀。晒着上午的阳光，从背后暖起来的好感觉正与春天阳气上升的节奏一致。

坐到阳光里去看一会儿纸上的文字，面对外面八九点钟的雨后的嫩嫩的骄阳和无比清晰的春天里的万千物象，情不自禁地就会移情。抬眼可见西山，西山上的山石、小庙；低头可见麦田，麦田的碧绿和无际。窗台上常有麻雀降落，轻巧地蹦跳，整理羽毛，小小的脑袋像鸡一样不停地点动，随时准备起飞。

这是个神仙位置，是近乎超越了人世之上的位置。

这样的细节，每个时间段都让人还在时间的进行中，便已意识到了它的美不胜收。当一个人能意识到自己正在做的事，正在厕身其间的人生状态已经就是美本身的时候，那他体会到的美则至少会加倍。

而坐在这能看得见风景的位置上的阳光里看书写字，也不是完全没有弊端：容易困。眼皮好像格外容易为阳光的重量所压迫，为外面风景的不尽之处的遐想所诱惑，导致它们恹恹欲睡地要合上、神思邈远地要合上……

自从生活里有了这样的窗口，这样能看得见风景的窗口，我就不再像原来住在城里那样经常四处去找风景了，而是自然又坦然地接受定居者所见的风景总是有限的宿命。不再试图打破这个宿命，以前那种在一个好的季节要尽量看到最多的风景的冲动，自然消失了。

这才意识到，这能看得见风景的房间，不单是用来看风景的，更是为了满足心安的理想的。至少对自己来说，在看得见风景的地方，才会心安。

坐在这个位置上成了每天不睡觉的时候的最大期望，一坐一天也依旧心怀渴望，渴望每天早晨起来重新坐到这里。坐到这里看一带不远的山脉起伏，看山脉前的大地麦苗新绿，看新绿的麦田之间道路纵横，看每条道路上几乎都是等高的杨树树梢一尘不染的鹅黄翠绿，甚至连远远的热电厂的烟囱里笔直地升起来的白色烟气，都有了一种点缀整个窗外画面的神奇作用。

在这个神仙位置上，并没有看那本叫作《看得见风景的房间》

的小说，而是随手抓了一本麦克尤恩的《水泥花园》；这个布克奖等文学奖项的得奖专业户的作品，使人有了久违的自由阅读而非工作阅读的快乐。尽管他对极端状态下的少年心理刻画，其实意在揭示人类面具化生活的底线真实……

　　这个位置具有可以让任何一本书都被耐心细致地读起来的神奇功能，这源于阅读者的心安心静、再无他想，只在当下的好状态。这样的好状态让人不由得就笑了：手忙脚乱地既想看也想写还想遥望，最后不得不自我妥协，将这几种最想做的事情穿插进行，循环往复，乐此不疲。

　　那种阅读或者书写过程中完全忘记了身在何处，完全沉浸到了文字世界中去的时候，突然为外面的风声，或者是鸟窝里的大鸟小鸟的一声鸣叫而"惊醒"的时刻，让人不由自主地站起来试图去看看那发声的所在。这样的时候，就是生活的化境吧。

在楼顶平台上遥望

入夏以来第一次在早晨感觉到了冷。不是凉，是冷，不得不加了衣服。与这冷一起到来了的是一种心突然被放平了、变踏实了的奇妙感觉。那种百寻难定的心的故乡一下子就来到了眼前。可以从容地不再为了什么事情或者什么没有事的事而做着暗暗的心理准备与预期等待了，坐下来，看书写字，非常投入地看书写字。

在城市生活里，寻找一个这样能让自己的心安定下来的地方实在不易。

早晨起来很自然地拿起了笤帚扫了扫楼顶的平台，像是千百年来人类的大多数成员在自家院子里做过的那样。洒扫庭除，这在如今是一件绝大多数城里人都已经无福享受的劳动了，因为谁还拥有庭除呢。

在全家人一起到郊外的家来的第一个夜晚，在平台上吃过饭以后，妻子坐在吊椅上看西山，儿子在平台上用着笔记本电脑，电脑的荧光在天地之间巨大的空间里，固定地映照在他青春的面孔上。七岁的外甥来这里过暑假，在我这没有网络、没有电视的新居里，他本能地对楼顶平台上的晚餐充满了期待，甚至连早晨也要求到平台上吃饭，享受那种一边吃饭一边吹风一边看着周围的田野的妙境。他在平台上曾经与楼下田野上葡萄园里的狗互相呼应地对叫了两个小时之久，如果不制止他的话，他的乐此不疲的顽皮天性还不知道那条狗能不能对付得了呢。

七楼的楼顶平台，也即所谓空中花园。风凉而又视野良好，开阔而又有自家院落的私密性，这是普通的楼房、普通的平房小院，甚至一般的别墅都不具备的优势。

从不到五点就已经天光大亮的早晨到上午七点，天空上的云由弥漫的灰色到清晰的白云浮动之状，再到一片疏朗……有了楼顶平台，就相当于有了院子，还有了一般的院子都没有的好视野。

不管是真正的院子还是楼顶平台这样高高在上的院子，我们置身其中，就能望见光阴了；就是那个时时刻刻都存在着、都流逝着，但是很少能看得见、摸得着的光阴。日影一点点地向着一个方向移动，即便你什么也不做，这光阴的移动也一直都在那里没有片刻停歇地移动着，持续地均匀地移动着。这个事实使你意识到生命，意识到自己这是作为一个活着的生命正活在天地之间。是的，意识到自己活着，很多人早就将这个似乎是不言而喻的事实给彻底遗忘掉了，只有面临了死亡的威胁才会突然想起自己一向是活着来呢。不能在日常生活里，不能在平常的日子里经常意识到自己活着这个事实，使活着变成了一种无知无觉的麻木惯性，正是我们经常感觉生活不那么幸福的一个重要原因。这也就是人在有院子的家里生活着的状态更符合人性的一个缘故，不管这院子是通常地面上的院子还是楼顶上的所谓空中花园。

坐在平台上阅读，清风四面而来，兜底而过，人在完完全全的风中——在城里风总是从一个方向来、在受着诸多限制的情况下将人掠过的，这种四面八方都不受任何限制的完全沐浴到风里的情况，少之又少。每每在阅读的神思远飏中突然意识到这一点，意识到自己所处的环境,就已经先有了一阵"正在享受"、一种对正在享受中的确认的愉快了。这是人在福中,一种抑制不住的走神儿回看自己的本能,无他,只为从一个客观的角度再次确认一下自己的幸福罢了。当然其中必然是含着一种对此情此景的莫大喜悦与满足的。

郊外的家让人感到舒畅的另一个重要原因是,其活动领域不再是平面的了。在楼下待腻了可以上楼,楼上有书房,有独立于下面的空间;书房旁边的门更直接通着平台,站在平台上就站到了天地之间,可以遥望眼前的平原和不远的山脉。任何家居状态久了形成的窝憋的感觉都会在这样的转换里得以迅速缓解甚至释放。这就是自从来到郊外的家以后自己不再像住在城里的家时那样总是躁动着要出去,总是或者欣慰或者焦虑地计算今年又有多少个日子是在外面度过的原因。

在夜的平台上坐着,坐着就可以俯瞰下面黑暗逐渐占了上风的田野。田野上的黑影更重一些的杨树小路在偶尔驶过的汽车前灯耀眼的照耀下,路的轮廓和走向,树干鳞次栉比地立着而形成的胡同,都被显示了出来;被显示出来的杨树小路的形状和走向,显得很有诗意。生活在被观察着的时候就有了诗意,在被俯瞰的时候尤其容易产生诗意;在这样清凉的夏夜里,在远远近近的大地上偶尔才有灯光闪烁的状态里被俯瞰着的时候,那就更是诗意悠长了。

像是住在山顶上的庙里

回到郊外的家,回到这个哪里都空净、比哪里都安静、都不受打扰的地方,还是觉着这里最适合自己,自己在这里待着最舒适,最如鱼得水。

风吹着,吹不动即将被新长起来的绿色玉米苗淹没的黄色麦茬地,却可以吹动地边杨树柳树的树冠,让它们一直扭来扭去,越扭越显得一片空旷。没有人,没有风雨声之外的其他声响。

这才是理想的居所,因为只有在这里才会既心如止水,又兴致勃勃;既超拔于一切之上,又对一切都充满了兴趣……这里像是山顶上的庙宇,只在山腰上的三楼住了从未相遇过的一个人,然后整座山就都没有人了,只有我住在山顶上,住在始终可以俯瞰下面的田野和不远处的山峦的山顶上。

这里南北窗户都打开的时候经常有地面上体会不到的风,而在楼顶平台上则一直沐浴在遥远的天风吹拂之下,在早晨和傍晚经常可以呼吸到不远的远山上的荆条气息。

在这里总是思绪泉涌,总是有对于源于这个地方本身的不尽感受,总是能从这样的感受生发出去,连带着将其他的感受形成带有内在张力的文字,并让自己津津有味,乐此不疲。

尽管这种仅仅是像住在山顶上的感觉让人不由自主地感叹:如

果是真的生活在一座山的山顶上将会是多么妙不可言;但是,那样"不切实际"的理想毕竟不好实现,现实里这样"像"山顶的地方就已经弥足珍贵,因为它是自己可以抵达的,是自己现在可以实现的。

住在像是山顶上的庙一样的位置上,自然就会有一种近乎宗教式的生活作息:早睡早起,素食布履,一切外在的物质都退到最朴素最实用的层面;人在彻底的清净里反而一心追逐的就只是精神上的线索,就是天地宇宙一粒尘埃、一粒特殊的尘埃的渺小与高远。在现世之中能努力向触及宇宙宏意的方向努力,不论结果如何都是对现世人生的拓展,都是对宇宙中的自我的俯瞰。这是宗教与人的思索的重合处,是人类可以超越庸常生活的近乎唯一方式。

这毕竟不是真正的山,即使下面只有一户人家,也会有时候把电动车堵在楼道门的里面,让人通过不便;可以设想如果整个单元里每一户都住着人的话,这里的乱大致上不亚于城里,平均来说的人性基本是一样的。到那时候,也就绝对不会再有现在这样住在山顶上的好感觉了。

超过人类自己承受力的建筑密度和人口密度,必然是以降低所有人的生活质量为必然代价的。反之亦然,在因为荒凉没有商业配套、没有医院学校、没有公交班车,大家都不看好的地方住下来本身就已经是一种生活质量提高的保证。

夜里下着雨,下着多少天都不下一次的雨;哗哗啦啦的声响敲击在房顶上,跌落到窗台上,成为睡眠最好的伴奏;像摇篮曲一样使人在不期而至的抚慰里悠然入梦。

这种在城市里无缘享受的声音福利是大自然赐予人的独特慰藉,貌似平常寻常,但是在干旱地区,在城市里,却早已经是越来越稀缺的经历。在这如山顶一样的郊外的家里,逢到这样有夜雨绵绵的好时候，就无异于上天赐予的一次狂欢，一次安静地以睡眠的方式展开的幸福狂欢。这样的狂欢里甚至没有梦，只有无边无际的怡然，只有点点滴滴到天明的无尽愉悦。

九点入睡四点醒来，醒来没有了雨声，虽然不无遗憾，却有一片换了新天地一样的昭昭然：树冠中的鸟儿已经在呢喃，麦收之前就已经不再歌唱的布谷鸟在雨后的黎明前的黑暗中，又在偷偷地展示自己悠扬辽远的声带；一种轻灵婉转的鸟叫好像是一边抖动浑身上下的雨珠一边啼鸣的，每一声啼鸣里都带着慢镜头中雨水四溅式的惊艳；总是以惊叫方式发声的野鸡照例会突然惊叫一声，让人想象它们在黑暗中的麦茬地里又遇到了什么危险。

麦子已经收获，玉米已经种下，暑热之前的这个雨后清晨，我在如山顶上的郊外的家里，喜悦地沉浸在这样一片各个不同却又紧密地联合起来形成的一种笼统地叫作鸟鸣的乐音之中，光亮逐渐将黑暗驱散，将湿漉漉的大地和空气一样越来越清晰地呈现，呈现在换了新天地一样的、生命中这崭新的又一次开始。

每天早晨都因为自然的感召而沉浸在仿佛骤然而至的喜悦中

每天早晨醒来，在黎明未至之前醒来，都会因为在无边无际的安静里呼吸到了清新的空气而心怀喜悦。

每天的晨光熹微中，西山黛色的轮廓在青青的田野尽头清晰地呈现出来的时候，都因为这样人类栖居在大地上的盛景而不免陶醉。

每天六点半走出楼道门的时候都会因为金色的阳光正倾斜地照耀到门口枝杈下垂的柿子树上一个个青色的柿子而禁不住停下脚步，掏出手机来拍上一张。

每天穿过村边的菜地看见满架黄色的丝瓜花在晨雾迷蒙中就已经开放，都会为弥漫的菜园的馨香味道之上的这一朵朵艳丽明亮的颜色而一直边骑车边侧头张望。

每天路过桃园，看到搭在路边的大杨树下的窝棚里的蚊帐中的看园人，已经到果实累累的园子里开始忙碌，都会随着耳机里的音乐而将自行车蹬踏得更加流畅快捷。

植物园门前的国槐林终于在立秋之后将树冠上满满的青白色的花朵落尽，持续了一个月的槐花幽幽的清香虽然经过了一次次大雨的洗礼，可依稀还能在地面上花朵的残迹中闻到它们久而不去的特有气息。

地道桥边上所有的野草野花都被这样的雨水和潮热天气滋润着

蓬勃旺盛，当可以沐浴又一个早晨的金色阳光的时候，它们将自己全部的细节以无与伦比的清晰方式呈现在因为上坡而推车徒步的你的目光中，让你即使不停下脚步，也会侧着头一直对它们行注目礼。

你必须是一走一过，不能停下脚步的。因为此时此刻，河边林下绿道上的倾斜的阳光正迫不及待地等着你骑车穿行！时间稍纵即逝，很快那贴着地面的倾斜的角度上的光柱就都将消失，它们是只有在早晨的短暂时光里才会光临林间的使者；它们会将林中的某一道、某一条、某一块甚至只是某个圆形的位置照亮，从黑暗中提拔出来，让经过的每一个人饶有其趣地凝望。

在早晨看见阳光照进森林，照耀到草地上，闪动在水面上；在早晨迎着这样贴着地面的阳光走自己的路，这是人类在地球环境里本应该有的天然享受，它也的确曾经陪伴了人类千千万万年。

在这样日复一日的陪伴里，人生不论贵贱，在享受自然环境的纯净这件事上都并无不同。但是曾几何时，人类已经逐渐抛弃了这样的享受；自己不以为然，还貌似不经意地将原来这样迎接晨光降临的美好环境毁弃殆尽。他们集中住到没有草木只有楼宇的城市里，他们晚上不睡白天不起，一年一年将全部的晨光错过，将每一个早晨的喜悦抛弃。他们只是活在钢筋水泥的缝隙里，他们只是活在人类自造的概念之丛中，他们丧失了生而为人这最易得的尽管廉价却也珍贵的喜悦，宁肯让自己陷于抑郁症也不肯改变被现代经济话语、商业话语之类的所谓主流话语规定了的既有的反自然生活模式……

即使他们只要有一次重回这样可以沐浴朝阳的喜悦，就会在惊喜的发现里，在发自肺腑的喜悦里，真的能找到修复身心的长期有效药方。他们只要早晨出行在林下，望见了那斑斑的光芒，就会被生活本来赐予人的健康的愉快、足以支撑一整天的愉快深深击中。

他们便可以回到那种只要醒着就会炯炯有神的不懈怠，找到专注地投身于什么伟大事业一样的浑然人生；长此以往，重新过上这样的睡着和醒着界限分明的生活，便会不论年龄、不分身份地达成内心的平衡，开启人生正向循环的自然之道。

目睹过这样的早晨，沐浴过这样的阳光，不知不觉中人就不再知道所谓消极为何物了，也因为沉浸在所谓积极之中而不自知，就连积极为何物也早已忘却。

当然这很可能仅仅是一种简单的推己及人的想当然，作为一个人生药方即使有效也不会有多少人愿意尝试，因为大家都已经在既定的话语轨道里浸淫得太久乃至无法自拔，已经是不知不觉地融入其中的人生常态。失去了自我拯救的可能。你一厢情愿的经验最好还是只在自己心里默默地体会、陶然地沉醉便好吧，岂可对他人道哉。所以即使抑制不住地歌唱，也请最好放低音量，免得干扰了这正变得强烈起来的金色光芒。

是什么治好了我总是向外跑的病？

我属小龙，具体生辰算下来，还是"出洞之蛇"。不知道这算不算是一种宿命，我到了任何地方，都很愿意出去走走，看看周围所有方向上的地理环境；即便是在常住之地，也几乎是每天都要到郊外跑上一圈才会安心，到了周末的时候更是一定要去往远些的地方，或者做完全没有目的地的漫游。这种习惯几乎成了一种始终伴随自己身心的"症状"，不如此便会浑身不自在。

现在，住到了郊外的家，赫然发现，一整天居然都没有开过一次门。

无他，这里就已经是"外面"，二十四小时、四十八小时一直不出门也没有了出门的需要，因为窗外就是绿油油的麦地，就是逶迤绵延的山脊线，就是山前平原上的辽阔而自带诗意的田畴和天空。

尽管是春分时节的好时候，还是周六早晨，但是非常奇特的是，自己一点儿要出去、要挣脱开建筑投身到外面的春风里的意思都没有。这里已经直接和春风相通，视野之内就已经是田野和山麓，何必再向未必比这里好的地方去专门寻什么春天呢！要出去也一定是下午这样坐累了的时候吧。

时间从早晨起来就进入了一种最自然而然的忘我之境，或读或写地伏案，一直遨游在别的世界中。而每每回到眼前的世界里，山前麦田的风景，从早晨一直都在刮的风，当然还有越来越饱满的阳光，以及阳光之下自始至终的安静，也都如梦如幻一般美妙。

这时候看见人们在网络上说哪里哪里的杏花开了，也一点儿都不动心，因为已经详细地观察过本埠第一枝灌木花迎春、第一枝乔木花山桃；已经在有水的河边看过新出芽的小草，沐浴过早春的湿凉……至于后续的春天和季节的表现，似乎大可以暂时放下，只待室内生活，可以随时看见田野的室内生活之余去做休息式的徜徉了。

我住到了郊外的新家
远离市区
骑车需要一个多小时

新家的小区人很少
偶尔看见一个人
也没有戴口罩

从窗口望出去
只有麦田和山野

如果不算鸟鸣
就只有安静

去城里上班
像是下凡

按照这种感觉逻辑,下班回来也就像是登仙一样了。尽管去上班的日子只是早晨离开,下午三点左右就已经归来,但与整天都在郊外的家相比,也好像损失的不是一个上午,一天时间缩短到了一个小会儿天就黑了,就要睡觉了的程度。远没有在家里待够就又到了睡觉起床出发的时间。

每次从城里回来,尤其是隔了一天再回来,进了院儿了,到了楼下,背着包上楼了,都会有一种迫不及待的兴奋。从来没有觉着楼高,总是很轻盈、很快速地就直接掏钥匙开门了;钥匙掏出来拧开门的那一瞬间里,总是有一种豁然的喜悦:好通透,好敞亮,好安静!

孩子一样赶紧各处走走,打开窗户,让空气对流;看看外面的麦田,收拾带回来的每一样东西。吃的用的,每一样东西好像在这个环境里才物有所值,才是原来的那个它们自己。

洗澡以后便清爽地坐到了长条桌边,面对书籍、本子、电脑,有无尽的喜悦。这时候只有手扶键盘,面对屏幕,打起字来,才是表达与舒展的最佳方式;只有这样才能在一定程度上将自己的这种喜不自胜的情绪抒发出来。

不由自主地让自己处于一种每一分钟都有用的状态,哪怕是什么也不干地休闲,也是有用。不肯浪费,浪费给连休闲都不是的纯粹无所事事、无所思想、无所观察。

这里没有时间习惯导致的该干什么不该干什么的分隔,除了吃饭睡觉以外,任何时间都是自由阅读和书写的时间。这凭空让人又多了很多时间的好感觉。这才意识到,原来在城里的家中那种只能写作不能阅读,甚至认为自己已经不需要阅读了的状态,是因为心态不静。可见让心态静,需要这样一个远离尘嚣的家。

尤其是把楼上收拾出来以后,大平板写字桌、宽桌面,功能单纯的书房格局,还是比楼下更让人觉着适合看书写字。桌子上的每一本书都可以很方便地打开,可以进入一个个独特的世界。这样阅读和书写就可以不挪动位置地交错进行,让人在时间之流里从容变换,乃至似乎永远不知疲倦。

这里有《英语世界》《*A HARVEST OF HORROS*》《战争中的平安夜》《已知的世界》,还有很多各个地域文化的书,这些在城市的家里都是无暇一顾的,没有那个心思,没有那样的心境。在那个家里什么时间做什么事似乎都已经有了定论,而楼上不时响起来的噪声又会一下子让人心烦意乱……

这里有可以写诗的本子,有可以写阅读笔记的本子;因为桌子上放着这些本子,所以会很自然地在电脑写作和用笔写作之间转换,推开键盘写上一会儿,然后再回到键盘上来。桌子是共用的,面积足够大,可以放下电脑键盘和本子以及墨水、茶杯等等其他诸多随手用到的物品,一切都可以在这张桌子上,不必互让。

这次来是专门带了钢笔和墨水的,这两样东西一般是不带出家门的;带出来了,意味着心里将这里当了家。在这个终于找到了自己精神家园的稳定所在,坐在桌前,一坐就是几个小时,完全不知不觉也没有任何疲劳感。想无聊地靠在沙发上都没有时间,也没有意思,远不如这样坐到桌子前面来,坐到电脑前面来有趣,有活力。

除了这个位置,还有一个好位置:靠近外飘阳台的地方,一抬眼就可以俯瞰楼下碧绿的麦田和山脉起伏的曲线的地方;在这两个位置上阅读、写作,如果不是饿了、困了、渴了、内急了便不会离开。靠的不是毅力,而完全是乐此不疲的兴致。没有那种到了什么时间就要去做什么事的拘囿,有的只是一直遨游在精神之海上的自由的快乐。

在这里,有一种难得的来了以后就不想走了的感觉。虽然到处都是灰尘,打扫起来很费劲,但是完全有耐心一步步来:先将睡觉做饭的地方收拾出来,然后将写字的桌子收拾出来。其余的就留待写累的时候,需要劳逸结合的时候去继续打扫吧。说是这样说,写着写着眼睛向旁边一瞟,看见椅子上的厚衣服上的土,感到日头偏西以后的凉意上升,想着一会儿就要穿,就赶紧一件一件地拿着去楼顶平台上拍打抖擞去了。这一下就是一个小时,在这一个小时的体力劳动里,一直沉浸在一种充满了热爱,充满了对于劳动本身的喜悦中。这就是真正地爱着这个家的状态了。

家并不一定是家,家一定是你全部感觉都对位的那个地方。比如这样有安顿下来就不想走的感觉的地方,连去上班也不想去了的地方,再也不必每天都必须拿出好几个小时骑车到野外的地方。

在这里,有一种精神根据地的好感觉。自己的一切都能以这里为准,从这里出发,由此自己可以找到面对世界的一个稳定的自我、从容的自我。有长度的思索和书写都需要长时间浸泡在同一种精神状态里,那种频繁外出的生活固然也可以说是有规律,但是将时间分割开来,让人只能做速写式的浅尝辄止的训练,难以进行有长度的深入书写。最充分的精神自由还是跨越任何外在时间界限、外在的生活规律界限的基于心灵自由的自然舒展。令人兴奋的是,在这郊外的家,我似乎已经触摸到了这样的状态边缘。

事实上,当有一天突然觉着周围的四面八方每个季节、每种天气都已经烂熟于心,再无新鲜感了的时候,便停止了原来似乎永远不会停止的漫游。而其直接契机就是住到了郊外的家里。彻底改变了原来住在城里的时候的那种对郊外的不间断的向往状态。每时每刻都在其中，也就没有必要再向任何其他地方去了。由此开启了深入阅读书写的想象之境。

五一小长假，一点儿也不因为要一个人面对后面连续五天的假期而有丝毫的孤独感，内心充盈，因为有许多期待中的阅读和书写都正在等待着自己。因为一点儿也没有过去节假日里对于别人纷纷出发去外面玩的时候引起的自己心里的跃动不居。

当然时间长了，也计划出去走走，但是到了楼顶平台上，户外的气息，山前平原上的麦田气息便已扑面而来。山形在雾霾中带着凉意横亘的样子，让人立刻改了主意。搬了椅子，直接面对西山坐了下来，还是觉着这才是利用天光的最好方式。

视野向着四面八方遥望，全无遮拦；楼下的葡萄田里始终有一对夫妇在劳作，从早晨到了黄昏的现在。葡萄田被周围绿色的麦田整齐地包围着，中间还有柳树，崭新的鹅黄已经染满了树冠的柳树，有羊儿咩咩的叫声也从那个方向传上来。

郊外的家已经就是我心灵上的葡萄园。

顺应天地的生活

刚刚过去的三月份最后一个周六的晚上八点半到九点半是"地球一小时"的活动时间：提倡全世界的人们都在这一个小时里熄灯省电，绿色环保。这种可能属于象征意义大于实际作用的世界性活动其实不单是为了省下那一个小时的电，更主要的是为了再次提醒人们：地球资源有限，省着用。

在人类的力量越来越强大的现代社会，电作为一种基础性的能源，其本身也是地球资源开发的结果。地球一小时提倡的省电、省能源是地球资源有限性的一种告诫。地球上总数已经达到了史无前例的天文数字的全体人类成员都应该有这种资源有限的意识，从自己做起杜绝浪费，除非特别必要，尽量少用、少消耗包括电力在内的地球能源。

在无知无觉乃至肆无忌惮地使用甚至浪费，与有意识地节制之间，就是地球资源可以多用些年头的时间空间的延续，就是人类社会可持续地发展和生存的一种潜移默化的保障。

这样与"世界和平"大致上属于一类的、貌似大而无当的话题其实关乎每一个人的生活，也关乎每一个人的后代的生活。我们作为一个小小不言的个体，在地球环境中的这样一生时光，这样走一遭的消耗，如果有所约束、有所节制，总是一种有贡献意义的操守、有伦理价值的美德，乃至对我们内心的坦然和安宁都有潜移默化的助力作用。

我搬到郊外的家，比在城里的家要环保很多。在一个几乎可以说是侧身自然的大环境中，顺理成章地就不愿意让在建筑密集、人口密集的城市里的生活方式也延续过来；那样的话，就是对自然环境的一种打扰乃至破坏，就损害了搬到这样的环境里的对比意义与价值。

所以没有冰箱、彩电、洗衣机，没有 Wi-Fi，没有包括电热壶在内的各种小电器，即便是作为建筑标配的屋顶上的灯，基本上也是不用的，只有一个立式台灯，还很少用到。除了最为必要的电脑和手机之外，不用电。整个生活节奏基本上都是顺应天光、与天地运转的节奏一致：日落而息、日出而作，尽量不使用电力给自己增加额外的光亮，尽最大可能地杜绝人造光的污染。

这样顺应天光的意思就是天黑了就黑了，不再人为地在天黑以后还亮灯，发出人为的亮光。在人为的亮光下，本来属于自然一部分的人类生活就会被改变，于身心都是一种不易觉察的损害。

也许在习惯了城市里的高耗电的生活方式的人看来，这是一种近于苦行僧式的自律生活，然而自己却从来没有觉到其中有什么苦。因为这如果可以称为自律的话，它也不是来自外界的要求，不来自功利目的，只是内化的生活习惯和人生方式，像山中的老农一样，一生从不懈怠，其实只是顺应天地规律、俯仰人间的一种自然而然。

那在城里住的时候为什么就不能实行、至少不能比较充分地实行这种原则呢？

因为城里过度密集的人居状态下，很多事情是你想做也做不到的。比如顺应天光的作息，就很难实现。楼上骤然响起来的噪声会把日落而息的你吵醒,刚刚入夜就已经华灯四射的光污染会让你即使拉上窗帘也亮如白昼,雾霾笼罩之下你要想沐浴一下星星月亮那自然是痴心妄想……在城里的生活方式裹挟之下,你自然会使用空调抵御热岛效应,哪怕仅仅是让空调温度高出一两度来也不大情愿;自然也就会开灯,就会因为开灯而晚睡,就会因为昼夜颠倒而大量消耗能源,最后逐渐把自己搞得身心俱疲,莫名的烦恼和全面自我否定的虚妄,乃至焦虑症、抑郁症泛滥,那倒是真正的苦不堪言了。

这样的城市病之所以在我们的时代里显得多发,其实是与完全不考虑居住体验的基本条件的寸土寸金的土地政策,与利益最大化的建筑密度直接相关的。人口和建筑都高度集中的城市虽然在不断扩大自己的范围,但依旧是所谓二环内的核心区域为吸纳人口最多的地方。一味加高加密的建筑让房价高企,也让居住环境空前恶化:车没有地方放已经不新鲜,在早晚高峰的时候,连电梯难等、行人自行车都进出困难的状态也已经屡见不鲜。

在这样过度集中的生活环境里,大自然退场,光污染、噪声污染挥之不去,人们的生活互相干扰,无法顺应自然节律,昼夜颠倒,能源消耗剧增,城市病蔓延……

说起来,应该躲开那样的环境是人人都大致同意却又不能在现实里实现的,因为孩子上学、老人就医的方便,或者仅仅因为习惯,因为脱离开那样的生活以后的所谓顺应天地的生活的"苦"。

人在天地间,类似在黑夜里没有光的苦,类似冬寒夏热的苦,都是一种自然赋予人类的题内之意上的"苦",是属于自然而然的"缺陷",是人类应该接受,而且接受以后也一定于人有利的造化的一部分。虽然因为进步和发展,我们不可能回到原始状态里去承受这一切,但是完全抵触自然的赋予,让夜如白昼,让四季恒温,就不仅会有耗费大量能源以使地球枯竭的隐忧，还有一个自我身心健康的濒临崩溃的现实困境，有实际上降低了自己在天地之间的感受力从而也是降低了幸福指数的问题。

　　不论是从理论上还是从感受上来说，这样尽量顺应天地的生活都是一种好的生活。虽然不能完全实现，但是只要在一定程度上实现，也已经让人可以重温人类在既往介乎天地之间的天人合一的好状态了。有人说这是现代人最大的奢侈，可惜他们并不追求，甚至还会有意无意地躲避：他们已经在高能源消耗的城市生活轨道上循环得太久，麻木且无力，实质上是不愿意有任何改变了。

行云流水的睡眠

郊外的家,二十四小时都是安静的,没有噪声,没有出其不意的声响,任何时间想睡觉,都不会有来自外界的干扰。这是家作为家最宜人的环境状态,在这样的环境状态下起居坐卧、阅读书写都良有以也,正堪其用,尤其对睡眠最有帮助。在这里,按照多年来养成的早睡早起的习惯生活就是再合适不过的了。

每天都是看着山前平原上的余晖吃晚饭。耀眼的夕阳在有一半到了山后面的时候还很强烈,将绿色的麦田都晃得黑了。它以出乎意料的速度迅速下降,只一瞬间,再一抬头,西山的山脊线就已经非常清晰地显现了出来。山体已经黑了,山体上的灯光已经亮了。那里落日的感觉一定比山前平原上要早,早半个小时至少,所以开灯就是一种最自然的本能了。

灯光在山腰上闪烁,像是在眨眼。山前平原上的道路上车灯一盏一盏地闪着开过,它们前面的光柱迅速移动,像是只会走直线的萤火虫。而黑暗的平原尽头的楼宇上的灯光则像是大海上的航标灯……远远近近的灯火就这样将大地装点了起来。这种装点具有辽阔视野的作用,同时有一种并不久远的"古意",让在城市里住久了的人,一下想起自己小时候的居住环境中的灯光状态。那种纯黑的夜色里的点点灯火是寒凉之中的希望与温馨,仅仅几十年就已经都成了记忆,如果不是今天在郊外这样再见,就已经彻底忘怀。

与这样的视野相匹配的是远处城市的隆隆之声,身在那样的隆隆之声的内部的时候实际上是听不了这么清晰的。恰恰因为离开了,脱离开了那样的环境噪声了,才会更真切地听闻。

在楼顶平台上俯瞰夜色,雾霾中的山已不见,只有路灯标志出来的公路曲线在漆黑之中延伸,以连点成线的方式在黑夜中形成一串项链似的显著存在。在夜色里这一串明亮与周围大面积的漆黑相辅相成,成为让人收缩在自己的家里的一种直观的外在环境显示。这就是家门之外的世界,家门之外的自然;它因为黑暗而自带寒凉,因为寒凉而使人格外惬意于自己正厕身其间的家。

这样的俯瞰夜色、相对原始的夜色,对人的身心是十分有利的,可以让随后的睡眠更安稳,更有感恩的敬意与蜷缩起来的安全感。大自然用自然的黑暗引导我们入眠。

这时候,很自然地从平台上的瞭望中抽身回到屋子里,为了保持从外面带回来的这种美妙的自洽之感,不开灯,只在收音机的伴随下洗漱,只借助越来越暗淡的最后一点点天光整理随处摆放的书籍物品,之后便可以躺下了。

顶层的人家基本上都没有装窗帘,尤其是客厅。因为对面楼上也只有顶层可能看见,但有人住的极少,所以也就无所谓了。不装窗帘,即使隔得远远的,在夜里也能看到有人影在晃动。这种互相隔得远远地看见,不仅不像城里那样让人要去遮挡,还恰恰是一栋栋基本都黑暗着的楼宇上的可贵的光明:证明每一栋楼上都还有人,大家都是有邻居的。这些亮着的窗口真正是夜的眼了。

躺下的时间总是在九点之前,一般是八点四十五左右,一般几分钟也就轰然入梦矣,而醒来也肯定是在第二天早晨将近五点的时候，一般是四点四十五左右。睡着和醒来之间似乎没有什么间隔，只是一瞬间，只是一次稍长些的眨眼。

有意思的是，在醒来的那一刻，自己分明听到了自己的鼾声，但是就在听到的一瞬间里鼾声已经停止；分析起来，这应该是鼾声作为一种声音的传播速度较慢，人在醒来的那一刻已经停止打鼾了，但是最后一波鼾声还在传播，人却已经醒来……

这种琢磨让人发笑。天还没有亮，但是东边的天际上很快就要有微弱的改变，天光唤醒大地还要一个小时，天光自己已经苏醒。这样人与天同步醒来的愉悦是难以言表的，只有远远的什么地方的几声鸡鸣，算是印证了同道的存在。

然后就是目睹一场黎明的到来。先是天空不再漆黑，虽然大地上一如黑夜什么也还是看不太清，不过树梢的轮廓线出现了；仍然是黑色的绿色麦田与路边树木的立体关系、透视关系浮现了出来，虽然还没有阳光，阴着天，但是天地之间的一切都像是黑白胶片一样有了一个清晰无色的影子。

现在，一切都从黑暗转为彩色了。麦子的深绿色和柳树的鹅黄浅绿之间的差异已经显现，而远远的小学校门口的二十四小时循环滚动的红色电子标语也终于暗淡了下去。

安静依旧，所有的窗口灯光还是没有亮起，路上也没有车、没有人，刚刚早晨六点钟，何况还是周六早晨的六点钟。这样的睡眠使人一整天都是愉快的，还在白天就因为想到了晚上的睡眠而又加上了一层愉快。

时间只有昼夜之别

郊外的家，遥望就是山脉，俯瞰即是麦田；安静、辽远、高渺、无远弗届、无微不至。住在这里以后，就可以内心向内不向外了，完全可以过一种不受任何打扰的精神生活了。

终于又找到了安心之所。

这里入住率很低，小区里很少看见有人，更没有噪声。房子南北通透，本身就是顶层，绝对没有楼上突然响起来的重重脚步、挪动物品或者孩子跳来跳去的声响，完全可以过一种日出而作、日落而眠的好生活。正是因为前些年曾经有过这样的好生活，所以才受不了现在在城里的不断被打扰的日子了。

下决心再来住也是有机缘的，一个是楼上租户的噪声非常大，一个是临时用的车要开走了，赶紧将被子和一些衣物用车带来。于是也就下了决心，从城里走了出来。

真正能让一个人从城里走出来是不容易的，即便是自己这样一向标榜喜欢自然风景，不喜欢建筑过于密集的城市的人。因为城市给人提供的方便只有在离开以后，在郊外感到不方便的时候，才会特别明显地表现出来。

不过一旦住下，与在这里获得的享受相比，那些所谓的方便与热闹也就不在话下了。疫情防控期间封闭在家，一般来说不大好受。

不过还要看是什么样的家，如果是这样郊外的家，没有楼上，只有周围的自然，那还有什么在家里待不住的呢？

到郊外的家，骑车走这十五公里，还是要点劲儿的。因为是上下班的路程，不再是原来那种沿着河骑车玩耍了，赶路的心思、对于用了多长时间的算计，就会使人有疲劳感。

不过这也更促发了自己到家以后对家的喜爱。这个可以从容休息的地方，这个精神可以无拘无束自由自在的地方，就是那个终于找到了的所在：在这个所在，你别的地方就不再怎么想去了，甚至就不大向往。要做的事情很多，洗澡以后东西还没有来得及收，就想写下刚才脑子里蹦出来的一个念头，而庆祝乔迁之喜的韭菜馅儿饺子也应该抓紧包了……

正写到这里的时候，手机响了一下，一看是经常看的一个公众号更新，便顺手在新启用的仿皮笔记本上抄录几句话……实际上，到了这里还没有写什么，只是在记述住到这里的喜悦和感受，就已经占据了几乎全部时间，而且还乐此不疲，屡屡又有新的感觉出现。

住在这里，在城里的家中养成的时间使用习惯就跟着有了比较大的改变了。这里几乎没有垃圾时间，每一分钟每一秒钟都很安静，都可以作为有用的时间使用。那种只能用来做杂事的晚间时间，也完全可以继续用来阅读，比如现在，是晚上七点半之前，如果在城里，楼上的租房户里大人孩子会让房顶阵阵雷响，使人断然无法安坐了。

灯下阅读的夜晚，边做笔记边读，偶尔抬头望一下窗外如墨的夜色，在这无人居住的楼中的安静里，感到自己如在世界之巅，至少这个时间这个角度的世界都是自己的，特别惬意。

灯下阅读书写是一种书斋生活，更是自己的日常生活方式，是自己生命妥置于这个世界的方式。郊外的自然环境中，无干扰无打扰的环境中，这一切展开得都自然而然，如行云流水一样让人觉着舒适。让人不觉着有时光难挨的任何苦楚，每时每刻都津津有味。

夜里，月光如水一样地用窗户的形状，压扁了的窗户的形状，投射到了地面上。这样的月光初看起来似乎足可以照明，也的确让屋子里都亮了起来，比刚才日暮时分的亮好像也不差。但是细看不彰，只能笼统地看，要是去看本子上的一个字，那是看不清的。这就是月光，奇特的光，不是让你用它来看书的，而是要伴着你入眠。印到了地板上的光，如秋天的霜，让夜晚清凉，正好入眠。

偶尔的一天因为睡觉之前没有留出一段清空头脑的时间，几乎是直接从电脑前就转移到了床上，所以躺下以后脑子里走马灯一样纷乱地上演着各种意象，没有能像以前那样躺倒就睡着，甚至还可以说是久久不能入睡。虽然最后还是睡着了，但是这一段辗转反侧的时间还是对整个睡眠产生了影响，表现就是第二天早晨起来以后头脑发沉，不像以前那样清明和因为清明而自来的愉悦。这恰恰对比出了在这里正常起居状态下的可贵。

这里一天到晚都很安静，从安静这个角度上来说，一天之中任何时间段都没有什么太大的变化，以至钟表上的时间都没有了什么意义；有意义的只是白天和夜晚的区别，只是有没有自然光、有没有鸟鸣的区别。

整天都是伏案的精神生活，与外界的联系就只有收音机和手机里的信息，一天一天连门都没有打开过。不过偶尔在屋子里也能听到某一声类似楼上的声响，让人惊诧，也就让人格外警觉。实际上还应该是楼下的响动，甚至是地面上有人关车门、开车门放东西的声音。

住在这里听力会变好，从而让心绪也变好；经常到楼顶平台遥望的话，视力也会变好的。

这里的早晨和傍晚是最让人有异样的激动的时刻。因为不住到这里来的人，一般没有机会体会这里的晨昏。清新的视野被自由地放开，没有任何阻拦，没有任何障碍。长期瞭望，连近视、花眼的程度都会降低。

在春天，在不冷不热的季节里，这里二十四小时都宜人，只要没有雾霾。当然雾霾在华北平原上任何地方都是很难长期逃开的。生活总是一种一定程度上的无可奈何之后的妥协，相对改善就已经近乎可遇不可求。

最妙的是下着小雨，小雨中的昏暗阴凉，让人觉着舒适。昼如黄昏的光线和总如清晨的清新空气都是绵绵春雨带来的福利。

昏暗给人一定的安全感，不必像在晴天朗日下那样进行社会生活，而可以依旧在私人状态里，在童年状态里。一旦雨过天晴，从窗口的阳光里，走回到没有阳光的位置，立刻体会到了温差，意识到阳光的可贵。

在这里住着，星期几已经模糊，周末不周末也没有了什么意义，没有在城市里住着的时候每个周末都必然期待也必然实践的外出，出去玩的冲动和因为没有出去玩而蓄积的压抑都自然飘散了。

在这里本身，就已经是在自然中了，时时能看见植被、看见庄稼、看见山脉、看见季节。一切安然，一切坦然，还有什么因为不得见而跃跃欲试的呢！

白天有自然的天光，夜里有自然的黑暗。在昼夜自然的明亮和自然的黑暗之上是永远不变的自然的安静。安静环境下的光污染也很小，尽管地声一般的远处的隆隆之声一直在传来，但是也恰恰说明那些声音来自远方，这里本身是没有噪声源的。

　　看一会儿书，站了起来，用墩布擦擦地。结合一点点体力劳动，可以让屋子里干净，也可以让随后的精神劳动有刷新的充沛。

　　地板是永远也不可能擦到绝对干净的，因为尘土随时都会积累；擦地也是每天都要做的事。不过擦过之后的地板，光可鉴人的干净样子，也的确赏心悦目。

　　靠着自己的双手，一点点擦干净的地板，像是自己的宠物一样，看见一次高兴一次。这种循序渐进式的家务劳动法，已近一种享受而不是为了干净而干净才必须服的苦役；和听着收音机做饭吃饭收拾碗筷一样，渐进式的擦地也成了审美生活的一部分。

　　为何在城市的家里没有这份闲情逸致，因为干完了活儿也没有好环境让你沉浸，而好环境会从根本上让人的全部情志进入审美的良性循环。环境对于一个人的身心状态，起着决定性的作用。这对比出来的结论的一个重要标准就是，好环境可以让人忘掉时间，不需要钟表意义上的时间，而在相当程度上进入一种浑然忘我的自由之境。

　　随着自己的心思，时时处处做自己愿意做的事情，完全没有束缚，时间就这样无知无觉地滑过。这样的日子多么美妙。我们尽管都生活在各自的家里，实际上能达到这样的"家"的程度的时候，未必多有。如果能一直有，那幸福指数就实在是太高了。这已经和孩子的以目光相对狭小为代价的生活状态很相像了，属于老子所谓"能婴儿乎"的神妙范畴了。

终于找到了属于自己的平静

坐在这个临窗的位置整整一天，越是晴朗越是不想出门，因为这个位置正好可以饱览春日阳光。这与在城市里那种一看见好天儿马上就想向外跑的情形，正好相反。

每次想出去走走的时候，看看窗前椅子上的春日阳光都有点依依不舍，觉着出去的时间没有能坐在这里，便是一种浪费。这是在生活中找到了自己理想的位置以后的自然表现。

这样就一直坐在这里：从黎明到吃早饭，从上午的明媚到下午的和暖，再到黄昏时分吃着饺子面对西山日落……

日落以后依然有很长时间还有天光，山脊线的轮廓甚至更为清晰。刚才漫天的淡红色最后在山顶上完全消失的时候，一回头，才发现屋子里早已黑暗了下来。城市中也一定早已黑暗了下来，早已经灯光尽开。楼上的黄昏比城里长，也比楼下长，这相当于凭空就多了一段时光。

这有天光的多出来的半个小时甚至更长时间，就是没有建筑遮挡的家的福利。有人说，可以看见山的居所就是宜居，信然。

夜色完全降临以后，便开了在家里审美的夜场。走到平台上去沉浸于浩瀚的夜色：月光在头顶上，星星在距离它远一些的地方，因为半圆的月亮已经很亮。

西部山前的大地上，黑暗中已经比几年前多了更多的路灯和建筑物灯光，好在黑暗的面积还能占到多一半，还居于统治地位，还是适宜于人的视野的。站在平台上面对着这样的景象，是度过夜晚的最好格式。它使得生活本身一直是审美，夜晚也是。

这里可以明确地感受到一天比一天长，黑得晚、亮得早，因为自己的作息时间不变，晚九朝五，但是两头都距离天上的亮光越来越近。这样的日子，这样的变化，我很愿意一天一天地慢慢体会下去。

隐着愉快的平静，就是这种慢慢地体会的永恒的主调。

本来是渴了，杯子里的茶水喝光了。昨天搬来的桶装水可以用了。但是有个前提，就是得把多年不用了的桶座清洗出来。于是清洗桶座，桶座所在的台柜上的东西很多，满满的都还是尘土，搬来这么多天还都一动未动过。赫然发现其中居然就有一瓶莪术油，治跌打损伤的港货。跑步的时候右侧小腿的肌肉拉伤，已经持续了一周多，还没有好转的迹象，一会儿就要抹一抹了。物当其用，就是物和人的共同喜悦。

不过还不能急，手上都是尘土，初心用水之事也还没有结束。等烧上水以后擦了地，这才坐到沙发上涂抹莪术油。几分钟以后居然就好像有效了，腿上不那么疼了；当然是走路的时候，平常不走路是没有感觉的。虽然后来证明这种过于迅速好转的感觉不过是一厢情愿使然的幻觉，但是找到了对症的药的判断还是让人深信不疑的，这几乎肯定也是因为住到了这里弥漫的好情绪导致的。居住感觉好，心绪好，万事万物都好。

这样拾掇了一番再拿着新沏的茶水回到楼上的时候已经过去了一个小时，一个小时都在干活。这种将家务作为体力活动，与阅读书写结合起来的格式已经持续了很多天；屋子里要干的活儿还有很多，还有很多死角都没有涉及呢。

多年以来已经都是在电脑上写读书笔记了，但是到了这里突然很愿意在本子上写，而且楼下一个本子，楼上一个本子，各为楼层专用……觉着用本子写，很有美感。这个钢笔写得很带劲儿，不像原来自己都看不上自己写的字，所以也就很不愿意写字。

因为在这里，所有的书籍也都变得从容安详，可以让人细致周详地了解它们的每一行、每一句里面的全部内涵；生发出来的感受也就空前多了起来。

这大约还是因为写的是读书笔记：间断阅读、间断书写，这样可以随时将所感方便地记录下来，比去开电脑要省事，要快。

而除此之外，好像还有一个更根本的原因，那就是在这里有了写字的耐心。觉着这样慢慢地写字变成了一种享受，变成了可以在生活里长久存在的生活本身的一部分。

这么多年生活下来，也不能说没有生活在平静中，但是总觉着还是隐隐约约地有不安，还没有达到真正平和宁静地与环境相互容纳的好状态。

住到了郊外的家里以后，这样的平静似乎就真的到来了。找到一个可以使自己心灵安宁和身体舒适的地方，便是人生巨大的成功，在这个地方住多久，这个成功就能持续多久。

找到了自己的平静，就找到了人生的目标或者支点，就是幸福的人了。

自感舒适愉悦幸福

　　风雨间或、交替上场，雨下不过五分钟，风吹不过五分钟。风平雨住后天上的云开始表演。表现阳光如利剑一般穿透云层的好戏，然后又是风，又是雨，又是云与剑……这样的天气实在好玩。这么玩下去就可以一直保证气温不会很高，就会一直让人在舒适中，不管你对天上上演的这幕大戏看还是没看。风云变化，雨点常有常断。偶有闪电，雷鸣如裂。余晖仍在山巅。这是天的宽纳意趣。

　　连续阴雨几天以后的早晨，是一个风云万里的好天气。像是海边一样富含水分的云团在空中与阳光上演着奔驰追逐的游戏，浩浩长风吹彻周天上下，在让人觉着广袤的浩荡、一下拓展了狭窄的生活的同时，也正式宣告了春天的结束和夏天的来临。

　　初夏时节，万物葱茏，一片深浅不一的绿色之上阳光在中午的时候终于摆脱了云团的缠绕，将所有灰黑色的乌云全部驱散，换上了絮状的白云。絮状的白云在边缘上一丝一缕地将高天上风的方向标志了出来，让地面上的人望着就感到了嗖嗖的风凉。这种风凉正好可以弥补阳光直接照射下来的强烈，而在明媚通透里获得欣欣然的好感觉。

　　从这一刻开始，光与影开始变得异常分明，不再有任何春天诗意的模糊与幻化的朦胧。好在树荫已成，正好有新鲜的浓荫可以蔽日，而即使经过一点儿白花花的阳光地带，也正好可以因为对比而让人更珍惜树荫。

沿着这样一条路走走停停，慢慢地跑，一直回到郊外的家，就很有点画中人的意思；觉着如果从上天视角俯瞰的话，这包括自己在内的一切，都正好是一幅物候人间的画卷。所谓诗意地栖居，正此之谓也：在地理意义上的季节和在身体的舒适与情绪的安和层面，都臻于怡然之境。这虽然貌似没有任何仪式的平常正常，但是对于任何一个具体的人来说却也未必容易。在日常生活的行云流水之中的高峰体验既不是花钱买来的，也不是费尽周折去旅游收获来的，而是就点缀在自己平常的生活轨迹之中的。何其可贵！

一个人住在郊外的家这安静的房子里已经四十多天，周围永远安静，走到外面去也很少能遇见人，却一点儿也不觉着孤单，每天的忙碌中有很多"周围的声音"存在：鸟儿的鸣叫、风声的呼啸、晨光和晚霞的盛大，当然还有书写中丰富意象形成的各个不同的声音形象，而阅读的世界就更广阔了。

洗澡以后周身洁净通畅，听着收音机里的音乐，随手在小本子上记下一时的感觉的同时，慢慢地用小盏喝着茶，浑身清爽而茶水的辛甘滋味，也像是在久嗜茶饮的行家嘴里一般悠长。

除了偶尔抬头看看窗外，看看窗外排闼而去一直到不远的远方的黛色山峦的绿色麦田，一边写一边喝茶一边端详光洁的桌面上的一应之物，每一样东西都是那么完美：一个散发着南方土地的甜香味道的菠萝，尽管已经开始逐渐缩小，但是总觉着吃掉远不如这样闻味儿来得更有价值。一个鱼罐头盒笔筒——罐头盒的大小和形状都正好可以做一个笔筒，而且笔筒的图案是倒着的，这也许是设计之初的一点苦心，既让你废物利用，又可以避免商标直接示人的尴尬抑或视觉注意力不由自主地被其一再吸引。插着一枝月季花的紫红色的葡萄酒瓶,花朵是黄色的,花瓣后面出奇地有一抹红,从上到下都是炫目的色彩,总体上却显示着一种平和优雅。

一杯一杯的小盏茶喝得有滋有味、杯杯不舍,口口连缀,好像一直可以喝下去,但其实也有喝饱的时候,那就是突然脱离开了越喝越渴、越喝越香的阶段,逐渐变得没有那么渴望了,这便是喝好了,心满意足了。

人生在世,个人生活和境遇虽然千差万别,但是随着社会物质水平的普遍提高,大致上说应该是有更多的人解决了温饱问题,脱离了多少代人都在为了吃喝而挣扎的宿命。这在相当大的范围内应该是事实,不过这也不代表着每个具体的人的具体状态就一定是舒适愉悦和幸福的;相反,我们听到的表白和述说往往还不乏苦恼困惑与焦灼。就我自己来说也和大多数人一样多有不甘与怨愤,多有不平与迷惘,而似乎也只有那样的情绪才适合表达,适合在表达过程中获得纾解。

在这样的背景下,我突然意识到我自己现在的状态是在舒适愉悦幸福之中,就不免有些惊讶,有些不敢相信,有些迟疑。而确认当下的自己正在幸福之中,不恰恰是每个人都在追求的目标吗?它到来的时候,我们为什么不可以欢欣与沉浸,为什么不可以将这种欢欣与沉浸以适当的方式表达?大抵是这样的表达难免在没有这种感觉的人那里形成一种炫耀的印象,所以还是不足为外人道哉的秘密状态好吧。人们说的没事偷着乐,不管包括不包括这种因为天地物候而偷着乐的陶然,在自己这里都已经是正在被兑现着的一种人生极致。

读得进去书的地方

阅读和漫游一样是可能带来新感受的机会和方式，甚至可以说是必然带来新感受的机会和方式。漫游所展开的物理空间与阅读所展开的想象空间具有异曲同工的启迪与感发作用。凡是你能读下去、读完的东西，一定都是与你当下的兴致、理解力等基本匹配的，也大多是与你当下的人生相适应的。其描绘和思索，就很有可能带给你新的角度、新的意趣，甚至新的激情；不仅无异于游览的新颖，更有游览往往不至的深入。

在我们的心绪不能安坐桌前的时候，大概漫游是一种最好的选择。但是漫游不是唯一的选择，甚至还必须与阅读结合起来，人生才会尽可能地深入和丰富。这样就是人们说"要么在读书，要么在旅行"的不浪费时间、常有进取、常有精神意义上的收获的生活方式的可艳羡之处吧。

春天到了3月1日的时候就进了加速状态。一种花开了还没有来得及细看详品，另一种、另几种花就也都开了；身上的衣服刚刚换下冬装，马上就又显得厚了，已经有年轻人穿上背心了。户外的人们已经不由自主地开始躲避阳光找阴凉了。

这就是本地的春天，前奏都在寒冷的早春里，结束就在仲春的一瞬间，几天之内便有了入夏的明确迹象，而春分还没有到。

关于春天的漫游和写作到了春分之前天气骤热的状态,到了春天的花朵纷纷盛开的时候,似乎也到了告一段落的时候。一旦没有了到春天的大地上漫游的持续兴致,持续了一个半月的春天的写作也就结束了。

因为这么长时间以来一直在同一片区域里游弋写作,也已经让人有了相当程度的餍足。虽然每天都在变化,但是在这些变化细微着的时候、不显著的时候还有意思,一旦像现在这样一天一个样子,一天就有无数种花盛开、无数的嫩芽滋生,而且天气干热、气温陡升,让人睁不开眼睛、喘不过气来,时时处处还要找阴凉躲着。躲着也不是不可以,关键是并非盛夏里那样可以找到的浓荫——现在春分未至,哪里都是光秃秃的,哪里都是黄乎乎的——也就顿然没有了在春天的大地上漫游的兴致。

有意思的是,在这个春天开始盛大起来、人们的旅行与漫游都最普遍的时候,我却意外地找回了从容读书的心态。早春时节时时为春意萌动的诸多迹象所蛊感的蠢蠢欲动的探寻欲,结束了。愿意而且很有必要地开始了阅读之旅,契机就是住到了郊外的家里,视野辽阔而环境安详。

一切书,包括从连环画到地理书的所有书,一旦拿到新家来,突然就具有了一种特别明晰的可读性。不再熟视无睹,而像儿童时代里看到书却读不到书的时候的那种一旦读到便如饥似渴的劲头儿;眼睛都被洗亮了,头脑都被清空了。

郊外的家在这一点上像是在山上,像遥远的村中,任何图书都会在其中变得珍贵起来。

这里不仅是可以屡屡激发人的写作灵感的地方,也是一个可以让人潜心读书的所在。心安处,是我的心安处。前提是楼下没人,邻居很少，几乎没有人入住。

这样看来所有以下条件居然都变得有利起来：附近一直没有公交，暖气问题一直解决不了，而周围的城市化进程从来没有任何进展……房价一直起不来，炒房客望而却步，或者叫作嗤之以鼻。开发商收了契税钱就是不给办房本，水电一直是工业用的临时水电……

这样才能一直维持着它的安静。也正因为这些不确定因素的存在，所以自己也不做过多的装修，一切都是凑合用即可，只是书桌要很大，很大。

在郊外的家看的第一本书是麦克尤恩的《水泥花园》。这本描绘家长去世之后四个孩子自由而混乱的世界的作品，实际上刻画的是人本的底色，探讨的是被伦理和理性抛弃以后的、社会化边缘状态的人类的诸种可能性。文字精练而始终有张力，每句话都锤炼过，没有冗余，没有无味的交代，更没有什么过渡和勉强的衔接。这样的语言和句式读起来是很解渴的，往往在一句之间就能收获到一两处闪光的词汇。

不过看这本书的时候，第一个感受并非书中的描绘或者是因为书中的描绘引起的什么联想的思绪，而是由此意识到自己已经多久没有体会过自由阅读且多有收获的快乐了。它直接唤醒了久违了的安心读书状态。

述而不作固然是一种遗憾，但是只输出不阅读也肯定是一种迷途。逐渐会散失掉全部养分而干枯，至少原地踏步。

虽然自己的工作就是读书，读别人未出版的书，但是自由地阅读自己想看的书，却已经稀少。这几乎是这个职业的一种不可思议的职业病，只读工作中的书就已经忙不过来了，哪里还有闲心去看别的书。也就自觉不自觉地放弃了那种不挑错只为了汲取营养的自由阅读。

最直接的理由是没时间、没心情；其实不是没有时间，说到底还是心态浮躁所致。能不能读进书去，往往是检验一个人的人生状态是不是安然平静的重要标准之一。

甚至在这样的好状态下，再好的书也愿意和别的书穿插着阅读。也就是说几本书齐头并进地读，往往两三本书一部稿件，一会儿看看这个，一会儿看看那个。偶尔在本子上记下突然有了的想法。这样一天一天的时间，很快就过去了。每一天都不比旅行状态中的收获差，每一天躺下睡觉的时候都有一种有所思的满足与渴盼。

同时看的书是托卡尔丘克的《太古和其他的时间》和萨多维亚努的《安古察客店》。《太古和其他的时间》是一本走进国家民族和大地的历史深处的作品，但是偏偏没有讲述宏大叙事的任何明显痕迹，而总是从具象的细节入手，从神话宗教传说入手，打破现实和想象的界限，自由地挥洒笔墨。最为宝贵的是，所有的自由笔墨都是深入钻研以后的成果，都是实证主义的速写描绘和知识的结合。一扫我们某些模仿魔化现实主义的作品的那种，可以胡编乱造不着边际地乱写的污名。这样的书，应该每天只看一节，一千字即可；要给消化和享受留下时间，要有充分的时间去体会甚至模拟作者写作时所用的功力。

《安古察客店》是竖排繁体的老书，由右到左、由上而下的阅读方式和老书塌软的黄纸形式美感配合，还是有一种读普通的新书所没有的韵味儿的。而其中关于久远的东欧土地上的人间万象的不无诗意的生活传奇的描绘，也与这样的形式非常贴合。特别适合这样在郊外的家，找到了内心的安宁的个人状态。

这样三本书互相之间没有任何联系，国别不同，民族不同，时代不同，手法不同，展开的也完全是不同的世界中的不同感受，但是其间的人类情感却是相同的；不同的是表现方式，是作者基于自己的人生面对世界的时候的样貌。

他们每一位都对我有启迪意义，每一部作品之中的行文都直接间接地一再点燃了我的思绪和兴致，使物理空间上处于闭门家中坐的自己，时时遨游在大地上的既往、当下与未来，乃至人类浩渺的星空。

应该说，自由阅读并常有所获的状态本身，就说明你此时此刻的人生质量不错，何况还结合了读书时窗外的自然风景。

因为现在阅读所触发的经常是自己写作中的某些感受，甚至是某种表达的闸门，所以显得收获多，愉悦度高。好书是可以让人不断有联想产生的，它们的最大共同点是意象丰富、启发性强。正如歌曲给我们描绘了充满情和爱的世界，让人觉着人间自有那么多情感在一样；书籍所开启的，是世界的广阔性与深邃性的大门。

没有阅读就像没有音乐和歌曲一样，失去了我们对这个世界的广阔性的想象的物证与通道。只有经常保持阅读，才会让我们落实阅读比自己的肉身的活动范围既广也深的判断，才不至于让人陷于生之乏味。

在这样的意义上，读书是人生的支点。

早春时候,最适合读书的位置

在屋子里的各个不同位置放着不同的书,这些书的共同点是都在读而且都读得津津有味;津津有味的表现就是读着读着时时可以停下来,在小本上写下点有关无关的什么。

这样一来,在屋子里的任何位置都可以随手抓起一本书来,进入一种理想的时间使用之境中,也就是忘我之境中。不过早春时候,这样的极乐状态多少会有些受损,因为屋子里的寒凉。

遍寻之下,终于在楼上的阳台上找到一个温暖的角落。

一般来说,楼上是外面冷它更冷,外面热它更热。但这个阳台上的角落,因为有一段南墙还有西侧的落地窗与南侧的落地窗一起,形成了一个三面都有阳光和阳光的反射的角落,坐在这个角落里可以明确感觉到墙壁上辐射的热量。这应该是早春时候整栋房子里温度最高的位置了。温度最高的表现是可以坐得住,可以不被寒凉时时提醒,甚至后脑勺和耳廓上都有逐渐积累出来的暖意。

这个角落里的温度比没有阳光的屋子里高,比有阳光没有墙壁反射热量的地方也高,几乎是让人觉不到寒凉的宜人之地。

在这样的宜人里,我今天手里拿的是佩索阿的《惶然录》。

我们已经习惯于这样一种状态,干任何事都事先想好方向与目标,最高追求就是实现目的本身。在这个过程中少有重视过程本身的，而如果是仕途经济也就罢了，文艺创造也如此的话，就少了过程本身精益求精的乐趣或者叫作享受。急就章和粗制滥造很接近，不仅作品少了自然而然形成的内在质地，经不住时间的考验，更关键的是没有了过程本身的人生蕴藉。

佩索阿《惶然录》这样死后别人为它整理成书的东西，可贵之处在于自然，在于展示的是创作过程本身；因为它是不为任何目的的写作，没有格式和文体，没有引经据典，没有模仿照搬，是人生的真实而又超脱于出版目的的写作。只言片语的形式和缥缈的思绪与被敏锐捕捉到的丰富神奇意象，构成了一个普通人，一个按照社会地位与名分来说非常普通的写作者的瑰丽创造。

世界上很多天才的写作都是这样，再比如瑞士的瓦尔泽、中国台北的袁哲生。他们都是因为人生状态本身的内在需要而写作，而非为了职业、为了谋生、为了迎合、为了声名地位；如果说有什么使命感的话，也就是人生在世的感受感触与表达这种感受感触的愿望而已。他们生前不大被承认，或者完全没有文名，没有奖项，但地位自在人心。与很多活着的时候轰轰烈烈，死了很快就连同作品一起成为被遗忘对象的所谓职业作家相比，他们才是真正的人类灵魂的雕刻者。

坐在这里，书读得进去，人也心无旁骛，只在与既往的人类灵魂雕刻者心心相印，不因为寒凉而坐不住、而有所妨碍。这样的状态，夫复何求。一直到下午四点半以后，太阳的威力大减，这个最温暖的角落也寒凉了下来。所以白天一定要抓紧时间坐到这里来，它总是会定时消失的。

不过，寒凉也有个适应过程，刚开始的时候小腿凉就受不了，慢慢地它凉也就凉吧，像是不那么敏感了。如果肯抽出点时间去灌个热水袋,那就可以解决大部分问题。它非常贴身地源源不断地释放出可以弥补气温缺陷的热来。

因为不愿意用电灯,尽量随着日光自然作息,所以有日光的每一分每一秒都是宝贵的,都要充分利用。那些可以在没有光线的情况下进行的事情,都尽量留到日落以后;那些必须有光才能进行的读写,则尽量在天还亮着的时候完成。不愿意在还有天光的时间去坐在电脑前写字,还是想尽量用天光来阅读。对于寒凉的降临也就尽量予以抵御,不肯后退。因为思绪还沉浸在佩索阿所引起的悠远沉浸之中。

黄昏终于降临,坐在窗前可以看到不被遮挡的完整黄昏,总是人间一种寻常平常而又已经难得的享受。佩索阿们的话语暂时告一段落,无尽的天地是阅读之后沉思着渐远的尾声。

在渐渐归于黑暗的整个黄昏里,渐趋模糊的世界慢慢安静下来,人生终于到了一个默然无事的阶段。凝望窗外天际的模糊视觉,似有无尽深意,其实又寥然无一物。

第一盏夜灯亮起,黑暗的大地上荡漾着看不见的诗意。看不见与朦胧相遇,孤灯与光明同行,人在环境中的体验的丰富性,借此实现。其表现就是人可以久久地凝望,一动不动。

坐在书房里的风险

坐在书房里的风险是，随手拿起一本书就可以读进去很久，随手又拿起另一本来，又读进去很久。这样时间就如流水一样地过去了，回过神来才意识到正事儿还没有干。所谓正事儿，当然也不过是读计划中要读的书、已经读到了中间位置的书而已。

如果碰巧这书房还在周围环境绝对安静的麦田之侧与远山之下，那这种危险就会加倍。因为在一种太过理想的自然环境里，在一种几乎是不现实的仙境状态之中，人对于计划的不以为然、对于自由自在的状态的实现，就是一种自然而然的选择了。人就像是田野里的草和花一样，会随着季候的适宜而舒展出生命本身本应该有的自由之态，在一定程度上脱离开社会甚至自我加诸自己的强制的乃至自觉的束缚。这就是住在郊外的家里的好感觉之一。

尽管有随手拿起一本书就看下去了的风险，其实我还是愿意同时开启几本书的阅读：只读一本书还是太单调，不够丰富。这样同时读几本书，分别做笔记到不同的本子上，或者是同一个本子的不同位置里；互相就都是休息，都不累，也都更有趣。

有人说读什么书也都是关在屋子里，不如纵身到屋子外面的自然里去直接啜取大自然的抚慰吧。我也一直这么认为，至今也觉着人总是要有至少一半时间置身真实的自然环境中才不枉一世的生活的。这一半的时间就是那些气候颐和、天气好、无污染的日子；不过，在屋子里读书与这样的目标一点儿也不矛盾。

因为直接从风景中、从对象物中获得感受是一回事儿，从阅读中受到启发、丰富自己的感觉角度、获得更多的表达方式乃至知识，则是另一回事儿。在这个网络时代里，知识已经变得俯拾皆是、唾手可得，在网络上查询一下即可明白。所以主要是感觉的角度和表达的方式，这个表达方式包括语言文字本身，这是阅读的大作用，也是阅读依然是并将永远是人生中每一天都不可或缺的佳酿的重要原因。

任何现实中的无聊寂寞无所事事都可以用阅读来打破、击碎。或者说因为阅读，因为在阅读中寻找到了自己当下人生的线索，人便可以在最大限度上超越现实的羁绊，少有无法逾越的无聊与乏味。

在人口稠密的城市里，因为众声喧哗，不是最能读得进去书的地方。自然中的居所反是最能读得进去书的地方，读得进去描写人世间的书。正如在大自然中徜徉着的时候最能听进去音乐、最能被音乐打动、最能体会到音乐的细节从而最能理解与接受音乐一样。

在这里，读古文、读外语都可以心无旁骛。这与古人读书的情形大致上是一样又不一样的。一样的是古人在任何环境里都能读得进去书，不一样的是古人的所谓城市实际上远比今天的乡村还要安静，少有光与影的污染；其中的人也更恒定和平稳。这只要回忆一下七八十年代我们的城市里的状态就可以想象。

深切地体会到这一点，恰恰是我搬到了郊外，更多地和自然环境并置并且融入其中的时候。这里有山前平原上广阔的麦地，有暂时还没有完全被建筑覆盖的田野，有高楼大厦的高度没有将一带西山淹没的天际线，有鸟鸣啁啾的早晨，有夕阳的光辉久久不去的黄昏，有山石与荆棘的气息直接弥漫到卧室里来的好空气。

早起是一个珍贵的时间段，可以精力非常集中地书写。下午回来又是一个珍贵的时间段，洗澡以后喝着茶做一会儿笔记，然后再进入书写时间。还有上午十一点左右的小睡，十五分钟也能进入深睡眠状态，醒来一如孩童般喜悦。

总之每次回来，每次睡醒，每次刷新以后，都会一再沉浸在郊外的家的好感觉中。

雨后黄昏，清凉自来。麦田的香气与晚霞的辉光在山峦的背景里让人痴迷。坐在这临窗的位置上看书，实在是神仙享受；我相信在别的地方，不管多么高级的房子也换不来这样的超级享受。房子好不好，其实主要是所在位置是否有风景，是否有大自然相伴；房子本身的大小倒反而不是很重要了。

不过，此时此刻坐在这里几乎看不了书，因为一看窗外就沉醉、就分心，干脆就进入了投身自然的出神状态中去了。并且，因为意识到自己正在享受天地间的美妙而就担心时间过得太快，或者一会儿会有什么事情打扰，结果时间果然就过得特别快了。

比如今天这有蓝天白云的好天气，回来想画画，想把看到的美景画下来；但是又习惯性地想先写字，犹豫之间，便先看了一会儿稿子，同时用小盏喝了一杯茶，每一盏都那么有滋有味儿……在一项一项的任务转移里，美妙的时间便如流水一样脉脉而去了。

除了北京这样极个别的城市之外，全国的城市都在向市中心集中人口，要做大做强房地产，要让土地更值钱，其代价必然是将城市里的自然气息全部挤占。而郊外的环境质量比城市里好很多，大多还没有到完全切断和自然的联系的程度，也就是还宜居，还不必像城市里那样过一种失去四季、失去自然的异化生活。而这几乎是人类正常情致情感乃至知识教育发育生长的基础。

住在郊外才意识到：至少对于真正的写作者或者创造者来说，不生活在自然里而只是聚集在失去了自然的大城市中，损失太大，会丧失多少妙不可言的自然感受，会错过多少物候对人的抚慰与启发。

而与此同时，我们又经常抱怨我们生活的城市不好，雾霾挥之不去，规划朝令夕改，建筑过于密集，人口过于集中……其实往往不是一个城市不好，是你没有到这个城市的郊外去住。即使要离开一个"不好"的城市，也不需要走太远，只要到十五、二十公里之外的郊区，一切也就改变了，改变成坐在书房里时间过得太快的不无美妙的"风险"状态了。

像是回到了学生时代

风雨停歇之后
灰霾再次布满天空
山形不见
万物一片朦胧

即使这样的天气
我也依旧满心欢喜

因为
沉浸文字的世界

也因为
窗前
还是比钢筋水泥的缝隙
广阔

蓦然之间发现,我住在郊外的家里的状态,已经像是个学生,甚至像是个小学生。每天早睡早起，书桌前、台灯下和窗户边每个位置每个姿势都是写作业的好地方，都是阅读书写的好地方，都令人依依不舍地眷恋。

时间在这个环境中每一分钟都有用，不存在人生中那种似乎必然存在的垃圾时间，每分钟都可以用起来，每分钟都有滋有味。在不抽烟、不喝酒、不打牌、不聚集的前提下做到这一点貌似不易，其实恰恰是因为不以本能之事、惯性之事、外在之事为嗜好，才能让人可能臻于此境。

每天流连于书本和纸笔之间，用胶带缠上裂纹的钢笔杆；买一种不是很知名但是自带香味、关键是不凝固不粘笔尖的墨水；翻出儿子小时候用过的铅笔盒，装进去铅笔便可以随身携带着在书页之间做标记，装进去圆珠笔可以随时写笔记，只有钢笔不能往里面装以免摔坏；在网上频繁地买本子，买大小不一样、图案不一样的本子，买回来就爱不释手，经常拿出来摩挲把玩，总是试图在它们过分光洁的纸页之间，发现一点点其实已经不可能再有的旧时光里的依稀味道和蛛丝马迹……

时间不长，本子上就记满了读书笔记，一页页满满的都是字，可以抵得上一个寒假甚至一个暑假所要求的阅读量和作业量了。我进入了一种连自己都没有预备要做到的热爱读书，热爱写"作业"，不浪费一分钟时间的好学生状态。

回家就写"作业"，吃了饭就继续写"作业"；不再受成年人年深日久的日常生活里任何固定的程式化的时间安排打扰，每天都能在"作业"里获得极大的乐趣。

没有成人世界的焦灼烦躁，没有寂寞无聊，没有无法打发的时间，没有一切负面的不良的需要清除的时间。人在化境之中，哪怕是外面的疫情封闭、激烈的争执之类的事,也没有触动自己这隐者一样的神仙状态。

比如现在,周末的傍晚,面对正在到来的两天假期,根本没有任何跃跃欲试的躁动,面对遮住了西山的雾霾也没有诅咒和无奈,没有那个想法,还是依旧能非常平和怡然地继续做自己的事。读书写作记笔记做饭吃饭偶尔听听收音机,或者到外面跑步回来以后喝喝茶。甚至出去一会儿就会想念家,每次回来都是满满的欣喜的家。

每天运动回来,洗澡以后听着音乐喝茶看报,这属于我一天之中比较放松的享受时光。尽管往往是一边看报一边写笔记,将相关的外国文学的消息和有意思的话,随手记在本子上。音乐声中的这一切所作所为堪称闲适,时间过得光滑无痛感,身心宁和。

黄昏的时候,会在窗前坐着坐着便惋惜天光退去,慢慢地昏暗到了看不了书的程度。早起伏案而书很快就到了必须去做饭吃饭洗漱出发的时间。在家里的每个时刻,似乎都有一种异常堪足珍惜的、时光一掠而过的感觉。

在相当的程度上脱离开日常的城市状态的生活,和自然靠近的生活,才是自己想要的生活。它可能简陋、不便,但是我在其中获得的宁和与陶然、知足愉悦,几乎到了人生自我实现之境。

在这样难得的人生状态里,没有烦恼,每一分钟都很愉快,每天都生活在一种创造的兴奋之中,每天生活都身心舒畅。每天的每个时间段都挺好,似乎没有不好的时间段,没有想快进过去的时间段。这就是幸福人生的一种标志。

在这样的好好学习的状态里,每天都欢欣喜悦,每天都执着于生命本身的兴奋之中。我们小时候对长大了的美好想象,不就正是这样的吗?

与真实的小学生状态相比，现在我自己可以明确地意识到：这是人生的极致状态。这种重回学生状态的轮回，已经没有了真实的学生时代里的茫然和畏惧等莫名的痛苦，自己完全掌握着自己的作息方式、时间安排、财务收支和出行自由。

　　现在的自己，其实是比那个时代里曾经的自己更好的一个小学生。自己在真实的小学毕业的时候还分不清左右，还不能理解一除以二。上了初一以后才自己找出小学三年级的课本进行自主的复习，到了初一期末考试的时候成绩已经到了全班第一。乃至老师都认为不可思议，认为一定不真实……其实自己只是突然意识到了人在宇宙中的位置。

　　而现在之所以能重回那个时代，似乎仅仅就是因为住到了郊外的家里；获得了城市里没有的宁静和安然，在二十四小时都不受打扰的环境里，返老还童。在自己家里游刃有余地生活着的前提是安静不被打扰，并且始终能望到不远的远山。山固然是好看，同时因为山在远方给目光确立了方向和目的，使目光有了可以长时间停留的位置。

　　任何时间，只要面对西山，面对麦田坐定了，便随时可以展开阅读和书写。便有似乎无尽的意趣于此间展开，分明可以感受到所谓此间有真意、相看两不厌的古人意境，臻于天人合一的妙感。这才是理想人生应该有的生活环境氛围。

　　城市里的生活，单元楼里的生活，既缺乏源于自然的愉悦也很容易与真正的创造性疏离。与其他重要国家比起来我们之所以少有诺奖，大约是和这种建筑与人口都高度集中而又与自然隔绝的城市化的居住方式相关的。失去了任何自然的宜居妙感，失去了自然的启迪以后，人们的心态浮泛焦灼，创造匮乏也就是必然了。

或者，我们莫名的烦恼和不快，我们不能在长大以后重新让心态返老还童，很多时候仅仅就是因为环境；尝试着改变环境，就可能会给自己带来意想不到的神奇效果。

隐居的感受

一个人如果从来没有隐居过，从人生体验说，就缺了一大块。一个人如果从来没有隐居过，大致上他也就不能对不隐居的生活有很明晰的感受。所有的热闹繁华和温暖，都是被冷寂萧条和寒凉对比着的时候才会在个人这里形成独立的意味的。

不到三十岁就隐居到了博登湖畔的乡间的黑塞，当年还曾跑到山洞里隐居了半年，而且是从秋天跨越冬天的半年，为的就是体验和对比。他写的关于隐士的小说《世界改造者》虽然不无嘲讽，但是对于人在纯粹自然的环境里的无依无靠的处境、彻底超拔的人生状态，也有惟妙惟肖的描绘和刻骨铭心的感受。

从某种意义上说，在一些人那里，主要是城市里的一些人那里，兴起的极简生活风尚，实际上就是对隐居生活的模拟；物质在予人以方便的同时，也予人以牵挂甚至羁绊。少一物则少一分牵挂，身无长物，了无牵挂，高蹈于物质之外的精神世界，则类神矣。

但是外在环境是无法模拟的；正因为外在环境无法模拟，所以也就只好向内，将自己的生活简化到极端状态，以配合身心完成关于隐居的想象。

而我在郊外的家里，用度极简之后，外在环境也相对自然，就越发接近于隐居状态了。在无人打扰的安静里早睡早起，吃喝用度以"够"为标准,自行车为唯一交通工具;除了手机电脑之外不用电,灯也不用,必要时用蜡烛;没有空调,没有冰箱,更没有电视……在这样环境的静寂高远之上的物质上的节制状态,与隐居者于山中的真正远离尘嚣当然还有本质区别,但是在尘世之中已经约略似之。

物质简单以后的人会有一种放空以后的不满足,会有一种积极的向往,会有一种从人生的最低处对日后可能的生活的仰望;当然更会有一种放下物质,专一于精神世界的孜孜以求式的义无反顾。

住到郊外的家里,固然不是隐居,不是隐居南山,啸傲林泉。但是这并不妨碍一个从长期的城市居住经验中走出来,来到一个异常安静的、有相当农业社会风貌的环境里来的人产生隐居的感觉。

作为一个没有决心抛开一切去山中做真正的隐居的大多数人中的一员,能在边边角角的意义上靠近一点点隐居的感受,也是非常难得的体验了。隐居虽然很难,但是依旧令人向往,对其体验性的追求几乎是相当一部分人不无浪漫的本能的重要组成部分。

这里不是黑塞的《世界改造者》,不是梭罗的《瓦尔登湖》,不是都德的《磨坊书简》,也不是那些上了终南山开直播的当代隐者的田园,但是这里已经在一定程度上具有了那些远离人群的人曾经体验过的某种隔绝烟火气的意味。

侧身自然环境,远离尘嚣,内心安宁,乐此不疲。体会人在自然之中俯仰劳动之美。这最后一条没有达到,前两条也多少有些折扣,但是处于这样的时代与环境中,约略接近已属不易,已不可苛求矣。

上午阳光升起来以后,麦田的绿色和山前平原的自然之态,在一定意义上还原了大自然的旧貌。这样大自然的本色让人心旷神怡,即便退一步，只是回到了农耕时代，也具有修复人的眼目身心的奇妙功能。

这样的感受，几乎每个晴朗的日子里都会到来，一再强化自己对这里的、对现在的居住状态的自我肯定。

在窗前那个超级稳定地遥看西山的位置，已经可以让人坐着读写一天，忘了饭点儿。

不时从窗前回到书桌前，只是为了记下突然而至的什么想法；这样的突然而至多了，也就是这样离开窗前回到书桌前的行为不断穿插在这一天的"宅"状态里，就是除了吃喝拉撒睡之外的全部生活轨迹。

这样的物理位移如果没有丰盈的内心生活，大致上就是坐监狱的状态了。所以隐居的前提应该是建立起尽量丰富的精神世界，在俯仰天地的体力劳动和浩渺深邃的精神劳动中，获得尽量只依赖自然支撑的圆融生活。

我是不是实现了自己的理想

早就习惯了理想很遥远、很难实现的状态，一方面是因为理想的确遥远，自身条件和理想中的状态还相差很多；另一方面也是因为一种固有观念，那就是如果不是还差得远那还能叫理想吗？

不过，住到郊外的家里以后，蓦然回首，我发现至少在这个清明假期里，我是不是可以说已经实现了自己的理想了！

总的来说，我是热爱自己的工作与人生状态的：毕竟还是一个与读书有关、与书有关的职业；自己又可以在这种职业状态之下，进行自己所喜欢的阅读与书写，由此养家糊口并且面对世界。

如果退回到高中时期，说你未来肯定可以做这些事情，那当时应该是非常激动的。当时那种苦学以寻找人生之路的状态之中，唯有要将青春在苦学中度过还可以在一定程度上进行自我把握，其他的实际上都非常渺茫。苦学只是在理论上存在寻找人生出路的可能，而不是一定可以寻找得到。在年轻的热血沸腾之中，一方面是有一个高大上的理想在看不见的远方，一方面也一直伴随着前途未卜的惶然。

而今豁然发现，这种可以在一处安静的、如山中避暑胜地一般的房屋里，自由地阅读书写的日子，就已经是自己想要的生活了。甚至可以在一定程度上说，已经实现了自己的理想，至少是理想的一部分内涵。尽管让人很不适应的是，它居然并不在远方，就在眼前，就在当下，而且还不高大上。

理想并非十全十美绝无瑕疵，实现理想也肯定是相对意义上的。因为永远有比理想更好的境界与状态，并不是所有的理想都难以实现。在必然的奋斗与偶然达成的条件下，理想是可以约略实现、近于实现的。实现了它也还可能跑掉，跑掉以后还可能再被自己抓住。只要你一直在努力，没有浪费时间；只要你始终心怀执念，既从容不迫也从不放弃追求。

清明时节，因为气候变暖，所有的花几乎都集中到一起开了。人们到绿化部门规划并且栽种了花的地方观看，这就是人们度假和过节的方式，是人们赏花的方式。而河边的住宅楼无意中与河边红色的绿道之间形成的一种仿佛是生活本来的样子而不是景区模样的一段，则显得有一种难得的就在生活之中的美。

类似的场景还有公园里挨着旁边的小区的地方：开花的树是前景，后面的高楼是背景，而道路在花树前恰好拐了一个弯儿，人们悠闲地走在这条春花盛开的弯弯的路上，形成近于理想的画面。

如果在自己的生活之中就有这样的画面，就有这样叫作春天的景象，实际上人们也就不会如此集中地跑到绿化带和风景区里来看春天了。而世界上一些地方，是已经实现了这样的理想的。

突然可以很好地理解那种到一个地方度假，住下以后并不去什么景点，而是就在周围找一个地方安然地看书晒太阳的方式了，那也许才是享受崭新环境，尤其是崭新环境中最美的部分的贴切路径。

而任何地方的风景都仅仅是风景，都不足以吸引一个成年人简单地深入其间、走马观花式地探看，那是孩子们的行为；成年人的思索应该不只在那种表面性的东西上，那更多的是他们思索的背景而已。

　　这个关于风景和看风景的方式的感受，大约和什么时候有什么样的理想的问题有某些相似性。尽管自己以为正在实现理想，而从更高大上的角度上看，那其实算不了什么。算不了什么是因为参照系不同，眼界不同，但是关键的一点是当下的感受到位不到位。假如可以到位，那至少就已经是现阶段的理想的达成。

　　在大家都因为疫情渐去而解封的时候，我自愿地进入了居家不出门的状态，整个假期都在屋子里。没有痛感，还津津有味，乐此不疲，乐趣多多。甚至想永远这样过下去才好。

　　这让人意识到很长时间以来，有太多的时候都已经没有平静从容地阅读的平和心态了。找回了这种久违的安心、平静的表现之一是，以前多少时间都不擦一下的电脑也经常保持一尘不染了，眼镜也跟着经常擦拭了。忙碌并没有耽误这些因为对于自己的状态满意而来的珍视之举。

　　而到了上午十点的时候才感觉到毛衣穿反了：从早晨五点到起床到有感觉已经过去了五个小时。这就是精神生活呈现着一种愉悦的状态的外在表现，近乎忘我之境。

　　我的理想，现在我的理想，大致上就是坐在楼上面对窗外的不远的远山和碧绿的麦田的这个位置吧，坐在这里阅读、书写和遥望。

　　到了4月6日，假期最后一天。阳台上洒满阳光的位置已经不太适合长时间地静坐，后背晒得让人难以忍受了。所以屋子里的长桌边，成为越来越多的替代选择。好在屋子里还像是在户外的树下一样支了另一套桌椅，可以让人一直坐下去。

　　坐下去的时候，仿佛是在一个平房大院，丁香花正在开放的树下，季节以与人无间的可以被人从色香味的全息角度感知的方式，而不是现代城市中那种需要驱车跑到公园绿地中去拍照到此一游的匆忙方式光顾。这种不由自主的想象既是对当下状态的肯定，也是对类似的环境、更好的环境的向往。

这也就是有人说的，理想是不能完全实现的说法的道理所在吧。

正是一年之中屈指可数的好时候

4月2日，不冷不热，温和适中，一切都刚刚好的一天终于到来了。这是一年四季里只春天有几天、秋天有几天的好日子，是人的一生之中其实屈指可数的好日子中的一个。在这个唯一适宜人类生存的地球上，还是有你居住得最适宜的日子的，我正是在这样的意义上说它们是人的一生之中屈指可数的好日子的。

少年不知愁滋味，更无心于气候温度；老年渐入迟钝麻木无感，中年经验日渐积累有了对比且感觉丰富，无奈又为人事纠缠，往往错过。所以真正能将每年春秋两季之中这几天不冷不热的好日子感觉到，沐浴到它们的光辉里，感叹、流连、享受其中的时候，实不多有矣。

在这样的好日子里，人在自然之中，在刚刚形成树荫的林子里，在很多花已经落了还有很多花正在开着的时候，走一走，看一看，呼吸呼吸，便是这个季节里，便是自己的人生中的大享受。它的独一无二，它的可遇不可求，它在漫长的炎炎夏日和冷酷寒冬之间的昙花一现式的短暂存在，本来是人们珍惜还珍惜不过来的好日子；但是因为城市化的建筑封堵了人类的感觉，使人们对这一天和另一天、这一个季节和另一个季节之间的区别，越来越仅仅归结为穿衣指数这样一种显示在手机屏幕上的数字而已。

所以真正走出来，到至少模拟了自然的河畔林荫中来感受这样的好时候的人，还并非很多；至少目测是和平常那些要么偏冷、要么偏热的天气里没有太明显的不同。对于现代城市人来说，只能在假期里偶尔外出，不能每天都置身自然、置身季节，几乎已经是必然的代价；不管是不能来还是不肯来，总之平常来的人除了垂钓者之外，就是老人和孩子了。

而我来往郊外的家的路上，却是正好可以经常这样走一走的。何其幸耶。

柳絮杨絮吹了一河道，水面几乎完全都被它们铺白了。这是这个季节的寻常景象，虽然不过是年年如此今又如此而已，但是也只有每年这个时候才会有，别的时间、别的季节绝对不会有。

这种"绝对不会有"并没有引起人们的任何兴趣，没有人对着它们拍照发朋友圈。时光稍纵即逝，大家却都不以为然。在不以为然里，其实每个人也都沐浴在温和柔美的环境状态之中，身心都无比惬意，都是最舒适的时候。

楸树像是叶子上落了一片白色的鸟儿、粉红色的鸟儿一样地开了花，因为鸟儿落得太多，所以风过之处，每一根枝条都会颤动摇摆。两种颜色的花开在两棵并肩而立的楸树上，树干树叶完全一样，只有花朵的颜色不同。这种自然的神奇，让人惊喜，让人觉着不可思议却又是眼前不容置疑的事实。

为什么要置疑？只是因为太过美好，不觉着自己的生活里、人类的视域之中还有出现这样的妙不可言的美景的可能。楸树花开的感觉是让人喜出望外的，因为从个人经验出发，以前没有期待，没有想象；骤然看到如此的美，让人怎能不沉醉。

楸树的叶子类似泡桐，但是比泡桐要小巧雅致；树形一般也不是很大，没有泡桐那么常见。和泡桐在几乎还没有叶子的时候就开始开花不一样，楸树是在叶子不大不小的时候开的花，是在别的草花和灌木的花朵大多都已经落了以后开的花，是在谷雨之后春末的时光里开的花。

楸树花开，意味着最温和适中的日子已经到来，意味着夏天已经不远，意味着繁盛的春事正在落幕。然而这样的落幕以包括楸树、洋槐树、构树等乔木花朵为主体，便一点儿也不显得潦草，甚至还很有美不胜收的压轴大戏的意味。

柳絮杨花挂在刚刚萌生嫩叶、刚刚吐出穗子的构树上，像是未老先衰地长了白须，直到发现了幸好没有挂上白须的构树才明白，这些白须不是构树自己的。

构树这种除了夏天的时候看见它极其特殊的红色花朵抑或果实的时候，会引起人们的注意，注意到这是构树之外，别的时候一般都是没有什么印象的。那种既是花朵也是果实的红色落到地上以后便像是一摊泥一样不易去除的样子，使人不得不小心地绕行，生怕沾到脚底上；也许正是这样的不便使人对它们没有什么好感，也是这样的不便让人们记住了它。

构树和核桃树很像的长毛毛在春末的时候才刚刚吐穗出来，而整个树冠还几乎是光秃秃的，让人以为它们是些没有能熬过刚刚过去的冬天的死树。它们的迟钝和晚行，与钢枝铁骨的枣树有一拼；不到昼夜温差缩小到一定程度，不到白天不冷不热的好时候就断然不会发芽。

四月中旬一到，尽管也还有些植被没有开花，但是已经开了花的，大多数都已经进入了朱颜辞镜花辞树的阶段。树叶增大加厚，树荫形成与阳光的灼热程度几乎同步的匝地景观，让人可以分明地体会到树林刚刚形成大面积的阴凉的时候的那种惊喜。

不管是什么树，大家都站在一起形成林子，形成林子之间的荫翳的时候，就让人觉着叶影扶疏，正可抵御逐渐强烈起来的天光，容人一片怡然的天地。时序在这样不冷不热一切刚刚好的时候，能走在这样由各种各样的树木形成的林子的荫翳中，这不是人生的极致又是什么呢？

所谓诗和远方从来不只在远方，如果说是在每个人的心中有点费解、有点因为不直观而不容易达成的话，那这样在好季节的郊野之中便是可感可见的切实存在了。

我坐在这样的树林路边的长椅上看着手机上刚刚拍的照片，突然电动车一闪，一个女孩从我面前快速通过的同时，摆了摆手微笑着说叔叔好，我几乎没有任何迟滞地立刻也挥了挥手，同时说你好。

她笑着点了点头，一瞬间就远去了；林间的荫翳中，一派望之不尽的怡然。

孤独本是题内之义

　　黄昏的时候，平台上降温基本上每三分钟一个档，很快就冷得让人坐不住了。尽管天光还在，强大的田野和山麓气息裹着季节之中的凉意骤然而至，将郊外本就不多、城市中才更多一些的燥热驱赶净尽。

　　昨天一直在预报的寒流，这时候似乎开始兑现了。风声渐渐大了起来，先是在窗口猛力地推着，然后就可以听到掠过房顶和墙角的时候的呼啸，还能觉察到远远的后劲，在山野之间隆隆地持续。让人多少有点惊异的是，这种持续不是一股劲，而是带着明确的间歇性，每次间隔似乎都使风力更大了一些。

　　风声怒吼，黄土漫天，风将墙角的每个边儿都用力刮着，用刀子刮，呼啸不止地刮，完全是要将这开发商偷工减料的建筑给拆毁的架势。

　　风声可不像雨声那么悦耳且有安眠的作用，它凄厉而无规则的吼声，不是乐音。刮削声、呜咽声，压抑、愤怒、持续；拐弯儿抹角地要吹到你，因为一直没有吹到你而不肯善罢甘休，不达目的不停止的劲头儿让人心生恐惧。

　　从窗口望出去，雾霾尽去，西山像是距离近了一样，可以在尘土飞扬的间隙里清晰地看到山的细节，而不再有从平原上看的时候那种有没有神仙的诗意疑问。山已经被多年的开矿弄得满目疮痍,很多都已经失去了自然的曲线,变成了一具不无丑陋的残躯。风过之处,像是沙漠一样卷起漫天的土雾、石粉阻挡了你越是丑越是要看的本能。

这样的呼啸和扑打使人紧闭门窗,退守到了自己的心中。

楼道震颤,有脚步声。这在城里是再正常不过的事情,但是在这里禁不住你就会侧耳倾听。因为这个楼道里只有几家装修了,且都在五层以下,所以这个脚步声不应该上到很高的楼层上来……然后另外一个"焦虑"就浮现了出来:会不会是楼下哪一家准备装修了?那样的话,这里二十四小时持续的安静便会在很长时间里都难以保持了。如果开始装修就一定要去问问,看工期多长,那就得回城里去住了……

这些在安静中产生的"思想"实际上大多都是人在长时间的安静里难免会有的胡思乱想。不过,这里的环境几年前自己来住的时候就有过判断:现在是住在这里最好的时候,等人多了,等周边都发展起来了,就没有这么安静,没有这么好了。那将会和城里没有太大的区别。

所以,现在每一天都格外值得庆幸和珍惜;尽管与安静伴随着的一定是某种程度上的孤独。

生活在一个周围人很少的地方,和生活在一个周围人很多的地方的不同,即使足不出户,也是区别很大的。周围人很多的缺点是乱,优点是你知道周围有人,有人气,不孤单。尽管你不与他们打交道,但是你的心绪也不会有一个人在宇宙中的那种孤独感。

而生活在一个人很少的地方,从直观上来的这种孤独感觉往往就会由此加剧。那种稍有风吹草动就会产生的漫无边际的胡思乱想实际上就是孤独的表现。偶尔回到城里，在熙熙攘攘的街头，竟然会有一种欣赏的乃至盼望已久的感觉。平常甚至还会有一种想法，就是骑车去不远处的河边旅游带，不为了看风景，只为了看看看风景的人们。

这个居住环境将生活中应该有的、本来如此的常态——孤独，显现了出来。这也就让人突然意识到，我们平常所谓的不独孤，大多其实还是一种因为周围人多而给自己造成的假象。仅仅周围人多我们就觉着不孤独，是一种群体生活的人类本能，而在实质上，那么多人又有多少是可以共同面对生活细节、共同探索精神世界的呢？

住到郊外人少的地方来的时候，这种真相突然袒露了出来；因为周围人少而有了孤独感，实际上是和在城里的时候相比，去除了原来的假象而已。问题是人就是愿意生活在假象里，即便是假象，在被去除的时候也依然不好受。

这就涉及一个终究还是要直面真实的问题了。早一点直面总是比晚一点直面更好，早一点直面可以早经受锤炼，早一点接受下来。从这个意义上说，这种因为脱离开城里人多的环境，到了人少的郊外的环境里而突然被意识到的孤独，也许真就不无益处了。

何况，在如今的时代，手机实际上已经大大弱化了我们的绝对孤独——也就是那种个人和世界和他人的信息绝对断绝的孤独——的感受。因为孤独本质上不是人和人不能相见，而是人和人隔绝，不能得到他人和社会的信息。

也就是说，孤独的烈度已经大大降低，因为世界万象，多数信息，随时都可以通过手机在第一时间抵达你的眼前；亲人朋友的动态又时时可以在朋友圈之类的社交媒体中直观地看到，你即便是身在深山老林，只要有电，也断无信息隔绝的绝对孤独。

何况身边还有在空调预留孔里做窝的麻雀，还有大面积的麦田，有绝对不规则却也绝对耐看的山脊线；这些作为自然一部分的优雅的生命、色彩、线条，因为美而被爱，反之亦然。在人和自然的这种爱与美的互文关系里，孤独是难以容身的；孤独作为创造力的温床，会使人发芽生根蓬勃昂扬。

感到孤独往往是人类长期聚集生活所形成的习惯，生活习惯和文化习惯使然。对于生活在科技发达社会中的人类成员而言，独处会带来压力，他们已被灌输了这样一种观念：孤独是可以避免的，而且是应该尽量避免的。但世界上依然有一些文化传统把孤独视作自然的惯例。佛教认为，灵修、参禅胜过群居的享受，那样的享受往往伴随着含混和麻木。

即便如此，当我们在物理空间上和人拉开距离的时候也依然会不能自抑地产生孤独感，这种情况想一想也就可以明白，人生的题内之义其实就是个体之间无法永远融合的孤独。孤独是人的本质。现在你不过是从虚假的热闹的假象里抽身出来，回到自己的本质而已。

或许可以说，在相当程度上孤独感往往是因为没有丰富的精神世界，而在自由劳动，包括自由阅读与自由写作状态中的人，是不会陷于孤独的，至少不会长时间陷入其中。

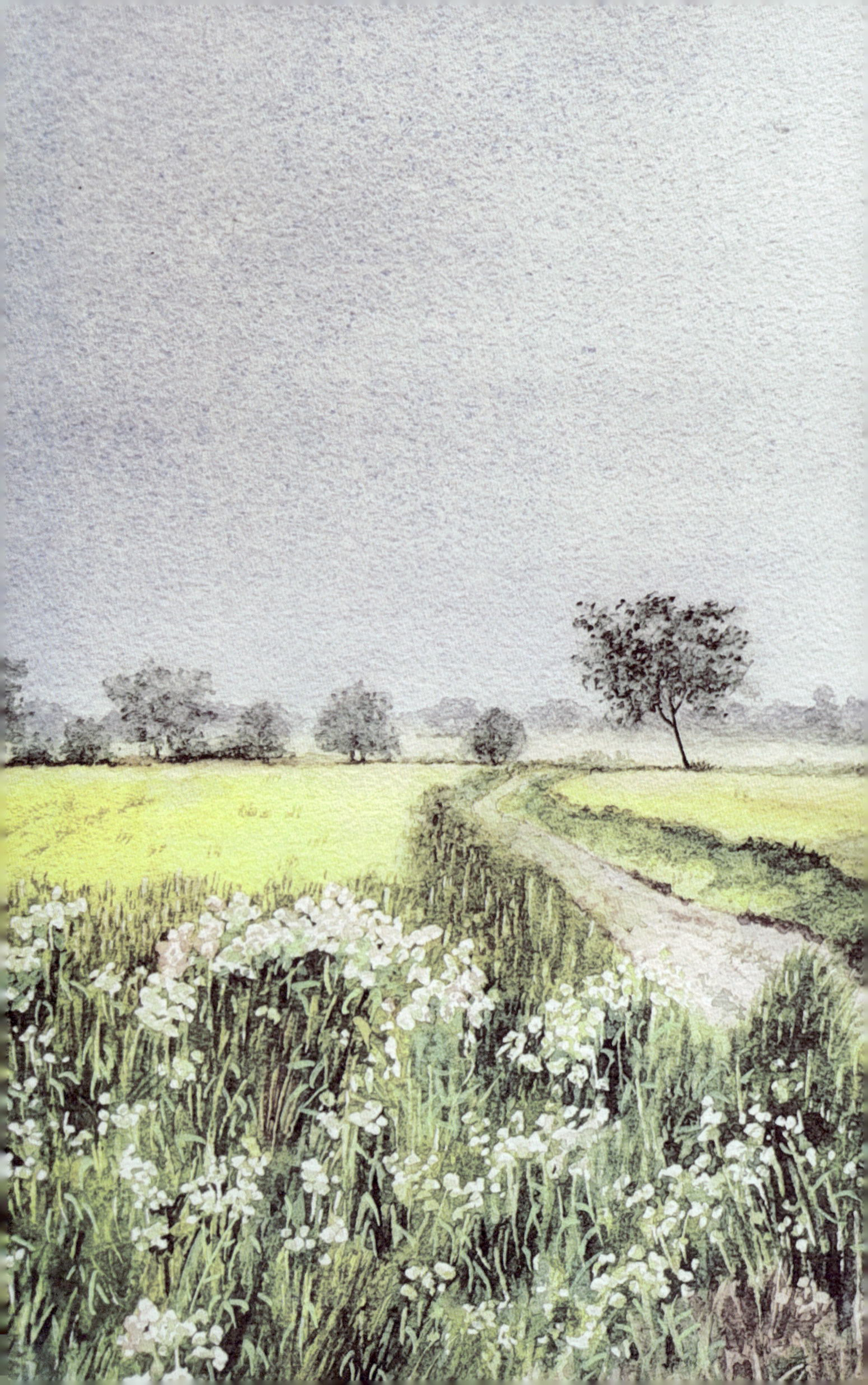

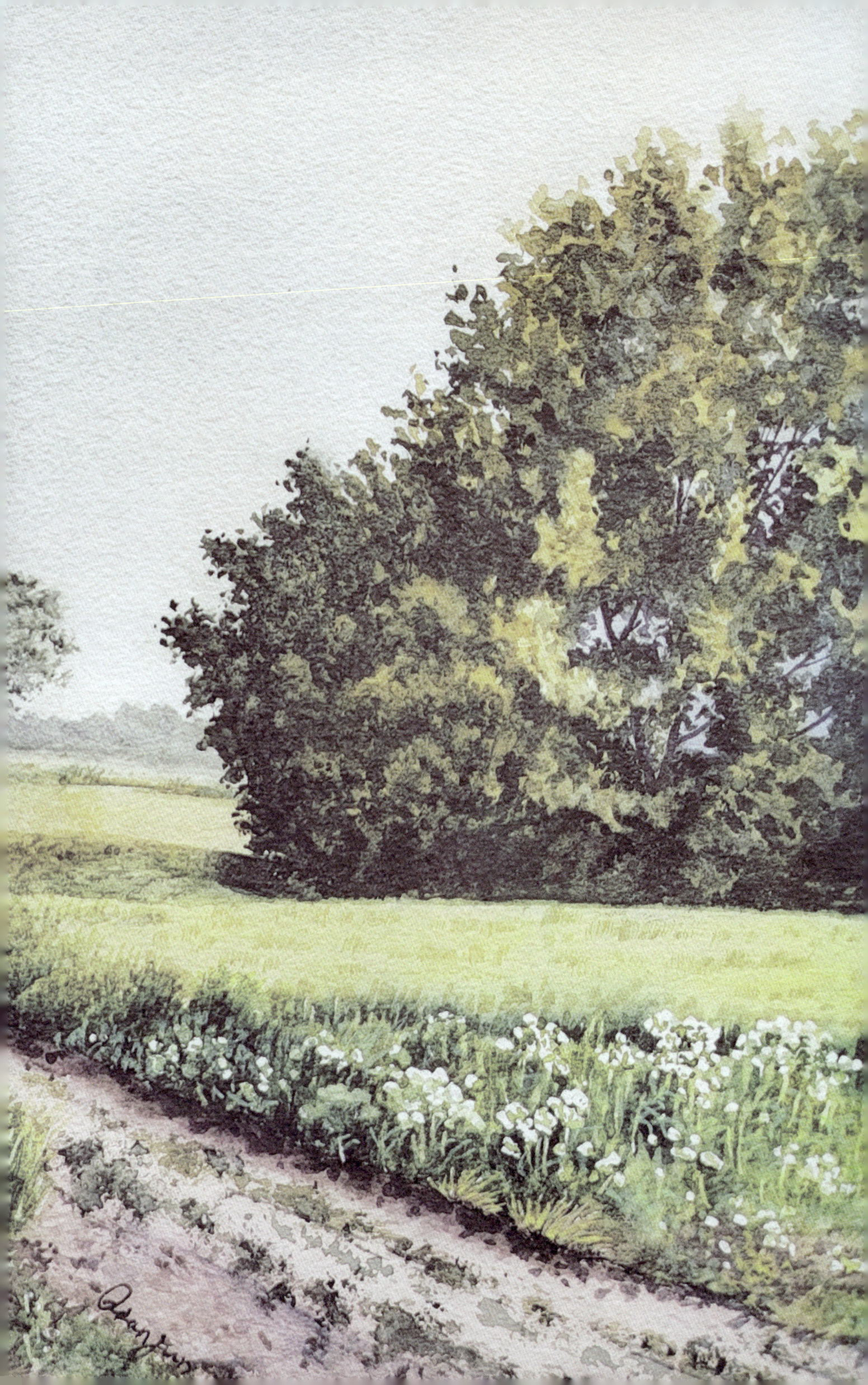

什
物

物格外是物

迫不及待地回到郊外的家。将带回来的东西一样一样拿出来，好像会有一个充满期待的孩子急不可耐地奔过来，要全部抓到嘴里。现在他的喜悦就是我的喜悦，我因为他的喜悦而格外喜悦，而我们的喜悦的源头正是这些带回来的东西。

看，每一样东西都格外是那个东西，都特别能显示自己的价值，它们在这个环境里才物有所值，才是原来的那个它们自己。老面包的包装那么完美，山楂片一个挨着一个居然有那么多，多果粒酸奶两大排，一早一晚各一碗能喝上好几天，碧绿茁壮的菠菜一大捆只要三块钱……

在这样周围都是自然环境的家里，既可以时时外望获得自然的风景；又很奇妙地拥有了在室内的耐心，甚至有一种分明的感觉：每一种物都最充分地显示着自己作为那个物本身的特质，每次面对它们，你都如孩子与他们初遇一样地饶有其趣、欣欣然不已。

其实物还是那个物，从来没有什么不一样；也就是说，在这个环境里，你有了耐心，有了从容的眼光去关注每一样物。能使物就是那个物本身的环境一定就是好环境。因为在这个环境里，我们对待每一样东西都有了儿童一样的专心和兴致，有了善待一切的良好出发点，有了不被打扰的从容和稳定。

在每一样东西都格外是那个东西的气氛里，就总是可以十分专注地做事，不论是写作还是阅读，还是做笔记、做家务，甚至做饭打扫卫生，无一不专注。

我们在城市生活里一向对几乎所有的物都不以为然，充耳不闻，过眼不见：它们在自己的位置上发挥着自己的作用也就罢了，不会凝望，不会对它们有爱不释手的关注。拿起来就用，用完就放下；撕开包装就吃，吃完吃不完都可以扔掉；所有的物都不过是人类的附属品，都不过是仅为我用的一用之物。

但是在郊外的这个环境里，每一样东西似乎都明晰起来，都有了它们作为一个物品本来的功效之外的美。即使它们因为时间而耗损，有了问题，也依然会让人有满满的耐心去认真修缮、妥置。

因为好几年没有住，乍一回来，屋子里已经是一片狼藉。只是时间本身，就可以将一切损坏。

塑料纸篓稍微用力一碰一捏就碎了，碎如齑粉。那种没有任何阻力和硬度的粉碎状态让人吃惊、想笑。时间居然可以如此毁坏一件当初完整结实的物品。去门口小店里买回来的情境还历历在目，好像就在不久前。实际算起来也不过六七年前吧。当然这只能说明这种制品的粗制滥造。

洗发剂已经板结，硬抠出来的时候成了一摊半固体的稀泥。一块就已经太多，起了太多的泡泡。这也许说明它还没有失效，至少还有点效，看了看生产日期是 2010 年。

安装门框上的挡风条儿的胶已经失效，密封胶条也老化得硬如树枝，时间在这些劣质的物品上显得特别有效。只消几年，就可以让一切瓦解崩溃、烟消云散。也只有时间能将尘土以如此均匀的方式，涂抹到从桌子上的一张旧车票到整个地板上的每一块外露部位的能力。

使用每一块地方，使用每一件工具，要做的第一件事都是把那块地方和那件工具上的土擦去、洗净。这是不能集中全部精力和时间先做全面彻底的大扫除的代价，也是将清洗打扫作为一种屋子里面的体力劳动的调剂格式吧。这样住上几天，或者十几天，慢慢就会将所有地方、所有物品上的土清理掉吧。

时间会改变一切。几年时间，门框起皱，模仿藤椅的号称不怕干湿变化的塑料线缠的椅子已经多处断皮，坐上去能感觉得到支撑已经非常勉强，随时可能出现漏洞。就连塑料的炊帚、塑料的马桶刷子，拿起来一用的话，也会出现大量的断丝，弄得到处都是。床板上的垫布碎成了小小的布片，桌子角上一点点没有躲开阳光的地方已经被晒得褪了色，成了一种失血后的苍白。

在没有人的时间里，屋子里的所有东西，不论是被单还是书与椅子，都好像进入了不能呼吸的不见天日的窒息状态，连平台上的钢铁制作的秋千都因为锈迹斑斑而腐朽断裂倒塌了。

只有人回来了，有人住了，把它们逐一清理干净了，才终于重新可以呼吸了，愉快地呼吸了。尽管它们的位置和空间状态一点儿都没有变化，变化的只是周围有没有人的存在。人造之物依赖于人，正与人依赖于人造物相同。这种从来如此的互文关系，只是因为到了郊外的这个好环境里，才更其鲜明地被意识到而已。

这种猛醒似的体验让人愉快。尽管不管在做什么，手上都经常会有很涩的感觉，那是因为所有的东西上几乎都有很多的尘土，虽然进行了扫除，但是终究难以一一穷尽。很难一气做完一件事，因为要做的事太多，所以大多都只能是适可而止，只有穿插着分别做不同的事情，才会让所有的事情都始终保持不劳碌的兴致。

去做饭,去洗菜,等待蒸熟的时候不妨先回到电脑前面来写上一会儿;即使洗菜本身,也往往是先要把洗菜盆洗出来,而洗菜盆上的油污是需要洗洁精的,洗洁精的瓶子却已经满满的都是土,没有任何位置可以下手捏住……

任何事都不要希图一蹴而就,而生活的乐趣也就在这样的好事多磨里了。反正什么时候都没有人打扰,没有噪声,没有人。听着铁碗里的米饭在蒸锅中被滚开的水颠簸着频繁敲击锅底的声响,便是移步回来写字的最好的伴奏,甚至还大可以躺到沙发上随之入眠了。

可以理解那些独居者,那些住在自然环境里的人,为什么很容易选择做一次饭吃好几顿了。做一次不容易,除了做饭还有那么多不亚于做饭吃饭的好事等着呢,干脆就多做出一些来吧。

不知道为什么没有水了。看看小区的群里没有人说这个问题,也许是水压问题,不过由此发现厕所马桶里却在源源不断地漏水,虽然水流非常细小,只有借助厕所窗口的光线在马桶壁上的反光,或者是看马桶下水的表面上被细小的水流冲击成的涟漪才能判断,但是这肯定是在漏水了。这样的漏水是真正的细水长流,不仅使马桶永远也灌不满水,还因为这里整栋房子的最低水位,上来的一点点水就这样全部跑走了……

于是赶紧下手修理。先是把手伸进去反复搓擦,试图将水阀上的水锈去掉;不论用什么样的角度,总是有死角,最后一使劲居然就把整个水阀拿了下来。这才恍然:原来正经的修理就是这样拿下来进行的。

重新装上以后继续漏水,不过好像是更小一点了。因为不论怎么借助窗户上的光,马桶壁上也已经看不见水流了,只有下水的水面上还有涟漪，一种类似水珠打转似的小小涟漪。于是又摘下来，又擦，又装，又反复按下出水阀门，还调整了浮子满水的水位……这样反复了多次以后，下水的水面上还是有一点点微乎其微的涟漪。

这时候已经有点精疲力竭了，胳膊上蹭的都是水渍。躺到沙发上查看网络经验，看了一会儿，再去厕所准备硬着头皮继续修理的时候惊喜地发现，下水水面上的小小涟漪也已经消失了。而且马桶里第一次注满了水！想想住了两夜了，这个马桶从来不曾注满过水，水都这样跑走了。而且现在只用了这么一小会儿就注满了水。这两天以来，至少是自己回来开了水闸以后已经跑走了多少水！

一个家，至关重要的就是水电基础设施。一定要有针对每一个设备有效的开关，这样才能在保证外面总闸关闭之外，还有第二层的保险。

以前从来没有关注过，甚至从来没有意识到其存在的马桶，这一次以这样的方式充分显示了自己的存在。屋子里的一切，哪怕是很细微的一样东西，都以这样清晰明确的方式向我展示着它们自己。

在桌上用网购来的书夹子立起来一摞书，形成了高中生课桌上的专用格式。优点是可以让人随时看到自己正在看的每一本书的书脊，坐下来顺手抽出一本来翻翻看看，很方便。

这成了阅读书写之余的一种审视，也是让人安坐书桌前的一个魅力源头。它使人觉得生活有意趣，觉得有那么多有意思的事情在等着自己。

只有一个干丝瓜，放了这么多年也依旧是一个干丝瓜，它抵御时间的能力比人造物强很多。时间可以打破一切人造的东西的固有格式，使其失效；纯自然的东西之中却有很多能经得起这种时间考验，有显然比人工更为长久的品性。

用这丝瓜来刷碗的时候，里面黑色的丝瓜子儿破皮而出，哗啦啦倒出一片，带着一些黄色的丝瓜瓤子的碎末，那一定是当年包围着丝瓜子儿的丝络，也就是营养物质。一切都已经干透了，连丝瓜子儿都已经收缩成了有皱纹的模样。它们自己无论如何也想不到，过去了好几年时间才一朝得见天日。

在小花盆里洇上水，点进去了十几枚。

时间已近清明，生机已至，静待发芽。

郊外的家点滴录

被打扰是难免的，不管是一个熟人领着一群人来看房子还是电视台来拍儿子的片子，都是对自己生活的一种切断和搅动。对于一个以思想和感觉为人生之事、以阅读和写作为人生主业的人来说，这些人之常情同时必然是一种打扰。而他们只言片语的评价也都成了那个扰攘在外的世界对你的新居可以预料的闲言碎语的落实。

普通的人，按照大众话语生活也直接制造着加强着大众话语的人，是无法理解简单装修之类的事情的：墙上居然没有刮腻子，阳台居然没有贴瓷砖，厕所居然没有吊顶，厨房居然没有安门……他们会自觉地以别人的标准来做标准，不管怎么样也一定要将自己的家装得和别人的家一样，按照大众话语实际上也就是商业话语所要求的那样，必须怎么怎么才怎么怎么。在这个过程中似乎完全忘记了自己的住所不是为了让别人参观而只是为了让自己住，按照自己本人的真实意思住。

不唯装修，他们在生活中的很多事情上其实都是不肯给自我的独立意识以空间的，他们非常自觉地封杀着自己。不管有没有钱，他们都始终是生活质量很低的人。

彻底地把所有的螺丝都拆下来，在轴承里上了些润滑油的替代品花生油以后，终于把那在地下室放了很多很多年的木头转椅给修好了，好到了一种完全超乎自己的想象的程度。把一件在心里已经彻底放弃了的东西给修好，使它恢复当初的功能，这仿佛又白得了一件东西的愉悦，这对自己的动手修复能力的肯定，让人着实兴奋。据说这是一种属于男人的快乐，快乐的根源在于动手能力所代表的生存技巧上的自我肯定；从修理家具到补房顶，从安装插座儿到抹水泥台儿，尽属此列。而修理的耐心和劳动的乐趣，完全是因为在新居的环境里获得的怡然的心态。

到了郊外的家，自然就不必再像住在城里那样每天花几个小时到郊外跑步了。这时候自己才明白，那种锻炼身体的习惯后面实际上还有一个更大的推动力，就是对郊外生活的向往，对城里生活的逃避。能逃出来一会儿是一会儿，不管是以什么名义。那些无论昼夜，无论雨雪，总是跑到郊外的河边钓鱼的人们，大约也是有着这么一种自己可能都不大会承认的原始动力的。大家不过是以不同的名义逃出城来而已。

楼下的视野里，有村庄卫生院的一个角落，那个角落里是一溜平房前的几棵树和树下的一方小桌和一个水龙头。这是这个村卫生院的家属小院儿，但是似乎只住了一家人；经常可以看到大人孩子在那里接水洗菜或者围坐在一起吃饭的情景。这合家坐在一起吃饭的景象中有卫生院的墙角里一棵茂密的大树，略略歪着头，成为这坐在院子里吃饭的一家人的前景与衬景。这样一来，就完全成了一幅画。

从窗口可以看见村口的杨树林荫道。今天的杨树林荫道上正在过事儿。

村子里的白事总是程序漫长的。炮声不断，仪式多多。与城里的快捷简便相比，这样漫长的仪式使活着的人更有时间、更有精力、更有耐心来表达，表达他们对于死者深深浅浅的思念与怀想。大家都还有心思与时间把这人生最后的仪式搞得完整而细致，在关于逝者的仪式中充分地思考一下人的生死之类的哲学之想。

绵延的炮声，声高声低，几次次响起，每次响起似乎都要持续半小时以上的时间。生活在相对淳朴状态中的人们会更多地继承人类原始的传统，本能地在生死这样的问题上赋予更确切的形式。

村子里的十字路口，这个死者活着的时候无数次走过的地方，成了这种有形的表达的一个最重要的地点，表达在这里就有了表演的意味了：做给全村人看，做给所有经过路口的人看，做给死者那已经高高在上了的灵魂看。而所谓表达其实主要就是放炮。炮声此起彼伏，绵延不绝，它们代替了人声，模拟着人声，音大声威，传之遥远，让四下里看见没有看见这送殡的场面的所有人所有的灵魂，都一再地意识到丧家的"表达"。爆竹这种东西就是为在这样的自然环境中的人们准备和使用的，村庄与田野的这种疏朗的环境还在一定程度上传承着人类的祖先在发明爆竹的时候的生存环境。而在人口密度过高的城市里，在噪声污染本已十分严重的城市里，无论是爆竹还是烟火都只能激起人们的厌恶，从而被以环保和安全的名义禁止掉了。

送葬的队伍终于离开了十字路口，出现在了村外的杨树大道上。杨树大道的两侧都是刚刚收割过的金黄的麦茬，整个队伍再无遮挡，全部彻底地呈现在眼前：整个队伍由一溜三马子车组成，包括走在最前面的被打扮得花枝招展的灵车。三马子车一向在路上都是脱缰之马一般的突突突地乱响着快速奔跑的，今天以这样迟缓的速度慢行，发动机似乎都有一种随时可以停摆的衰竭之感。

灵车前面是十来个时而蹲下时而站起来向前猛躲一下的放炮

人，披麻戴孝一身白的死者亲属们跟着灵车慢慢地走着。这样的季节里，队伍里的一些女人只是在自己的短裙或者短裤之外罩上了一层孝衣而已，从后面和侧面都还能看见她们赤裸裸的腿来。这多少显得有点让人分神的装束，与送葬的气氛是不大贴的，但是又没有任何人提出异议。乡村生活是淳朴的，同时是粗糙的。

用蜡烛，不用灯

不开灯，点上蜡烛。

至少在夏天，我是很不喜欢开灯的。如果是在秋天、冬天或者春天，打开一盏昏黄的台灯，也许还是可以容忍的，甚至还是美的。因为台灯的灯光不仅照亮了早早就黑下来的屋子，更提供了一种抵御寒凉的温暖，甚至还是审美的对象。与之相比，夏天是不需要开灯的：夏天的白昼时间长，夏天热，灯光在大多数时候不仅多余而且让人感觉更加燠热，并将本已很短的夜晚切割得更短。如果有一种开灯不开灯的美学掌控的话，夏天当属于不开灯的季节。

在我们大多数时候都是平庸的、无可奈何、无能为力、无可改变的生活情势下，力所能及地做这样一点点选择，顺乎美的规律的选择，并非可有可无，而恰恰是弥足珍惜。

所以不开灯，点上蜡烛。

蜡烛照亮的首先是它自己，将自己汪在溶化的蜡油里的灯芯照亮的同时在蜡油里形成了一个燃烧并且同样摇曳的倒影，将自己还未燃烧的部分照得通透了一段，至于蜡烛周围的事物，好像只有高处的书脊和坐在旁边的我的眼镜框是它照顾的重点。要想让蜡烛的光照面积大一些就要将蜡烛举高。过去的烛台设计是有其内在原因的，只有在高处，才会对下面的空间形成有效光照区域。还要适当地剪掉灯芯，不使其歪斜和倒伏；至于现在我正使用的这款蜡烛，其实不是为了照明设计的，它过于高大的一圈蜡烛壁是无法在第一时间里燃烧掉的，或者说是要到最后才会燃烧掉的；它们充当了挡风的墙的同时，也遮蔽了蜡烛的光。这是宗教场合使用的类似长明灯的蜡烛设计，其主旨不在照亮人间而在尽量长时间地表达人对另一个世界的心绪。

蜡烛的火苗摇曳着，没有人能感觉到的风也摇曳，说明只有它能感觉到风。蜡烛的火苗是任何微小的风都能感觉到的，都会立刻做出反应的；这种向着一个方向倾斜，然后又努力恢复到原来直上直下的方向上去的姿态变化之间，这种用客观视角看的话就会发现映到了房顶上的人影，像是在剧烈抖动着舞蹈一样，一会儿左一会儿右、一会儿上一会儿下，即便只有一个人也人影幢幢的状态，就是既往蜡烛时代、煤油灯时代的人类生活的日常氛围之一种。

这样的氛围，不用电而用蜡烛的氛围，与郊外的家的其他感受是非常般配的：窗外就是排闼而去一直到不远的远山的大地，大地上白天燠热夜晚清凉夹杂了庄稼的潮湿味道的气息，源源不断地涌上来，和着黎明前的秋虫之声；所有的声息和味道都是大自然原始的样貌。

烛光摇曳，秋虫唧唧，在一如暗夜甚至比暗夜还黑暗的黎明中，人在自然的怀抱里，人也如在往昔的情境中。

蜡烛虽然远不如电灯的照耀范围大，但是照耀范围小未始不是一种优点，它节约了光，让有限的光尽量成为全部有用的光，只照亮眼前一小块地方，其余的地方则让黑暗保持黑暗，不去过分打扰它们亘古的自然而然。而人也只有在那样亘古的自然而然里，才会获得持久的身心健康。

清新的空气里升起蜡烛的味道，烟的味道，火的味道。影子，清晰明确的火的影子，手的影子，物的影子，倾斜的、巨大的影子，和这些味道一起在瞬间里一起出现。一时间形成了一种被影子包围的烛火，和烛火制造了所有的影子之间走神的思绪。

蜡烛的光污染要比电灯小得多，它几乎是可以和自然的黑暗并存的自然的光。在这样的对比里我们会吃惊地发现，灯光照亮了很多我们并不需要它照亮的地方；灯光无谓地模拟了白天，甚至比白天更夸张地要让所有的角落都充分明亮。在非公共场合的自己的家里，在个人起居状态中，这是毫无必要的浪费，也一定是于身心有害无益的多此一举。即使需要光，蜡烛也已经足够。

在用惯了电灯以后，再用一用蜡烛，重回人类既往时代里的夜晚氛围，未必不是一种不忘初心式的参照。在这样的参照与对比里，也才能更明白电的优劣，明白人类在黑暗中起居的古老意境的舒适，以及某种程度的不方便。因为对照，人才能更好地明了当下的意义，人才能处于经常有所自知的警醒与敏锐之中，使世界有趣且多彩而非乏味和无聊。

有了电不意味着只能用电，用电不过是多了一种选择；这多出来的选择性固然就是人类的进步，但旧有的方式之中也依然有诸多符合人类与天地自然关系的周详之处。在客观需要与心境需要的前提下，甚至就只是在任性的前提下的选择，便是最愉快的了。

第一次开灯

八月十九日的傍晚
我重回顶楼的书房
因为连阴雨的凉爽,已经
惠及了所有的地方

对着西山顶上的晚霞阅读,并且
在夜幕降临以后
打开了台灯

灯光不再成为增加燠热的力量
入夏以来从不开灯的历史
宣告结束

十五瓦的台灯光
彻底击退过早降临的黑暗
意外的清晰里,是
让人惊喜的幸福
一如人类刚刚进入电灯时代

> 每个夏天都不开灯的我
> 每年这个时候
> 都可以重复
> 重复人类那种只有一次的
> 发明了电的喜悦

入夏以来第一次开了台灯,果然还是于处暑在即,出夏了的时候。其实这时候早已经忘记了快到了可以开灯的季节的预期,一旦它乍然而至,便充满了惊喜。自从入夏以后,灯光的热量也成为一个让人明显感觉得到的热源以后,就不再开灯。不开灯的历史持续了整个炎热的漫长夏天,在不用空调电扇的情况下,也竟成为一种抵御炎热的至关重要的措施。尽管这种抵御可能主要还是心理上的,而不是现实温度上。

现在又可以开灯了,天逐渐凉了,灯光已经不再成其为问题;天黑得也越来越早了,在顶楼面对夕阳看了一会儿书以后就什么也看不清了,很自然地就打开了台灯。如果天气还在盛夏,便不会坐到这个位置上,坐到这个位置上也不会有现在这样风凉之下的心无旁骛。盛夏的夜晚只适合摇着扇子走来走去,听着音乐,艾灸一下,隔上一会儿去洗了热水澡……

台灯受到喇叭状的灯罩拘束的灯光虽然只是照亮了桌面,但是在宽大的桌面上看书写字,沐浴在昏红的灯光下,也还是让人觉着很幸福,甚至是一种带着惊喜的幸福。抵抗了自然,招之即来,如白昼一样清晰,甚至比白昼散开的光更清晰;双臂都可以放到宽大的桌面上,放到被灯罩拘束过的集中下来的灯光里;可以伏案的时间延长了，可以看书的时间延长了，延长到了黑夜里。

　　台灯的这些特质使人赞叹不已。人类在刚刚步入电力时代里的幸福大抵如此。多数人都只经历过一次，我可以每年经历。

　　在这样安静的郊外，这样有昏红的台灯的夜晚，在拥有大量图书的书桌上，随便翻看一本就可以进入一个完全意想不到的世界里去，就可以在人类细腻的感受里重温自己的人生断片；桌子上的水彩颜料，赤橙黄绿青蓝紫之外，即便是一种颜色也有一种颜色之内的深浅浓淡偏色倾向的细致区分，是人类努力对应着大自然的色彩的无限丰富尝试着描摹的时候的不懈努力，如果还嫌不够的话，就要一种和另一种混合搭配，至于搭配的效果如何，现在在这样的台灯灯光下，也可以略知一二……

　　这样的生活就是自己一向的理想。在这时间之流的当下，我就已经开始赞美并怀念我正居于其中的时间本身，这是何等快慰的人生。关键它不只是一个瞬间，而是可以日日重复的绵远享受。

　　当然，每天开灯的时间还是有限的。限制在不改变原来的睡眠时间的范围内，所以充其量也就只开灯一小时，每次使用都有依依不舍，立刻就又期待下次使用的微妙，乃至如儿童一般生活津津有味地企盼。在浩渺自然里的一盏短暂亮起的微弱的灯正是生命掠过星空的偶然写照。在他人、在整个世界来说微不足道；在自己，却可以充满了欢欣。

每天用电 0.1 度

住在城市里的时候,从来没有关心过每天用多少度电的问题。

记得有一年回到狼牙山下去看望当时已经九十多岁的姥姥,正赶上电工来收电费,她和舅舅那一个月的用电量是两度。姥姥颤颤巍巍地从斜襟上衣的侧面伸手到衣服里掏出一个手绢包来,一层层打开,点出里面一些磨损严重的毛票和钢镚……

那是我第一次意识到山里人何以要时时关切用电量,为什么没事不开灯——那时候灯是唯一的用电器。直到 20 世纪 70 年代后期才有了电的小山村,在经过最初的灯光照彻亘古以来都是漆黑的夜晚的狂喜之后,很快就陷入了这样家家户户都非常一致的节约用电的高度自觉中。

不单是他们知道节省能源,也更是因为他们实在没有任何别的经济来源:推着独轮小车走上一天山路去赶集卖柿子,好不容易卖掉一个柿子也不过是三两分钱。所以每一分现钱都是金贵的,即便是在用电这样的问题上也绝对不肯"浪费",老人们教导后辈儿的话是现成的:这才有了电几天啊,一辈儿一辈儿的人没有电不也都过来了!

不期然之间,我现在住在郊外的家里,很自然地也进入了那样一种"省电"的状态,只有一个台灯,落地式的,写字用的时候拿到桌子边上；睡觉前拿到床边上。这也是极简生活的一个细节。这个只有十五瓦的小灯泡，在完全没有其他亮源的屋子里，显得明亮又温和，完全够用而不浪费，或者不浪费光。

很多时候是连灯也不用的，唯一耗电的就是笔记本电脑，也就是像现在写下这些文字的时候所用的电。每天走到电表前面都可以清晰地看到红色的数字醒目地显示：用电量是0.1度。

我在郊外的家过的完全是顺乎自然光线的生活。早晨天要亮的时候便起床，晚上天要黑了便开始准备睡觉。没有任何电器：没有冰箱、彩电、空调、热水器，没有需要用电的厨具，没有电蚊香，没有需要一直开着制氧机的插电金鱼缸；有灯泡但是尽量不用，很有必要的时候宁肯用一下光亮有限的蜡烛……如果问作为一个现代人能不能完全离开电生活，我在郊外的家里的实践证明不能，因为还要用电脑，还得给手机充电。除此之外，倒还是可以的。

这并非为了省电而省电，而仅仅是因为不需要电。人们很多貌似没有电不行的生活方式其实都是可以没有电的。电不过是给人类提供方便之上的方便而已，副作用主要倒不是什么电的辐射，而是电在相当程度上成为我们不顺乎自然的生活的借口甚至障碍。

大范围高强度地用电应该是生产场合、办公场合、公共场合、餐饮场合、娱乐场合的状态吧，在我们居住的家里，还是应该尽量保持用电的绿色标准：非为必须即行关闭。

电所造成的光污染不仅伤害人的眼睛，还会打乱人的作息，使人昼夜颠倒，无法因为身体的自我调节自动日出而作日落而息；所谓亮如白昼大多数时候都并非必须，在夜里即使需要用电，往往只局限在局部和亮度不必太高的程度上即可，被过分的灯光照亮的全部屋中景象，会让人因为失去了夜幕降临的安详而不适，日积月累的话，身心紊乱也就是迟早的事了。

事实上，窗外的月光星光在夜里提供的"照明"已经足够用。在它们似有若无的光芒下，屋子里的什么东西都有一个轮廓，都有甚至可以说是相当清晰的存在。渐渐地，它们在夜色里只显示一个轮廓的普遍安谧，也就将人带入了同样安谧之境。

在不用电的夜晚，不管是那些月光如水水如天的日子，还是所谓漆黑不见五指的日子，不论是月圆还是月如钩，不论是星光灿烂还是月明星稀，都约略可以让人体会到古人所云之床前明月光、天阶月色凉如水、露似真珠月似弓之类的妙意。

自然的光影和自然的黑暗，在夜色里以默然的方式做无边无际的扩散，让世界之广阔和宇宙之浩渺都在不被人类打扰的夜色里来到你的眼前，来到你的神思之中，容你乘上梦的翅膀飞升起来，去过另外一种不同于白天却也充分美好的别样生活。

夜不仅像童年一样美好，而且没有了童年的恐惧，剩下的只有坦荡与从容，只有悠然于现实与梦之间的自由和随性。夜色可以让人脱离开光线充足状态下的人生的一览无余，重新找到进入别样时光的出发点。没有电灯光的夜色里，让人找回了本已失去的一部分生活、一部分人生、一部分自己。

从这样的意义上说，在没有电的古代，人们尽管没有现代人的诸多璀璨繁华，没有现代人在任何时间里做任何事的空前可能性，但是付出这些缩小了可能性的代价，获得那样的夜色观感和身心享受也是值得的。他们在更完整的意义上终生都顺乎天地自然，少有生物钟普遍紊乱以后的身心邪佞……

当然作为现代人的优势是既可以享受现代人普遍拥有的用电的自由，也可以在一定程度上用实际行动追怀古人的生活状态；比如我现在这样住到郊外的家里来的状态。

　　时间不再是煎熬而都是享受，这是我住在郊外的家里的一个最重要的感受。而究其原因，尽量不用电，大概是其中至关重要的一条。不用电不仅没有带来寂寞难耐，还让内心无限丰富，让想象插上了翅膀，让睡眠沉静酣畅，让本来是人生之内应该有的夜色里的深邃，重新回到了自己的身心之中。

　　匮乏使物珍贵，也使情感情绪珍贵起来。匮乏实在是人类身心健康的一个重要条件；在相当的意义上，满足，特别是长期的过度满足，实际上是有害的。

　　这样看来，我大约是直接可以住到深山里去了，不管是修行的庙宇里还是隐居的茅舍，都已经障碍甚少。当然，对键盘和电脑的依赖还是必须的。改用纸笔？抑或是干脆放弃记录、描绘和表达，而与万物一样顺乎沉默的万古，不作一声！

　　这中间可能还有漫长的路要走。不是要刻意达到什么目的，只顺乎内心自然的指向与皈依吧。

一个放在桌子上的菠萝

住在郊外的家,少了城市的污染,人的全部感觉都明晰起来;比如一个菠萝,放在桌子上的甜香之气,可以弥漫到整个屋子里,远比吃掉它给人的感觉要长久得多、美好得多。牙齿的咀嚼切碎研磨和口腔的碾压揉搓挤压之下,菠萝自然可以将自己充裕的纤维和汁水尽量释放,但是因为像是洪水一样来得太多太快一下子就冲过了感受的味蕾密集区,进入了幽暗的胃中,进入其实只分析接收分子水平的营养而忽略预示那样的营养的感受的胃中;这就是在吃到、得到的同时的一种"浪费"。

正是基于这样的浪费,古今中外都有细嚼慢咽的谆谆告诫,不仅为了健康,也为了享受。这是人类个体在有限的生命时间中,重复次数不可谓不多的吃的享受、食物的享受,其实也是人之为人,在处理和食物的关系的时候的享受。

买回来的水果为了吃,也为了闻,还为了看,为了从色香味形各个层面上享有它带给人的全方位的妙不可言、独一无二。这本是天经地义的多维而充分享受层面,但是在大多数时候、在大多数环境下,水果就只是被直接吃掉而已。只有到了特定情境之中,到了郊外的家这样周围环境纯正的状态的时候,就像是音乐因为环境的安静而突然被聆听到了全部细节一样,一个水果也会因为生活在纯正环境中的人的感觉的敏锐而突然显示出其往往都被忽略的美。

　　住到郊外有很多缺点,这是郊外的房子比市里便宜的原因。比如交通不便,通勤时间长,商业不发达,失去了所谓时尚的痕迹,没有人气……不过换个角度,这些也未尝不是优点。

　　交通不便正可以噪声小,商业不发达则可以更安静,人少就更是不可多得的好条件了:在世界上人口最多的国家的东部平原,想找这样一片人口密度小的地方,不易,属于稀缺资源。

　　所有这些特点加起来,就是在这样远离尘嚣的纯净中才会体验到的生之乐趣,以及万物本来的妙不可言。其妙不可言林林总总,吃菠萝的体验只算其中一种。虽是小事,不经意之事、不值得说之事,却也是触动了我的感受的事。

　　菠萝买回来习惯性地切了吃的时候还有点生,于是就放下了另外一个。另外一个就成了桌子上的摆设。这个南方情调的摆设,让人总是能想象成片的菠萝田中,那宽长的、带着锯齿边缘的叶片之下棵形粗壮的草,每一棵草的头顶上都顶着一个碧绿的菠萝的情景。它们辗转千里来到北方的市场上,来到我郊外的家,以自己黄湛湛的均匀凸起和凹下的表皮,顶着花朵一样的形状、质地又非常硬挺的绿色穗头,虽然在本地北方的物象中显得很有特点,但是因为毕竟见得多了,就感觉它们也已经不是外来者,熟视无睹了。只是在有一天开门进来骤然闻到了一缕缕热带亚热带物候中才会有的那种甜蜜而飘忽的甜香之气的时候,这才赫然发现终于可以全方位地欣赏一个菠萝的美了。

　　这样摆放在桌子上就是其充分展示各个层面上菠萝的美的最好状态,这个状态可以持续很多天,只需要在它腐烂之前吃掉即可。当然吃掉的过程也要尽量详细舒缓,用吃东西的最高原则细嚼慢咽待之。

　　最后，菠萝的穗子也没有扔，种到了花盆里。这样可以让这南方气质的植被至少可以在外形上，继续更长久地存在于我的眼前。它是关于这个春末夏初的季节里在这里摆放过、吃过的菠萝的回忆触发，也是郊外的家里的一点儿遥远的地理元素的介入，是我身在总归是有局限的长居之地而心纳辽远异域的一个具体线索。

去县城买了一棵葱

五月上旬的风
在没有衰败的葱茏之上
骤然而起
让不耀眼的天空上
多了一层云的驰骋

五月上旬的风
将灌浆的麦穗轻轻摇动
倾斜的小雨
来了就走
走了又来
像孩子的水枪
或者
洒水车司机
返老还童

苦楝树紫色的小花一点不苦
月季花攀缘在篱笆上想回归蔷薇的祖庭
整齐的菜地依旧整齐

杏子大小的小核桃,和
小核桃大小的杏
都在母亲的叶间
顺着色
呢哝

我沿着槐花落尽以后香气还残留在空中的小路
去了县城
在县城买了一棵葱
回来的时候,遇上
阴晴不定
风雨折冲
不愿意打伞
也没有雨衣斗篷

我没有疾步快走
甚至还会
站定

在这被一条条主干道切割出来的
乡间小路上
是历史最后的回眸
是诗意灭失前
再不会有的
梦

如今的乡间也已经很少有乡间小路了。几乎所有的路都已经硬化，而硬化的路边也不再有一棵树。今天去县城来回所走的小路，大部分也已经硬化，但是出人意料地保留了路边的树，路边的树从根部就没有被剪过枝，近乎匝地而生，枝杈自由生长，在五月上旬植被普遍的丰腴里，草与树连成一体，和周围的果园菜地连在一起，形成了没有颜色界限、只有深浅不同的绿色视野。

在这样的绿色之中行走，身边没有车辆，也就找回了一点点过去那种乡间小道的记忆。鸟鸣虫叫青蛙喊加上风来雨下，被拽起来取了飘飞的姿态却又并不飞走的树枝树叶们，在相当程度上可以遮挡一些雨水，而雨水却也可以倾斜着绕过来一定要洒到你脸上。

此情此景之下，雨是喜人的，是不怕被它们淋的。我甚至不大愿意继续向前走，至少要慢一些，不使眼前这一切很快就过去。

以自己的经验，在房地产和城市建设大扩张的这个时代，一切小路旧貌，一切自然植被丰茂的往日情境，一般来说，你只要看见了也就距离它们永远消失不太远了。过去了就不再有。

所有的地方都将变成到处都一样的密集楼房和一个模式的公路，既往在漫长的历史中陪伴了一代代人类的自然植被和人居道路格局中的参差葳蕤之状，将永远消失。且不说将每一寸土地都搞成房地产的资本冲动，就说绿化本身，就像拆了真正的古城建假古城一样，毁了自然植被而进行统一规划的公园也成了没有自然生机的东施效颦之作。

农业时代人与自然和谐相处，互相留有余地的田园景象正在永远退场。我带着一棵葱在这个五月间或落雨的下午所经历的美，注定难以重复，只能是记忆里的永恒。

夜行的汽车

　　夜色中的大地，没有建筑遮挡，可以一直看着一辆亮着灯的汽车远远而来，迤逦而至的全过程。

　　看汽车，这是住在郊外的家里的又一种福利。

　　汽车灯光在纯黑的夜色里居然是那么美，我在意识到了自己有这样的感觉的同时，不禁一笑：现在这个时代里，有谁还会这样以欣赏的角度去看远远的一辆车？有谁能在城里的环境中如此注意过、关注过一辆车的灯光、发现过夜行车辆所形成的美妙？

　　对于汽车，我们看也不愿意多看一眼；对于汽车，我们早就不再关注它们的细节，那些站到马路边上专门去看汽车的娃娃式的年代，早已经一去不复返。

　　不管是豪车还是廉价车，在我们眼里都没有什么区别。车已经太多，车已经泛滥，车这种东西既是一种每个视野里几乎都有的显在之物，又已经是一种最普遍的视而不见之物。没有谁去想一下在人类漫长的没有汽车的时代里，很多现在易如反掌之事是有多么难；没有谁去对如今像是最普通、最自然而然的一辆车的其实无比神奇的基本功能，另眼相看。

　　我们对于车的印象里，只有道路上两个方向的车辆都无始无终永远奔驰不息的不耐烦，只有堵车的时候面对一长溜儿一动不动的车尾灯的无奈；在城里，任何车辆，不管多么高级，也已经无法形成这样的夜行的美学吸引力了。

这需要条件：屋子里不开灯，而且周围环境完全黑暗，车辆不说独一无二也一定是非常稀少，偶然驶来便很显眼；最主要的是，车的灯光没有别的光源打扰，整个黑暗的环境中就只有它如探照灯一样炯炯而亮，只有它像是萤火虫一样吸引住了暗夜里全部的眼睛。

在道路两侧黑暗的麦田和同样黑暗的大杨树的树冠中间，汽车灯光将一粼粼的树影迅速照亮又迅速关闭，像是天然的路标，像是徒有其表的沉默欢迎者。它们既给熟悉道路的驾驶者预告了家园已近，又将毕竟还没有到家的路程中的观感锁定成了进一步加深的印象：在经过了多少棵这样的树以后，在经过了那一棵更粗一些、树干上的眼睛更多一些的树以后，终于就进入村庄中来了……

完全可以想象此时此刻，那些正坐在车里的人，正随着车辆穿透郊外的黑暗赶回家里去的人，他们已经关掉了音乐，摸索着座位上的钥匙和手机，准备着在几分钟之后下车了。他们一点儿也没有意识到自己正成为远处的窗口里的风景，尽管他们也许体会到了自己在穿透黑暗一路行来的时候的、不必徒步而尽可以驾着两道光柱飞翔一般的某种快感；他们以为这样的快感只属于自己，甚至属于自己的下意识。

在没有越过底线的人与自然的关系中，人类的行为往往是和自然融合的，哪怕你是开着车。判断的特征就是在自己和在他人来说，都不无美感，都充满了人生之中本来就应该有的诗情画意。

汽车实在是人类的一种奇妙发明。大约只有在郊外的家的夜晚，才有这样在不用车只是旁观车的时候的由衷赞美。

布谷鸟开始歌唱

五月中旬，布谷鸟好像是第一次在早晨的麦田上空悠扬地鸣唱。让天地间的一切愈发安详美妙。

它也许是一边飞一边唱，也许是藏到了麦田中间的林荫路茂密的大杨树树冠中，对着广阔的麦田在唱。它在讴歌，讴歌季节和广阔的麦田上习习的风，讴歌早晨飘浮在麦田上的缕缕雾岚。植被丰茂，鸟鸣也圆润即使嘹亮悠远也一样质地淳厚，满是生机。麦子灌浆的馨香随着它们四音节的歌唱节奏扩散，让色香味和声音形成固定的搭配关系，使人不由自主地深呼吸的同时，记住了耳闻目睹鼻吸的一切。

布谷鸟在天色微明的时候开始在茂密的树冠里鸣唱，好像刚刚赶来，又好像夜里就住在那里；只闻其声，不见其人，它们很难被看到的身影，越是看不见，越是让人想看。

循着它的声声鸣唱望过去，突然理解了古人所谓"何处高楼雁一声"中的"高楼"，其实不过是鸟儿发声时候的一个最显著的高大物象而已，鸟儿可能落在了高楼上，也可能仅仅是路过那里，在高楼的上空鸣叫。高楼既是鸟声所从来处，也是那凭空而至的鸟鸣几乎唯一的标志物，更是旷远的鸟声可见的高度指代。从自问"何处"到自答"高楼"之间，就是循声而去的定位。

我现在这样跟着布谷鸟的叫声望过去，高高的杨树树冠便正是古人所谓的"高楼"。不过我可以肯定那看不见的布谷鸟此时此刻就在茂密的杨树树冠里，因为它几乎是持续不断地从那里发出嘹亮而舒缓的鸣唱。

这种一瞬间沟通古今的想法使人愉快，在那个时代，古人貌似过于珍惜词句的诗词格式里其实还都源于个人对物事细致的观察体会，绝非后世从概念到概念的因袭。循着他们的词句就能回到天地自然的现场，就能在尚存的自然碎片里获得生命同样的确认从而也是欣喜。

当然，任何时代任何自然现场里的个人感受都只属于你自己，比如现在在我听来：布谷鸟好像公鸡一样在为又一个早晨的到来而讴歌。布谷鸟是初夏时节里的公鸡，这个比喻让人发笑，但是在相当程度上是事实，美好的事实。

布谷鸟的叫声也不是一成不变，虽然都是四个音节，但是有的节奏快些，有的节奏慢些。它们的心情变化可能就体现在这样的节奏变化里。不过，不紧不慢的悠扬始终是它们的基调，它们一直在用这样特异的声音，用只有布谷鸟才会有的堂音，来描画小满时节天空之下大地的景象。

布谷鸟所着意要对着歌唱的广袤的麦田之中，麦子已经不再是新鲜的碧绿，而是在普遍的绿色里隐隐约约有了那么一点点黄，如果站到高处俯瞰的话，就会更分明地看到这种大致上会出现在五十多岁的人的头顶上的颜色泛白的浸染之态。那一定就是布谷鸟高高的视野里的所见。

广阔地貌就是对人们进行长途远行的吁请。布谷鸟在用翅膀畅游过这样的长途以后，继续用歌声描绘自己畅游过的广阔。莫非它和人类一样，也认定只有被描绘过的生活才有意义。

到了上午七八点以后阳光渐渐高了，布谷鸟也就基本上收了自己的嗓子，等着傍晚的时候光线逐渐昏暗下来的时候再唱。它对温度和光线很敏感，不喜欢太热烈。

如果是阴天，如果它待的是环境特别安静、树木特别多的村庄，可能又当别论，它也许会把所有时间段都当作清晨和黄昏呢。总之有布谷鸟叫的时候，整体环境于人基本上都是最舒适的状态。

细细想来，布谷鸟可能更在乎的还是环境之中的声音；噪声小的时候，它才愿意歌唱，周围乱纷纷的，它就干脆不吭声了。这也是城市里没有布谷鸟的叫声的原因。它所能容忍的也就是鸽子们的咕咕哝哝、麻雀们的叽叽喳喳以及麦田里野鸡偶尔一声的惊叫。它对车声人声机器声是最难忍受的，它愿意在天地原来的秩序之中存在，而不愿意在被人类改变过了的环境里作声。

所以布谷鸟的歌唱时机也不是绝对的，除了清晨和黄昏它们更愿意叫之外，上午下午的时候，只要整体环境不乱，它们也还是会对着空旷而安静的天地之间开自然而然的"个人演唱会"的。有意思的是，只要有一只布谷鸟在这个环境里唱，就不会有另一只。这也许源于它们的领地意识，也许竟然是为了不让演唱会的效果被歌手之间的声音比拼扰乱吧。

我写下的这些文字都是在家里、在聆听着布谷鸟的叫声中完成的。它们一次次鸣唱，我一次次写下只言片语的感受：有时候刚刚写完，它们又开始唱了；有时候写完好久了它们也没有再唱一次。这直接导致了这篇文章在电脑上挂着，挂了一天一天，好长时间。

在屋子里无论干什么，不论是读书还是写字，耳边经常能听到悠扬的布谷鸟叫声。这很正常，也很平常，但是想一想，在一向的城市里的生活中尽付阙如，还是觉着非常难得。

我坐在家里，聆听着布谷鸟的歌唱，一天一天地聆听，很不愿意这么快就把这篇文字写完。只要还没有写完好像我就有更充分的理由继续聆听，继续关注它们每天早晨和我一起起床的辽阔演唱。我不愿意那种因为写过了某种眼前的花、某种眼前的景致，就自然不再如前一样那么细细地关注事情发生；我不愿意布谷鸟的歌声不再在我心中回响。

基于此，我觉着我这篇文章的写作时间将一直延续到布谷鸟离开，不再在窗外的大地上为止。那也许是麦收的时候，也许是暑热到来之前。这样想来，真就希望时间慢些、再慢些。

鸟儿邻居

春分回到郊外的家,屋子里居然有三四只死麻雀;死去多时了,但是羽毛还基本上在身上,说明时间并不是太久。它们是怎么进来的呢?所有的窗户都关得很严。它们进来了以后就出不去了,说明那个进来的地方是很隐蔽的,或者进来的门是单向的,它们找不到了,打不开了。况且还不是一只,而是三四只,也就是存在一定的必然性,不是偶然。

整个屋子找下来,原来是卧室墙上为空调室外机预留的孔洞。这个对外是一个孔眼的管道,正好做了麻雀天然的家。当时自己是从里面用了一块板子钉住了的,但是逐渐的钉子和墙壁之间有了缝隙,经常会有鸟窝里的稻草和鸟毛掉到屋子里来,有时候还能听到小鸟的喳喳叫声……这些麻雀显然是拥开了钉在那里的硬纸板而进到屋子里来的。刚进来的时候也一定是很兴奋了一下,这么大空间都可以避风遮雨,安全无虞。但是随后的问题很快就到来了:没有食物没有水,所有亮着有光的窗口都经过了无数次冲击,哪一个也不是能出去的路径。至于当初是怎么进来的,大约也已经找不到了,找到了从钉在那里的板子外面也是钻不到缝隙里去的。

这对于人类来说完全不成问题的问题,连续要了这么多只麻雀的性命。而且它们在死去之前肯定都经过了无数次尝试和挣扎,经历了不得解脱的困境终将置自己于死地的绝望……

也许鸟儿是没有前瞻性的吧,不能意识到自己陷入绝境,不能想到死之将至,只是活在眼前当下,甚至连刚刚发生过的也都已经忘记。但愿如此,它们在这屋子里最后一段飞翔着的时光不至于太过痛苦,不至于太过心碎。亡羊补牢的措施是用饱满而有弹性的纱布团将那个洞紧紧地堵住;既要堵得紧,又要尽量给里面多留一些空间,让麻雀的家尽可能不缩得太小……

麻雀除了人们印象中成群成片地起落着同时发出一锅粥式的叽叽喳喳的叫声之外,还有一种单音节的短促叫法;那一般是互相招呼时简短地传达信息所用,说完就完,不会说起来没完没了。

单个麻雀的叫声是微弱的,如果不是一大片麻雀的话,它们的叫声几乎就不会为人们越来越适应巨大噪声的耳朵所听到。不过在这个环境里,再微弱的声响也是可以被听到的。这里没有噪声,这里可以听到哪怕是一只小鸟在窝里的微弱而天真的啾啾之声。

我这样写着字的时候,就有鸟儿在窗口上方叫了。上午八点半的时候,阳光温暖起来的时候,它们就来到了窗户上面的楼顶上;那叫声不同于早晨起来的时候住在这里的麻雀的叽叽喳喳,而是一种类似远方树冠中布谷鸟的悠扬的咏叹调。

咕咕、咕咕……这样空远悠扬的叫声,让人想起梨花盛开的季节里在梨树森林中漫游着走到了一个村庄里,坐在树下打开背包里的饭盒吃饭的时候,头顶上新生的榆树叶子密集的影子里,它悠然地高歌;这样的叫声像是一个走着走着出了神的孩子在自顾自地歌唱;这样的叫声像是一个过去年代里的老人,坐在自家门前的石头台阶上对着没有听众的街道唱《老来难》;这样的叫声为过分的寂静增添了自然而然的乐音,为又一个白天已经到来的天地之间,增加了明确的生机和哲理；是整个安静的大环境里的几乎唯一可闻的声响，是本地天籁之中至关重要的一部分。

在这样一天一天下来，没有任何近处的声响的地方，鸟鸣有一种额外的亲切感，它使现世的感觉回笼，使人从阅读和书写、从自己的所思所想里终于回到了当下。

因为是乡间自然状态的环境，所以没有什么特别珍贵的好鸟，除了这季节性的布谷鸟之外，就都是本地物种的喜鹊、麻雀、鸽子、燕子。喜鹊有黑白花的大喜鹊和长尾巴的灰喜鹊之分，其中黑白花的大喜鹊在春天里很喜欢叼着筷子粗的树枝来窗口做窝，错把楼宇当成了大树。

它们的叫声是喳喳、喳喳、喳喳喳的，哑巴嗓子一声紧似一声，很有点起哄的意思。至少是达观的，是乐天的，像是大嫂们在凑群唠嗑，生活气息浓郁，所以容易被人理解为有喜事，象征吉祥、吉利。

在这样的叫声里一抬头，就可以看到它们正在窗前蹦蹦跳跳地走上几步给你看。喜鹊落单的时候，落到窗前，一下一下地点着头，同时翘着尾巴，每一次都像是要下滑起飞。这时候它的叫声也是适可而止的单音节，短促的一声，像是自言自语，而不是喳喳喳地没完没了。

它们一点儿也不恐高，总会选择落在最高处的墙角上，三面悬空最好，它可以向着更多的方向以坠下的姿势起飞而去。

有意思的是，喜鹊飞的往往是直线，麻雀飞的则多是翻滚着的曲线；这似乎不仅和身材有关，还和避险的本能有关；麻雀的弱小使它们已经习惯于这种迷惑敌人、让敌人无法预判其飞行路线的方式。

常有鸟儿硕大的身影从窗前飞过,不论在遥望窗外,还是在窗前看书时眼角的余光所见,每见一次都带给人相当大的喜悦。

　　窗外的鸟儿们你来我往,叫声络绎不绝,成为这个二十四小时都非常安静的家里最持久的天籁。它们高昂跳跃的音符是远方地平线上那低沉的隆隆市声之上的乐音,让这首共同完成的天籁不至于过于单调,甚至还有几分令人愉悦的使安静更安静的神奇功效。

　　这样看得多了,从那飞行的方式上也能大致上知道是什么鸟儿了。

　　比如现在正掠过的这只流线型的黑色影子,就是燕子;它像是被发射出来一样,不仅快速而且倾斜。燕子只有在下雨之前才会采用麻雀的姿态,飞得让人有点眼花缭乱,不过据说那并非躲避天敌而是和气压变化有关,和寻找飞虫作为食物有关。

　　虽然过去常见的燕子已经少之又少,麻雀也因为数量大幅减少而早已经不再是"四害"之一,但是现在专门有一种弹弓爱好者,经常到绿道之类树木多的地方去打鸟,一边走一边找一边打;这对他们来说仅仅是玩,对鸟儿来说却是不定期的刑场。

　　鸟儿像是不与人生活在一个空间维度,至少是它们自己努力不与人类生活在一个空间维度,它们努力不与人类有任何交集,却经常难逃人类的袭击和影响。建筑的持续增加和大树的持续减少对它们的存在都是致命的威胁。在未来没有鸟儿的世界里,不知道人是不是会寂寞。

　　又有一只鸽子落到窗口,和我相距不足半米,它显然是隔窗看到了我,在我拿起手机去拍的时候,便立刻飞走了。它之所以在这里降落,一定是以前窗户里从来都没有人的经验使然。鸽子是土灰色的,这是它适应环境的保护色,是它不想和人类生活在同一个空间维度里的方式。

　　鸟儿每次降落都非常短暂,在同一个地方待得时间长了会有危险,这已经写到了它们的生存密码之中。所谓惊弓之鸟,此之谓也。虽然经常落到窗前,但是每次拍照都来不及,即使你正拿着手机,不等你有多余的动作,鸟儿便已经飞走了。麻雀偶尔会多待一会儿,比如现在这一对儿,其中一只还叼着一片菜叶。那是因为它们的家就在这里。

　　我们是邻居。

声　响

郊外的家，时间没有标以痕迹，可以一直看书到午后，可以先睡一会儿再做饭，蓝天上有白云，白云下有不远的山，麦田的绿色经得起长时间凝望，经得起作为眼角余光中的背景。

在寂静的阳光中午休，又在寂静的阳光中醒来，仔细聆听才能听到些天籁似的鸟鸣。

这种二十四小时都寂静的环境，对人来说是太大的享受。我为以前那些所有无福享受这样的寂静的岁月而可怜自己，但是之后肯定也还会有那样无奈地要可怜自己的日子。

郊外的家的一大美妙之处是，随时可以躺下睡一觉，在任何时间睡觉都可以睡到自然醒，肯定不会为任何外在的声音所扰。这在城市的居住环境中基本上是不可想象的，即便是你自己家里足够安静，街市的噪声、天空中的光污染、邻居的喧哗和那种无处不在的嗡嗡嗡的机器与交通之声，也都会在一个出其不意的瞬间里击碎了你的好梦。

这里没有电视没有网络没有邻居，楼下没有汽车，也没有人，除了鸟鸣还是鸟鸣，所谓声响，只有高速公路上或者更遥远的城市里的市廛和来自天边上的隐隐约约的人类渺远的扰攘。

早晨，天光刚刚将窗口照亮，就又自然而然地醒了。鸟儿们联合的歌唱里有一个咣当当咣当当的声音，每隔一会儿就由远及近地响起一次。那是田野中一个打井的工地上传过来的。它在大家都睡觉的夜里竟然是听不到的，只有在这天光开始照耀的时刻才被放大了一样的清晰。青灰色的野鸽子落在对面的楼顶上，咕咕咕咕的叫声似乎不是从嘴里发出来的，而是来自它那不断蠕动着的嗉子。有条纹羽冠的戴胜鸟从楼的中部一掠而过，它们都盯着外面的田野，盯着田野上任何一棵小小的植株上随时都可能出现的虫子；麦子收割以后虽然玉米已经出苗，但是视野依然无碍的田野里，有它们那锐利的鸟的眼睛才能发现的食物。

天越来越亮了，楼群之间、田野之上各种各样的鸟鸣随之多了起来。有一种叫声很怪异，像是南方雨林中的什么大鸟，嘎嘎嘎陡然而起，又戛然而止；还有一种高高的叫声，每每短促地来上那么一下，需要过上好一会儿才会有第二声。站到阳台上仔细寻找，却原来是对面楼顶上一户人家的鸟笼里的一只大大的黑鸟儿。它被囚禁着，在早晨的清凉里兴奋地以为可以突破牢笼，上上下下蹿动着，却依旧振不开翅膀。它总是会在天光刚刚亮起的时候婉转而悠扬地唱上一会儿的，它的习惯不像一只鸟，而像一只公鸡，只是叫声比鸡高雅得多。

早晨有布谷鸟的叫声，布谷鸟的叫声是非常特殊的，长长短短，悠扬婉转。这种从来都是只闻其声不见其鸟的鸟儿，在有庄稼地的地方，有广袤的庄稼地的地方才会鸣唱，而且似乎往往还是在人与庄稼地都有的地方——否则就没有被人听到的经验记录了。它成了判断一个地方符合不符合人居的适当程度的标准，稀疏的人口密度与保护得比较好的田畴状态成了能听到它的歌声的重要条件。

早晨的阴凉里，照例坐在平台上望着刚刚开始被阳光照耀着的西山的时候，一只巨大的黑白花的喜鹊飘然落到了平台的边上，在双脚落下的一瞬间里，它显然是很意外地看到了正坐在吊椅上我，巨大而尖利的喙略一张合，就又毫不犹豫地立刻重新起飞，向着另一个楼顶而去。在一向都是没有人的楼顶上自由飞翔惯了的它，在整个环境都还非常适宜于它自然飞翔的状态里，这次错误的降落可能还不会给它留下什么不良的印象，它很快就会还按照原来自由飞翔的习惯在这周围起起落落。环境的改变经常是逐渐形成的，在这个逐渐变化而还没有完全改变的过程中，抓紧你生命的时间和它为伍，大约就是我们人生的要务。

喜鹊始终没有叫，但是我却仿佛从一开始就已经听到了它那熟悉的略有撕裂的脆叫。

夜里不开灯，坐在阳台上。像是蛐蛐又像是青蛙们的集体的鸣唱，是一种快节奏的快板一样的声音，一直持续着。这样的声音直接具有催眠与镇定的作用，这样的声音直接可以让人由白日的清醒没有障碍地过渡到夜晚的诗意。

田野上的树梢后面，是西山黝黑的宜人的轮廓。树梢的参差在暗暗的夜里只将最高处的不整齐显露出来，树冠和大地就都沉浸在夜的安静深处去了。而西山那黝黑的轮廓只是将山脊线勾勒了出来，山的其余部分留给人的，就完全是想象了，无尽的想象。

这显然是郊外的家住着比城里的家要舒服很多的一个非常重要的原因。坐在家里就可以凝视自然的细节，在自然的细节里沉浸于浩浩荡荡的无边无际；就可以呼吸到寂静的夜中那些深长的气息，被那深长的气息引领着迈入无边无际的安详。人是自然中的人，居住的状态中与自然应该有着一种不被隔断的联系，郊外的家在这个意义上回归了人性,让原来那些住在城里的旧家的时候貌似没来由的烦躁和不安烟消云散。

在郊外的家可以随意地拍篮球,随意的意思就是任何时间任何位置都可以,因为不仅楼下没有人,左邻右舍没有人就是整个单元甚至整栋楼都几乎没有人。这么说并不意味着真要拍篮球,那并非维持家居安详气氛的好习惯。

没有人就少了热源,不仅是没有灶眼,没有空调,也没有孩子哭大人吼,没有每个人的体温,没有人类活动的喧哗和热量扩散,环境温度就在无形中降低了很多。

早晨在平台上看书,在平台上与天地气息相通的清凉里看书。楼下收割过的黄色麦茬地里,有突突突地响着的播种机在种玉米。麦茬不必去掉,直接在旁边播种玉米就可以了。虽然这声响从天一亮就持续着,但是一点儿都没有影响自己在平台上的阅读和神思飞扬。一点儿都不影响。农业社会中的一切响动都在人性的范围内。

就像收割机的噪声一点儿都不讨厌一样,这样的耕种的声响,即使就在楼下轰鸣,音量也很是不小,也不会有通常在市里的时候周围的中央空调或者高架桥上的噪声给人的那种难以忍受的躁乱感。这首先是因为听着这种收割机、耕种机的噪声的环境是在郊外,是一向安静的郊外,它的出现只是一种偶然,是到了季节以后的一种短暂的必然;更因为楼下的麦子就那么一片,一趟一趟它来来回回地走,每走一趟就消灭了一大片,三马子和它一对接就能把几分钟前还长在麦穗上的一车斗的麦子粒都卸走。而耕种机也是在一趟一趟地来来回回里,就逐渐把整块地都覆盖了。在它们的噪声里你盯着它看,就已经能预知再走几趟噪声就会消失掉了。再过三百六十五天,明年的这几天里它才会重新响起。想到这里,这噪声甚至就具有了一种稀缺的性质，变得弥足珍贵起来。

而在夜里，在睡着了以后的夜里，你是听不到任何声音的。偶尔，远远的隆隆之声也不过是我们这个时代里那种挥之不去的交通，高速公路的交通与夜里和高速公路几乎一样繁忙的普通公路上的交通，持续的交通、永远也不会结束的交通的声响。在近处，在耳边，则除了夜鸟儿偶尔的嘎鸣以外，就断断是宜人的安静了。在只距离城市十五公里的地方，能拥有这样的安静，这样虽然也还是有时代的隆隆之声，但是毕竟可以在一天的任何时间里，都可以随意地拥有不受打扰的睡眠的安静，完全知足矣。

某一个燠热的夜晚，被蚊子咬醒以后，发现耳边有持续的隆隆之声，这种隆隆之声在深夜里变得格外强大，似乎就在你的窗外，等你站到窗边上仔细谛听的时候又发现它虽然十分强大，但是来自不确定的什么地方，是遥远的地方传来的奇异的"天籁"，由无数的公路、无数的工厂、无数的汽车、无数的人类喧嚣，即便是在深夜里也不会停止运转的无数的公路、无数的工厂、无数的汽车、无数的人类喧嚣组成。这是我们这个时代的声音，任何人逃无可逃，任何人都在劫难逃。

郊外的家不过是相对缓解了这种折磨而已，大多数居所都不能在很完全的意义上将这种时代加诸我们每个人头上的声响的帽子，彻底去掉。

长丝瓜了

至少四年前的深秋初冬季节,在大地上走路的时候,顺手在结了白霜的藤蔓之间,捡了一个已经开始干瘪的老丝瓜。

没有想到,再次看到这个老丝瓜的时候已经是这么多年以后。

我拿起它来刷碗,干硬的土色丝瓜皮在骤然着了水以后很快就开始瓦解,露出了里面的丝瓜瓤来。有弹性的丝瓜瓤才是做炊帚的正宗天然材料,拥有不管多长时间都不会被瓦解的质地。不过我刷碗使用这个丝瓜的时候,大概是角度问题,不仅刷破了丝瓜顶端已经脆裂的丝瓜皮,好像还把很有柔韧性的丝瓜瓤给刷破了,一下涌出来很多黑色的丝瓜子儿。

丝瓜子儿是纯黑色的,黑色的丝瓜子儿身上原来那些极富营养的黄色丝瓜络都已经干硬地缠在了黑色的丝瓜子儿上,带着一种曾经有过多汁的生命凝固了的黄色水痕。

我索性就把这些丝瓜子儿都从破了口子的丝瓜里倒了出来。这时候发现,那个丝瓜上的所谓破口居然是丝瓜自己预留好了的,其开口的圆润与周到,绝非人工所能为,更没有刷锅这样的暴力使用过程中的撕裂痕迹。这是丝瓜给自己的瓜子儿预留好了的出口!因为丝瓜一般都是高挂在架子上、墙壁上的,丝瓜头向下,这个开口也就向下,一旦丝瓜皮在雨雪风霜之后的春风里终于破了皮,丝瓜子儿就正好可以随着朔风的猛烈吹摆鱼贯而出，直接撒到母亲曾经生长的土地上。造物或者说是物种进化是多么巧夺天工，心思缜密！每一种看起来不起眼的植被都有只属于自己的最便于顽强生存下去的结构和功能。

带着相当的敬畏之心，拿了几个丝瓜子儿小心地种到了一个育苗的小花盆里。此后每天都过去看看，每天都一如既往没有任何动静。一直到某一天似乎在潮湿的黄黑色的土壤的某个位置上，出现了一点点嫩芽脊背的浅绿淡白。在种下去十几天以后，丝瓜居然出了苗。

丝瓜苗椭圆形的绿色对开花叶，像是婴儿的面孔一样饱满鼓胀，也像是婴儿的面孔一样既蓬勃有力又弱不禁风，这样的形态让人垂怜不已！尤其是这已经在以干硬的瓜子儿形式默默地等待了多年以后的发芽生长，弥足珍惜。种子的力量是无穷的，只要基因序列还没有被破坏，失水并不是太大的问题，相反可能还是保护蛋白和脂肪的一种终极形式。据说出土的几百年前的稻谷居然也还能发芽，活生生地验证了那句著名的"有种子在就有希望"的话。

丝瓜出苗以后逐渐长大，今天看和昨天看貌似没有什么太大变化，但是明天后天再看其实已经和前几天有了非常明显的差距。这样每天都会走过去看看，看看在小花盆里日复一日地生长着的它们，屋子里就等于有了另一个生命的陪伴。人们何以要在家里养花养苗，直接获取果实的意义其实很小；更多的价值还是这样看着它们生长的互相陪伴的喜悦。植物作为生命有不能说话、不能做表情、不能表达的天生问题，但是也有始终默默无言、始终生长变化而颜色与果实也始终宜人眼目的优点，尤其是这种经过自己的手种植养护下的植物，就更有了一种自己麾下、自己孩子一般的呵护备至的关切疼爱。好像它们的每一点点变化都是自己在人间情致的投射，并且反过来会对自己形成说小不小、说大可以很大的影响。

也许正是这个原因,我注意到即使是在户外就是田野,就是庄稼生长的大地的农户里,在屋子里、在院子里养花养果的也不在少数。它们成了被长久凝视的对象,成了总难平静的人生中一段段终于可以平和下来的好时光。

这样,直到有一天感觉需要给它们分盆了,分到土壤更多一些的大盆中去,才将它们一一分开。

分开不久,丝瓜叶正顶的对开的叶子中间长出了长长的丝,那是丝瓜攀缘的手,这只手可以一边抓牢树木秸秆墙壁,甚至别的花草的茎叶,或者随便什么东西,一边不停地生长,需要多长就可以长多长。这是要长高长大的身体结构发生的变化。可是还没有来得及给它们搭架,就已经有了黄色的小花,甚至在又一天里就有了一个顶着小花的小小的丝瓜。

小丝瓜比细细的丝瓜藤粗不了多少,但的确是一个丝瓜,有丝瓜的形状的全部特征,细看还有通常所见的丝瓜的条状花纹。这种花也小、瓜也小的样子,的的确确像是盆景里具体而微的小玩意儿,完全没有大地上或者人家院落里种植的丝瓜的那种高大蓬勃底气十足的样子。看来要想让这几棵经历了漫长的等待的丝瓜还能孕育出合格的下一代来,就必须得将它们移栽到土地上,至少要换到更深更大的花盆里了。

郊外的家给予了我一层与植被、花朵密切接触的观照可能。所谓昙花一现,所谓生如夏花,即便是丝瓜、即便是人,又何尝不是。一切都只在孕育生长和开花结果的过程本身吧。关键是在一个人的生活里能有这样自然而然的意象,能从这样自然而然的意象里意识到这一点。

喝　茶

在郊外的家，不仅养花的兴致有了，还喝上了茶。

以前也不能说不喝茶，但是此喝茶非彼喝茶，虽然都是沏了茶以后喝，但是喝和喝不一样。一般所谓喝茶是懂得了茶滋味的喝茶，是喝茶上瘾的喝茶，而不是只当了一般饮水的喝茶。

我对别人喝茶很有印象的，不是茶室里，不是别人家的客厅里，而是那一年盛夏酷暑里骑车过了黄河一路向北，到了邯郸和邢台之间的时候。在烈日下骑过一段沙漠样干涸而反射着剧烈的阳光的河道，在刚刚爬上河坡的地方，有一家类似砖瓦厂之类的单位；门口披着厚厚的尘土被晒得打了蔫儿的泡桐树下，有一把躺椅，躺椅上躺着一个光头的老汉。老汉手边的地方放着一个粗糙而满是污垢的塑料大提杯，里面半下茶叶、半下水，茶叶都已经沉了底，茶水也已经淡了色；显然他已经喝得不爱喝了，闭着眼睛，像是很不耐烦似的在树荫下依旧的灼热里打着盹儿。

那一大提杯茶水就那么白白地在地上放着，颜色淡黄，质地透明，看着就一定"甘之如饴"，就一定可以解我长途跋涉之中的焦渴，几乎连出汗的力气都已经被炽烈的阳光给抑制住了的焦渴……我当时真像是从沙漠里跋涉出来的人一样，除了从里到外的干裂，已经没有任何其他的感觉；但还是强忍着自己一再就要冲过去拿起那杯子来喝的冲动，逼迫着自己不去看那个茶杯放在那里的景象。那一刻我就想，如果自己可以停下来不再跋涉的时候，如果将来自己居家生活的时候，可以这样从容地坐下来喝茶的时候，一定要好好喝喝茶。

后来也的确因为偶尔想到此情此景所以喝茶的时候颇为认真，也颇为享受；但是总的来说，以前喝茶还是不大能体会那种发自肺腑的人生快慰，不知其入髓之滋味。只是住在和自然融合的郊外的家里以后，环境安宁，内心平和，时光悠然，才逐渐体会到了茶之为茶的妙处。

周围永远安静，空气清新，大地宁静，麦田排闼到不远的远山，朝霞晚霞辉煌，鸟鸣恰切；呼吸着、俯瞰着、沐浴着这一切，喝茶就是一种最不需要语言的表达方式了。

你在一个地方待得特别舒适，于是就用喝茶来表达自己的这种舒适，而喝茶本身又加强了你的舒适感；喝茶与环境、与心境相辅相成了，才算是进入了喝茶的妙境。

任何东西都是这样，被别人说好、被别人都说好，你自己没有个人内在的体会就仍隔着一层。对于戏，对于茶，对于阅读，对于旅行，大抵都是这样。而这种自己发自内在的体会是需要一定的情境的，不是在任何地方都可以主观上想实现就能实现的。

体会到了一点喝茶的妙处之后才慢慢品出来那种放了好几年的绿茶，其实已经不是味道。不会喝茶的时候觉着色香味还都可以吧。现在才明白那样的茶已经没有了生命，因为时间长了灵魂散了。茶虽然都是烘制或者晾干了的，没有了水分，但是其灵魂依然有保质期，过期以后，已经风干的 DNA 居然也会变质。

我喝的是山东日照茶，是距离大海不远的北方山地丘陵上的茶；据说除了崂山的特殊地势构成的崂山茶比它更靠北一些外，日照茶算是茶叶抵达的最北位置了。这里出产的绿茶略带苦味但是细品却是醇香。浓淡适宜的时候，味道最好。而每次饮用眼前都禁不住浮现出，当年曾经骑车走过的那海边丘陵起伏地带的山水之境，那个曾经叫作安东卫的地方……

有人说喝茶要度过牛饮的口渴阶段，才能抵达品尝的细致。但是口渴的需要势必将永远是喝茶之为喝茶的全部情趣的基础，我当年在烈日下所见到的那一大提杯茶的景象，永远都会成为我喝茶的某种背景。

小盏喝茶是科学的，不仅显得文雅，凉得快，不烫嘴，符合人体少量频饮的需要方式；更可以将茶分成多批次来品味，而非牛饮中的来不及品便已喝饱。

小盏喝茶的意思就是喝热茶，凉茶必然是大杯大瓶，其意在可以一饮而尽，不会因为烫而有所不得不止。而凉茶一旦步入此境，也就远离了茶的本意，加入了各种流行添加剂，成了一种打着茶的名义的饮料。有意思的是它们都还保持着茶的绿色或者暗红色，以证明自己血统所从来处还是茶，还是比那些凭空创造出来的饮料要更有底气一些。

这也并非不好，让活蹦乱跳的年轻人停下来，像个中老年人一样慢慢品茶，小盏喝茶，显然是不现实的。折中一下，凉茶便有了自己的市场。

气温高，湿度小的时候，人饮茶的需要就格外旺盛，不仅愿意喝茶，而且喝得多，喝得香。冬天喝茶获得温暖，夏天喝茶先是出汗然后再获得清凉。茶实在是奇妙。喝茶的时候出汗，每个毛孔好像都打开了，都把身体里的废弃物用茶叶的力量给催促出来了。等喝完茶，或者叫作喝好了茶，没有继续喝下去的意趣了以后，汗就逐渐会退去。退去以后浑身舒爽，让人觉到喝茶以后的愉快。这是喝别的水所不能达成的效果。

小盏喝茶的确有喝了一盏还想再喝一盏的连续性的欲罢不能，但是总量在那里，每次也就是三四百毫升，时间也就是半个小时左右，这两个量几乎总是同时到达，标志就是浑身冒汗。至此，喝茶告一段落就刚刚好。而每天这样的享受式的喝茶也只有一次，不是时时刻刻都可以有的。不过随着气温升高，饮茶量也在增加。喝完了原来已经足够了的一大杯以后还想喝，形成一种几乎可以说是不好抑制的一直喝一直喝不够的状态。

在麦收之前的干热风里，人体往往没有直接感觉到失了多少水分，但这么一直在喝茶，还不怎么小便；可见人和大地上的植被一样，一直在被强烈地蒸发着。

而喝茶只是郊外的家诸多生活乐趣中的一种而已，当生活中遍布喝茶、养花、看云、跑步之类的乐趣的时候，就距离一整天全部都快乐不远了。

夏日饮食记片

　　夏天万物生长，蔬菜既多种多样，也很便宜。而且野菜随处可见，即使不去菜市场，就在大地里随便一走一过，随手在路边上掐一点，在湿润的林下采一点，也足堪饭用。因为夏天很容易腐败变质，所以不论是买是采，都不宜多，以一天之量为宜。西红柿、黄瓜、茄子、辣椒、西葫芦、芹菜、韭菜、香菜、菠菜、白菜、芦笋等之外，偶然记录下来的几种，罗列如下：

　　其一，长豆角。

　　长豆角耐炒、耐蒸、耐煮，这个特点决定了它很适合做焖面，适合切碎以后掺和到米里做蒸菜米饭。蒸熟以后的长豆角从碧绿变成一种失去了鲜艳的均匀的暗淡，一种好像被水泡久了以后走了色的淡色，那淡色不足以支撑生命，虽然维生素大致全部失去，不过也说明已经将豆角里的有毒的凝集素和皂苷全部去除掉了。吃豆角还是要吃其纤维，吃其特殊的长纤维包裹着的一粒粒青豆予人的不同阻力的妙感。有人就因为这种不同阻力的妙处，甚至连吃饺子也喜欢吃豆角馅儿的，我是不喜欢。我以为吃饺子，馅儿要么鲜，要么软，豆角这样疙里疙瘩的东西做馅儿，总是不理想的。所以，凡是豆角馅儿的饺子我都吃不了几个，倒是可以作为控制饮食的自然而然的手段之一种。有时候就是要做一些吃起来不那么顺口的饭，省得不知不觉就进入放任状态，吃得太多。

　　如果只是吃过长豆角，而没有见过长豆角长在豆角架上的样子，那就缺了一多半的享受。长豆角像一根根固定住了的雨丝一样悬挂在豆角架上的样子，是盛夏里的一道风景。如果不是因为天气潮热，如果不是人们在苦夏中兴致大减，如果不是熟视无睹，这样的风景一定会招来很多观赏的长短镜头的。我在滹沱河的河滩地里见过大规模种植的长豆角地，到了这样收获季节的早晨，家家户户都先在黎明时分采摘了，然后用电三轮拉到路边，直接卖给开着大车来收购的菜贩子。夏天早晨的大地上，在一片人声的热热闹闹里，罕见地到处都弥漫着一股带着浓郁的豆角的青涩味道的清凉。形成一幅人与土地和土地上的植被一起，在季节里展开的印象派画卷。

　　那是大河断流很多年以后，滹沱河沙滩地上依然努力葆有的一幅水墨画；是这块土地上的人们生生不息的生产生活方式中很平常的一角。也许年年可以重复，也许一年和一年也有小小的不一样，当然也许就会在某一年里戛然而止，从此成为未加公众意义上的记录而只留存在这一代人的头脑中的印象。这种印象是生命和土地，是人和自然的互文关系的永恒写照，它不仅曾经是符合生活的逻辑的，还是美妙的。

　　以前我对这种泛出浓郁的青豆子味道的长豆角是不大爱吃的，自从有了那样的观感以后，就逐渐有了感情，一旦又到了时令，便一定要吃几回。

　　其二，REN 性菜。

　　REN 性菜很适合湿热的气候，尤其在雨后就会格外水灵茂盛，一片茁壮。被掐尖以后，它就会迅速从每一个叶肩处重新长出新的尖儿来，形成一片尖儿的壮观格局，让再次来掐尖儿回去做菜吃的人喜出望外。而实际上这样的情况发生率不是很高，因为到处都是它们的身影，人们往往不必再回到以前掐过尖儿的这一棵REN性菜身边。

季节馈赠的时令野菜，一边走一边掐就可以回家做菜吃了。它们最符合伏天里的气候特征，从内到外都可以让人与季节一致起来：凉拌了吃，又新鲜又健康；包饺子吃，可以用自己的无味来衬托肉馅和作料的有味儿。

我在这里写成REN性菜其实只是凭音而录，究竟是"任"性菜还是"人"性菜，因为都是人们的口耳相传，落实到具体的字上去，都不算错；而其实又都是错的，这菜的学名叫作苋菜。对，就是马齿苋的苋，它们是同一科属的草。所以被人们称为REN性菜，大抵是因为念白了。不过念白了也应该是XIAN菜啊，怎么出来个REN呢！因为在温饱问题长期都不能很好解决的时代里，苋菜遍地而生，产量很大，能在最大限度上满足人们对蔬菜乃至主食的需要。至少在这个季节里，用它来糊口救命是没有问题的，从这一点上来说这种很"任性"地到处生长的草就很"人性"。

中国的文人墨客有很多都注意到了这一点，在自己的文字里都不乏描述。不管是水乡绍兴用苋菜梗做的臭菜梗，还是南方人蒜炒苋菜拌米饭，都已经形成了民族记忆的有机组成部分。

这样的组成部分只有你自己作为个体的人也通过自己的采摘和烹制，具体可感地体验到了，才会深深地为自己的生命从概念融化到自身的血液中去。这是在同一片土地上生活着的世世代代的人们，因为地理物候而渐趋同一的必由之路。

其三，苘麻。

直到要写一写这种俗称麻果的野草了，才最终查对出来，它叫作苘麻。苘，发QING的音，三声。如果是凭空见到这个词，大约是怎么也不能将这个匪夷所思的名字和我们人生经验里这种曾经遍地可见，后来又再难觅其踪迹的特殊的草棵联系起来。

上了年岁的人，有过乡村生活经历或者田野生活经历的人，大致上在小的时候都曾经吃过这种在盛夏的路边随处可见的野果。高高的身量，有棉布一样质感的叶子和茎秆，叶肩处开出柔和的黄色小花来，在开花的位置上一般已经先后都有一些筒子状带着均匀的竖划线的果实了。那些竖划线像是绳子勒住的痕迹，好像已经这样捆绑好了等着人来拿。苘麻往往比小孩子的身高还高一些，所以面对苘麻果他们一般都拥有"触手可及"的方便。摘下来，顺着竖划线撕开，苘麻果里的白色籽粒排列整齐，一口咬下去，略带着一点麻味儿，麻味儿之外孩子们口腔期非常易于饥饿的舌头品味到的更多的还是甜与香。

在连主食都限量，更没有零食可吃的时代里，这样的野果就是孩子们自己找到的美味佳肴。他们像是渔猎为生的祖先们一样，在这样取之自然的本能的驱使下，既在相当程度上满足了口腹之需，也于心理上获得了一点点没有被世界抛弃的圆融。

这一天，看见绿道边上正有一个人将自行车放下，端着手机耸着肩膀给一棵苘麻的麻果和小黄花拍特写，其专注与认真之状，像是发现了新物种的植物达人；或者这也是一个小时候吃过麻果的人吧。

其四，马生菜。

夏天的野外几乎随处可见的几种野菜中，马生菜也就是马齿苋可以说是最主要的一种。它在雨后层出不穷之状，直接就是夏日生机的物证。奇妙的是，它本身于人类而言就是一种无价之宝。

马生菜又名五行草，其叶青、梗赤、花黄、根白、子黑，从颜色上说把五行占全了。按照中国传统文化的认知，这样五行全的自然物象，一定是大吉大利的东西。果然，它具有清热利湿、止渴消肿、明目、降脂、使白发转青、凉血、降肝火等作用，而且是肠道清洁剂，可以治疗包括痔疮在内的各种肠道病。马生菜煮水加白糖，本身就是一味良药。注意不能放红糖，因为白糖也有清热解毒之作用，两者可以相辅相成。

其实用不了这么复杂，只要随手揪上一把，回家洗净了焯水，然后切碎拌了醋和蒜，就已经既是菜也是药了。我喜欢拿它作为菜卤吃凉面，这样凉面就满满的都是季节和土地的味道，食之可以有驾驭清风驰骋夏日清凉的妙感；最有意思的是，因为直接来自大地，马生菜这种东西你一次是怎么也吃不多的，吃到一定程度它的味道就会阻止你继续饕餮，就会让人止乎八成饱便不会继续吃了。据说这也是所有野菜共同的特征，被人类养殖和驯化的蔬菜则消泯了这一特性，不再对人类不知道撑得慌、不停止饕餮的胃口进行及时劝谏了。所谓驯化就是完全符合人的要求，哪怕人的要求是违反自然的。

其五，凉面。

夏天应该用热水洗澡，应该喝热茶，应该吃热食，尽量拒绝冷饮；但是夏天吃凉面的习惯却也根深蒂固。这个凉面的凉，并非真正的凉，而仅仅是过了一下凉水，不那么热气腾腾了而已。

凉面的精髓不在面，手擀面固然最好，没有的话挂面也未为不可，因为凉面的要义在与面相伴的菜：黄瓜、丝苦瓜丝儿、胡萝卜丝儿、茄子丁儿、豆角丁儿、土豆丁儿、西红柿片儿、芹菜段儿，还有上述的 REN 性菜、马生菜之类的野菜，一碗不多的面，可以配上大量的蔬菜；而炸酱也好，麻酱、鸡蛋酱也好，都是统领这一碗面和菜的旗帜，它们使一切都有滋有味。至于其中的醋和蒜，则是这旗帜核心的灵魂，它们是使一碗面具有了超越于季节之上的意味的核心驱动力，是让夏季饮食突然被人向往的最重要的原因。

吃凉面的一个重要考验是能不能吃得慢一点，不做呼噜呼噜之响，不做风卷残云之状。这是个难题，因为凉面太容易下咽了。吃一碗凉面还能做到小口慢食者，不是胃口小就是真正的美食高人，深刻懂得细嚼慢咽的享受。在人世上说多不多，说少不少的享受中，这种能在吃凉面的时候依然不快的人，都是深深理解人生滋味的人。

当然，细究起来，同样的食材，同样的饭，在不同的地方吃是有不同的感受的；同一个人在这样不同的地方吃同样的饭的话，心境不同，滋味也有异。

即使是盛夏，傍晚也就凉爽了。至少一早一晚让人继续可以置身于相对舒适的自然气息之中。这是郊外的家最迷人的地方。它始终保留着无边的自然向人类敞开的窗口，让人每天都能体会到身在自然之中的不尽愉快。城市里不论多么高档的房子其实都已经不具备这样的功能。在这样的环境里，任何简单朴素的饮食，都有城市里所没有的品味。

以上关于诸种野草、蔬菜、饮食的描述都源于个人经验的实证，没有所指，没有微言大义，就只是事实本身。人类生活在事实本身的范畴内，是古老的淳朴传统，也是现代人从城市回归田园的基本途径，或者叫作基础。任何其他超乎其上的追求，其实在个人都因为僭越而近于奢侈，无数人间生活的经验也一再证明那超乎其上的一切的不可信与不可依托。它们不过是少年时看不见脚下的事实，只能看见高远的想象之境的无限向往而已。

什么时候你投身到这些天地赋予的事实本身中不做他想了，什么时候你就接近物我同一、接近人类生活的本真情状矣。

村口买桃

说是村口,其实距离村口已经相当远,需要穿过高速公路的涵洞才能到。

即便对本村来说,这么个远离尘嚣的位置,也已经少有人经常能到。只有我这样每天出去上班的人才会不断地从那里往还。

桃园也是有篱笆的,篱笆不是一般的水泥杆子铁丝网,而是围着桃园的一排大杨树。大杨树之间虽然也还是有水泥杆子铁丝网,但是镶嵌在粗大笔直的杨树树干之间的水泥杆子铁丝网的威严程度,已经大大降低,总是让人有柴扉木栅的古远之感。

春天的时候,桃树开了花。似开未开的时候还是粉色的,一旦完全打开,却有不少白色。这是品种不同所致,桃园的桃树品种随着人们口味的变化要经常嫁接改良,直观地看,就是花的颜色质地上有了微妙的区别。只有懂桃树的人才会懂得,不懂的、只知道桃子好吃的人,是不大弄得清其间的差异的。

从那时候开始,老两口就已经开始在桃园里忙活;味道浓郁的黑色的农家肥被均匀地堆在桃树下的垄沟里,站在梯子上的剪枝授粉之类的活计好像一直不断;所以,施肥剪枝的工作我一直以为都是在那个时候完成的。直到盛夏季节里我在桃园门口买桃,聊起来才知道,剪枝的工作在冬天就已经开始,春天是补一补缺,这样一来，基本上一年四季不能闲，时时刻刻都得伺候着。

"跟小孩子一样，一点没有照顾到就要出毛病。"

说这话的时候，婆婆正拎着已经装了几个大桃的塑料袋子去桃园里，去放着刚刚摘下来的桃的筐里给我挑小桃。她说外面摆着的都不太好了，刚摘下来的好些。这种叫作北京十四号的小桃虽然小一点，但是好吃，回家切成片，一片一片地吃，正好一次可以吃完，其实属于大小适中。至于那种大桃，因为在青绿与微红之间还泛着一种要透明起来的白色，所以看着很好看，加上个头大，所以观赏性很强；吃起来呢，就嫌脆口太强了一些，放不软，不是谁都喜欢。

骑电动车、骑三轮的人从里路过，停下来，站到浓郁的树荫里，从小桌下面的筐里拿起一个桃子，用小刀切一片尝尝，再决定买哪一种。嘴里说的都是，买桃价格无所谓，差不多就行，关键是得好吃。为了强调个人口味的重要性，一个大嫂在自己尝了以后做了否定的回答，说"这不是我的菜"，然后递给我，一定要让我再尝一尝，说是"我觉着不好，你不一定觉着也不好……"

其实我停下来端详着眼前的这一切，所为不是买桃，至少不怎么是买桃。这样一来，我对桃的口味没有那么挑剔，只要不是非常难吃就可以。所以，我决定每一种都买上几个。婆婆给我挑了好一点的小桃，拎着从桃园里出来，经过在垄沟边拨弄着湿湿的柴草起了一阵阵青烟的老汉，老汉蹲着，挪动脚步躲着烟，又躲了一下婆婆，嘴里说着今年的桃下得差不多了的话。

看桃园的窝棚就在旁边，架起来一米多高，放着简单的铺盖。夜里在这里睡觉不热，就是太咬，烧草就是熏蚊子的。

这样袅袅升起的青烟，已然是城乡之间非常少见了的旧日景象了。其中有股在人类嗅觉里属于好闻的草木气息，对蚊子来说却是绝对不喜欢的。这股青烟从窝棚下面穿过,穿过水泥杆子连接着的铁丝网,穿过大杨树的行列,铺展到小马路上来,浮在那里,久久不散。一直到有车或人经过,才微微颤动着随着车行人行走出去一段……

我买过一次桃以后,还没有吃完,就又买一次。一个是桃是时令水果,过了这段时间就没有了,有也不是本地水土之中的孕育了;再就是每次经过的时候,总是被这幅青烟袅袅,俩老人各自忙着自己的事的景象吸引,总会不由自主地停下来看一看;而置身其间,买桃总是最自然的借口吧。

收向日葵的时候

开始还以为是因为阴天,所有向日葵才都低着头,想着不见阳光不抬头,大概是这种终日向阳的草本植物的一种属性。后来看几乎所有的向日葵田里都一律是这样,才突然意识到是因为已经成熟,吸足了阳光的葵花花盘已经没有必要再随着阳光转头;而且花盘上的葵花子都已经饱满,也已经转不动头了。

向日葵到了收获的时候。

从小毕到故城,从李村到白砂,山前平原上的各个村庄都在收获向日葵;人们用手掰,用机器打,大街小巷都弥漫着葵花子儿和向日葵秸秆甜香的植物味道。砍倒的向日葵秸秆齐刷刷地在根部有一个倾斜的刀口,它们和去了瓜子儿的花盘一起被扔到村口,村口有推土机在一铲一铲地将它们推走。农业机械化几乎将一切稍大一点规模和场地的过去使用铁锨、铁镐、铁权的劳动,全部换成了铲车之类有无穷力量的机械化作业。刚开始这总是会给人在过家家而不是在劳动的执拗错觉,时间长了,人们逐渐习惯以后,也就觉着天经地义了。超过人力的事情,就让机器去干。只有像到地里去割向日葵的头这样的活计,机器目前还干不了,还完全靠手工。

七月中旬刚到便开始收向日葵了,看来每年大致都是这个时候。不同点在于本来应该是很热的时候,但是今年连日阴雨使最高气温经常不超过三十度，这正好适合人们下地干活，不必再像往年那样只能趁着一早一晚阳光弱的时候去收向日葵了。这不期然的舒适，给了收获的人们额外的快乐，成了今年伊始疫情暴发之后就感觉很不好过的一系列印象之上的一抹难得的亮色。

这一带基本上没有大规模的农场种植，都是各家各户的分散种植，一般都是种在菜地里；为的是自己吃葵花子儿，或者榨油吃；所以向日葵的面积一般都不大，有的早动手，有的晚动手，几天时间也就收完了。因为收获期非常短暂，又因为往年往往高温，高温的时候就很难向外走到这样的地方来，即使坐在开着空调的车里偶尔瞥见了，也不愿意置身到燠热的田边来详细观看，所以很难真正置身到这样恰逢其时的收获场景中来。

如果说去地里把一株株低着头的向日葵砍倒，或者只割下向日葵的花盘，用麻袋背出来装到电动三轮上还不是太难的话，需要花大工夫的是把瓜子儿掰出来的过程。这需要全家老小人人都上阵，一般在自家院子里或者院门口，坐在小马扎、小板凳上，一人手里一个小木板甚至就是一个棒子核儿，戴着手套一手擎着向日葵花盘一手用力在花盘上面搓，黑色的葵花子纷纷落地，一些还鲜嫩的子膜也连带着被打下来，空气中弥漫着浓郁的向日葵味道。如果不下雨，这个活计需要干上一两天甚至更长时间；如果赶上下雨，就要全部转移到屋子里去，就会影响干活的进度。孩子就会抱怨说，明年别种这么多了！大人就会说不种这么多你吃得上炒货吗！孩子又会说不种也吃得上，哪儿都有卖的！大人便会苦笑着说：就你钱多……

孩子们不愿意干这个活儿，不是因为这个活儿有多么累，只是因为这个活儿过于漫长，始终需要双手参与，总也看不了手机……

葵花子儿都掰下来以后，还要平摊在地上晾晒。往年这个过程都很短暂，因为正赶上天天烈日如火，很快就能蒸发掉全部水分。但是最近多连阴天，这个过程就很长，而且时时要防雨，看着有下雨的意思了就要忙不迭地收起来。收到屋子里去，屋子里也就都是葵花子的味道了。和任何一种普遍种植的农作物的收获时节一样，大地上的乡村此时此刻，每一样东西，每个人无一不笼罩在那种植被的气息里。这是它们又一年的出生、成长和收获中的一个巅峰，一个宣誓自己存在的巅峰。

而人如果能一直生活在这样一种又一种农作物的巅峰味道里，便是人与自然一致着的生活的极致。每一种作物都像是朋友、亲人，每年来做客，每年都带着丰厚的礼物，与礼物一起留下的是人们也许习以为常了的样貌和味道，是一朝失去才会怀念不已的依稀旧影。能参与、能目睹、能旁观某种农作物的收获，已经是我们这个时代里时不我与的一种机会，一种稍纵即逝并且永不再来的美。因为古人以为天经地义的俯仰天地之间，已经越来越多地成为一种遥远起来的记载，越来越快地成为一种渺不可及的奢望。

如果不是住在郊外的家，我也将错过。值得庆幸的还有，我没错过未来即使住在郊外的家也很可能无缘得见的植物，以及人与植物协同关系里无尽的美。

修墩布

按照自己只是将家务活作为一种生活调剂,想干的时候才干的原则,如果不是周末在家里的时间长的话,如果不是在案头时间很长了需要休息的话,就不会干家务活儿。不干家务活就包括不擦地,尽管地面上已经有了明显的需要擦一擦的诸多痕迹:水迹、饭渣、尘土甚至油污……

及至因为在屋子里时间长了,终于想用体力劳动调剂一下了,扫地以后却再次发现墩布已经坏了。墩布坏了是好几天之前的事情了,所有的布条都从墩布把上脱落了下来,无论如何也装不回去了,因为原来的装置是一个硬塑料材质的结构,几年以后硬塑料已经分化瓦解,固定装置也就跟着崩散失效了。

当时没有扔掉了之,没有再去买个新的,是因为懒得在这个问题上花时间,就先放下了。不过,放下的只是墩布的布和墩布的杆儿,脑子里却还一直有这个散了的墩布。于是在梦里,准确地说是在梦醒时分,在早晨将醒未醒的那一刻,头脑里就一再涌现关于怎么修理这个墩布的方案。慢慢地这个方案趋于成熟,今天终于可以进入胸有成竹的日程中来了。

听着收音机里的音乐台,将散了一地的墩布条和墩布杆儿归拢在一起,这样开始专心致志地干活的场景,一下就让人想起小时候在过星期天的时候自己家里的气氛。恍惚是一种氛围重现：妈妈洗衣服，爸爸刮了胡子以后开始修理什么家什；桌上的大电子管收音机则在唱着八个样板戏……

在经历类似的家庭生活场景的时候，突然会意识到原生家庭的那种带着无尽温情的深深烙印。只是，在不知不觉中，自己就已经更换了人生的位置。

干活的顺序是这样的：先将原来的硬塑料材质的安装结构尽数除去，只保留了其核心的依然坚固的带有四个孔洞的头儿。找来一截铁丝，将两端分别穿插进这四个孔洞之中，然后将两头用钳子打结以后拧紧；这样就形成了一大一小两个铁圈。

然后就是工夫活儿了，一条一条的布条逐一拿过来，系到内外两层铁圈上。先系内圈，内圈系满了再系外圈。这样一直系到快结束的时候才意识到，其实完全可以将几条布条先互相系在一起，然后再系到墩布头的铁圈上，这样可以大大提高系布条的效率。有人会说那样布条不是太长了吗，不会的；因为布条可以对折以后再行捆系，其结果就是全部的布条都在墩布头上，分布基本均匀，都能形成擦地的时候的有效摩擦力即可。

可惜的是，意识到这一点的时候，布条基本上已经系完了。这个可以将系布条的环节的效率提高几倍的经验，只能在下次再修墩布的时候才能起作用了。不过那不知道要多长时间以后了，因为经过这样修理以后，这个墩布是无论如何也不会坏了，除非所有布条都被磨没有了。这样的结实甚至让人有一种失望，还有一种冲动，那就是看看谁还有墩布要修理，自己大可以施展一下刚刚掌握的技术……

只是这样的技术完全没有任何商业价值，任何人家的墩布坏了都是扔掉，没有拿出来修的。你即便是免费给人家修理，人家也没有这样的习惯；何况周围并没有任何邻居。

带着这样有技术不得施展的遗憾，拿起修好的墩布一用，果然就是非常结实，非常好用；因为深知其结构，所以在擦地的时候完全可以放心大胆地尽情使用，一点也不怕把墩布用坏了。用力的时候，系满了墩布条儿的铁丝圈形成的带有弹性的回力，让人越擦越带劲儿，越擦越有成就感。

这让人不由得想，对于做家务这件事，是不是全部工具都是自己制作，至少是经过自己修理过的以后，才会产生由衷的兴致呢？看来那种从修车到建房装修都靠自己的双手的习惯之中，那种亲自参与到自己的生活建设中去的行为，不单纯有省钱的考量，更有这样由是而让自己真正走进自己的生活的乐趣。

这样的乐趣是人类原始的乐趣，这样的乐趣里有艰辛，也有诸多缺憾，但不乏人生天地之间的劳动创造与效用的醇厚滋味。

一把古代的椅子

在大地上骑车漫行，吹着田野上的风。这麦收时节的早晨，并不像在屋子里想象的那么热。甚至在户外你会很自然地忘记还有热这么一回事儿。

在广袤的麦地深处，在金黄的麦子或者麦茬的边界上看见隆起的翘角飞檐，还是能有思古之幽情弥漫。尽管那通常都是庙宇或者纪念堂，现代人的居所只重实用，已经再少那样审美的仪式性。

大约是受了这种情绪的影响，回程的时候路过一个村外的菜市场，买了一个老西葫芦，准备回家包饺子，买完了一抬头，看见卖菜的坐的椅子居然是一把连环画里见过的古代格式的椅子。便很自然地说了句椅子很好看啊的话。

他见我赞叹，便一定要卖给我。

我说自行车带不了，他就把价格从十块降低到了五块。这就让我不好意思不买了。

果然，在把椅子放到自行车后架上去的过程中，是费了一番周折的，好在最后找到了一个不影响骑车的姿势：让椅子脸向前坐在后架上，像是带着一个坐着的人似的就正好。

带着椅子往回走，在这麦收时节的山前平原上，到处都是金黄的麦子、收割机忙碌的轰鸣，以及任谁都不以为意的灼热阳光；这一天，一块钱买一个缸炉烧饼，一块九买了一个老西葫芦，五块钱买了一张古代的椅子。这种不成比例的花费，却无一不是自己喜欢的，是当下需要的。买烧饼是因为饿了，买西葫芦是因为要包饺子，而买椅子也不是为了什么收藏，而是为了追怀一下刚刚在广袤的麦田里遥望翘角飞檐的时候的既往生活。

旧物就是时光机，可以凝视着它们重回天人合一的过去。这把椅子就诞生在这山前平原的土地上，由它还原出来的既往的生活，就曾经在这片脚下的土地上真实地展开。那时候麦田也像现在这样广袤，那时候西山还没有被开矿弄得千疮百孔，那时候人们匍匐在四季的秩序里俯仰天地……

所谓古代的椅子，制造时代未必是古代，甚至很可能不是古代，但是椅子的格式是古代格式无疑。判断其制造年代，大约应该是二十世纪五六十年代甚至更早，因为后来即便是民间再制作椅子也不会用这样的格式，后代只讲实用的椅子远比这样的椅子简单得多，而且最后一代会制作此类家具的木匠退出历史舞台之后，这种手艺也就在实际生活中失传了。

这把椅子，每一个部件都是独一无二的，都是不能完全一模一样地复制的，是标准的人类手工时代的遗存。仔细看，椅子的四条腿是两根各自完整的木头揉制而成，还有环形的椅子圈、弓形的椅子背，都是符合人体力学的形状，需要的工夫就更大了。为了保持平衡，椅子圈儿后仰出去很多。那是一个室内空间不必过细权衡的时代，家具的制作原则是结实和耐用，是平衡和美观，很少有对空间大小的考虑。

椅子是纯手工制作，关键部位的几个铆钉也都并非商品，而是粗铁丝，甚至也不是均匀粗细的商品铁丝，而是在铁匠铺现场打出来的铁条，粗细不一，表面也不够光滑；它们被镶嵌进木头里去以后，形成了稳定结构，多年过去以后，除了颜色上能判断出当年的存在之外，已经与整个椅子浑然一体。

椅子的两条腿之间的撑子是窗棂的格式，不仅结实，而且美观，是对当年屋子里的窗棂的一种致敬，可以形成一种有趣的互文关系，属于一种实用之外的讲究。这是民间没有余力雕梁画栋的时候的一种力所能及的装饰。

与很舒展的椅子圈比起来，椅子面并不宽，是窄长的一条。那时候少有肥胖者，这窄长的一条也已经足够绝大多数人使用；如果是专门做给某一家的话，就更可以根据其现有人口的胖瘦来进行取舍了。

与之相应，椅子圈的开口也不大，过胖的人恐怕是坐不进去的。

在那个时代，应该也可以在市场上买到成品椅子了。成品椅子的尺寸或许会比这宽泛一些，以适应更多的人。

尽管市场上有，但是那要花钱买。小农经济自给自足的一个重要原因是没有钱，也就会尽量缩减花钱的事项。为了满足一般性的凳子之上的稍高级一点的坐物需求，就请木匠给自己家里打椅子吧。所谓打椅子就是现场制作椅子，一般是带着家伙什到主家家中，用主家的木头材料，在主家自始至终的介入状态里制作完成。

当然，人家里肯做这样的椅子，一定是新婚之喜，或者是乔迁之喜的时候的隆重之需，也是要下一番决心的。

买回这把椅子来不为了收藏，也不为坐，不为用，甚至也不为摆设，只是放在那里可供想象：观察前人的劳动智慧，知道前人生活场景展开的时候的物象要素；凝视这把椅子，就可以在相当程度上留住时间，可以以之为起点，向此前的时间之流进行有根据的怀想。这时候的椅子，已经是战胜时间的"生活在别处"的一种神奇装备，无用之用，正在于这样的用。

人事已虚妄，空余物为凭。这是人类的宿命，一切的爱恨情仇，一切的梦想追求，一切的不舍依恋，最终只能落实到可以相对永生的物上，包括物在内的图像上。人生当时的真切、主调、轰轰烈烈、寂寞惆怅，皆风过耳。

有人一针见血地指出，一切收藏的底色都是哀伤，其言不谬；因为追怀的平静里，最终隐着人对时间的无奈，所有的收藏和旧物凝望也不过是试图让时间暂留，使思想多一个可以深入的维度，使现世的情感多一个寄托而已啊。

一套笤帚簸箕

一个很少扫地的人去扫地，不仅别人觉着新鲜，就是他自己也有一种尝试新生活一般的兴奋，这是我持有"家务事只有在喜欢做的时候才去做"的观念的原因。每天都像是完成任务式地去做家务的话，就没有乐趣可言了。这种将家务活儿视作一种乐趣的观念及其指导下的实践，我一向坚守，从未放弃；尤其是现在，现在用上了这套新式的笤帚簸箕的时候。

说是新式不过是对自己而言，可能这种格式早就上市多年了，不过是自己从未注意过而已。

以前也不是不想扫地，只是因为年深日久，扫帚老化，簸箕也不平，扫地效果不佳，也就逐渐懒得去使用。每次扫地都需要下一定程度的决心。现在这种高度适中、簸箕口绝对平展的格式将原来的不便之处全部去掉了，而尘土一旦到了簸箕里面又绝对不会再向外滚出来，甚至在簸箕的上沿处，还有一排像是梳子的篦齿，可以将扫帚上可能挂住的东西刮掉，刮到簸箕里去。至于簸箕的把柄上带有一个半圆形的有弹力的圈，那是为了可以将扫帚夹住，这样就避免了扫帚着地摆放时间长了的变形问题。

注意的话会发现，笤帚的杆儿和笤帚头之间的安装孔是倾斜的，不是直上直下的，这是充分考虑了人们使用笤帚的时候的用力方便之后的改进，非常科学，充分适应了人体力学的需要。至于簸箕的手柄带了很多孔洞，减轻重量的同时还可以增加其与手掌之间的摩擦力、笤帚的手柄上面还有一个圆圈以方便挂起来存放等细节，就更是让人越看越觉着不简单了。

当然邮购到货以后，它只是一个小小的盒子，把盒子里的一切都组装起来，才形成这样的一把笤帚、一个簸箕的套装。其模具的设计匠心独运，恰到好处；非从生活中来，非从实践中来，不是专心致志的有心人，不是矢志不渝的发明家，便难以凭空设想出这样可以逐一克服使用缺点、满足使用需要的趁手工具来。

相比之下，以前的笤帚簸箕都弱爆了。那是模糊的不细化的技术时代里的粗糙工具，只有在对比中才会明白人类智慧与人类劳动实践的需求之间的贴合关系的奇妙。

花十块钱网购来的这套立式的笤帚和簸箕，扫地不累，扫帚还有防静电功能，不粘连毛发；不仅基本上可以保持站姿扫地，而且扫完的扫帚上还是干净的。用这套工具扫地，一手持簸箕柄，一手持扫帚柄，随时将地上的尘土碎屑之类的东西扫进簸箕斗儿里，不必再像原来那样先在地面上将脏东西扫到一起，再集中扫到簸箕里。它可以有充分的针对性，看到哪里脏了就扫哪里，一边扫一边就有了立竿见影的成就感。这一点点随扫随收的技术改进，带给人的是会情不自禁地说出来的太好了的感受。欲善其事，必利其器，这样就能让人爱上扫地，跃跃欲试总想拿起它们来去扫扫地。

像突然有了洁癖一样，每次坐累了站起来，都很自然地拿起笤帚和簸箕。以这样不累的半直立的姿势，效率极高地清扫与收纳，扭头回顾，成绩斐然。在屋子里走来走去，做饭，去厕所，偶尔低头看见地面光可鉴人，还是觉着打扫干净的确让人很舒适。

扫地的乐趣，扫地的成果给人的好感觉，第一次走到自己心里。把有了尘土和脏东西的地面扫净，居然还能如此让人愉快。以前视而不见的死角，甚至明面儿上的渣渣末末的脏东西都不见了，哪里哪里都很光洁，这样的光洁让人愉悦地笑了起来。

先把书桌下面被两脚踢成了一个圈的浮土全部扫清了，又把椅子下面也扫清了，再坐下的时候就真感觉由外到里都清爽了呢！至于还有些地方有很明显的浮土，那都不着急，等一会儿看书写字累了，作为一种调剂，一种其实心里一直期待着的调剂，再去扫吧。不过脑子里一直都有这趁手的笤帚簸箕，甚至连阅读和书写都变成了次要的事情了，时时都在想着再次拿起笤帚簸箕起来，将那些还没有扫到的地方一一扫到，那一定是非常有趣的！

家居生活中，地面上没有可见的尘土的环境，是让人愉悦的。以前没有趁手的工具的时候，居然可以对这种有尘土的环境一直视而不见！当然也恰恰是因为有那样一个视而不见的阶段，才会比照出来现在将尘土打扫干净的赏心悦目。如果从一开始就总是一尘不染的话，就失去了对比的机会，很可能就无感，就身在福中不知福了。

现在，只要有个时间空隙，就忍不住会拿起笤帚和簸箕，寻找地面上哪里还有需要打扫的地方，在一派轻松自如中就又消灭了一个卫生死角。而随后已经将这样的丰功伟绩彻底遗忘了的时候，偶然瞥见地面与过去习惯的样子不一样，变得很干净了，就会重新又惊喜一次，就会再次跃跃欲试地要再拿起笤帚和簸箕来。它们成了自己埋伏在生活里的又一个乐趣。

突然就理解了托卡尔丘克在《白天的房子，夜晚的房子》里写的那个一直挥舞着电锯主动要给邻居锯树，实在没有锯树的活儿就锯草、锯空气的人的状态了。只是因为他拥有了一件趁手的工具，就使他无法抑制自己一直要使用这工具的热情；他为了使用工具而使用工具，成了那工具的奴隶，心甘情愿，乐此不疲。

我远没有到他那种程度，因为自己脚下还有很多地方需要扫；充其量只是有那么一点为了使用工具而扫地的倾向而已。

趁手的工具让人爱不释手，有一种手与工具之间的让人无比愉快的互文关系：我喜欢抓住你，你喜欢被我抓住；我抓住你的时候如虎添翼，你被我抓住的时候恰堪其用能发挥自己最大的效能。这种奇妙的协同关系让工具具有了玩具的性质，人也就由其引领着回到了童年一般，至少是一部分、一定程度上如此。这也许是这把笤帚和这个簸箕给人以快乐的根源；当然，一切还要归功于设计与制造出这样趁手的工具的人，这个发明没有惊天动地，却也足够伟大。

归根结底还是因为喜欢这个居所才会有因为买了新扫帚的爱不释手。否则不论多么好的工具也都会无感的。我们对一个地方的爱，对家的爱，总是要通过这样一些具体的物象来表现的，此外，除了总嫌空洞的概念之外，就没有落脚点了。

一只黄鼠狼斜穿菜地

早晨出发的时候，没有阳光。不必戴帽子，不必躲避日晒。

久违的阴天，让人能睁开眼睛的阴天，笼罩着气温越来越高、屡屡创造了同期最高纪录的芒种时节。

村子里的老人已经推着本身就是一个座位的小车坐到自家门口，光着膀子的修车人出来拉起了卷闸门，村口的菜地边上停着一辆辆三轮车，车上有水，有药，有锄头，有镐。

菜地已经变成了苗圃，准确地说是原来的庄稼地变成了苗圃，因为未来不知道什么时候就会征地，征地的时候如果有树苗就比光地的价格高些。

种上了树苗，征地还不知道什么时候，所以所有的树苗都尽量让它们向高长，把下面所有的枝杈全都顺溜掉。这样可以让光照进来，可以让菜生长。不单纯是为了不浪费地，也为了一早一晚还有个营生，还可以在一定程度上模拟过去在大地里劳动的生活。

每天早晨我经过这里的时候，苗圃地里的菜农们都已经干了一派儿活儿了。通常都是上了年纪的夫妇俩，也有一个人的，除草、间苗、剪枝、疏果、喷药、浇水、掐菜，菜园里的活儿永远也干不完，干到多么规整都还有更规整的菜地比照着呢。这里展开的是庄稼人无言的竞赛，干得好的自然就会获得尊重。

这种尊重是直截了当地说出来的,是站在菜地边上唠嗑的时候大家有目共睹的。说起在菜地边上聊天,这实际上已经是很多菜农一天一天离不开自己的菜地的一个重要原因。也只有这样站在自己家的菜地或者别人家的菜地地头上,暂停了自己的活计聊天的时候,大家才能找到那种上一辈儿传下来,传到他们这一辈儿显然就会永远截止的生活。

土地将被征用,村庄将被拆迁,平房将上楼,再没有这样晨昏之间俯仰天地,看着不远的西山、就一种菜的细节经验进行交流的机会了;再也没有这样扛着锄头说说家长里短的情景了。

不过,暂时一切还都有。

所以,每天早晨我骑车经过的时候,齐齐整整的几乎每家的菜地里都有人,地边上也都站着人。芹菜那种可以弥漫出去很远的气息,远比炒芹菜的味道好闻得多的气息,又香又脆还带点说不清的药味儿的气息,包裹着大家,也包裹着我这冲破包裹而去的人。

香菜的味道很多人不喜欢,说是像臭大姐,不过在地边上可是完全没有那样的气味儿,它的味道更像是一种纾解剂,是天地大工厂造出来的不掺杂任何人为的化学制品的纾解剂;黄瓜和西红柿的味道是需要停下来,站在地边上来闻的,不过那样就有了瓜田李下的嫌疑,不好。

菜地里一般都会有一两棵高高的绿色茎秆很丰腴的开着大大的白花盘的菜,那是胡萝卜在打子儿,白色的花盘实际上是由众多小花组成的一个总状花序。它们是为了明年的种植或者就是今年秋天的种植做的准备。

它们的样子很独特,和大葱的白花一样,是整个绿色菜园里的一种挺拔而豁亮的异数,往往让人第一眼先看见它们。它们成了整个菜园里的旗帜。

我每次经过都会着意地看看它们，在湿润清凉的菜地气息里，对这些旗帜行侧目礼。然后总是有点依依不舍地骑了过去，骑到了高速公路涵洞的那一边，那一边杨树高高的乡间小路上。

今天走到这树下的小路上的时候，眼前突然一晃，一条像是一根淡黄色的棍儿的小动物，拖着长长的尾巴，横穿了小路，一瞬间就消失了。几乎是凭着视网膜上留下的视觉残痕，我判断出这是黄鼠狼。

因为它的样子是非常惊慌失措的，所以不是猫，也不是狗。回想起来，刚才也确实看见一条狗从那个方向狂奔而过，大约是它们已经互相发现，并在进行逃窜和追逐。

黄鼠狼背着偷鸡的骂名，已经从公众视野里消失了很多年了，今日一见，全凭偶然。莫非也是因为今天没有阳光，阴天？

它将横穿菜地里那些没有人的区域，从一棵棵青菜下面悄无声息地飞蹿而过，一直到远远的地方；有墙，墙角下有出水孔的地方，钻进去，才算回到安全地带。

黄鼠狼在这个芒种时节的早晨的晚归，将是有惊无险的。它躲过了多管闲事的狗，躲过了站在菜地边上聊天的人，也躲过了我好奇的目光。

"本是同根生，相煎何太急？"互相宽容一点哦，今天早晨所有的一切，菜农、我、黄鼠狼甚至还有狗，都是传统的生物链条、旧有的生产生活方式、绵延了上千年的环境运转到即将被关闭的时代里的兄弟。

秋虫又开始鸣叫

即使是伏天也依然寒凉的早晨,带着潮湿味道的大地气息源源不断地从窗口涌进来,像是窗口有一部巨大的空调,这部空调以外面整个天地为外挂,逐一向人间所有的窗口输运着强大的清凉;夏天的时候丝毫不能预期户外空气在秋凉以后就能如此长驱直入,尤其对早起的人来说感受明显。

一起涌进来的,还有嘀嘀嘀、唧唧唧、咕咕咕的秋虫之声。它们在即将立秋的时候,还只在黎明时分才能找到这样可以提前发挥一下自己秋天的合唱本领的时间段。每一只虫子的叫声都很渺小,但是它们联合起来还是可以在早晨的安静里形成一种分明可以听到的很大规模。

它们形成的宏大声响,几乎盖过了高速公路上永远的隆隆之声,两者至少是已经近于并驾齐驱,成为凌晨的安静之中恒久的存在。这是明天就要处暑的日子,这是终于又过去了一个夏天的瞬间。

奇特的是,在这样很大的规模里,你依旧可以分辨出它们之中那些单独的叫声来,有的高亢一下,有的低沉一下,有的持续高亢,有的持续低沉,高处的树枝上嘶哑的蝉鸣掺和进来,也丝毫不能有损于这种秋虫鸣唱的总体恢宏气势。而从这无数的声音里,你能想象出它们每一只伏在庄稼地里唱歌的渺小而认真的样子。由这宏大声音分解开来的想象里，一定会有密集恐惧症患者们不愿意见到的万千秋虫侧身整个大地的画面；不过给我的感觉，却是爽利和愉悦。我会在将醒未醒的梦里微笑，我会在继续睡一会儿的诱惑里欣然聆听着起床，小心着不发出任何声响，以免影响了这盛大的秋虫之鸣。

秋虫之声，和风声、雷声、雨声、雪声一样，和鸟鸣狗吠牲口叫一样，作为自然界的声响，胜过人间的所有音乐。它们的齐奏和独唱，它们的间歇和持续，它们无所不及又全无规律的立体全息分布方式，都像是完全偶然的无心插柳之作，但是也都无与伦比地精巧准确，不可有任何更移。它们作为宇宙规律的一部分，携带着人类最初也应该一样拥有的美与和谐的密码，只是当人类已经将那密码丢失了的时候，它们才以自己的固有形式予人以令人艳羡的召唤。

如果有特写镜头将某一只秋虫拉近，你看着它认真地歌唱的样子，看着它全然不知自己正在被观看的自然而然的状态，就会有一种人类童年的浑然，有一种生命之初的完全顺乎自然。何以很多人一定要在秋天冬天里玩鸣虫，除去声响的享受之外，另外的内在逻辑大抵就在这里。

所谓秋虫，主要是蛐蛐、蝈蝈、蚂蚱、黄蛉、金蛉子、油唧呤、叫咕咕、竹蛉等。它们鸣唱的器官往往不是歌喉，而是翅膀的快速震颤。它们跳跃奔窜在草窠瓦砾之间，喜欢复杂地形的掩护，喜欢潮湿蓊郁、茁壮肥厚的植被遮挡；它们既是其他动物的食物，也在这个季节里获得最多的营养。

秋虫最活跃的时候往往会因为趋光性而跑到人类生活的现场里来，它们不知道怎么就能来到你的窗前甚至床下，会在地板上突然蹦跳飞舞着走过。因为个大肉多，是鸡的最爱。因为叫声好听，又是秋虫呢哝爱好者们打着手电寻寻觅觅放在罐子里、笼子里养着听声儿的对象物。每年这样的活动多了起来的时候，就预示着又一年的夏天过去了，美好的秋天，美好而短暂的秋天就在眼前。我始终觉着，给人间报信，说盛夏已过、秋凉将至，这反而是秋虫最令人赞赏的一项也许并非它们主观故意的功用；一如大街小巷又开始卖月饼了，就说明秋天真的来了一样。秋虫和月饼都在客观上为尚在高温中的人们指明了舒适愉悦的前程。这个前程不需要你个人如何努力，只要沉淀在时间里，不被当下的时间打倒，就终究可以迎来某一天它终于抵达的时刻。

天色微明，虫声立刻停住了。现在这个季节，它们还见不得光，光是有温度的。而鸟叫已经开始，你即使努力倾听，听到的也都是鸟鸣了。

不管怎样，只要可以倾听秋虫的鸣叫了，就意味着立秋即将到来，盛夏酷暑即将过去。这样的惊艳预期让人尤其喜悦，比秋虫本身发出的有节奏的乐音更让人喜悦。这种嘀嘀嘀、咕咕咕的叫声以一种既蓬勃又呢哝的神奇格式，散布整个尚在黑暗中的天地之间。作为一天之中气温的低点，黎明前的黑暗里，秋虫伴奏下寒凉的舒适与白天焦金流石的煎熬之间的巨大反差，使酷暑出现了断裂的缺口，使人有了信心。

这是秋虫最初的鸣叫，它们还只能在早晨、在黎明前的黑暗中放开歌喉，其他的时间，无论是白天还是夜晚，温度还都嫌太高，还都没有到它们能舒适地觅偶与交配的温度。它们还在趁着潮湿黏热的气温生长，只有凌晨的时候，它们才敏锐地觉察到已经临近的秋气。距离立秋还有几天时间，天地之间看不见的运转已经能被小小的秋虫感受到，它们知道一年之中一段持续并不很长的属于它们的时间，即将到来。

没有了蚊蝇、壁虎和鸟儿的冬天

有诗曰:"冻死苍蝇未足奇。"意思是冬天来临,苍蝇、蚊子之类的自然就冻死了。不管多大的苍蝇,原来飞舞振翅的频率多么高,现在也都像是缺了电的无人机一样,只剩下跌跌撞撞的份儿了。随便拿一片纸或者蝇拍的柄,都可以轻易将其击落。可是随着整体气候变暖,寒冷的日子来得越来越晚,苍蝇基本上还能冻死,蚊子却大有冻不死的趋势了。

秋深乃至入冬之后,蚊子却愈发不怕人起来,进入最后的疯狂模式。即使早晨三四点钟起来,双手扶着键盘,还是会看见有蚊子无声地落到台灯下清晰可见的双手上来,这时候蚊子的全部细节都显示了出来,带着绒毛的无数条腿,每一条腿都支撑着专为飞行而生的至为精良的身体结构,毫不犹豫地将有麻痹作用的口器叮入人类的皮肤。因为寒冷使其动作迟钝,所以让人看得很一清二楚,被咬上一口的痛苦经验还是使人不得不在走神的凝视之后赶紧进行拍打……

它们特别顽强。因为只有手还露在外面,所以手就屡屡被咬,只要目光离开一下手,手上就会迅速落下好几只蚊子;拍打和驱赶都已然不大奏效。

挥舞着双手驱赶蚊子,很自然地就想到了原来总是在墙壁上警惕地出击的壁虎。壁虎是消灭蚊子的生物战良将，它们无声匍匐、迅疾出击、一口咬定的灵敏威武，一定相当于蚊子们眼里的大鳄鱼之属。屋子里有几只壁虎，蚊子就不会太过猖狂。

可惜壁虎面貌丑陋，很多人对其既怕又恨的厌恶感有甚于蚊子，屡屡用木棍将其顶在屋顶上搓毙，其状惨不忍睹。至于现代高层建筑则门窗密闭，彻底断了壁虎进入屋子中的可能，人类也就失去了这样杀蚊的好帮手。

郊外的家，门窗封闭远不像城里那么严密，偶然进来一只，初以惊心，理智上却也在慢慢接受，知道它们之所以进来，就是因为敏锐地发现屋子里有蚊子。所以，偶然望见，便会赶紧移开目光，及至后来发展到"喜闻乐见"的程度，每每对它捕食蚊子的过程看得津津有味；即便没有正在捕食，只是看见它在墙壁上枕戈待旦，也像是面对自己养的小动物一样充满了柔情。它们是和你一起居住在这里的生物，是在"同与禽兽居"的意义上的陪伴者，共同面对这个难得的自然环境的陪伴者。

可是过了夏天，壁虎便不见了；尽管还有蚊子在飞舞。壁虎冬眠吗？冬天它们去了哪里？是不是有一种叫作壁虎窝的地方，它们可以藏身在那里，整个冬天都不再吃东西？一动也不动？查了资料知道，只要气温低于十三度，壁虎就会迟钝起来，进入冬眠状态。就这一点来说，它们对温度的容忍程度远不如它们最喜欢吃的食物——蚊子。

没有壁虎，只好继续每次钻到蚊帐里以后都要小心地将边角掩好，只好重新插上蚊香。

气温几乎到了五六度，蚊子依旧如此执拗地活着，还要继续咬人大业，奋不顾身，置蚊香于不顾，乃至不得不再次喷了一次敌杀死，上一次喷还是在盛夏时候呢！

在人穿上了羽绒服的寒凉中，仍然有蚊子在像夏天一样飞舞。尽管仔细看会发现，这样的飞舞已经与夏天不大一样，失去了夏天的灵活，变得像是慢镜头一样迟缓乃至笨拙。

最低气温接近零度的时候，尽管最高气温还能到十几度，蚊子才少了一些。还能看见蚊子飞，坐在屋子里基本上没有双手再被咬之虞了。这已经是立冬以后很多天了。

天气冷了，万物收敛，风雨不再敲窗，秋虫不再呢哝，连最顽强的蚊子也要结束这又一年里的不懈了；除了大地深处高速公路上昼夜不息的轰鸣之外，周围的一切都已经归于沉寂。这时候突然意识到，最近一段时间以来，已经看不到鸟儿，也听不到鸟鸣了。听不见悠扬的布谷鸟声不奇怪，但是过去那种从早晨开始的啁啾之声也没有了，过去那种喜鹊、鸽子、麻雀轮番站到窗前和房檐上的景象已经很久很久不再出现了，在空调外挂的孔洞中做窝的麻雀也不来了。

更让人感到吃惊的是，鸟儿的来与不来、叫与不叫，于大多数人来说都是无所谓的，甚至大多数人都没有意识到它们已经很长时间不再出现的事实。至少在客观上，人类的所作所为都是一直在追求一种只有自己的世界。一个动物，一种动物的存在和不存在，人类完全不以为意，甚至只要不相识，他们对同类中其他个体的存在与消失，也基本上持这样一种无知无觉、可有可无的态度。这是同在天地之间同为生物的一种天经地义，也是一种细想起来无可奈何的所谓客观存在。而悲悯抑或同情共情之念，非在这样寂静纯净的自然环境里就不会有滋生蔓延、蓬勃生长的土壤……

在鸟儿们不再来了的时候，我反而强烈地想到了它们昔日在视野里出现时的情景，在这样因为不见的见里生出些疑惑来：它们不来是秋冬时节不好找食了？秋冬时节不是有很多果实吗？不是有很多散落在田间和路边上的粮食吗？是那些拿着弹弓在树下打鸟的闲人作的孽？还是农药拌过种的麦子……以上哪一种原因也不能将所有的鸟儿集体屠杀到无的程度吧！

在人类也许只需要添加衣服或者使用暖气就可以平安度过的冬天，对于很多动物来说就意味着生命尽头的截止了。这是大自然的固有规律，苍蝇、蚊子冻死，壁虎冬眠，天经地义。可鸟儿们去了哪里？郊外的家如果像城里一样变成一个没有鸟儿的世界，将是一种巨大的缺失和遗憾。它们那些灵巧快速的身影，它们那么自由地翱翔，它们那些人类的任何音乐都无法比拟的叫声，都不可或缺。

在郊外的家里，蚊蝇、壁虎和鸟儿大致上占据了说不上"三友"却的确是三个常见的动物种类的位置，朝夕相处之间，早已经习惯了它们的存在。它们的寂灭，真的预示着寒冬已经踏进门来。而自己实在不愿意，不愿意仅仅因为没有暖气就不得不离开这充满了自然气息的郊外的家。

天地物象

春雨美妙

赶上一个下雨的早晨，下春雨的早晨，不易。

所谓晴耕雨读是不能完全从字面理解的，尤其是在北方，一年之中下雨的时候非常有限；如果严格按照晴耕雨读来执行的话，实际上就没有什么时间读书了。这句话的意思是一边干农活儿一边读书，既是劳动之余读书，也是读书之余劳动。体力劳动的干农活儿和脑力劳动的读书结合起来，物质上自给自足，精神上一直在追求、在进步，这就是一种非常理想的个人生活状态。

雨点在楼顶铁皮板的某个位置上总会发出很大的响动，在别的部位都是密集的低声的情况下，这一声声显得很大的响动，就像是个破坏者。但是谁也无法制止，只能听下去，像有个固执的孩子，手执木棍不断敲打，刻意破坏这过于均匀的雨声，雨下多长时间，他就准备破坏多长时间。只是他不知道，他执拗的破坏，已然成了合奏乐章的一部分。

听见雨声伊始，就赶紧从窗口望出去，简直就是沐浴在天地之间清新无比的动图中了。

洗去雾霾的山峦以黛色的起伏韵致清晰重现，山前平原上碧绿的麦田在越来越多的建筑缝隙中难能可贵地还维持着相当广阔的存在，像是无数干渴的人在终于到来的天降甘霖中顾不上说什么，顾不上喜悦，只一味幸福地啜饮。

小雨中的天色昏暗阴凉，昼如黄昏的光线和清新的空气联合起来使人觉着有与平常完全不一样的异样，异样的美妙。下雨是一次刷新，将天空中的污浊洗去，将人心中的浮躁熨平，将所有迫不及待的事情搁置，让无暇审美、从不看天的人长久地凝望天地。

昏暗给人一定的安全感，不必像青天白日下那样进行社会化的生活，而可以依旧在私人状态里、在儿童状态里什么也不干地出神，享受绵绵的春雨。

昏暗让视野钝化，使春天植被的崭新色彩边界明确，不尖锐，不衍射。雨中的光线收敛，将所有物的本色都以不耀眼的方式呈现。新绿的麦子和柳树的鹅黄、杨树的绿都被水洗着；亮亮地发着水光的小路上，偶尔有车驶过，无声无息，小心翼翼，不再有寻常司空见惯的戾气。

坐在顶楼隔窗相望，就像是在集中了人类有史以来全部最伟大的画家的美术馆里，各位大家各显其能，让窗外的世界里一直有全息的画面不断闪现。

雨水打在楼顶上，雨水打在窗户上，打在楼下的麦地中的声响，以明显的差异分别传来，又联合在一起形成一种我们笼统地称之为雨声的声响。只有长时间沉浸其间，只有在周围几乎绝对的安静里，这些声音才会被自己的耳朵分解开，分别判断出哪一种声响是从什么位置上传来的。

这种判断的条件其实非常苛刻，要求环境之中没有人类制造的噪声，没有挥之不去的车声、人声、机器声，只有安静。奇妙的是，所有这些条件，在这个位置上都符合：这几乎让人不能相信，人间还有这样的幸福。

雨水潲在十几厘米高的麦田里的声响最值得玩味，它柔和而紧密，轻微而庞大，近于无声无息，其实又无远弗届；成千上万的麦叶被小雨滋润着的时候发出的声响，即使你把耳朵贴到它们身边大约也不会有多大，但是因为麦子多，麦地面积大，所以在距离它们很高的楼顶上也依然能将它们联合起来的柔和声音听得一清二楚。

这样的声音滋润着在屋子里的人，即使你早就不去看雨了，早就开始专心致志地去做别的事情了，它们还是会一再清晰地唤醒你，让你不由自主地一次次走到窗边来。

俯瞰之下，看不见雨水落到麦子叶片上的动静，抬头却可以分明地看到高天上的流云，被稀释开来的阴云，像是烟气一样自由地弥漫着。

流云在终于驱散了雾霾的天空里无序张扬，像是一场峥嵘的大戏在演到中场高潮的时候，刻意释放出来的烟雾；这烟雾不同于雾霾，它是透明的，是隐约可以看见流云后面的世界的。它们的出现，为的是营造气氛，为的是让人在虚幻的缥缈里，尽可以想象与人间不一样的世界，更好的世界。

这样的春雨，你从开始的不以为然，到后来的进入它的节奏，乃至只嫌其下的时间短，中间的过渡完全是在无知无觉中完成的。怎么也想不起来到底是在哪一时刻，你就已经很愿意让它下成连绵不绝的雨，昼夜不停地下上几天，让自己心安理得地沉浸到它营造的幻境中去，暂时将人世间的一切都放下，一去不回头。

一个住在城里的人，在终其一生的生活里，很大概率是始终都不会拥有一次这样的视角，不会有这样一次全景地看春雨的机会的。而这未必需要投入多少钱财，偶然在乡野漫游的旅馆中住几天，或者在因为偏僻而便宜的远郊小区中拥有一套顶层的房间，都有很大可能体会这样堪称珍贵的收获。

从城里将自己解放出来,实际上是大多数人需要下定的决心;否则就会损失太多,损失掉自己作为一个人在自然中的感受机会,那将是终生的遗憾。

搬过来好几天,一直都在楼下的饭桌前阅读和书写,坐的是直背儿的餐椅;现在收拾好楼上以后,坐在高矮合适的桌前椅上,加上宽大的桌面和除了阅读、书写所需之外再无他物的环境,就特别让人觉着舒适了:这里才是正经坐着阅读、书写的地方。

后悔没有早一点上来了。这样的下雨天,将窗户打开以后会有源源不断的天地间清新气息传上来,让人既在文字的世界里,也在大自然中,已经可以说是夫复何求的境界了。

而在雨后的傍晚出去跑跑步,在新绿的菜地排列整齐的秩序背景里,望见杂花生树的粉红、雪白的花朵,呼吸山野上因为雨后湿润而来的近乎南方气质的不干燥,判断一下杏花已落、桃树正红、梨树开花、核桃树发芽,便觉着好像清明提前了一周:北方一年一度最美的季节,比往年早了七八天便已经盛大地开启。如果不是居于自然,这样的变化便几乎错过了。

人在天地间,倘使能不为人类自己的建筑与生活所遮蔽,依然葆有这样回归自然的生活的可能并且付诸实施,便可以约略抵达这样的境界:节气的细微处都是风景,风雨雷电都是享受;生命中的时间,每一分钟都是得其所哉般恰如其分。

雷声·观风看雨的机会

　　雷声把人震醒了。凌晨三点多。隆隆的声响骤然而至，很近，很清晰，就在头顶上。从来都是默默无语的上天，突然开口说话，却又不好好说话，而是这样如庞大的猛兽在低吼、在咆哮。从吼声来想象，这猛兽有天地那么大，天多大、地多大，它就多大。它的大就已经让它不折不扣地是神，被封为雷神名副其实；不管是雷泽的雷公、雷州半岛的雷王陈文玉、雷界的最高领袖九天应元雷声普化天尊，抑或是西方世界的宙斯，被顶礼膜拜也都恰如其分……

　　思绪绵绵荡荡地正要继续下去的时候，雷声又响了。声音更大，更靠近头顶。大地上没有任何建筑遮挡，没有避雷针指向高空，它就可以贴得很近很近，就可以圆睁二目、吹胡子瞪眼地凑到你耳边，哈出来的气都带着惊天动地的震颤。

　　你只好更紧地缩了身子在被窝里，闭着眼睛却像是分明地看见，看见古人所说的，天神擂着战鼓、驾驶着战车从头顶上滚滚而过，车辚辚马萧萧地去出征、去迎战。只是不知道他们去向何方，又将与何人开战。神仙上界的战争与人间无异乎？

　　大队人马隆隆而去以后的疑问还没有消散的时候，窗外房檐屋顶上的唰唰啦啦的雨声就来了。雨声虽然比雷声小很多，但是也均匀很多，耐听很多。它们是初之以喜，继而以安慰地要人们继续睡下去的绝好背景音。

但是偏偏这个时候睁开了眼。看见闪电的亮光再次将窗帘照亮，像是一架最大规模的抓拍设备，正将所有房间、全部建筑、整个人世的一切都瞬间留证回去研判，这样猝不及防地拍照之后还不忘了随后赏以充满了威胁性的沉重脚步：雷声最后这样响过一次以后，便走远了。闪电还会偶尔亮起，像是远远地还在回头，或者继续威慑别的天空下的人间，但是雷声已经不闻。只剩下了温柔得多的雨，春雨。

雷神是父亲，春雨是母亲，他们对人的管制与抚慰的底色，都是宏大无边又细致入微的爱。这样再次演绎的爱，提醒着人，要有所敬畏，不要毫无节制地予取予求；尽管恰恰在人最多的城市里的感受远没有这样清晰，他们都被人自己的建筑"遮掩"得很深，既市声扰攘不绝，又闭目塞听不闻……

我都收到了，我都想到了。我虽然一如既往地爱着你们，但是每次能清晰明确地这样体验到你们的无微不至的关怀的时候，依然会情不自禁地感动。

所以，住在郊外的家里，最喜欢有风有雨的时候，尤其是电闪雷鸣之后雨水涟涟的时候；在这里可以观看从雨前、雨中到雨后的整个天地万象。

这样的观看，具有一种婴儿第一次看见雨的时候的全部特征，既新奇又喜悦；比婴儿看雨更妙的是，还多了一层自我意识的兴奋：意识到自己正在经历很多人都已经少有机会能经历的风雨的全过程。

任何风雨都是极好的机会，山前的雾霾消散，展露出天地之间气象万千的原生态的妙不可言来。乌云浓淡相宜地点缀在天空之中，遮住了阳光，却有透明的明晰与比有太阳时更耐看的丰富。在雾霾里一向平淡漠然的世界，骤然丰富生动了起来，出现了数不胜数的细节和看不过来的有趣。

而同样的天象在城市里几乎没有什么变化，只是一味地雾霾下的漠漠含混，没有层次，更没有景深。能看到的，依旧只是建筑和建筑缝隙之间的那一点点几何形状的天空里的坐井观天式的破碎而已。

离开城市，就在无形中大大提升了生活质量，在日常生活中多了许多风景。尤其这样由雷神引领而来的绵绵春雨潇潇不绝的日子，正值得人一直凝望、聆听。

屋子里已经昏暗，窗外的西天上还有落日的余晖。这是凭空多出来的时光。这里人在自然中的享受，貌似平常、正常，但早已在城市中成为不可能。城市里建筑切割了天空，使风雨的全貌很难被看到。而郊外开阔辽远，更兼心绪宁和，有观风看雨的期待与兴致。

这里可以看到每一天的黎明与黄昏，还可以沐浴每一场雨。可以看见、可以听见一场雨从开始到结束的全部细节。雨前的云来云去，雨落到窗台上、雨落到屋顶上、落到麦地里、落到树梢上，发出的不同的声响，掺入收音机里响着的主持人避重就轻、插科打诨的热闹而无意义的话语，成为黄昏时雨中晚餐不绝如缕的伴奏。

住在这里，你就不再是追逐时间或被时间追逐的人，而是生活在时间里的人，生活在天地之间、风雨之间的人。

凌晨的雨

很早的早晨，还在梦里，就听到了雨。

凌晨的雨，渐渐地从敲打窗户的些微声响变成了唰唰啦啦的持续稳定的雨声。雨声是雨水落地，落到房顶上，落到窗玻璃上，落到法桐树叶上，落到柳树树叶上，落到玉米叶子上，落到墙上，落到地上的全部声响的组合。在一点风也没有的情况下，这种组合非常平稳均匀，一成不变之中似乎又有某种可以倾听进去的神秘结构，尽管总是分辨不清其内在变化到底在哪里，但是就在这样分辨的过程中，人就又已经睡着了。

雨水伴眠的确是最好的人生享受之一了。

因为有雨在似醒非醒之间到来，所以使睡眠得以在莫名的喜悦里继续，所以让人生突然变得安定下来：反正外面在下雨，哪儿也去不了，一切都可以暂停，一切都不必再像日复一日地那样循环往复了。雨给按下的暂停键，使人超离了生活，得以做无用的审美，沉浸于无所事事的享受里。

走到窗前，虽然黎明未至，大地一片昏暗，但是伏天里那种笼罩万物的热雾已经不见了，代之而来的是雨帘之间的通透，是暑气不再的清凉。在雨里，在没有风的凌晨的雨里，人和万物一起终于可以暂时脱离开一下伏天的笼罩了。这是依然在睡觉，听到了雨声睡得更香的人们即使没有看窗外也似乎已经感到的,他们在雨声中睡眠的幸福感的所从来处,此其一也。

重新躺下。雨以早晨再无其他声响只有它的声响的方式占据了全部时空,高速公路上的车声退去,大地深处的夜声消失,虫鸣与鸟叫遁迹,只剩下了唰唰唰、唰唰唰的雨声;唰唰唰、唰唰唰的雨声整齐均匀、浩大持久,像是把人叫醒以后又复催眠的摇篮曲,像是天地予人的久违抚慰。这时候的天地像极了幼时的母亲,像极了曾经与当下的亲情。

在这样的抚慰里,醒了一下然后马上就幸福地又合上眼睛的梦中人,接着自己刚才的梦,继续幸福的睡眠。在雨的伴奏下睡觉,这是天下最幸福的事。这是古今中外各个阶层的人几乎都曾经在自己对人生的描述里,一致认同的;在从来都各执己见的情况下,这是罕见的人类共情。身居高位也好,一介草民也罢,驰骋疆场壮怀激烈之士和安于山野俯仰天地之人,都曾经忘我地陶然在这样可以伴眠的雨里。

雨落到楼下的庄稼地里,落到每一片正在旺盛生长着的玉米叶子上,千千万万,数也数不清,却可以听得分明,每一片叶子上每一次落下的雨滴都能被清晰地听见;像是交响乐,有一个总的神奇效果,但是也不妨碍去细细分辨任何一个具体的音来自什么乐器,来自谁娴熟的手指,以及他此时此刻的表情与心绪。

因为盛夏时节早已经习惯了只盖着肚子睡觉,所以在这样早晨的雨里,在这样骤然而至的凉里,小腿抽筋了。于是拉开被子,在迎回了告别了一个季节的温暖里,睡眠就更加香甜了。可以盖着被子睡觉的温度,或者说必须盖着被子睡觉的温度,才是最适合人的好温度;人是习惯于被子的包裹与抚慰的。在像是源于被子的温暖里，我们往往会忘记那其实是自己先给予它，它只是更多地予以长时间保留的温度，而陶醉在仿佛外来的和暖中。被子里的和暖和外面庞大雨声的寒凉之间的强烈反差，就是我们因为对比而获得的幸福源泉。在这个世界上，在自己的人生里，在曾经的亲情中，在未来的生命历程中，这样的温暖都曾经有过，也大致上还都会再有，但是只有现在正有的这个时刻，才最可把握。

早晨五点不到，雨便逐渐停了下来。远处高高的树枝上出现了第一声鸟鸣。它一定是在抖擞着羽毛上的雨水鸣叫的，在刚才的雨里它只能缩着小小的肩膀默默地忍受雨淋，现在终于等到了它放开歌喉的自由时刻。在它的引领下，第二只、第三只、第无数只鸟儿都开始了歌唱，鸟鸣替代了雨声，成为这个时段里大地上的主音。区别只是鸟鸣不落地，不砸在玉米叶子上，它们只悬在空中，只在乎高远。

熹微之中，白茫茫的雨雾分明显现，和窗外护栏上挂着的雨滴相互表里，告诉着视觉外面的湿润；而大地上完全没有积水，长期干旱的庄稼地对水的需求是惊人的，从天而降的雨水一点都没有浪费，都已经被各得其所地吸纳。

好遗憾，也好享受，还好期待。期待什么时候再下雨，再有雨的享受。下雨的时间段不一样，享受的细微心理也不同，但是无一例外都是享受，都是甘苦人生中稍纵即逝的好滋味。

享受雷雨天气

终于又有了一个太阳逐渐隐去的阴天。

河边没有人,有人也匆匆而过,不作勾留。因为天色昏暗,雷鸣阵阵,好像只剩下自己不紧不慢地拍照、慢跑,不改节奏。在一种与季节和植被靠近的生活格式里,生命中的每一个时间段都是美好的,任何天象之下的所见所闻都弥足珍贵,这已经是住到郊外的家里来以后的总体状态。

没有了一天比一天灼热的阳光,那些树荫和树荫之间的缝隙,就不再那么难过——难以通过。平常每次走到那样的位置的时候都不得不再次戴上帽子,甚至把挂在腮边的口罩也戴上,才能抵御那种灼热对人如刀剑般的伤害。今天不用了,今天哪里哪里都是平阴的,都是凉爽的。不断快速上升的气温也可以暂停一下了。从小满之后的初夏开始,凉爽就已经是一种珍贵的气候质地,如果再有雷雨就更是不折不扣的享受了。

在城市里有没有雨实际上区别不大,日子与日子之间都很像,一天和另一天区别很小。城市将一切季节和物候都作为冗余去除掉了,只剩下了从一个地方的屋子到另一个地方的屋子,以及从一个地方的屋子去往另一个地方的屋子的时候必须要走的拥挤喧嚣的街道。

只有离开城市，只有住在郊外，才有这样与时序和气候相沉潗的享受。因为住在郊外而将每一种天气都变成了享受，将人生的全部时间都化作欣赏的愉悦乃至创造的欢欣。

天黑，风起，雨来。呵呵，这实在是一种无由的喜悦，甚至在自己的生活里已经是一种非特殊的普遍喜悦：风雨可以改变一下日复一日、一成不变的节奏，可以使干旱地区的天地之间获得一点难得的滋润。住在郊外的家里，这还意味着一种不足为外人道的隐蔽的快乐：听雨。

楼顶装的彩钢瓦好像就是听雨用的，只要有一滴雨水上去，就能发出一声清晰的声响。如果一片雨下来，那声响也就连成了片，比任何高明的打击乐都更高明。轻重缓急的节奏什么时候强、什么时候弱，甚至包括有没有打击，一切都由天和地之间谁也发现不了的交流和一时的意志决定，貌似毫无章法，却又总是能天衣无缝、绝妙无比，好像每一个乐章都是经过处心积虑地设计与试验以后的成熟作品。

这样的打击乐不是什么时候都有，甚至是过好多天才有一次，这一次能持续多长时间，也未可知；以本地干旱少雨的常态来看，一般都不会久。一年之中也不会有几次连着几个小时的雨，所以一旦看着要下雨了，还是要赶紧就向家里跑，回来听雨可是季节中无上的享受。

据说雨声属于白噪声，意思就是好噪声，是可以在一定程度上遮蔽其他噪声的让人心情舒适的噪声，这基本上就是对音乐的定义了。而即使是音乐也是比不上雨声给予人的那种无边无际的抚慰的，音乐听得时间长了也会让人腻，雨声不会；听雨的时候，不管多长时间，都只嫌其短。

郊外的家所处的环境基本上没有噪声，只有鸟鸣。当然隐隐地有大地深处的高速公路上的声音，不远的小山下面的省际干道上的声音，也许是因为在城里住得时间长了，这样的噪声听上去都已经近乎无。而下雨的声响的确可以遮蔽这一切：鸟儿回巢，或者躲到树枝里不吭声了；地平线上的轰鸣声也被近在眼前的雨声给挡住了，世界上没有了别的声响，只有使周围更寂静的雨声。

雷正在阴阴的天空深处有山脉横亘的那个方向上鸣响；失去了阳光的麦田，将小满时节的黄绿色以平和不耀眼的方式向人的视野全部展开。大地上忽而明亮忽而昏暗的不确定与天顶上雷声炸响的位置，没有确定的关系，要想弄清楚其间不对称的奥妙，就需要继续坐在窗前遥望、聆听。

雨早就停了，雨敲打彩钢板的声音没有了。但沙沙响的风吹麦浪之声、风吹杨树叶之声依然像是雨，像是雨只下在了麦浪上，只下在了杨树叶上，奇特得让人忍不住地观望、寻找。

今天是五月二十一日，是搬到郊外的家来两个月的日子了。这两个月时间过得太快，因为美好而太快，更因为自己置身其中的状态每一分每一秒都很享受而太快。虽然天天骑车上下班，每周都要骑车至少跑上 150 千米。但是这一点点所谓通勤路程完全不在话下，因为从城市里出来，我开始拥有属于我自己的四季。以往人生中的大多数时候，住在城市里的时候，我都没有自己的四季。而且是越来越没有。要想有那么一会儿，就必须每天都跑到城市外面去走走看看，然后要赶在天黑前回去，回到失去了自然、没有四季感受的地方去睡觉。这就错失了与雷雨风霜这样诸多天象近距离相处的机会，使人生陷于只有人和建筑的关系的乏味。郊外的家正是在这个意义上将人与自然的关系，在相当程度上给我恢复了出来，使我的人生进入常有欢欣的不尽之妙中。

　　我笨拙的笔触每天照猫画虎所要表达的，就是这样的不尽之妙中的一点点皮毛，它既不让我自己满意，也肯定不能襄助于垂顾的诸君眼目。人在自然中的点点滴滴，大致上只有生活着的人自己去感受、去消化、去陶然不已了。

麦田的颜色

麦田的颜色是绿的，春天里的麦田是新绿的。新绿的麦田很耐看，每次经过麦地都会多看几眼，每次多看几眼和上一次多看几眼的时候相比，麦子都已经又长高了一些。

春分早已经过去，谷雨即将到来，麦子们必须争分夺秒。

麦子这样争分夺秒地长大，使人觉着只是靠着每次路过麦地的时候扭头一看的感慨，已经不足以形成有效的满足。满足人对大地上的植被、大地上的庄稼的爱。

一定要找个时间，慢慢地沿着小路走进麦地深处，在这曾经的农业社会中山前平原上著名的产麦区的广袤里，细细地呼吸着麦子的芬芳，不计时间地走一走。

麦子从返青到长高，从拔节到抽穗，从碧绿到金黄，乃至收割时节，每一个阶段都很适合那样深入其间的徜徉。因为麦子的高度正好在人的视野之下，走多远都不会被遮挡，都会有一望无际的好感觉。

麦田里麦子的郁郁葱葱、铺满大地之状，像是过去的草木自然生长状态的回归，会形成大地上难得的湿凉馨香的植被气息，让人不由自主地一再深呼吸……

每次路过麦田的时候的这一想法，其实一直都在相当程度上被替代着实现：阳台的窗户下面就是排闼而去的麦田，麦田的行距、整齐的无数垄沟以透视线的方式向着远方延伸的视野，已经足以形成站在地面上无法达成的辽阔。每天坐在窗前都会凝望这样的广阔；或者在屋子里做着别的事情的时候，眼角的余光所见，也都是这样麦田的景象。

因为是俯瞰视角，所以在这样的凝望和背景式的扫见里，麦田所呈现的整体的格局就比站到麦田里去大很多、远很多。在晨昏之间光影的变化中，麦田的碧绿之上所出现的诸多变化，也更容易形成大面积的色块景象。

比如现在，这个连续阴了两天以后终于放晴的春日里的黄昏，就要落山的夕阳突然光芒万丈地照耀着人的眼睛，也照耀着大地上的万事万物。铺展在地面上的麦田因为位置很低，所以暂时还没有任何直接的反光，一派宁和。

在太阳落山之前，在麦田被镀上倾斜的金光之前，在大地变黑之前的尚且高敞的光亮里，麦田的颜色突然呈现出一种异常宜人的新绿。它不同于白天的光谱单一的时候的显示，有日落时分光线丰富的影响，却又并未因为染上过分的金光而变颜变色，反而将自己本来儿童一样的新绿以最标准的方式映现。

这是至为宝贵的一刻，天地纯正、麦田的新绿绿得没有一丝杂念，不挂半点尘埃。

世界上任何人造的色彩也难以完全调和成这样的新绿，它崭新而整齐，不溃不漫，湿润爽利，没有杂色，没有纯正之外的任何一点点瑕疵；它是人力与上天造物之间的一次联手的奇迹。

这样的新绿对人的眼睛有一种自然而然的吸力，可以让人不由自主地放下手里的一切去凝望，去感叹，去流连忘返。

从楼上的视野望去，因为有黄色的柳树树冠（这时候主要是柳穗的黄，而不是柳叶初成时的鹅黄）做陪衬，柳穗的黄和麦田的新绿都各自显得愈发颜色周正。不期然之间形成的对比审美的原则，成就了眼前天设地凑的欢喜。不论是只看这一块麦田，还是放眼遥望整个山前平原上的全部麦田，大视野和小视野之间都是让人见到了神一样的愣怔和兴奋。

这是季节馈赠的必然，更是人间寻觅的偶然，也是自己人生中又一个莫大的幸福时段。

麦田记事

我在郊外的家里,是名副其实的麦田守望者,比麦地的拥有者更是。因为他们的窗下并非麦田,他们住在村子里;我住在麦田边。

我的窗外一成不变
是排闼而去的麦田,和
麦田尽头的远山

我的窗外瞬息万变
一会儿白云悠悠
一会儿阴云惨惨

不管什么天气
不变的是我
望之不尽的
怡然

麦田里的反光

春天的麦田里要灌水,是为春灌。麦子的上冻水和春灌水,都是大水漫灌，都是要让整个平原上都吸饱了水才能保温、保墒。在地下水资源已经十分稀缺，已经形成了世界上最大的连片地下水漏斗区的本地，这种传统的农作方式越来越难以为继。对于历史传统上就是产麦区的山前平原上来说，这是一个巨大的难题。在难题没有解决之前，也就姑且年复一年地这样运转着吧。

这个问题之所以现在反而不是很急迫了，大概是因为大部分土地都已经不再耕种小麦，或者是直接种树，或者是被征用拍卖以后做了房地产。建筑物会将整个大地都覆盖住的趋势，已经越来越明显；所以种麦子的田地面积，已经大幅度缩小。

所幸楼下就还有一块，一块面积相当大的麦田。

这时候，黄昏的阳光照耀在麦田之中的一个亮点上，正好与站在楼上窗前的我的目光相遇：晶莹的、耀眼的水光，镜子一样将明亮的天光亮晃晃地映射到了眼睛里。这种明亮的反光，让人以为这是稻田，是南方不缺水的地方的稻田。但是清凉的风和周围依然处于早春时节的近乎枯枝的树冠提醒了人，这是北方。北方见到水，见到水的反光，总是让人格外欣喜的。这种洋溢到了表面上的生命之色，是日渐沙漠化的北方的异数，是本无所待的生命中的不期然。

一点也不在乎它正晃着眼睛，就这么一直盯着那一点反光，一个劲儿看。

早晨的露水

早晨的露水在郊外明显寒凉的气温里于麦子叶上晶莹着，每一棵麦子，每一片麦子叶上各有一颗，几乎没有例外。

这样就形成一种盛大的晶莹景观，因为太阳已经升起，从匍匐在大地上的村庄后面高悬着，穿过朦胧的雾岚逐渐照耀到了每一颗晶莹的水珠；每一颗晶莹的水珠里都以圆润的珠形的眼，反映着它们所见到的此时此刻的山前平原上的大地。

这样的景象貌似平常寻常，其实不仅其来有自，也已经是一种需要多种条件的偶然，才凑巧达成了既往大地上的正常景象。

露水是夜里的低温和水汽共同凝结而成，水汽却已然不是过去湿润时代里的自然地气所成，而是最近春灌的大水的结果。

在越来越干旱的山前平原上，华北平原上，自然的水分已经是一个失去了的生命元素；这些露水在这个早晨之所以还能凝结成往日的晶莹，很大程度上已经是饮鸩止渴、抽取几十米、数百米深的地下水的结果。

也就是说，眼前这个春天的早晨，你看到大地上的传统露水景观，已经是付出了巨大的经济代价和环境代价的结果。它貌似只是在年复一年地重复着的稀松平常的传统之美，其实十分脆弱。一朝得见便是见了，明日不见，再也不见，已经一点也不奇怪。大自然已经被绷到了弦断前的一刻。

麦田里的野鸡

从窗口望下去，正看见麦田里有一只野鸡，在早晨的阳光镀红的光芒里，边走边觅食。

野鸡低下头，麦子已经可以将它土灰色的身姿和像戴着彩色项圈的脖子上的羽毛完全遮挡住了。好不容易，从冬天到春天，从初春麦子返青到现在春分以后谷雨之前麦子长高，它才终于又在大地上有了隐身之处。麦子地的隐身对野鸡来说太重要了，它们由此就可以拥有几个月在平原上而不被人一眼看见的安全。

在这相对安全的几个月时间里，它们要尽量多地吃草吃虫，要成双成对地寻找僻静的地方坐窝下蛋孵化养育……其中只有少数幸运者才能躲过无数的天敌和最具威胁的人类杀戮,而侥幸活到来年。

这种平常在地面上行走如鸡,关键时刻可以紧急起飞如鸟的"两栖"动物,在人类占有了全部土地的缝隙里生存,非常艰难。一度绝迹之后最近几年数量才有所反弹;靠的是平原上的植被有所恢复,靠的是西部山区的逃遁之处尚可避险。

我居高临下详细地观察着它的一举一动,看着它小心翼翼地在麦子的森林中一点一点地找食儿,随时提防着从看不见的麦子后面出现猫、鼠之类的天敌,还要仔细聆听地面上有没有由远及近的脚步声,准备着在任何时候骤然起飞、逃命。

作为不多的几种野生动物之一,尤其是在地面上活动的"大型"野生动物,野鸡能活下去,实属不易。它也是脆弱的自然平衡的一部分,和麦子叶上的露珠相同。

两只追逐的狗

麦田里,一只狗在追,一只狗在跑。

与其说是在追在跑,不如说是两只狗在麦田里撒欢儿。它们把麦田当成了田野,当成了草原,当成了无边无际的辽阔。尽管麦子已经要淹没它们的身高了,但是一点也不妨碍它们纵横驰骋,完全不按照田埂的横平竖直,完全是随心所欲地闪展腾挪。

后面的一条狗看见前面的一条狗一点不减速,狂奔而去,去了麦地深处,便突然刹了车,悻悻地回返,返回大杨树行列下面的乡间小公路上去了。那里正漫水,春灌的流水横溢到了道路上,让道路上的车和人都放慢了速度,放慢了速度还是有高高的水花溅起。去那里追逐水花,比在麦田里狂奔更有意思。

前面那条狗对后面的追逐早已经停止的事实视而不见、充耳不闻，它还是像正有一条狗在后面狂追或者叫作竞赛一样地狂奔；狂奔是它终于再次实现了的理想，在这样的理想里，它要淋漓尽致地舒展自己的身心。

它灰黄色的身影在碧绿的麦田里驰骋的样子像是一道闪电，像是一个失控了的电子，像是射出去的子弹，像是世界性大赛上的百米冲刺，像是一个疯了的人的抑制不住的呐喊……

它几乎看不见抬腿收腿的脚步非常急骤，却一点也不伤麦子；麦子倒伏一下立刻就在它身后立起来了，像是什么也没有发生，顶多是对着它的背影嗔怪一句：讨厌鬼，跑这么快，奔命啊！

这一点也没有降低狗的奔跑速度，即使在楼上有俯瞰的视野，目光也几乎追不上它跨度极大的位移。它从南到北，穿越了楼下的麦田，向着山前平原上无边无际的广袤深处遥遥而去，在它生命里的这一个自由的桥段里尽情着自由去了。

这是它所有那些不得不趴在地上懒懒地晒着太阳百无聊赖的日子里的回味、背景。一条狂奔过的狗，将是少有遗憾的狗。一条在春天的麦田里狂奔过遥远的距离的狗，很可能会无愧于这又一个春天。

雾 岚

五一假期哪儿也没有去。在家里，除了吃喝拉撒睡之外，就只有几个位置：楼上的窗边、楼上的书桌旁、楼下的书桌旁。在这几个位置上的所作所为也无非看书写字而已，除了下雨的时候会停下手中的一切专注地看雨、听雨。

五天时间，仅仅就在这样几个位置之间转换，居然就会乐此不疲，每次抵达另一个位置的时候都迫不及待，都心怀喜悦。

整个假期都只在阅读和书写中度过，唯一的感觉就是时间太快，唯一期盼的就是别高温，最好下雨，最好低温。五天假期真正是五天神仙日子，当然也是所谓青灯苦读的日子。而实际上不仅苦读不苦，连青灯也没有：每天晚上都不开灯，都遵循早睡早起的作息，白天即使有小睡也不超过十五分钟，不浪费有天光的光阴。回头看，这种在形式上恍然已经非常接近宗教戒修的状态，没有任何外在的约束，都源于自己内在的自然而然的喜乐。

最值得回味的是，其中有一天几乎是下了一整天雨，极大地满足了我看雨、听雨的愿望。在雨后的第二天早晨，北方罕见的雾岚早早地就出现在了大地上。这是意料之外的犒赏。

最近这些年，北方一般都只是有雾霾，很少有纯正的雾岚；雾霾是人造的污染，雾岚则是天地之间的水分自然的聚集和扩散。一个地方有雾岚，说明这里空气质量好、水分充足。在早晨阳气上升的过程中，水汽随形就势，沿着广袤的麦田和树丛，自然扩散开来，形成有形状的、可见的聚集。尽管一旦置身雾岚之中的时候就会天地一片模糊，能见度迅速缩减到了几十米甚至十几米之内，在形式上与在雾霾中似乎很像，但是其间最大的区别，便是雾岚本身的质地清新，还带着明确的边界，且早晨一过也就迅速消失。

不知道这一天城市里有没有雾岚，大概率是没有。因为城市里没有储存了水分的大面积植被，水分在全部水泥覆盖的路面街区之上完全没有立脚点；还因为建筑过于密集，消弭了雾岚在广阔视野中才能形成的前进后退的宏大景象的可能性。

其实在城市里看到雾也难以和雾霾区分开，隐约可见者无非楼宇，除了开车要特别小心之外，需要开启雾灯甚至打开双闪之外，余者与又一个雾霾天气并无不同，所以会基本无感。

这不能不说是一种很大的遗憾，是居住在城市里的人生活质量难以真正提高的重要原因之一：与自然万象隔绝。星星月亮看不见，晨昏暮晓被遮挡，更别说雾岚这样微妙的本来就少有的天地气象了。

这样说来，今天早晨看到的这场雾岚，愈发弥足珍贵。它在远方的林带之间和辽阔的麦田之上，没有脚也像是有脚一样地爬行着、滚动着缓慢前进的时刻，天色还没有很分明。

早晨万物尚未苏醒而岚气已生，以镶嵌在乔木树干、灌木枝丛之间，贴着麦穗的云的方式慢动作一样地铺展着；大多数时候是静稳状态，一俟天光放亮，它好像就可以放心大胆地快速铺展开去，将整个大地全部占满。

作为一种贴近地面的云，岚气对人的第一个吸引表现就是让人有一种立刻追逐着它们、跑进它们的云层中去的冲动。这也许是因为云从来都是高高在上的，人们对登上云层的想象，只能赋予神仙，让神仙在天上可以自如地驾云，可以想走就走地一个跟头十万八千里，可以想停就停地按下云头。

现在云降落到了地面上，一团团一边前进一边滋生着就在你的视野之内，只需要跑过去，就可以毫不费力地将它们一条一缕地撕扯开，钻进去，至少在相当程度上实现神仙在天上的梦。

按说在雾霾里久了的人不应该还有这种想象，但是雾岚的纯白色是脏污的雾霾所万万不能比的，你只有看见雾岚了，才会深深懂得：融入雾岚不仅是孩子的本能，也是大人的渴望。虽然一旦融入雾岚了，立刻就又会想脱身出来，重新能够从外部看见雾岚。因为雾岚之中视野受阻，看不出去多远；因为雾岚之中湿度很大，不如远观的时候那么舒适；因为真正钻进去以后反而看不见了。这样的计较和想象里，可能就不是孩子气的了，这是大人意识到其珍贵的时候的对时机把握的计算。

在这里，跑到雾岚里去的意愿很容易实现，只要走到田野里去就好了。随着天光逐渐亮起来，雾岚已经移到了眼前，刚才还清晰的麦穗麦垄已然一片模糊，就连你自己也变得眉毛胡子一把抓似的丝丝缕缕地自带仙气了。你如果快走、跑步、骑车，那丝丝缕缕的仙气就像是驾云而飞地在你左右；如果你走得慢，站定了不动，雾岚就会将你也作为庄稼和乔木一样缠绕起来，让你立着不动也自带下凡之感。

这场和雾岚的嬉戏持续了很久很久，很久很久之后，一直到雾岚散开才发现，太阳已经升得很高很高。后面展开的一天都是五月应该有的那种不阴不晴、万木葱茏的标准日子。春天最后的花和夏天最初的花——蔷薇，开得灿烂而颐和，没有一丝一毫刚刚经历雾岚缠绕的痕迹。

　　天地之间、四季之时，山川大地平原丘陵、春夏秋冬晨昏暮晓、风霜雨雪电闪雷鸣，所有的细节都具有超越于人之上的不尽之美；让你在它们界临的当下就已经因为喜悦而震栗，在它们刚刚结束之时就已经开始怀念。

做饭的时候看见窗外金黄的麦田

做饭的时候
看见窗外是满眼金黄的麦田
像是凡·高的画

比凡·高的画新颖
像是他由这扇窗口望出去
新画了一幅

在五月底的爽利与耀眼中
将人在季节中生活的细节
留在这一抬头的
瞬间

  做饭的时候,窗外黄色的麦田耀眼地作为自己的视觉背景,在锅碗瓢盆、案板菜刀、煎炒烹炸、柴米油盐酱醋茶的前景之后的背景。让人不由得就会将目光暂时脱离开正热火朝天的做饭过程,正眼去看一下,去看一下那排闼而去的辽阔的金黄,满心都是额外得来似的喜悦。

有风景也许不是很难,看风景也许也都可以办得到,但是就在风景里起居、做饭,却总是让人觉着美妙得有点不可思议,幸运得有点不知所措。

能在风景中做饭,能时时刻刻都在风景的伴随下生活,这是种下面这一大片麦田的农民自己,也享受不到的待遇。

这种待遇在使人陶然不已的同时,一直都行云流水,像生活本身一样在不知不觉中日新月异。

芒种这一天的傍晚,隆隆的机器声中,楼下的一块麦地开始收割了。最多半个小时就全部结束了作业。人说芒种三天见麦茬,这里当天就见了。时间的洪流舒缓而坚定地推进着,不以任何人的意志为转移,只让生活在时间之流中的人,看见季节在流转、时序在质变的人,一再惊叹。

再要在做饭的时候一抬头就看见金黄的麦田,那就需要明年了。

收割麦子像是理发,也像是在给羊剃毛,一夜之间麦子就收获了很多;还有一些没有收获。不是机械不给力,而是因为麦田属于不同的人家,有的人家没有收。还能暂时再看上几天,甚至只有一两天。

果然,夜里,收割机的声音由远及近又由近及远,开始觉着不适应,后来就成了催眠曲,渐渐入睡了。呼吸里有麦子既干爽又湿润的气息,有麦粒既成熟又有待暴晒的醇香。

农业劳动的声响,比工业施工的声响悦耳得多,容易为人接受;即使是用工业的方式在从事农业劳动,人的耳朵和精神,也居然会如此没有障碍地全盘接受。

第二天早晨的霞光和麦田上的麦子或者麦茬的金黄形成了天地

一色的瞬间景观,这是麦子给人最后的颜色盛宴。

去麦收时节的大地上漫游,骑车任意而行,观看大地上这种被最广泛种植的植被的收获。这样的冲动给人带来的激动与兴奋,甚至已经不亚于漫游和观看本身所能带来的快乐。

无他,因为预感到了即将开始的这一整天,都将是和广袤的大地上的金黄麦田在一起,享受无尽的眼目愉悦、观赏无数的麦收细节、呼吸醇厚甘香的麦子气息。

这盛大而广泛的麦收景象,已经是最适合人类生活的农业社会最后的遗存;投身其中,将是每一个正在远离这样的天人合一的美好生活景象的现代人,最后的机会。

我看到的麦收

麦子的奇妙之处在于，它成熟的季节里，其余的一切还都在碧绿的茁壮中。颜色对比鲜明的大地上，它们成了虽然面积广大，但最为孤立的异数，仿佛是季节的叛逆。其实它们一点也不叛逆，它们比周围那些碧绿的植被的生长期几乎都更长一些：它们的生命孕育是从头一年秋天开始的，只有它们经历了周围大多数植被都无缘相见的严寒。

太阳在五点多就已经升得很高，尽管阴凉里还有从夜里带来的凉。不过任何阳光照射到的地方都已经让人感到了灼烫。在早晨的大地上行走，麦子黄色的成熟气味在绿色的杨树背景里四处弥漫，那种燠热的气息带着一种迫不及待的成熟欲望，追赶着人们赶紧为收获做准备。尽管现在的准备不过是在路上拦着联合收割机，要求先到自家地头上来回走上几趟，十几二十分钟以后把麦子粒倒进自家的三马车，麦收也就基本结束了。

早晨的路口上，面孔黝黑的庄稼人开着各自的拖拉机在等活儿。他们岁数都不是很大，毅然选择了干农活而不是外出打工，或者是从打工的地方请了麦收假；一方面是愿意付出这份辛苦，另一方面也很可能是自己的农活干得比较地道，即使再挑剔的主家也说不出什么不是来。这是他们的手艺，虽然每年就是这一季，但也算是安身立命的根本。

他们把拖拉机停在路边，停在路口上刚刚能让一辆车能通过的口子上，站在早晨的时候就已经十分强烈的阳光照耀着的树荫里，你一句我一句地说着；他们几乎都穿着迷彩服，戴着和迷彩服相配套的迷彩帽，像是一支既有共同的目标又不必立正稍息的松散队伍。

他们每个人都会有活儿的，区别仅仅就是谁可能会早一点开始干，谁可能会晚一点。干得早的也许今天能多干出几亩地来，干得晚的也可能会少些；但是也不一定，因为什么样的主家找上来还不一定呢。

主家一般都是开着电动三轮过来，来找收割机，来找耕地的、点种玉米的拖拉机。这几件事情通常都会连续作业，如果不在刚刚收割过的麦茬地里手工喷洒农药的话，一天之内就能将夏收与秋种全部完成。

开联合收割机的一般都是外地来的，从南边来的，邢台、邯郸，甚至河南跨省作业的；那边的麦收季开始得早，他们也就跟着收割麦子的节奏向北迁移，一直干到华北平原乃至更北边的松嫩平原上的麦子全部收完。

他们的履带式收割机装在卡车上，上下卡车的时候两道倾斜的梯子都是自己制作的，没有统一的制式，有的亮亮的，有的满是铁锈色。不管什么样的梯子，庞大沉重的收割机由此上下，都需要胆大心细技术好，容不得一点偏差。

一辆这样的履带式收割机至少在我这样的外行人看来，是非常复杂而巧妙的。它有自己专属的驾驶、运行、收割、脱粒、运输等系统和功能，庞大的机身上到处都是机关和零件，没有一处是多余的，像是太空飞船一样每一处都必然如此、只能如此。驾驶室是有空调的，坐在里面不仅可以避免满面尘灰烟火色，还能在相当程度上避开户外作业的高温。

第一次看到一辆在平平的公路上开起来反而歪歪扭扭的收割机开进一块麦地，驾轻就熟地开始了自己快速而神奇的收割作业，的确是让人有点惊讶的。只几分钟时间，和它同宽的三米多宽的一长溜麦地就从这头到那头被收割完毕了。麦粒吞进了它的肚子里，麦梗切碎了均匀地留在了地面上，身后的麦茬都是等高的。

履带式的联合收割机在麦地里纵横驰骋，从斜坡上下到地里，或者从地里回到坡顶上，都轻松自如，完全没有过去轮胎式的收割机托底或者扎胎之虞。装上履带以后，它们好像具有了坦克的某种势如破竹能力。熟练的驾驶者总是能在主家注视的目光里，在人家惊叹的速度和准确中把活儿干完。

履带式的收割机灵巧而快速地将一垄垄麦穗收割了，到地头就会伸出一个输运管道，将脱好粒的麦子倒进主家的三轮车里。主家需要做的就只是将三轮车的四围用纸板加高，防止麦子太多溢出去。收割机自带的输运管道在设计理念上虽然非常实用，但是在最后几十厘米的地方还是有一个小小的疏漏，输送管道弯折下来通到三轮车的车厢里去的时候，长度不够。各个收割机的车主就各显神通，自己制作出了色彩和材料不同的"接头"安装上去。有的是布料的，不用的时候收束着，只有麦粒来了才会被自然冲开；有的是透明的塑料管子，因为麦粒带着尘土反复经过已经蒙尘甚至变黑……

所以，对于主家来说，现在所谓的收麦子，就是站在地边上观看，最后用车装一下，拉回来就可以了。而捡麦穗也已经名不副实，已经没有人到地里去捡，而是拿着剪刀，在地头上寻找那种刚好位于收割机死角上，没有被收到的零星的麦穗。

不过，人们依旧还是有过去收麦子是大事的时代里的习惯，还会站到地边上观望，会大人、孩子有事没事地跑过来凑热闹；一时间在地边树下的阴凉里就会聚集很多观众，大家全然不顾炙热的阳光烘烤着大地，不顾麦茬麻麻扎扎的气息针刺般袭击着皮肤，盯着联合收割机的快速而精巧的表演，还没有怎么看够，地里的麦子就都已经收完了！

麦收的这几天里，几乎所有的村民都站到了自家的地头上，眼巴巴地等着那辆昼夜开动的收割机一块地一块地不知疲倦地总有使不完的劲儿的劳作。终于轮到自家的地块了，就会赶紧在机器前面指挥上几下，在几棵歪出大的麦行的麦子前让收割机稍微矫正一下，然后就是开上三马子，在车斗里铺上一大块塑料布追到收割机旁边，让收割机将侧面的一块板子抽开，满满一车的麦子粒在几分钟之内就会都流到三马子上，三马子突突叫着很快就离开了麦地，转到马路上自家已经圈定的一片地方，倒下去晾晒去了。

麦收这几天，村庄上空的大喇叭格外忙碌，没日没夜地用只有村民们能听得懂的话喊叫着什么，内容大约是与麦收有关吧，是该谁谁家收麦子了，哪边哪边的地在什么什么时候才能轮到之类的信息。语气之间已经少了平日那种平淡与俗常，多了几分焦急和躁动的意思。这种广播，在平常日子里一天也就响起那么一两次吧，不是说十字路口有卖西红柿的，就是说该浇地了，不紧不慢的乡音在空荡荡的大地上传之遥远，听起来悦耳得很，像是鸟鸣一样的自然之声，与噪声从来无关。

麦子收回来，会直接晾在路上。现在已经没有了打麦场，只能是马路晾晒了。村子里的道路，村子周边的公路，甚至省道国道上，也都晾上了麦子。好在麦收时节几乎天天阳光炽烈，对于麦粒的迅速风干非常有利。阳光在麦收时节的炽烈,是产麦区的一个天然条件,山前平原上更有特殊的地形造成的焚风效应,有像是专门为麦收定制的区域性高温。麦子收回来,正好可以这样暴晒。天造地设,一切都刚刚好。

不过,人却是很容易被这样的阳光晒伤的。在被晒着的时候往往没有什么感觉,通常都是回到家里,皮肤才会有痒痛,形成与没有被晒伤的皮肤对比强烈、界限分明的黑红色,如戴了套袖;甚至开始脱皮。

开联合收割机和开拖拉机的人,还有一些麦子的主家,好像都已经没有了被晒伤的戒备。因为他们都已经被晒得很黑,黑到了黄种人所能有的最黑。但是每个人的黑脸上,都洋溢着一种专心致志地投入一种精细的工作中去的劳动者的愉悦。他们晾晒在收割机的外挂部件上的衣服和他们躺在收割机下的阴凉里午睡的姿势,都是这种不舍昼夜的连续工作状态的小小写照。

在他们天降大任于斯人也式的勤奋里,从春天返青到现在即将夏至的几个月时间里最大的大地物象,麦子,也就渐渐消失了。再次出现将是秋收以后种下的新一茬麦子的小苗了。现在麦子金黄色的麦茬还将在山前平原上继续保持一段时间,让我们已经习惯了的视觉暂留一下,逐渐地,一两周之后绿色的玉米小苗长高了,高到覆盖了麦茬的时候,大地就将彻底变成绿色的海洋。而暑热已经到来,潮湿的闷热将成为天气的主调,大多数时候人们也将无心再在大地上漫行。

不过玉米、高粱形成的青纱帐也是平原上一年一度的最大的"森林"景观,它们一人多高的茂盛和广大将在这没有森林的华北平原上缔造一个持续两三个月时间的林莽。而且,经过短短几个月时间的视野遮挡以后,到了深秋时节全部收获,大地重归一片广袤的一望无际,就会再次对比出生在平原上的视觉福利。

　　四季轮回,麦收是一个重要的节点。它宏大的场景和密布的细节里,有人在大地上生活着的所有最基础的密码。

赶走酷暑的雨

一夜风雨之后,气温终于回到了立夏之前应该有的凉爽的24度。在这样的温度里,做什么都是非常适合的,什么都不做也是更可以体会生命之愉悦的。想看书,想写字,想对着窗户看外面的麦田和不远的远山,想盖着被子睡一觉,想打扫卫生、洗衣服,想出去走走呼吸呼吸好空气……哦,还想听音乐!这才意识到气温升高以后人是听不了音乐的,因为心态完全被提了起来,浮躁了起来,不能安定、安静,也就没有任何从容的心态去聆听什么了。高温杀人是一点点的,不是上来就要你的命,而是用它的炙烤先窒息你所有生命的欢欣。

而微凉的气温不仅是令人舒适的,也是道德的,可以用任何技术分析、上天赐予的结果证明之外,还可以拥有伦理的赞美,因为它是正常的天人秩序的重要组成部分、均衡点。这上天的赋予与人间的诸多所谓"妙事"不同,那些妙事往往是令身体舒服却又并非顺乎人间之善的。

没有太阳真好。

在经过了骤然的几天高温以后,这样一个雨后的日子没有太阳,也就没有高温,实在太让人觉着舒适,就会由衷地发出这样的赞叹。整个一天都阴着的感觉太好了,楼下的麦田一直不刺眼。也许是被这样的赞美鼓励得多了,也许竟是整个人间都在发出这样的赞美呢;于是乎,雨又来了。

听到密集的雨声,快步走到窗前,看到雨点落到屋顶上,落到屋顶上,一直落到屋顶上……再没有什么别的天象能像下雨这样更适合在郊外的家里来欣赏的了。

雨声由缓而急,由隐约而密集,到连成一片,可以看见雨线在麦田的背景里直直地向下坠落,一条条从天上引下来的水线,不知道在什么位置就会亮亮地闪一下,有中断,却又一直有后续的补充。

我很怕它们不再有补充,不再落下。这样坐在窗口对着雨水写生的状态,延续得越长越好。

开始侧坐,后来正面窗外的雨;开始穿着背心,后来套上了棉马甲。不能想象,此前连续几天都已经是挥汗如雨的酷暑日子。

很快,楼顶的水泥沿儿就成了镜面一样的水面了,可惜雨也小了;这一阵雨要过去哦,下一阵什么时候来?只管继续坐在这个位置上看吧,肯定会再来。不,仔细听,雨并没有完全停下来,还在下,在下……

十几分钟以后雨果然又大了。在屋子里完全没有察觉在下雨,只有回到窗口这个位置才能清晰地听到雨落到屋顶上的声响,看见雨水在楼顶上的反光。很后悔刚才下楼做饭吃饭的时间有点长了,浪费了一些坐在这里听雨的机会。

现在水泥楼沿儿愈发光亮起来,亮到触手可及的程度,亮到再次被一阵幸福感冲击着笑起来:可以距离雨、距离落雨这么近,还完全没有落到自己身上之虞。这是只属于隔窗看雨的惬意。

坐望雨水,可以隐约看见自己以前见过的雨,以及以前那些雨降落前后的人生况味。那些场景不同,大多已经渺然,甚至了无意义，过去就过去了。如果不是在今天对雨的凝视之中，就断然不会再回来。换句话说，正是今天这样看雨的人生桥段，拉回了已经损失掉了的某种人生感受。它们散布在所谓"时间都去哪儿了"的追问中，只因为缺少在那时间当下的凝视与谛听。

房顶的水泥沿儿的水面上逐渐有了倒影，先映出了避雷针的线，又有天空的亮色，如果从某个更高的角度看过去的话，肯定还能看见不远的远山的起伏山脊线。雨滴击打着这些倒影，使它们像是活的，比一幅画更具活力的那种活。

湿淋淋的雨，彻底赶走了骤然而至的酷暑，使一切都重归立夏前绿色的丰腴与适宜。

雨声均匀，可以说一直这样下，没有什么强弱的变化，没有变音，没有和弦；只有重复，只有像是重复却又分明在重复之中藏着你耳朵听不出来、听不够的变化。

无风的状态下，每一滴雨水落下来，敲击到屋顶的部位，敲击到栏杆上、玻璃上、房檐上以及下面一望无际的麦田里的角度和力道，也应该是一样的。但是这种没有变化的动态的雨声，就是听着好听，比任何音乐都好听——任何音乐都不能只是简单地让所有乐器只发出同样的一成不变的声响，而且即使音乐有变化，人也会因为听得时间太长而厌烦。但是听雨听不厌烦，不仅不厌烦，还有一种久听之后的安抚感，一种在别的自然声响里收获不到的特殊的连续平稳而悠长的妙不可言。

网络上有人专门制作了雨声，就是将自然的雨声录音，配上或者不配上画面，供人当音乐来听。但是，只要外面的环境没有真实地下着雨，单单是放录音的话，人就基本无感。雨声是不可复制的，复制了声音也复制不了雨的灵魂。雨声和所有自然界的声响一样，超越于所有人造的音乐与设备之上。

而听雨的时候也一定要关了音乐，更不要说话，就只是听雨；最多再加上看，加上看雨，像现在自己正坐在窗边这样。任何其他的声响和动作，都会让人不能专心，都会是一种错过，都会是一种莫大的遗憾。

听着雨，一点也不觉着听的时间长了；听着雨，生怕雨会突然结束、突然小了，很愿意它一直这样不紧不慢地下下去，永远不停歇。

雨水在窗口的栏杆上形成了均匀的悬挂水滴，间距相等，水珠大小一样，如果一个消失掉了，马上就会有另一个补充上去，绝对不会出现空缺。它们是这场漫漫的雨挂到屋子上来的勋章，是让屋子里的人直接可以望见的雨的形状和质地。

有意思的是，随着这样大小不变、敲击的位置不变的雨在你听来充满了无尽的乐音，你也会逐渐将听雨的注意力慢慢变淡，最后猛一愣怔，好像是雨停了。其实，只是你陷入了沉思、忘记了雨，或者干脆要睡着了，听不到雨了。

在人生所有堪称幸福的片段中，能这样听雨的部分，一定已经属于最好之列。它和人生其他幸福的段落一样，几乎是可遇不可求的。

未到立夏已入酷暑

地球变暖不变暖不知道，但是本地的气候热得越来越提前却是不争的事实。五一的时候，还没有到立夏，气温已经连续几天超过37度，屡创历史新高，与酷暑季节无异了。

这，大概是厄尔尼诺或者焚风效应等一贯的解释也解释不了的了。根本上可能还是北方植被少、降水少、长期形成世界上最大的地下水漏斗区以后，沙漠化气候的转化征兆……

不管什么时间点上到来的酷暑都是酷暑，都有酷暑之中对人确定的煎熬感。从颐和的春天里骤然到了酷暑中，让人没有任何思想准备地再次意识到：人是环境温度的奴隶，人为了保持自己的恒温而不得不与环境温度做出或弱或强的搏斗；当超过一定界限的温度到来的时候，人便虚弱得如同巨人脚步下的蝼蚁。

这样提前到来的酷暑中，外面的气候对整个屋子的加温作用已经明确可感，人在屋中就已经像是坐在大火上的锅里。从上午八九点钟开始，温度持续升高，窗外白花花的世界即使有麦田的绿色背景，也像是有看不见的火苗在燃烧。虽然没有火苗，但是白色的烟霾已经笼罩了天地之间。热浪在一片含糊的雾霾中无孔不入地覆盖了一切，使地表和空中都带了沸水之上的热雾。

逐渐升温的过程对恒温动物来说每一秒都很不舒服，升温的过程就是他们的身体不断采取措施抵御高温来维持自己固有体温的过程，消耗很大；什么也没有干，便已经筋疲力尽，无力感是从外到内，逐渐变成一种精神状态上的慵懒；类似的慵懒之状在亚热带、热带的居住环境里经常可见，人们在大榕树下光着脚仰靠在从家里扔出来的旧沙发上，无所事事、有事而没劲儿去干地等着气温降低；让人感觉等着气温降低，就是他们唯一要干的事。

这种蒸笼式的升温对人的舒适感的扼杀是百分之百的，以至一旦下定决心抱着书本从顶层的楼上回到相对凉爽的楼下，真就有解放的狂喜。仅仅因为下面温度低一些。偏凉一些的气温对人来说太重要了。宁肯冷，也不要热，冷是可以抵御的，而热则无处可逃。

在屋子里，距离窗口两三米都会被这热浪辐射到，热到人光着膀子也还是热的程度。热最让人难受的症状不是汗流浃背什么的，而是痒，刺痒；这里那里的痒，尤其是脑门和脖子、前心后背的一个个点上的刺痒。只要不刺痒，热一点也能忍受，最不能忍受的就是这种要起痱子的刺痒。这种刺痒可以让婴儿哭闹不止，也可以让成年人抓耳挠腮、不能平静。

刺痒似乎是汗要出来又没有能出来之前的毛孔的一种激烈反应，如针扎一般。所以，热的第一个感觉是痒与疼，针扎似的痒疼令人坐立不安、烦躁不已。

不再能从容地看书写字，先是不能写，后来不能看，最后只能干些体力活儿了。

住了一个多月也没有时间收拾的很多角落，比如楼梯下面、沙发背上，都需要清理打扫。而且一个地方的清理打扫很容易就联系到另一个相关的地方，这样挥汗如雨地度过时间，最好地模拟了为了对付热的煎熬而进行的挣扎。

因为天气炎热而没有吃午饭，因为天气炎热而破例睡了午觉——在上午十点多正常地睡过一刻钟以后——而且是长长的一个小时午觉。在自己的作息习惯里，这是破例的，睡醒以后十分懊悔。

本来规划的度过假期的方式，是哪儿也不去；因为春天已去，因为疫情，也因为要做的事很多。感觉每一秒钟都有兴致勃勃、迫不及待的事情要做。这种感觉本身其实就已经是一种人生的佳境，没有想到能打断它的就只是气温。

如果没有阅读书写的话，如果从纯客观的角度看的话，一个人在这个环境一待一天，一待一天，真是有点不可思议。因为让人津津有味的东西并不在现场可以直观地看到的东西上，而在不可见的文字之间。现在不能阅读了、不能写字了，真就只剩下了人在一个小小空间里的蚂蚁团团转，真就像是客观视角所见到的那样乏味了。

好在脱离轨道的时间不过一两个小时，很快就又回到了原来的时不我待的忙碌中来了。但还是很后怕：一旦自己给自己制定与实施的人生内容与节奏被干扰，整个人就立刻六神无主、无处安放自己的灵魂了。

这样的生活是容不得一刻停歇和空当的，必须有满满的内容，否则人就会因为意义的丧失而茫然，身体也会跟着垮塌。每分钟都必须有事做，假如无事的偶尔休息、必须休息也可以称为事的话。

炎热让蕴藉的生活、衣服里面的生活显了形。光了膀子的炎热一下撕去了人类保守的舒适，使身体和思想一起进入痛苦的停滞之中，逐渐地会将一切都让位给越来越难以忍受的热。

热使身体的唯一性凸显，挤占了精神空间；使原来丰富而短暂、不够用的时间骤然变得无限漫长。一切颜色、角度、味道都失去了往昔的观看兴致和存在的意义，先在自己头脑里焚毁了。

好在日落以后的夜风还是凉爽的，无异于一个即使在痛苦的旋涡中一般也一定会有的能暂时舒缓一下的桥段。而早晨，虽然雾霾下的天地含混，天气却似乎有点阴，所以还不是很热，这是给人证明毕竟还不是通常两个月以后才到来的酷暑季节的一点点惊喜。宜人的时间和温度都太宝贵。

热使人不能安稳地作息，失去了灵魂稳定、心态坚实的出发点。一旦热度稍减，一旦找回了这个基础，所有的一切就又都回来了。人的坚韧与脆弱、人的一切都源于温度，人是完全依赖一定的温度范围的，不仅肉体如此，精神也更是如此。

突然理解了古往今来，那么多人何以要去高山和大海度假避暑的意义：无他，仅仅就是要脱离非人的气温，要让身心重回人在宇宙中、在地球上的本来被赋予的舒适而已。

而能到高山、大海去避暑，那是多么令人向往，那几乎就是盛夏送给人类的礼物了……

怎么过夏天

从阳光愈发灼热的六月开始，时间突然变得需要熬着过了。

熬着过，就是自己注意到了时间本身，注意到时间按照分分秒秒的方式一点点地度过，你始终不能忘记时间；似乎你只有时间，而没有了坐在时间列车上无知无觉的好感觉。

熬着过，好像就可以用自己的不舒服给时间加速，让使人不舒服的时间快一点过去，再快一点；尽管往往适得其反，时间反而慢了下来。而实际上，真正的酷暑还没有到来，现在就加快只能是让酷暑、让更热得难受的状态早点到来了。

不过如果在户外骑车的话，只要有阴凉就也还好，就还不觉着有多么难以忍受，甚至还会因为骑车运动的时候的思绪都在别的问题上，而在一定程度上将热不热的问题暂时放下，将时间放下。

这时候，所有的热还都在外表上，屋子里没有热得受不了。如果热仅止于此，便与欧洲的夏天相似了。可惜，真正的热还在后面，在后面漫长的两三个月的从里到外都热的酷暑中。

汗水不停地由从头到脚的所有毛孔往外冒，本来不想管它们，任凭它们在身上像小虫子一样流淌就好了，大不了架起胳膊来，不让汗水湿了手腕与键盘的衔接处。但是汗水遮了眼睛就不得不擦，擦了一次，马上汗水就重新补充了下来，就又得擦。

疲于擦汗不仅让双手无暇打字，也让头脑出现了停滞，就像电脑的 CPU 在高热状态中出现死机一样。坐直了休息一下，椅子的两个扶手又湿又黏，汗水遇到椅子本身的高温以后变成了黏糊糊的糨糊似的东西，总是要抓住你。眼镜腿儿上的汗水使摘下来的眼镜再戴上去的时候，连带着甩上去一股水，一股汗水。

时时刻刻都在和热做着搏斗，虽然徒劳，但是也只能无奈地继续搏斗，准确地说这是一种被折磨，与被病魔折磨竟有某些相似。

从楼上的书房挪到楼下的南北窗之间正中，期望南来北往的风吹到自己，让汗水可以暂时停歇。果然，还是有风吹拂的。还没有到暑热之中那种完全的静稳天气状态。睡觉的时候没有一味地被汗水淹没，还可以正常入睡。

这一天，搭朋友的车到村口，从空调车里出来，一下子就走到了火里。

不管是不是在阴凉下，到处都燃烧着难以想象的高温，要将人融化的高温。因为刚刚自己一直在所谓宜人的空调之中，所以这样的高温对自己的身体来说就完全没有任何预备性的适应过程，没有准备，一下就被投了进去。这比从一开始就一点点升温难受多了。这实际上是空调只管得了一时，管不了长久的表现；也是为什么古人说要随形就势，与高温共存的原因。当然，他们那时候不共存又能怎么样，没有空调。

盛夏的下午，从外面回来，吃一个水果，再去洗澡。这水果显得特别甘甜多汁。菠萝甜杏，南方北方的季节滋味；甜瓜香瓜，去掉全皮，近乎全裸的人拿着一个全裸的瓜，连瓜子儿一块全部吃进去，并非充饥，而好像由此有了抵御高温的力量。

在郊外的房子里，没有空调，屋子也没有隔热层，没有隔热层也能通过验收,建筑监理、验收和开发商之间的关系,非常和谐。屋子里的温度随着外界的温度变化,几乎没有什么间隔,也没有温室效应。升温快,散热也快。

好在房子南北通透,可以将大自然予人的灼热阳光后面的阴凉享受到极致。所以,把电脑从楼上搬下来,一切起居、阅读、书写都在楼下,楼下凉爽很多。坐定了,安了神,并不热;让时间沉淀到茶叶中去,用出汗的方式伴随着阅读、书写,似乎是最恰当的人生方式。

这种盛夏屋中静坐的状态,很奇妙。只要不让汗水湿了纸本书页即可。

多年弃之不用的电扇已经满是灰尘,拆掉以后擦洗,重新装上以后发出了剧烈的声响。最后找到一个相对平稳的角度,加上转了一些圈以后内部大概也渐趋润滑,声响小些了。对着墙壁一个劲儿地吹了起来。在六月中旬的周日的家中,它的吹动与窗口进来的些微的凉风呼应,给屋子里带来了更多的气流。

电扇对着墙吹,能感觉到屋内的空气在高处流动起来,这种流动虽然不是风直接吹,但已经带来了明确的凉爽,因为头发缝隙里已经有持续的风吹过。麦收时节,这样的气流是足可以让人有舒适的感觉的。在城市里从来不用的电扇,从来不屑用的电扇,在郊外的家里的自然环境里,起了作用。

吹着电扇,吃着炸酱面,曾经是这个季节里具有时代性的享受,是尘世生活里庸常而实在的生命愉悦;只是到了后来才逐渐变成空调、西瓜、Wi-Fi 的。我在这样复古的环境里,却没有将饮食完全依照环境做旧,实际上,周六周日自己都是将午饭和晚饭合并,合并成一天两顿饭。中午吃个水果或者西红柿即可;盛夏季节里,过多的食物带来更多的热量，食物热量与环境中的热量内外连通，就更让人受不了了。传统上说的盛夏少食，是有道理的。

早晨的烈日还是明媚的，但八点的时候也就只有后背可以忍受它的照射了。好在阴凉里还十分舒适，这种舒适只属于户外的树下。这个时间如果没有出来，在屋子里的话，就错过了。所有户外舒适的时候都应该在户外，这是人生享受的一个重要原则。

这样的阳光下，在山脚下的树荫里仰望，山上的根根细草似乎都清晰可见。能见度达到百分之百的时候，山坡上的小草就都显得十分鲜嫩，让人很愿意持久地盯着看。

傍晚的时候，将西窗、南窗都打开，两窗相邻，形成对流，坐在这对流的风中，这郊外的家还是不像想象的那么热，在盛夏的时候也还不是就完全没有了栖居的愉悦。

这再一次让人相信，郊外的家，包括盛夏在内的四季的时间，都可以找到使时间行云流水起来的方法，几乎没有不好打发的时间，没有待腻了的时间，不会像那些在墙角蹲着的人，需要用刷手机来消磨时间。这是郊外的家予人的最大的愉快。

郊外的家，时间光滑、四季坦然。

葡萄园

六月的葡萄园,因为周围面积广大的麦地的金黄而呈现出一种格外的绿,一种被对比出来的格外的绿,近乎蓝色的绿,它孕育出来的蓬勃生机与周围麦地收获前的成熟,都是大地在这个季节里的呼吸与脉动。它们只是在成熟期上有一个早晚之别罢了。在它们并列地呈现在你的眼前的时候,你会重新意识到一种早就司空见惯了的新奇:在同样的土地上,不同的种子会在同样的时间里生长出迥然不同的植株和颜色、果实和叶片。

在葡萄园里,从早到晚,总是能看见在其中忙碌着的那对夫妇的身影——准确地说是他们的头顶或者肩膀,茂密的葡萄枝蔓几乎彻底遮掩了行走其间的人;即便是像自己这样从七楼的平台上居高临下地俯瞰,一人多高的密密实实的葡萄藤也足以将其中的人或物做充分的遮挡。

他们总是在早晨很早的时候就一前一后,一个人骑自行车、一个人骑电动车沿着逶迤的土路到了葡萄园边上那没有门的红砖小屋前。拴在屋子里的狗对自己的主人的到来向来是欢欣鼓舞的,不但不叫,还要眼巴巴地摇尾乞怜。不过这对夫妇没有时间去和狗亲热,马上就投身到了绿色的葡萄园中——周围面积广大的麦子地现在越发金黄了,也就显得这片葡萄园越发碧绿了。他们走进绿色的葡萄园里，仿佛早就迫不及待地一下就开始了手里的活计，那些活计好像就是刚刚他们离开的时候正做到那里还没有做完的，随手就又做了起来。

　　狗在葡萄还没有长成的时候是独自在这里过夜的，等麦收结束，玉米长了半尺高，葡萄的大小也接近成熟的时候了，葡萄园的主人就会在地边上搭上一个简陋的木头窝棚，棚上蚊帐，而那狗则依旧住在旁边的没有门的砖房里。葡萄接近成熟的时候要看着园子，怕有人偷；葡萄没有成熟的时候则要不停地在垄间劳作，掐尖儿、去果、上袋儿，一棵一棵，一串一串，这些活计落实到每一株葡萄上去就都变成了劳动量很大的重复动作。全身心地投入其中，在全然忘我的体力劳动中，时间也就成了只具有延续意义的入定般的生命段落里的安定空间，由此臻于时空相融之境。

　　到太阳温度升高得让人难以忍受的时候，他们就又相跟着骑车回去吃饭了。回去的路与来时的路完全一样，那条虽然笔直但是路面却颇多坎坷的窄窄的土路，最后只是通向他们的葡萄园，所以一般情况下路上都是没有外人的。狗会在第一时间里敏锐地察觉任何一个走上了这条土路而又不是自己主人的人，开始它让整个寂静的田野都为之震动起来的吠叫。

　　这个曾经长时间凝望过也必将还会出现在大地上的人类栖息劳动景象，在新的一年伊始就以细节毕现、气息相闻的方式浮现在眼前，既有一种熟练的重复意味，也依旧是生命活力无限可能性的起飞之处。

　　常有常新者，唯有四季，唯有自然。

大暑时节的热与不热

郊外的家的凉爽来源于周围环境比城里少热岛效应的事实，也更来源于散热容易而迅速的建筑密度。其实就大的环境温度来讲并不比城里绝对低多少，只是在这些相对因素上拥有巨大的优势，使在这里的居住，尤其是在盛夏里在这里的居住变得相当惊艳和享受。

即便是大暑的闷热日子里，即便是白天屋子里一直有一种挥之不去的黏热，晚上十点以后也会逐渐有温差导致的比较适宜的气温感觉到来。其最大的优点就是可以让人直接体会到昼夜温差，而只要能明确地体会到昼夜温差，就能得到大自然对人的拯救。它地处郊外，周围是山前平原上大面积的田地，庄稼作为一种植被起着一种面积广大的矮小森林的气温调节作用。白天吸热，晚上散凉，中间没有阻碍，几乎总是直接与户外的气温相一致着。郊外的家处在这样的环境里，全无挂碍，屋子里的人也就基本上可以享受到田地里的庄稼的待遇了。

所以，即使是在酷暑的盛夏时节，这个环境也为居住其中的人提供了最基本的气温的节奏，不是一味地热，一味地喘过不气来的闷；早晨和傍晚随着阳光的暂时阙如，清新与舒适就会重新回来，而中午到下午五点之间的越来力道越大的苦热也并非绝对不可忍受，只要别出门，只要坐在屋子正中间最远离窗户的位置上，就不一定会汗流浃背。而想到早晨和傍晚那种城里所绝对没有的舒适，这样几个小时的苦热也就成了可以忍耐的了，不像在城里只要进入盛夏就一天到晚没有好时候了，不开空调就没法活了。

在郊外的家可以不用空调，可以过一种远去了的农业时代里的夏天生活，可以重新体验原汁原味的夏日过程，这本身就是极高的价值所在了。它为自己提供了过纯粹的精神生活的可能。所谓精神生活，不唯阅读和书写过程本身，其实是整个的生存状态：置身郊外，整个小区没住几户人家，这个单元更是只有自己一户常住。时间除了具有物理学的意义之外，就是生物钟随着它的轮回而运转的节奏了。日出而作，日落而息，随着天光放亮起床，随着夜色到来而睡眠。他人的噪声、交通的拥堵或者车辆的喧嚣抑或建筑的污染都和这里的生活无关，一天二十四小时的生活只以自己的精神为主轴，即使是扫地、跑步、做饭、睡觉的时候，也都是主动休息和调整，而不是被动地被打断，不管干什么，内在的精神都不受打扰、都有自己一以贯之的秩序，包括傍晚的时候在平台上的喝茶和对并不远的山峦上的灯光的遥望。

盛夏季节里，郊外的家的"有救"感，也就是面对炎热、湿热和莫名的热都总是有盼头、不绝望的期待，既来自这里从傍晚就已经开始了的鲜明的昼夜温差，也来自从田野上源源不断地吹来的风——这么说可能还不是很准确，因为在真正的田野上反而经常是不容易体验到这种风的，只有在七楼平台的高处，你才可能与高层的大气流动相遇。这里有山居的风感，有居于自然之中为难得的清新清凉所环绕的无边惬意。甚至很多时候并不是真的感受到了清新和清凉本身，而只是意识到了它们就在附近、就在不远处、就在一会儿阳光消逝以后的必然存在，只是为"盼头"所给予的希望所激励而已。

当然这种对昼夜温差的体会也是有个度的，当大暑之夜，彻底没有一丝风，而卧室里又绝对没有空气流动的时候，自己还是被沉到了往年那种永远都在汗水里浸泡着的暑热里去了。

远远近近的一切都在最让人无望的热热的朦胧里，这是这个季节最典型的面孔。在这样的季节里，人们如果自己不找乐趣的话，就几乎意味着生不如死的煎熬与痛苦了。没有足够的空间意识去注意季节的孩子们一如既往地快乐，玩水、捕蜻蜓，不知未来，也不知现在；小区里的成年人们聚集在仅有的几棵树下，摆开十大几张桌子打麻将，用一种可以把注意力完全转移走的方式来抵抗这种让人绝望的天气；更多的人则泡在空调房里，在网络上聊天、打游戏、看电影；沿着河边漫行，寻找每一棵柳树、杨树树干上的蝉蜕，这也是一种这个季节里独有的乐趣，可以让人在全神贯注里忘我；寻找忘我的机会是这个季节里的一切抵抗闷热的活动的核心与本质。

当然也有人偏偏选在这样的天气里跑步、打球或者骑车远行，他们采取以毒攻毒的方式对抗闷热，在主动的汗流浃背里获得一种精神胜利一样的优越感，让自己动起来，将热推到顶点，然后就可以在适度的疲劳里体会相对的凉了。

郊外的家靠着与外面的温差快速一致起来的强大温度调解功能，走到了它的极限。夜里屡次被热醒，汗水湿了半个枕头；之所以是半个枕头，是因为人始终是侧向靠门和窗的一侧睡的，想着多够到一点在想象中存在过的风。

枕头湿了半个，上半身也湿漉漉的，即使是半睡半醒又不时被热醒地熬到了早晨，也几乎还是没有一丝风。尽管坐到窗前发愣的时候，站到平台上遥望雾沼沼的平原的时候还是有些早晨特有的凉爽的意思的，但是脑袋上的汗、上半身的汗还是退不下去。这时候才意识到上半身就在心脏附近，热量是比别处高。

热到顶点，热到一切都要窒息了的时候，老天就一定会出手相救的。它会遵循物极必反的规律，给你派来一场彻底扫荡闷热之气的狂风暴雨。来不及关窗，或者说是不愿意将清凉关在窗外的人家，雨水会横扫而入，湿了地，湿了桌，湿了书，人们却并不恼，只是兴奋地在里面挪了这个挪那个，让所有可能被横扫而入的雨水打湿的东西都挪开。不关窗虽然有损失，但是为了让凉风尽快把屋子里的热团赶走，这点代价是愿意付的。在风势雨情特大的瞬间里，关上一下窗户，热团的感觉就会格外大，马上就又不得不重新开了窗。

这种极端的情况出现在七月下旬的大暑前后，其实大多数时候，在盛夏连续的晴朗日子里，稍有阴天，偶有间断，就会风云万里，长空阵布；就可以一下子从闷热的睡眠里被凉爽而强大的风给叫醒，就可以站在平台上俯瞰或者仰望天上密集的云走风驰。天上不管是亮还是暗，都很适宜用目光去检阅了。云块的中间部分颜色较重，边缘就亮很多了；光亮和阴暗之间的变化迅速而诡异，奔驰的云在你稍微转睛的瞬间里就已经变换了形状，引着你自然而然地就对它们所在的天上的世界做起了儿童般的遐想。那些边缘非常不规则的云，那些云和云之间从暗到亮的逐渐过渡，那些均匀的过渡里的丝绒一般被扯开的云絮，都十分耐看。那些裂开的天空很快就又合拢，合拢的天空马上又裂开，风在山顶与树梢之间掠过，显然是天上那股吹动云的力量的余波而已。大地和天空这时候在你眼前上演的就是大自然最宜人的超级规模的大戏。且不说凉爽而强劲的风给人带来的最直接的舒适的享受了，只这视觉上的开阔与辽远，就已经能为在酷暑之中一直被憋在屋子里的人们带来无比的舒畅了。

夏天有夏天的美妙，只是城里的自然已经被隔断，难以体会到自然在季节里的多变与平衡而已。所谓酷暑并不一味地只是闷热，总会间或有这样空远舒畅的日子的；可是城里积聚的热气难以在这样也许并不持久的天气变化里迅速消逝，紧跟着就又接上了下一次的闷热，将这两次闷热之间的让人喘息、让人觉到季节和自然的终究可爱的日子和时间给抹杀掉了。这就是为什么全无遮拦的大地，在烈日下暴晒以后还能孕育出硕大的果实和秋天的丰收的重要原因。因为大地上不仅有暴晒，还有夜凉，有日落以后随着自然的节奏而来的迅速的散热过程；人类聚集的城里恰恰极大地延缓了这种散热的过程，形成了一个个热量久而不去的热岛，使生活其间的人们不仅要忍受高温的煎熬，还要忍受逐渐形成的由对季节的绝望引发的心理上的沮丧、失望甚至对人生的绝望。

当然酷暑还是酷暑，郊外的家也不能例外，不能例酷暑之外，屋子里常被热团所缠；尽管比起城里一天到晚永远的闷热来，这里有早晨和傍晚的两个稍微缓解的时间段，但是毕竟还是天气热到了极点，人在其中总是极尽可能地寻找凉爽。比如，在一致判断最为凉爽比下面的院子还要凉爽、比村子周围的田野上还要凉爽的平台上，父子俩就可以从傍晚一直坐到睡觉；大桶里晒热了的水一洗，甚至会有一阵难得的冷的奇妙感觉，而洗完了以后也不必穿衣服，对面的楼上还没有住人，而更旁边就是田野，是比平台矮得多，距离也堪称遥远了的平房建筑。这种自然而然的选择，在这夜的平台上，在这于酷暑里可以呼吸一下的时间段落里，被水到渠成地实现了。

自从自己脱离开婴儿状态基本上就消失了的情形，现在这么不经意地重现，显得既有些奇怪，也很有意思。几个月不见，父亲又老了许多,念叨着自己爱听不爱听的话,因为耳聋的缘故而声音很大。父子俩都看着远处的山峦上的灯光,而互相并不怎么看,互相不怎么看也还是偶尔能意识到都什么也没有穿。这种状态很引人笑,也实在难得:所谓从原始时代走过来的最自然的生活,大抵如此。全无牵挂,全凭本意;自由自在,自然而然。

这里的雨比城里多

雨中跑步

这里的雨比城里多。实际上多不多并没有数据支持，但至少是对雨的感受多得多。

黄昏的小雨没有能阻挡住自己在这个固定的时间里下楼到田野去跑步的脚步。妻子骑车相随，车轮轻快的旋转与脚步有节奏的蹬踏很快就找到了互相之间一个合适的协奏旋律。飘飘的小雨在汗水里变得温热，顺带着眼前被淋湿了的村庄和黄杏也都是温热的了。雨水在空中虽然并不密集，但是一直持续地落下，形成了层层水帘雨网，让在晴天里存在着诸多缺陷的村庄，在水洇的模糊里被美化。奔跑的脚步和跟随的车轮穿越村庄，穿越路边上那些并不避雨而依旧做着自己卖杏、卖馒头的生意的村人，脚下一段一段被持续跑过的田园，也都是温热的。

玉米还没有超过人的身高的时候，在大地上行走或跑步就还是适宜的，就还和在麦子地中间运动相类似。周围的植被不超过人的身高，人的视野可以不受任何阻挡地一望无际，这不仅仅是在心理上舒服，更兼在生理上让呼吸舒畅，流动的空气和田野上的风时时可以被感觉得到，不闷。一旦周围的庄稼超过人的身高，隐蔽的环境对人的安全构成了一定的威胁感，再就是闷热的空气不能很好地流动的状态也让运动变得很憋闷。虽然在这个季节里玉米长得很快，但是现在普遍都喷防长高抗倒伏的药，所以在很长时间里，玉米都还是在人的身高之下的，人的视野在大地上依旧可以不受影响地向着任何一个方向瞭望。

凑趣的雨水，淋在刚刚买来放在前筐里的黄杏上，淋在还没有长高的玉米上，淋在齐刷刷的金黄色的麦茬儿上，淋在我们在大地上有节奏的蹬踏与旋转里，淋在我们偶尔的交谈中，淋在我们向着没有障碍的远方的遥望中。

连阴雨

雨下得时间久了，会出去，打着伞，在雨里走上一个小时，后来雨变得很大。回来已经八点了，洗去雨水，坐在飘窗前看着报纸，享受着窗外的中到大雨。其实这样从容地视野不受限制地看雨的时候并不多有，这实在是夏天里的一份好享受。夏天不仅有酷热，还有喜人的雨。

雨开始大起来的时候天色是逐渐黑下来的，可是下了一会儿以后天色好像被水洗得又亮了很多。天色一亮起来，雨虽然没有停，但是已经比黑着的时候小了许多。下雨也不是一股劲儿下的，也有诸多起伏。雨水骤然大量下来的时候激起的白色水雾，在雨小了一些以后也就消散了。澄明起来的视野中，湿淋淋的树木和因为积水也变得白亮亮的道路，都清晰起来。雨声现在变成了一种这里那里隐隐约约的淅淅沥沥。在这样的淅淅沥沥声中，夏天的时光变得异常舒适，生命也重新成了巨大的享受。

这样坐了一个小时，外面的雨似乎又小了一些，但是没有停的意思，不打雷，也不刮风，完全是要长时间地持续下去的样貌。时间悠长并且美好。

一般说来，夏天总是一个不大能让人坐得住的季节，炎热与闷湿使人很难安心地阅读与书写，更习惯在这个季节里走出去，在活动中消解这种高温的煎熬。不过，下雨的时候是个例外，下雨的时候人们总是更愿意待在家里，而不愿意置身户外，也就立刻少了千里迢迢地去什么地方避暑的动力。在夏天里，下雨的时候不仅有因为对比而来的难得的凉爽，更有别的季节里所绝对没有的在雨声中度过时间的安详。在这样的凉爽和安详里，我们的心就会变得非常安定，就不再愿意向外跑了。

雨使在夏天里挣扎着的人们得以稍事喘息，连阴雨更让人们一天一天地数着的酷暑的日子一下就减少了两天甚至三天。不仅是在下雨过程中舒服，就是雨过天晴重新热起来以后心里也有了一种庆幸，庆幸今年夏天需要自己顶着汗水去熬的日子，又少了两三天。

季节之美，我们很容易记住春天的花儿盛开，记住秋天的红叶凋零，记住冬天的白雪皑皑，但是夏天的连阴雨的日子却经常被人不经意地给遗忘掉。夏天成了闷热难耐的代名词，连阴雨的好感觉为什么没有给大家更深的记忆呢？一是有连阴雨的年头已经越来越少了，尤其是北方像样的雨都已经成了很大的稀罕，连阴雨的情况在日益干旱的气候变化中的确已经是罕有之事了。再有就是连阴雨的日子里的享受基本上说是一种波澜不惊的平静型的享受，不像春天看花、秋天看叶那样有惊艳的印象。

连阴雨的日子在北方总是很美的时候。因为一向雨水就少，连着下雨的时候就只有夏天里的这一两个月之中才有可能。可能只是可能，也许很多年竟然都还没有。好在今年，现在，就有了一次。没有雷鸣，没有电闪，没有狂风，一切都很平静地阴着阴着，雨星就逐渐地下来了，逐渐地逐渐地将整个由小到大并始终保持着相当的强度的状态的全过程清晰地演示在你这很久未见过连阴雨的人面前。

所谓连阴雨，雨有的时候也会停一下，但是不会出太阳，而且很快雨就又来了，从白天到夜晚，从夜晚又到白天，一直下，一直下。重新变得非常适宜了的温度让在酷暑里煎熬的人们面带喜色，不能出门就正好在床上补被盛夏抢走了的睡眠。

睡了又睡，起来了，站在窗前将梦里一直在响着的雨水的敲打看了个满眼，心绪里就有了相当的诗意，久违了的遥远的洇润的感觉在心田里重新被发现，乐曲与歌声的旋律使人在不再模糊的现实里，回到了那些很久以来都已经模糊了的人生浪漫的断片中。

连阴雨像是一个时间门，骤然就可以让人回到过去，回到正在进行的生活之外的什么地方，让我们的灵魂在对雨幕的长时间凝视之中暂时飞翔起来，飞到似乎比真实地活着的自己更其真实的什么遥远的地方。

曾经在山村中的连阴雨里看到过老人、孩子凑在一起打扑克消磨时间的恬然景象，那高高的木头门槛外面被雨水洗得光光亮亮的石板台阶缝隙里，有新鲜的小草就在他们在炕头上说说笑笑的过程中开始了自己的成长，它们的生长是那么新鲜光亮，一尘不染；雨使生活中一切天经地义的程序都暂时中断了下来，孩子们借此获得了在大白天的劳动时间里和大人们一起嬉戏的难忘经验，他们对这雨的感激之情可能要在很多年之后他们长大成人的回忆中才会更加强烈。

雨后微凉

一个别处下雨这里不下的日子,持续的阴凉在傍晚的时候在平台上就已经到了近乎"冷"了的程度。八点以后天光还没有完全收敛,仍可以在自己的小本上写字,记录下这样片刻的感觉。这样的记录,是因为夏天从来没有以如此宜人的面目容纳过自己,安静安详、清凉平和……每一分钟都很恰切。

在这样阴凉的天气里,郊外的家里的舒适就更上了一层。这里升温固然快,降温也快。通常在市里被强烈的阳光晒了一天以后,前半夜屋子里的温度都不会有多少降低;而在这里,随着下午五六点钟阳光减弱以后户外温度的降低,屋子里的温度也立刻跟着开始下降了。因为这里是没有热岛效应的,昼夜温差界限明确,而阴天与晴天的区别也特别鲜明。享受昼夜温差,享受阴天与晴天的不同,这是居住在自然中,居住在郊外不被打扰的环境中的众多妙处中极重要的也是最基础性的一种。

大约是因为下过了雨,或者别的什么地方在下雨,在大暑季节里的这一天早晨,居然有了秋意中的凉,这种凉是干爽宜人的,是可以让人重新对周围的事物感兴趣起来的。以前那种从上午八点以后就在忍受的持续的闷热状态,莫非真是被熬过去了?数数日历,看看外面的庄稼,知道那是奢望,但是只要眼前,现在,有了这么一个凉爽的早晨,就且享受着吧。这是上天对被煎熬着的人们的一次安慰,而接受安慰总是顺理成章的事情。

微凉是最宜人的气温。这一点在盛夏里偶尔一个没有阳光而有持续的风的上午,最让人体会深刻。父亲说20世纪50年代的夏天实际上也很热,但是为什么那时候人们没有现在这么难受呢?因为那时候的热主要在麦收中和麦收后的一段短暂时间,六月的麦收结束甚至还没有结束的时候雨就来了,雨抑制了热,不会让热完全肆无忌惮。今年的雨很有幸来得早,来得密,伏天里的阴凉的天气也就多了很多。雨一来就很多很多天地下,把酷暑的日子都占去了,盛夏的不下雨的日子气温要想恢复到很高也不是短时间之内能办到的。而这样的气温回升还没有完成的时候,下一场雨就已经来了。正是雨水救民于火热。雨水带来的微凉,是盛夏里最好的享受。

人类在微凉的气候状态下感到最舒适,我们总是喜欢周围的一切都比自己的温度低些,我们触到的任何东西都是微凉的,那样的话手感就会很好,内心里就反而会有一种对温暖的自我确认;这种舒适不仅是身体上的,更是情绪上的。只有在微凉的气候里,适当的衣服才能既给身体以全面的包裹,又不至于累赘。只有微凉的气候才让人和人之间的亲密接触更有可能成为互相的渴望。微凉的气候里,人的思绪会比在盛夏里更活跃,也更悠长,更不受打扰,更诗意。

记一场雨

在七月底最为闷热的日子里,郊外的家自我调节功能的极限已过,昼夜温差已经不足以适时地给人带来清凉的舒适,无论昼夜,几乎一如既往地闷热让人对气温并不敏感,这时候主要是湿热对人的折磨了。而对于这种源于湿热的折磨,郊外的家也无能为力了。7月28号的时候,这种难受登峰造极,无论如何也都是在蒸笼里了。人挨着什么东西,什么东西上就会立刻沾上人的汗迹。褥子和枕头都已经湿透了,而梦也屡次被汗水搅醒。煎熬,煎熬,屋子里的分分秒秒时时刻刻都在解释着这两个字的全部外延与内涵。

物极必反,到了凌晨时分,到了趴到地板上也得不到一丝一毫的清凉的状态了,到了实在忍无可忍的时候了,雨突然就开始了,没有任何一点点预警,没有雷、没有电,也没有风,就那么唰的一下开始了。水从天而降,就能把一直悬浮在空气里的水一扫而去,就能使湿热逐渐远离,就能救人于最后的绝望。雨水是冲散潮湿闷热的天气的良方,以水去水,以从天而降的水去掉悬浮于空中的水,冲到地面上,顺流而去。恢复天地之间的清爽和舒朗。

雨从早晨开始下,一直到夜里还在下;在夜里还在下的雨,成了坐在落地窗前去观赏的最佳对象。屋子里的灯照例是不开的,坐在并不黑的黑暗里,望着外面也并不是很黑的天空和大地,大地上隐隐约约还能看得见形状的玉米地,玉米地边上高大的杨树树行。它们在雨里都静静地一动不动,唰唰啦啦的声响持续着,持续地营造着一种由固定节奏的声响形成的生活如流的妙感。人类的生活本来就应该是在这样如流的声响中惬意地流逝着的,这样的流逝就是幸福本身。

郊外的家的位置和环境,郊外家的窗户设计和阳台构造为人提供了这种与窗外的风霜雨雪同步的观察角度与体验可能,使一向被我们忽略的四季的细节这样近距离地呈现在眼前。你何曾在雨中看过雨,何曾将一场雨的开始到结束、盛大与绵延的过程都这样不受干扰地尽收眼底过呢?看见自然的细节,看见风霜雨雪的过程,这是人之为人的最基本的也是最至高无上的幸福。

暑热中能遇到一个难得的雨天,坐在窗前阅读,喝着茶,听着音乐,偶尔抬头看看外面的雨景儿,实在是人生难得的享受了。因为在北方,这样有雨的日子是屈指可数的。

黄昏的微光里阅读已经越来越困难了。即使是就着西窗,也看不清了。雨重新落下来,唰唰啦啦的声响似乎只在远处,其实就敲打在窗外屋顶上做装饰之用的铁皮上。目光望出去，一再想在远处寻找这唰唰啦啦的声音的所从来处而不得，只看见：西山和西山前广阔的平原，平原上的树行，树行下面的道路，都在看不见的雨丝之中。夕阳在天空上的最后一点点余光从西山后面映到了高高的天空上，以一种弥漫的散点方式做最后的停留。这些最后的光将东天对照得很暗，很黑。闪电就在那很暗很黑的东天上画出了自己的图形，留下一个稍纵即逝的痕迹以后很久才传来遥远的雷声，盖不住雨声的雷声。

狂风大雨、雷电骤风以后西北七千米之外半山腰上的水泥厂的灯光变得格外明亮，亮到了仿佛近在眼前的程度。视线里一向总有的蒙蔽物都彻底消散掉了，不论是雾，是烟，还是久而不坠的尘埃，都消失了，再无障碍。在视野再无障碍的开阔里，即使是水泥厂的灯光，在夜色里也传达着仙山神丘、玉宇琼楼一样让人神往的信息。

携着风的雨很快就停了，打在附近的天空上的雷逐渐到远处去了。刚才在一瞬间里拨开了笼罩了很多天的热雾而见到西山清晰的轮廓的情形，已经结束，一切都重新隐到了水雾之中。雨在稍微停了停以后，重新以一种舒缓的节奏唰唰啦啦地下了起来。今晚注定可以睡个好觉了，不必担心屋子里的热团了，它会在这随后的小雨里被一点一点地彻底赶走。

大雨之后是小雨，小雨几乎一天时间以后，大地上弥漫的水雾才最终散去，散去水雾的情况在这大暑季节里是非常罕见的，罕见的珍贵。骤然散去水雾，人们长长地喘上一口气的时候才意识到最近这漫长的一段时间以来，一直都是被这湿热的天气压抑着的，都是在忍耐着煎熬的，都是在苦夏里挣扎着的。没有湿热的水雾笼罩压抑着的正常的日子是多么珍贵啊。

黛色的西山绵延在不远不近的地方，山麓上的细节历历在目，却又无一不笼在一片与黛色的山体相一致的一种单色画一样的色彩里。这种单色对视野的清晰度是没有任何损害的，视野里的一切都一清二楚；西山后面的远山的山顶也清晰地显露了出来，那是挂云山的山顶，山顶上的英雄纪念碑是纪念六位毅然跳崖的抗日烈士的。

乌云遮挡住了正面的阳光，利剑一样的光柱正从云缝里穿透，直指山后的什么地方，那光柱边缘微微颤动的衍射光芒使那光柱的笔直更加笔直了。这样的天象是那些世界性的风光图片里经常可以见到的景象。本地在这天成地凑的一个瞬间里，又接近了一次大地的极致。

雨后黎明

　　酷暑的意思就是即便在没有太阳的时候，坐在屋子里也依旧会汗流浃背，不论用什么姿势待着，你都会觉着不舒服，都会因为脑门上、脖子里的源源不断的汗水不得不擦，不得不洗，而擦和洗都只管得了一时，这一时甚至就只是几十秒甚至十几秒而已。

　　所谓热，热到了无法忍受的程度的时候，往往就是表现到了脸上的时候。

　　热是从脸上来的，或者说热是最集中地表现在脸上的。汗水在脸上、在脖子上流淌，大脑 CPU 出现过热迹象，人就不能集中精力做任何事了，就只是被热一味地缠绕着了，就只能感受到热，感受到热一直持续，怎么还不结束，什么时候是个头儿啊！

　　对付这种状态，现代人的第一个动作就是立竿见影地打开空调而已。但是如果你坚持着，与季节同在，在汗水不断的状态里努力寻找着互相容纳的姿势和角度，就几乎没有例外地还能够熬过去。

　　果然，半夜里雷鸣电闪，狂风大作，掀动窗帘，吹进来带着暴力色彩的风。这是好的盛夏，这是还可以回头的酷暑，这是让人依然生有所恋的救星。尽管心绪早已经逐渐平静下来，以心静自然凉的意思入睡，但是被这样的风雨之声惊醒之后，立刻便就是满心的欢喜了。

雨在风中像是石头子儿一样啪啪作响，落到窗户上，落到窗台上，落到墙上。这样的风雨尽管时间不长，但是也基本上将屋子里积累的热气驱散了。等早晨起来以后，昨天夜里那种挥之不去的燠热，那种洗澡以后要小心别动，动就会重新被汗水浸泡的状态，终于结束了。

它不仅在事实上驱散了热浪，更在心理上让人有被拯救的妙感：上天没有忘记你的存在，时间不长就来出手救人了。

雨后黎明，原来那种存在于周围各个方向上的庞大的车声，没有了。世界一片安静，只有远处的布谷鸟的悠扬和近处一种嘹亮婉转的鸟叫。它们的叫声只是使一切都更安静。

昨夜的雨，唰唰有声，很大，很长，下了一次又一次，每一次都让梦中人惊喜，惊喜于昨夜辗转难眠的热的消退，惊喜于雨水带来的风的清凉。

雨后黎明，西山上的云呈现着一种峥嵘过后不对称的安静，浓淡之间都是夜里风雨剧烈撕扯过后达成的恐怖平衡的样子，显示出来的却已经是一种难得的平静。

凝望这样浩大的云天景象，而且是雨后的云天景象，是在郊外的家的一大福利。如果不是住在这里的话，就断然看不见这样在盛夏里足以抚慰人心的景象，就会让流汗不止的痛苦弥漫到整个身心中来，成为挥之不去的苦夏的煎熬。

同在这个小区，在这个地理位置上，楼下其他楼层的感觉和顶楼是完全不一样的。尽管有的房子很宽敞，但是在其中依然还是感觉压抑，和在城里的房子区别不大。远不像顶楼这样开敞明亮、风骚通透，其他楼层都没有这里的视野，没有这样的居住好感觉。

瞭望雨后黎明的无尽烟云，始终都应该是人类应该有的一种自然权利：对眼睛有利，可以缓解用眼过度导致的肌肉疲劳；对心胸有利，可以借此跨越云天，直上重霄九；对信心有利，不管人世多么艰难不堪，总归是还会有这样一夜之间就换了天地的改变的可能……

傍晚的急雨

时间很短的急雨一般来说是没有诗意的，它给人带来的往往就只是惊慌四散和狼狈不堪，等终于在雨中跑到家了，雨也停了。这是急雨给人的印象，印象不佳，少有人会对急雨产生什么悠长的情愫，它充其量也就是给经常被困扰和平庸的生活凑趣一下，开解一下而已。

所以，我对即将到来的雨的期盼，就一直都不是急雨，而是绵绵细雨，是下了一天一夜连轴转的雨；为的是可以尽情地观看雨，为的是可以听着雨入睡，而醒来的时候还有雨……可惜的是，北方这样的雨总是屈指可数，甚至绝无仅有起来，好几年也未必遇到一次。以至于一旦发现有下雨的意思了，就赶紧往家里跑，不单是为躲雨，更为的是在郊外的家里享受雨。

不过，任何一场雨都不是凭空而至的，都有堪称漫长的酝酿期；如果把雨前的繁盛丰富的天象变化，把这样雨的前奏也作为雨来观赏的话，那么即使是一场急雨，其实也是大有看头的。只不过在城市里高楼大厦阻挡了人们的视线，看不见早在雨来之前宏大的天云变幻的阵势，感受不到凉凉的冷风在盛夏里与暖热的气流互相夹杂着一起冲到窗前的神奇气息。

在郊外的家里，则无此之虞。

早在这场急雨到来之前半个小时，西天上的风云就开始有了不一样的变化。西山的山顶上有乌云，也有乌云和乌云之间的亮亮的天空，那亮亮的天空开始是夏日晴热的蔚蓝，后来逐渐变成本地雾霾天气里屡见不鲜的一片含糊的白色，迷蒙不清，却可以明确地知道后面阳光的威力。关键是在这样的蔚蓝和含糊的白色四周已经有了颜色开始不浓后来越来越浓的阴云，阴云像是黄土被吹上了天空一样呈现着一种不好看的褐黄色，渐渐地就黑暗了下来，就成了好看的乌云了。好看的乌云快速地游动，大面积地迁移，从山顶上向平原上来了，山顶上应该已经在下雨，眨眼之间雨就过来了。

雨来了。

天先暗了下来，然后又亮了起来，西山上的乌云急骤地变幻着，内核却是白亮亮的。那里在下着雨，与这个判断相一致的目光还没有收回来，雨就已经到了眼前。

屋顶的彩钢瓦铁皮上传来了叮叮当当的声响！这种彩钢瓦据说是为了美观才安装到房顶上的，不经意间倒成了听雨的敏锐利器，有一滴雨落上去也会发出明确而清晰的声响。

这是这场将遍洒平原上的急雨最靠前的先锋，在它们落下来的同时狂风卷着柳树的树枝剧烈地起伏起来。柳枝被一再压下去，压下去，再起来的时候天地已经骤然明亮起来，不是云亮了，而是水的亮光，一片白茫茫的雨水又频又急地到来了。

坐在屋子里隔着玻璃凝望着疾风骤雨，有一种人在屋中免于这样的暴雨击打的庆幸；带着这样的庆幸再去看雨，雨的一切就都是无害的，都是对这个干旱的地方的福音。

密集的水花溅起白亮的水线，已经完全分不清到底是哪一根雨线在从上到下地砸下来；完全像是在泼水，像是河流在天上决了口子，一下灌了下来。

这种下灌的强大阵势让人吃惊，天上居然会有这么多的水！设想城市人最为熟悉的自来水对着一个地方将水龙头开到最大，效果也远不及这样的暴雨中的任何一平方寸里的激烈。

雨声盖住了放着音乐的收音机，世界只剩下了雨声。

在世界上其他的一切都暂时退后，只剩下一场雨的色香味的时候，置身其间的人，是多么幸福。事实上，干旱地区的人已经越来越少有看一场雨的机会。所有的河流都已经干涸，地下水形成了几百米深的漏斗，如果不是从遥远的南方调水的话，人类的栖息都已经成了问题。

尽管往往无济于事，但是任何一场雨也都还是一次拯救。不过像这样的急雨，在躲雨的慌张与被雨淋的狼狈中，人是无暇观察雨落下来的具体细节的；一方面是不下雨看不到，一方面是好不容易能看了，却又已经结束。

经常可以见到描述小雨细雨的文字，就是因为那样的雨尚可沐浴，人类没有缺水之虞，没有骤然的地表大径流形成洪水的担心。

十分钟，雨就过去了。西天上，居然已经有了白云。灰黄的云剧烈地游动着，露出蓝色的天底，雨过去了，天更热了。

时间虽然很短，但是在很短的时间里已经让人有脱离现世的恍惚，有打开了时间之门到了异地的诗和远方的陶醉。雨是按部就班一成不变的天地偶然的浪漫，一转眼，娱乐结束，重回正轨，让你只能期待下一次了。而也正是因为有了这样的期待，生活才有了意思。

风

在城里住，有风的时候已经很少。有风也感受不到，几乎听不到风声。沿着二环、三环盖起来的房地产高楼，叫不同的名字，却是几乎完全一样的城市所允许的楼层最高的建筑格式；它们像是现代的城墙，严密地将整个城市给圈了起来。使这个过去春天多风沙的地方，现在只剩下了所谓静稳天气下的雾霾。

住到郊外的家里，来回骑车才感受到，原来平原上的风还是不少的。清风拂面和微风习习的时候很多，风乍起，吹皱一池春水的时刻也不少，甚至呼啸而至波浪一样掠过麦地形成大海一样的起伏的风势的时候也并不罕见。

这样刮大风的时候，顺风如有外力加持，好像骑的是电动车，不怎么用力就可以风驰电掣，让人担心结构单薄的自行车承受不了如此后劲十足的速度；逆风的时候则寸步难行，干脆下来推着车子步行好像还比骑车快些，至少省力很多、稳定很多。

风让这一带总是被雾霾占据的天空上罕见地有了白云，大块的白云在蔚蓝的天空中以能看得见的速度平稳地移动。尽管风使人睁不开眼睛，可还是忍不住要努力睁开眼睛去看那久违的白云：以风为代价看见云，是值得的。

风屡屡要把帽子吹走，卫衣上的兜头帽这下有了用武之地，再配上口罩和眼镜，人在风中无虞矣。只是手脚并用在风中挣扎，四月下旬的热散不出去，就成了一种催促着人赶紧抵抗着风回到家里去的动力，好像在水下憋了一口长长的气。

风就是空气意义上的波涛和洪水，逆风而行如同戗浪前进，是陆地上的人体会自己一向无缘的海上拼搏的难得场景。这样的模拟有惊无险，没有溺水的威胁，却有搏击的愉快，几乎近于一种可遇不可求的特殊运动享受。

不过，在河边绿道两侧高高矮矮的树丛遮挡保护下，风力就会大大缩减，以至于无。再次印证了树木予人的诸多福利中的一种——突然想起当年坐在父亲自行车的前大梁小座上，逆风而行被吹迷了眼而大骂周围那些疯狂地甩着头的大树的无知，已然恍如隔世一般遥远了。是风将记忆钩沉，是风联结起了生命深处的回味。

这样回到家里，走进建筑物内部，突然没有风了，就像是从汹涌的大海里登了岸。既释然，也竟然还有点怀恋。

山前平原上的风很大。城里没有风，这里也经常有风；如果连城里也有风了，这里的风就很大了。

很大的风在夜晚形成呼啸，不单是冬天，也不单是在夜里，不论什么季节，不论一天之中的什么时间，都立刻就会形成呼啸的效果。因为环境安静，因为房子前面就是麦田，再无屏障，所有的风都会刮过每一个墙角，带棱不带棱都会因为风的快速掠过而形成加速度，形成顶住风的顽强与不得不拐弯儿的风的咆哮。

刮风的时候坐在屋子里，紧闭门窗，就是探测这屋子里什么地方还有漏洞的最好机会。任何一点点缝隙、孔洞，都会形成格外的啸叫呜呜，直接用声音告诉你哪里不严密、哪里已经损坏。就像把一个空心球扔到了水里，立刻就可以从冒泡的地方看出来什么部位漏水。

　　刮风的时候坐在屋子里静听，是刮风的时候的一种享受。

　　风在外面急急地表演，铆足了劲儿撞击着窗户，想进来袭击你却总也不得；你可以从树梢上看见风的形状，从耳朵里听见风的声音，却又绝对有惊无险，没有被吹得睁不开眼、迷了眼、吹飞了帽子、吹得不能呼吸之虞。

　　风声里偶尔会夹杂一声两声咣当当、咣当当的杂音，那一定是哪家的阳台上的门没关严，来回撞击着门框；要么就是楼顶上的几片装修剩下的板材，被掀起来摔碎了，又被掀起来，又被摔碎了……

　　有意思的是，在户外的时候，你感觉风完全没有停歇的时候，始终在吹；但是你在屋子里这样坐着听风的时候，会发现其实经常有风停的时刻，一瞬间没有风声了，抬头看树梢来回甩的幅度也小了；不过往往是还没有来得及确认，风就又来了。

　　重新回来的风，继续呼啸着将记忆深处的气息重现，将时间以声音的形式质感地置于你的眼前……

晚　风

剧烈的阳光在沉没到西山后面的时候依然剧烈，但毕竟还是初夏，只一小会儿，麦田就重新宜人眼目起来。晚风吹拂，到了初夏季节里一天之中最适宜的好时候。其实早晨也很适宜，不过大多数人那时候还没有醒来。所以，人们会普遍讴歌"晚风"，很少有人唱晨风。晨风之宜人不亚于晚风，而且还有晚风所没有的清新与希望。不论是晨风晚风，这两个时间段都是人之为人在这个世界上最舒适、最能感觉到幸福的好时候。

晚风拂面，是一个人人都可以舒缓下来的时间段。孩子们拖着大书包以走两步退一步的玩耍格式放了学，沐浴在夕阳里的他们依然会对眼前任何微小的事物兴趣盎然，而因为没有了急着去上课、急着回家吃饭之类一再被强调的约束，他们本性复发，进入一个一天之中难得的自由自在的时段；尽管是疫情之后刚刚开学，但是被制约着上了一天学之后，这样放任地玩耍，还是美不胜收。他们或者指天画地滔滔不绝，或者盯着地面上的蚂蚁，拿着小树枝直接进入小人国的纷纭战场……

就连急急地赶路的大人，下班回家的人，也是可以在一定程度上突然放缓一下了，抬头看看天，不免陷于某种莫名的自我俯瞰的放松。

而假如你正坐在火车上,则肯定会凭窗远眺,在快速移动的大地上目光遥远地进入有可能带着哲学意味的神情里,进入使人格外成为人的某种思索中。

观察不同的人的面孔大约可以知道,晚风里的人们更多的是一种尘埃落定式的妥帖和平静,少有继续期待或者谋划的跃跃欲试。这样的普遍状态好像尤其适合用歌曲来表达,古今中外经典音乐、流行歌曲和摇滚作品中,都不乏名之为《晚风》的佳作。

《晚风》,是小娟和好妹妹乐队以此为名的又一首好歌。在平台上沐浴着晚风听这首歌,实在是情景交融,让人欲罢不能,立刻就沉浸到了所谓艺术与现实结合的享受里去了。小娟干净纯净的声音在清唱状态下突然响起:温柔的晚风,轻轻地吹过,故乡的天空……一下就能抓住心灵中最柔软的部分,就能击中并激活你也许早就僵硬了的感觉与想象力。禁不住就一句接着一句地跟着唱,虽然自己五音不全,几乎从来不唱任何一首歌,但是这一首歌一响起,几乎就是自动地开始跟着唱了起来。尽管依旧找不到调。

仔细分辨,这歌里似乎也还是有陈词滥调的爱情的,但是毕竟比较隐晦,表面上的物象一直都是时间,是时间里的自然,是黄昏以后的晚风,是带着哲学感、人生感的俯瞰城市的灯火和故乡的天空的辽远视角。所谓爱情的意象不过就是最后一句,你去哪里?请告诉我。也并非一定要归结为爱情,亲情或者友情或者别的什么人类之间的情都可以涵盖。在流行歌曲里,很少有这样只唱自然,不拿什么爱情来说事的。这很不易。

男女对唱的格式对这首歌的丰富性进行了很好的诠释,使一种本来比较简单的感慨感叹描述描摹变得丰厚复杂起来,使情境感受也跟着丰满圆融起来。

歌声环回了几次,什么时候停止了,停止得很自然,因为黄昏是省察我们的内心的时间,不要开灯,不要有任何破坏自然光的人类光源的干扰,只是沐浴在逐渐昏暗下去的天光里,凝望着西天上最后的云霞,审视我们刚刚过去的这又一天的生活。这样的审视会逐渐让我们站到自我之外,仿佛另一个我,仿佛可以俯瞰包括我在内的一切……

晚饭以后的时间里,西山的装饰灯亮了起来,将西山那仿佛是一尊仰面朝天的大佛的身体轮廓勾勒了出来。在最后的天光还没有完全熄灭的时候,这样的人类装点出来的山岳艺术,一下就具有了某种狂欢的性质,仿佛是人类要让山岳一起参与到自己的热情中来,参与到每个人都有权利分享的生活于天地之间的愉悦里来。

不过等天光完全黑暗下去以后,等大山的轮廓完全靠着人造的灯光映现出来的时候,虽然在黑暗的背景里变得更清晰了,但是怎么看都开始有了一种标志性工程的味道。好在很快就因为电费的原因而关闭了,让山体与天地一起沉没到了夜的黑暗里,不分彼此的混沌笼罩了一切。重新将黑暗做了某种程度上的驱逐的是逐渐升起的月亮。

慢慢地,月光照过窗棂,将窗户的影子和窗前的椅子的影子清晰地投射到了地面上。凝视着这窗前的月光,凝视着窗外黑暗下去的大地又在月光里明晃晃起来,不开灯,不用任何人造的光源设备,只这么默默地凝视着。

一天之中,这样一段什么也不干,只在乎天地之间的颜色与明暗的时间,于人实在是太有必要了。它类似瑜伽意味的冥想,类似宗教上的晚祷,总之是让人脱离开忙忙碌碌的事务性的将时间填得满满的状态,脱身出来,俯瞰生活,俯瞰自己,重归于所从来之的宇宙，再次明确一下自己不过是尘土中来并终将尘土中去的宇宙尘埃的宿命。

珍惜健康的生命，珍惜活着的这又一天，珍惜与你的生命与生活息息相关的你的亲人与你的朋友，珍惜你在这个世界上目前依然灵活的身体、依然运转正常的智力，珍惜你展开自己的兴趣与想法的实践的可能……

黄昏以后不开灯，只吹着晚风，沉入自然的夜。

开始只有像是雨的风

凌晨，外面传来哗哗啦啦的声响，以为是雨。雨声庞大而周详，让人禁不住欣喜。这是听见雨声之后人的本能反应，雨即使不是对生活的一种改变，也是对生活的一种调剂。虽然入夏以来已经下过比往年多了很多的雨，但是再次听到雨声还是让人愉快。

尤其在夜里，尽管早已入睡，但是雨声这种仿佛是天地予人的摇篮曲一样的抚慰，还是让人觉着无限幸福。这是人世之中不分贵贱，罕有的普遍幸福。

走到窗前去看，却是风，是风吹动柳树的树冠，柳树树冠剧烈摇摆、互相摩擦发出的万千声响的组合效果。这种声音太像是雨声了，由远及近、由近及远，万千雨点落到玉米叶子上，落到墙角地面上，落到前面正在落下的雨点上，落到雨点汇聚成的流水上……

忍不住一再走到窗前去确认，几次确认都确实是风，不是雨。

在这不是雨却很像雨的风声中，在这柳树树冠在风的拨弄下发出的乐音里，凌晨的昏暗与朦胧之中充满了人世之中意料之外的美妙。说意料之外是你想不到，想不到还会有这样的逼真的错觉，不仅逼真，而且非常美好。沉浸在这样的美好里，不管是继续睡，还是不开灯只静静地坐在屋子里，世界和你都突然变得很近，你确切地感觉到你正在世界的怀抱之中。

终于，终于在风骤然加速，而雨声已经非常明确地轰鸣而至的情形下，再次走到窗前的时候，终于看见了雨已经随着风倾斜而至了。风和雨互相借力，愈演愈烈，万事万物一时之间都进入无限升级的风吹雨打里，连房子你都会不由自主地为它担心，担心它承受不住这样没有边界的暴虐。

但是房子没有动，草木随风摇摆也总是能再次回到原来的位置和形状，好像从来没有动过一般。担心随着风停而停，只剩下雨，笔直的雨唰唰啦啦地下着的雨了；一切都安全了，一切都像是一幅静止的画了。

雨滴在窗棂上悬挂着，雨在远处树下亮亮的道路上形成一条白色的带子；当窗棂上的雨滴和远方白色带子一样的道路在屋子里的视角上近于重合的时候，就形成了雨中遥望的典型景象。这幅景象还没有人能画出来过，画出来命名为《雨》一定就是我学会绘画以后的第一幅作品吧。

雨在什么时间下，给人造成的氛围感受是不一样的。傍晚的雨是一种睡眠的助兴，下午的雨则只是催人们快跑一下；上午、中午的雨下了也像没有下，因为人们已经各自在自己的岗位上，无心他顾。而早晨下雨，则会营造出一天无事，一天都是润泽而悠闲的好感觉。这样的日子是诗意的日子，上天安排的诗意的日子。它在顶层设计的意义上是惠及所有的人的，只是总还是有很多人无暇享受。

雨滴在窗户上不断悬挂，短暂停留之后让位给新来的雨滴。大地深处的道路上闪着亮光；除了房檐下无虞于被淋湿的麻雀之外，所有的鸟儿都停止了歌唱。

这样的日子幽暗，安静，一切既有的节奏都暂停下来，人处于一种难得的超拔状态；即使从来不进行哲学思考的人，即使只是利用这样不干活的机会打牌的人,也多少有了一点点神性。

意想不到的是,你正想在雨声的伴奏下继续沉浸在这样的想象之境中的时候,雨停了。只有远方的雷声偶尔回响一下了。雨像是一辆从天上经过的巨大的洒水车,开过去就过去了。

雨后,一片灰色的云儿被西山的山顶撕扯着,走了形,有丝丝缕缕的云絮在那个高高的位置上散开,像是旗帜对气流的影响效果。山前大地上一片郁郁葱葱的碧绿青翠。水洗过以后,异常养眼。让人吃惊的是,所有在刚才的风雨之中被没有任何遮挡地风吹雨砸的植被,不论是大树还是小草,都毫发无损,它们只是在风中左右摇摆了一阵子而已,现在全都恢复成了原来在大地上静静地伫立的姿态。不过在人的目光之下,这风雨之后的伫立却已经有了劫后新生的不易,有了清晰透彻的视野和负氧离子满满的通畅。

一场雨,及雨前雨后的天地物象和眼目愉悦、呼吸享受,对人来说都是巨大的福分,尤其是在郊外,在这可以全无遮挡地看到下雨过程的全景角度上。它明确地让人在时间的当下就意识到什么是生之欢欣。

伏天里的连绵雨

早晨醒来的第一个瞬间里,甚至还没有完全醒来的那一刻,就听到了外面唰唰唰的雨声。雨声像是一种襁褓之上母亲的手有节奏的抚慰,让人愿意立刻再沉入睡眠里去。

雨声的节奏,特别是这样没有风只有雨的情况下的雨声的节奏,韵致一律却又像是变化无穷;永远不会有枯燥乏味的感觉,永远都有无穷的意趣。人类的音乐无论如何也学不来其中的妙处,即使记录下来雨声的节奏和音质进行模仿,模仿出来的东西也一定不忍卒听。极端情况是人类不做干涉,只是在下雨的时候录了音,但是一样没有了真正下雨的现场的神韵,让人听着有乏味的感觉。只有在下雨的现场听到的雨声,感受到的下雨的气氛,才最让人魂牵梦绕。

好像只在一条条直直的雨线落到地面上,落到树冠里,落到玉米叶子上的一成不变的现场里,才始终都有一种让人禁不住要仔细听、认真分辨下去的内涵和意趣。

这样的幸福,这样听着雨醒来的幸福,可遇不可求。一旦遇到,便是人生大享受。

凌晨四点的黑暗中,漆黑的夜色里只有远方的公路上的车声,只有远方的工厂里昼夜不停的巨大机械的摩擦声,这两种声音无损于夜的寂静，反而让夜更其寂静。突然，唰唰啦啦的雨声来了，由远及近，铺遍了整个大地和天空。一下子就从窗口涌进来了更多的寒凉之气，带着水分的寒凉之气。

黎明的雨，黝黑深远。偶尔有汽车灯光在这深远的黝黑里驶过，继续无声地将全部声响让位给唰唰唰的雨声。

黎明的雨，诗意徜徨，让人觉着寒凉，让人觉着温暖，让人觉着被天地掷于一侧的冷落，又同时有被天地拥抱的幸福。

很快，唰唰啦啦的声音就减低了音量，重新让车声和机械的摩擦声占据了主导地位，雨声成了一种似有若无的背景，甚至连秋虫的鸣叫之声也又四面群起。这场雨像是过了一辆洒水车，一走一过；只是洒水车非常巨大，头顶天脚踩地，洒出来的水也是洒水车无法设想的天量……

有人说伏天里的雨，就是在火上浇水。也许水很大，但是火更大，无论如何都浇不灭，只能是暂时被抑制。一旦不浇了，火势立刻反弹，变得比被浇之前更其旺盛。不过，在黎明时分，雨来雨去，对于本已经不是很明显的伏天里的火影响似乎不大。

因为在漆黑的夜里，在黎明前的黑暗的寂静中，这样雨声、车声、虫声的诸事繁忙之余，其实一切还都闭着眼睛，只有远处小学兼幼儿园门口的电子屏是永远闪着亮光的。它作为人造物被镶嵌在漆黑的夜里，是现代人不自觉地打到类似古代生活环境里的一根明亮的楔子。

以前住在城里，也不知道有没有这么多凌晨的雨。住在郊外的家里，对自然的感受，对雷电风雨的感知明显多了。这是最可欣慰的事情。

周日的上午，外面哗哗啦啦地下着绵绵不绝的雨。秋意乍至，听着音乐在电脑上随意地写着字。窗外的雨声唰唰唰,固定间隔地会出现某处排水管或者天棚上的啪嗒啪嗒的声响,成为唰唰唰的雨声间奏。这些混杂的声音结构,代表着清凉的气温和独在小楼成一统的惬意的持续。所以,生怕雨停了,一切重归其实未免苍白的现实。

雨声,持续一天的雨声,确实有治愈系的效果,让人安定于室内生活,不假外求,一心向内。

真愿意这样的时光永远持续下去,永远也不要停止。因为下雨就可以心安理得地将其他所有的事情放一放了,就可以安心地看书写字了,就可以一直沉浸在自己的幻想世界里了。

时间终于在这样的时候停止了,终于找到了这样的一个给生活按下暂停键的时刻。有的人不起床,有的人起床以后发呆,当然大多数人不过依旧在刷手机。不管怎么样,只要偶尔能站到窗口向外看看这无边的雨色,便已属生命里的难能可贵。

雨停了一会儿,黄昏之前,雨又来了;来了一会儿,又停了。

雨后的清凉里,坐在南北通透的房子里,向两边看看,都是绿色的庄稼地和黛色的远山,山顶上还飘着一缕缕的白云。尽管已经是黄昏以后,一切都在暗淡下去,但是凉爽也越来越重了。难以想象,昨天还热得人像是在蒸笼里煎熬,今天居然就有这样的无所不在的清凉与宜人了。

这样看来热也不是一无是处,至少它可以作为舒适宜人的好气温的对照。没有那样的对照,好气温的好也就无从谈起了。而只有盛夏天气里才会有的这样一阵阵的雨,使人的感受和对感受的追寻都变得异常忙碌而敏锐起来,其间的意趣,大约也非其他季节所能有。这是我们爱每一个季节,爱生命里的全部时间的理由。

是雾不是霾

雾作为一种天气现象，其英名被雾霾渐渐给毁了。人们对雾的好感逐渐消失，看见含混不清就会想当然地认定是霾，就急于摆脱，就心情不畅。不过，秋雨之后的这个早晨，如果起得足够早的话，你就可以看见真正的雾，不是霾的雾；不仅能看见，还能享受，享受岚气弥漫的大地之美。

说它是雾岚而不是雾霾，是因为你可以清晰地看见其边界，逐渐从远方还没有收割的玉米梢头弥漫过来，弥漫到这边已经完全收割干净了的玉米地上。收割过的玉米地一如收割过的麦地，黄苍之中泛着白色，将被遮挡了一个夏天的广袤的平原完全袒露了出来。不一样的是没有了麦收之后的溽热，只有秋收时节无边无际的清凉。

现在，雾岚就是顺着这样的广袤和清凉而蔓延过来的。你盯着它看的时候它的速度不快，但是你眨眼，你一错眼珠，再看的时候就会惊讶于它们迅速弥漫的能力。很快原来清晰的边界就不再能看见了，包括你自己在内的一切都笼罩到了雾中。

笼罩到雾中呼吸也是通畅的，这是它和雾霾的区别；不仅呼吸通畅，仔细看，盯着看，还会将雾看透，连雾本身其实也是透明的，它的遮蔽仅仅是水汽而已。在这样仅仅是水汽的遮蔽之中，人就不焦灼，就充满了信心，知道一会儿太阳升高，雾气消退，大概率地就会迎来一个通透的晴天。

这种只有雾没有霾的天地,一片含混,像是捉迷藏一样让成年人的生活也一下子充满了童趣:勉为其难也好,早已不大习惯也罢,只要走出门去,置身雾中,便到处都是有趣的生机。

雾和植被的关系是最紧密的,雾是降水的另一种形式,它们参差地与植被的茎叶花朵融合在一起的同时,已经悄悄地开始了将自己化身为水,附着到植被表面上的暗通款曲。雾并不是凭空消失的,它们的消失是它们逐渐化身为水重回了土地和植被而已。

以这种农业时代视角观之,雾自然是一种类似温和的雨的浇灌,也是一种天经地义的自然而然。在人类的建筑和人类的聚集都相对在一个适中的范围内的时候,雾降临到人们生活里来的过程本身也都让人有审美的凝望和不无兴奋的指指点点。因为雾像是舞台上刻意营造的朦胧,将恰到好处的隐身以神秘的无边界方式展现到了大人孩子所有人的面前。孩子会忍不住跑着去追逐,发现你跑雾也跑,你退雾也退,你所能望见的就只是以你为核心的一个直径基本固定的圆。终于放弃了这种本能地追逐的努力以后,又很自然地陷于痴痴的凝望:墙角、房檐在雾中横空出世一样凸出来,道路有了尽头,铁轨则从无限之中伸展而来,又伸展到了无限之中去……

雾使庸常的大地场景平添了活力,雾成为提醒人重新赋予自己对天地的爱的又一次契机。在大雾弥漫的早晨走在乡间小路上的意趣,也只有实践者才会有林林总总的收获。这些收获既意外,又恰如其分,是天地逻辑的自然延续,却也是并非多有的雾中世界的新鲜别致。那些像是被刻意做了水粉画画面柔性处理的灌木丛,那些在朦胧中浮现出来的粗壮的乔木树干,那些因为孤傲地独立于花茎之上而脱离了雾的缠绕的月季花,甚至是贴着地皮像是什么大动物在用慢动作不懈攀爬蔓延的雾气湿湿的触角，都让人留恋不已。

不过，在顺着绿道抵达城市之后会蓦然发现，雾在城市里则失去了所有这一切美感和实用价值，除了造成视野受限以后的进一步拥堵之外，便是乏善可陈的灾害了。所有的建筑和街道都不需要雾的滋润，建筑丛中一点点可怜的绿地也完全用不着如此全局性的雾来浇灌。它甚至比对人的呼吸有慢性损害的霾还不如，霾不会聚集得这么快，这么集中……

从乡村来的老年人到城里孩子的家中不愿意长居，住一段时间就说什么也要走，要回到老家去，老家条件再差也在城市住不下去了。这固然是因为老人养成的习惯生活方式，但也更是乡间还大多葆有的与天地自然四季风物相通的生活环境。在那个雾有雾的好处，而没有雾的害处的地方，才是真正人类宜居的条件好。看得见四季，经常可以沐浴风霜雨雪，可以享受这样漫天的雾岚，当下也许不知不觉，累积起来却就已经是人居的核心价值所在了。

雾里看花

人们都知道甚至都唱过那首著名的歌《雾里看花》，记得住其中不无谐趣的快节奏的"借我借我一双慧眼吧……"不过，人们通常只是在其情感意义、社会意义、象征意义上去做不加细究的泛泛联想，真在雾里看过花的人似乎并不多有。雾里看花究竟是一种什么样的情形和观感，则更少被提及。这是喻象覆盖了喻体的又一例证，是被古人观察与体验过的自然逐渐退隐到了现代人生活范畴之外的又一例证。

本地的雾霾很多，纯粹的雾却已经很少，尤其在城市里，在密集的建筑缝隙里，雾是没有存身之处的。雾是自然环境还好的状态里的一种天气现象，它的朦胧和含混都是纯净的，没有脏东西，可能妨碍交通，迫使高速公路上口关闭，却很适合孩子捉迷藏，也适合不玩捉迷藏了的大人立刻就找回遥远的童年乐趣。

雾和雾霾的区别是前者界限分明，总是能找到雾和非雾的边界，可以冲到雾里去，也可以从雾里走出来；能看见雾是一团一团地蔓延过来的，浮在地面一定高度之上，再向上就是天空，基本上纯净的天空。一如舞台上喷射出来的雾气效果，人可以踏步其间，形成了一种浪漫的云里雾里的虚幻之美。

这样的虚幻之美在有雾的早晨不择地而生，出现在楼下的田野上、出现在乡间小路上，出现在河边的绿道中，一任你追逐奔竞，一任你自顾自地在其中笑、在其中闹，无虞于其他的目光，无虞于任何社会话语之下的不周正、不端庄。事实上，在雾里，一切的社会话语似乎都已随着视觉的被遮挡而遁去。

这是雾给人的好感觉的重要一部分，那物理性的一部分是基础，这心理性的一部分是人类自己的生发。刚开始如此，过上一会儿，其实就又全身心地投入物理性的乐趣之中去了，完全忘记了什么他人的眼光之类的社会性束缚。

因为正有一片花盛开在雾中，白色的雾气里一片悬在空中的粉红，最早开花的木桃在度过了最激动人心的含苞欲放阶段之后，真正盛开的时候就已经有了颜色变淡的苍白，可是在雾里，在白色的水汽的包裹下，依然能分辨出那里有一团一团的粉艳。

这一团一团的粉艳和柳树新绿的鹅黄对照着，成为白色雾气中一目了然的颜色。更动人的却不是悬在空中的它们，而是匍匐在地面上的迎春花。迎春花匍匐在地面上，好像完全没有受雾气的影响，真切鲜明地盛开在你的眼前。

不是它们有什么样超过一般植被的花朵锐度，而仅仅是你站在地面上靠它们足够近。雾的一大特征就是远看它有、近看它无，人的视觉在眼前几米的范围内是可以打破雾对世界的垄断的。

这就是雾里看花的妙处，花其实清晰如无雾，只是花的背景里有朦胧不清的雾。因为有朦胧不清的背景，大自然在这一刻就为你遮蔽了分神的其他事物，使你不及其余，清晰的花就格外被专注地关注，你的眼里就只有花。

雾独一无二的遮蔽效果，反而使花朵这样的美丽事物变得异常清晰。这便是雾里看花一直被吟诵、被歌唱的奥秘所在。

这是花的幸运，也是你的难得的注意力集中。当人的注意力集中的时候，花朵本身的美就会被放大，就会更美，就会形成雾里看花的经典感叹：怎么以前就没有发现，这小小的花，竟然如此漂亮！

我在这样不及其余的雾里看花状态中所看到的迎春花的小小的黄色花瓣，密集地点缀在没有叶子的弯曲枝条上，将一团一团无骨似的灌木，介于笔直的乔木和低矮的小草之间的灌木的形状，完全用金黄的花朵勾勒出了轮廓。雾中丰富的水意直接在纤毫毕现的花瓣上形成了润湿的效果，湿润的黄色使黄色更有内涵、更有活力，使每一瓣花、每一朵花都更水灵，使整个花团都昭然若新，一尘不染。

一团一团像是柔顺整齐的头发的迎春花拱形造型之上几乎均匀的花色花朵装饰，是任何人工都无法企及的奇迹。它们是这个季节里天地赐予人间的美丽使节，在没有雾的时候好像就不会被如此珍重着凝望的使节。

这个雾里看花的景象是我在这早晨的雾里的至关重要的收获，它的到来完全不在意料之中，完全是自然而然的随意之中的遇见。

当然这样的遇见和其他更多的遇见，如果不离开城市，不在晨昏之间经常行走在尚有自然气息的郊野上，就是完全不可能的了。

住在郊外的家，给了我这样自然而然的机会。

阴凉天气，万物成诗

小雨酥酥地下。高高的 REN 性菜，可吃的顶芯部位正好长到了触手可及的位置上；粉红的喇叭花上挂着雨珠，纯黄的丝瓜花点缀在碧绿的叶丛中，黄的更黄，绿的更绿；在半空中不遗余力地伸展着浑身是倒刺的藤蔓的洋刺子，还有长长的铁轨，长长的铁轨边同样长长的小路，都在漫漫小雨无边的润泽中。随便一棵草，一个近景的特写，随便一个渐行渐远的物象，都充满了最高明的诗人与画家都绝对无法企及的诗情画意。

这样的景象既真实又虚幻，是一向按部就班的生活里罕见的不一样，是天地联合起来演出的一场超出了沉闷单调惯了的人们的预期的浪漫。

一切的一切从来都没有这么干净过，一切的一切从来都没有如此清澈过，你好像走在一个巨大的舞台上，一道不真实的电影幕景里，一块叫作中国西藏，一块叫作欧洲甚至瑞士的地方。

天空阴凉，光线柔和，小雨中的山前大地以非常容纳的颜色和柔光迎接着你，迎接着你这样与常人在雨中急急地返家闭门不出相反的漫游者。他们不知道，不知道你现在漫游的可是海拔陡然升起的高原一样的华北平原边缘，你漫游的可是突然没有了含混的雾霾笼罩的京津冀大地。

在小雨中的大地上漫步，付出一点点被淋湿的代价，便可以收获如此长时间的骤然一现的美感。与阳光下的现实生活有了迥然不同的仿佛是画中的主观创造的场景，一幅接着一幅：一棵笔直笔直的雪白钻天杨式的法桐，像是旗帜一样站在村子里的街道旁。树下人家，大门口的门洞里，已经支上了地桌儿，几个穿上了长衣长裤的人正围桌打牌；他们对外面的雨完全是一副不闻不问的样子，而其实他们正是在以这样的方式心安理得地享受这样下雨而不必外出做工的时光。

村口的葡萄田里，硕大的葡萄叶子上的雨声比别的地方大些；而均匀地着了水的绿绿的黄豆地，排闼而去的透视景观，在地平线上被一排大杨树因为着了水便近于黑色的树冠拦住了。

在大地上行走，无边无际的雨幕笼罩着同样无边无际的青纱帐。花朵粉嫩的棉花和身姿挺拔的玉米，还有只占路边闲地的红高粱……一切类似场景下灼热刺痒的记忆，现在都变成了顺滑和舒适，仿佛是秋天一样的宜人。看清楚它们，融入其间，只需要拨开雨幕，只需要抹去睫毛上的水滴……

然而大多数人都不愿意付出这样绝对物有所值的代价，冒雨出来看天地不一样的景致。不能吃不能穿的美感，有什么用！感觉不到美，感觉到了也不肯投入地欣赏，已经是被生活一直压迫着的人拒绝自我解脱的固执。因为生活的惯性，已经让很多人的思维和行动都成了模式化的奴隶。

其实生活的价值，所有的劳碌和焦灼的目的不就是可以在生活里体会到生命本身的美吗？舍掉了这最高的目的，生活与普通动物又有何异。人们齐刷刷地对审视不一样的大地都不以为意，都只对能带来看得见的收获的时间使用感兴趣，一旦不能一手交钱一手交货，便还不如回家躺下刷手机……这样普遍的功利主义行为模式，导致了环境的恶化，导致了不自知的沉沦。

绵绵的小雨，就是一次唤醒；在北方，这样的唤醒一年一度，只在七下八上的雨季。在这样雨季的时候，找到一个这样小雨绵绵的日子，就找到了一年可能只有一次的人生镜像。在这样的镜像里，你只需要走进雨中，就穿越了时间之门，就跨过了空间隧道，抵达了既往平原上生态最好的时候，沐浴了地球上只存在于遥远的过去与偏远之地的纯正。

雾霾中的寒凉秋日

早晨五点到六点是从天黑到天亮的转换过程，在这样的转变之中，天地还是一片朦胧。朦胧的天色里隐隐地有些起伏的人声。是正要收割的玉米地里有农妇一边说话一边掰棒子，她们的话语方式是突然升高又突然下降的，因为互相之间距离很远，却又要说话，就先将声音拉高，再自由落体式地下降。拉高的部分可以让对方听见就好。

这样忽高忽低的人声，成了秋收季节里早晨第一幕的现场。这个现场里照例有浓重的雾霾，其声音的起伏，即如登山者的符号式的影子，时隐时现。

本地特色的秋天是灰茫茫的，雾霾在这个季节里以一种格外没有色彩、没有生机的乌突突的形式，像一张遮天蔽日的大网一样覆盖住了全部的视野。它不是彻底的黑暗，却是乏味无聊的含混，是既冷凉又没有凛冽痛快的麻木不仁与些微的蒸腾。这种蒸腾与人们熟悉的夏天的蒸腾不一样，那样的蒸腾往往会在万事万物的表面上升起让人皱起眉头睁不开眼睛的炙热曲线，而秋天里的蒸腾则是衰败的收缩中被涂抹过了的惆怅，是以失去了生机的寒意为主体的人心的寂寥。

联合收割机已经在大地上这里那里地行走着了，伴随着突突突的声响和与雾霾混合起来的尘烟,玉米秸秆还带着湿润的青草属性的气息与其间夹杂的尘埃一起被扬到了高高的空中。玉米棒子被集中起来放到了口袋里,玉米秸秆茎叶则被粉碎以后就势抛撒到了马上就又要播种冬小麦的大地里。

现在,你如果在这样虽然含混却依旧也可以称为秋天的大地上行走,就会没有矫饰地进入本地的现实,同时不由自主地陷于一种身在尘世的孤独凄凉与无奈。无论语言和内心都期望它更好,它却总也没有更好起来、总在一年年重复的现实,在秋天的冷凉里总是让人未免惆怅的。

所有负面的情绪都很奇怪地并没有引起你急于摆脱的挣扎,相反,你很愿意一味地向着深远的大地中走下去,向着孤独、寂寞、凄凉这些平常代表着需要规避的人心陷阱深处走去。因为别的季节是很难给人这样丰富的感觉的,只有秋天才会让你骤然回味起离开尘世一般的凄清里的这种空旷高远的美好,尽管雾霾已经使其大打折扣。

孤独凄凉是一种带着寒意的高远的美,当它在相当程度上是季节、是自然给予你的时候,你就确定无疑地是在享受一种久违的人类情绪了。不同于能见度极好的日子里,可以将二十五千米之外的上吕村边的那座小山、平原上的最后一座小山看得一清二楚的秋天;不同于红叶黄叶缤纷的秋天;不同于任何我们印象中被主流话语固定住了模式化的秋天,这样一个雾霾日子里的含混的秋天,你透过尘埃弥漫的尘世呼吸到的寒凉,才是本地人生场景中最普遍的秋日常态。

我们尽量不由自主地避开,尽量不在这样的日子里出行,尽量只在这样的日子里待在室内,甚至连在言谈话语里提起都不提起,以为这样视而不见地忽略就可以让它们真的不存在。但是无论如何，在本已短暂的秋天，大多数的日子还是这样被弥漫的雾霾弄得含混而寒凉。回头望一望，在我们本地人生的既往岁月里，这才是秋天的最主要的印象。那些偶尔才会有一次可遇不可求的蓝天白云的秋高气爽的日子，只能算是从水中露出头来大口呼吸的特别幸运的机会。我们客观上的生活，我们主观上的意识都已经被雾霾与寒凉混合以后的秋天的样子深度塑造过了，我们总是不满却又总是没有能从其中挣扎出去的本地生活，已经铸就了我们一个个带着诸多共同特征的人生。

我正是带着这样诸多共同特征走在秋天含混而寒凉的大地上的，尽管不无破落，却也自足，无奈久了也就有了不愿置疑的归属。什么样的人生在你不做选择的选择之中早已经铸就，你所能做的就是立足现实并且尽量努力让不管什么样的季节和现实都为我所用，在它的缝隙里生长自己的哪怕不得不扭曲的茎叶。

很多年前的九月，在这同一片大地上我见过在完全透明的阳光下显示着玉雕一样的光泽的白菜、萝卜和胡萝卜，它们在排闼而去又透视而回的线条里被规则分布的已经有了黝黑的意思的碧绿，它们在一棵棵一尘不染的大柳树团状树梢形成的逶迤小路之侧的无尽衬托，都使人在怀念之余每每梦想着哪怕一年里能有一次鸳梦重圆式的再现。那样才不枉又一年的秋天，不枉又一岁的年轮，不枉又一程的人生。事实证明任何因为既往的经验而对现实进行的设定都不可靠，它顽固，却也虚妄，它总是被现实的缺陷击碎，总是因为被挥之不去的雾霾蒙蔽而破局。及至终于风来了的时候，就已经是寒风凛冽的冬天。

所以，退而求其次地在这样含混的秋日里的远行，就是无可替代的生命中的这一段里的必然。人一如大地上的植被,永远淹没在既有的一切的环绕中,仿佛是沉浸,而事实上也的确从来不放弃一点生长于芬芳的机会;在不甘之余,还要尽量欣欣向荣。不为了粉饰,不为了心中还没有实现的理想,只为了自己当下与天地同在的人生。

秋　雨

秋雨有声，雨滴密集到一定程度以后，落在楼下的庄稼地里，落在如山一样的树冠上，就会形成一种既像泼水又像是在敲击的连片声响。这样的声响在秋夜里听起来是如此宜人，宜人的条件是自然而然，不造作，不设计；时序和季节到了这个点上，它就来了。它来的经验在人类亘古以来的记忆里从来如此，从来如此的记忆里总是有身心置于其间的舒适和妥帖。这样的舒适和妥帖被大家不约而同地命名为美。

秋雨不带一点凄凉的意思，没有什么衰败的不忍，有的只是生命如歌的行云流水。

当然这有个前提，就是自己正开着台灯，双手扶着键盘对着屏幕流畅地书写，源源不断地将头脑中的意思传输到屏幕上去；好像屏幕上已经有了预案，现在的敲击不过是对那些既有的预案进行填色确认。这种恍惚的妙感使人发笑，使人不由自主地走神，一再去聆听和遥望窗外墨黑的秋夜里绵绵的雨声。

其实，电脑声音很小的伴奏背景音里，这样的书写早已经将自己带离了此时此地，只是因为听到了外面漆黑的夜里的无尽的雨声，才倏然回到了现实中。这样的现实里就可以没有空虚寂寞冷，只有欣喜怡然和惬意。

当你驾着白日梦的翅膀在夜里飞啊飞的时候，电脑的音乐和窗外的秋雨之声就都是兴致盎然的协助；至少，是嘘寒问暖的善意凑趣。它们都是此时此刻的人生不折不扣的支柱，可以驱散一切不愿想到的以及随时要箍紧上来的杂念。

雨是给生活按下暂停键的奇妙方式，秋雨不仅按下了暂停键，还给突然从生活之流中游离出来的人以夏天不会有的"冷静"。它点点滴滴到天明的属性与冷凉的质地，更兼雨水之外整个天空的寒气，都使人长舒一口气，很自然地陷于悠长的思绪中。

在悠长的思绪里，是人性中普遍美好的一面的开启时刻。在思绪中的人才是最大限度区别于非人状态的其他动物的重要特征。思绪飘向何处对于当下的人和其他人都不重要，重要的是这种任思绪飞扬的状态本身，于人于己就都是一种无与伦比的美的享受。

秋雨是有直接效果的，不像夏天的雨怎么下都是热的；秋雨不仅是一场秋雨一场寒，还是一分秋雨一分寒。秋雨一边下，你就可以一边感受到寒凉了。它洗去了漫长的盛夏好像永远也不会停歇的高温燃烧，溽热的炙烤里昏头昏脑的状态只有在这样的骤然降温的秋雨里才会被明确意识到。意识到了就会禁不住感叹，感叹自己终于又熬过了一个夏天，熬过了那些数不清的蒸腾的日子。每一个熬过了夏天的人都堪称勇士，堪称胜利者；他们获得的奖赏就是这样秋雨绵绵的舒适。秋雨是挂到了每个熬过盛夏的人胸前的勋章，尽管这个勋章是流淌的，是让人本能地要躲避的；可是只要避到了一个挂不到胸前的好位置上，秋雨的气息就通透地抚慰到了人的心。

只可惜秋雨珍贵且少，比春雨还少。在干燥扮演着绝对主角的整个秋天里，有秋雨的日子不过是其中极其个别的点缀。逢到有这样的点缀到来的时候，就无异于盛大的节日。尽管这样的盛大只在自己心里，只在也许存在但是不会互相打招呼的另外的有暇听雨的人那里。享受秋雨，只要一个人就可以了。

至于秋雨的副产品凄清，仅仅是在字面上含有负面的意味，在具体的体验中，即便叫作凄清，也盈满了舒展和熨帖的享受。

秋雨里的凄清，反而是离开城市回到郊外的家里以后，更得以驱散。人在自然之中，在可以预料的一向如此的孤独中，反而可以更好地抵御什么季节性的凄凉了。尤其是洗了热水澡后，听着用碗放在锅里蒸米饭的咕嘟嘟咕嘟嘟的声响，人就整个又欣欣然起来了。

秋雨之中，凉了几度，过敏性鼻炎突然就跟着一起平息了下来。一切怎么会都这样刚刚好，刚刚好。

雾霾、寒凉、冬雨

秋末冬初，即便人已经觉得冷了，可蚊子还在飞。飞舞的蚊子告诉人，其实还不冷。

不过，雾霾与寒凉同至，人便进入一种含糊而不无痛苦的人生桥段，这样的桥段是本地的专有，是生活在这里的人们普遍的秋愁。它源于人心，更源于环境。

这样含糊的天气，远不如干冷的冬天给人的感觉好。那样的极端天气也是有诗意的，而含糊的雾霾日子不是自然本身应该有的，它本质上是人类制造的垃圾天气，谈不到任何美的成分。可悲的是，在本地的秋天乃至四季，这几乎都是常态。

秋末冬初的情绪主要还不是因为温度降低，主要还是因为雾霾。这样阴惨惨的不见天日的雾霾天气，再赶上温度持续降低，冷寂落寞就此展开。

季节用有形的形式，用颜色和气温，将时间流逝的真切展现出来，让人感慨，让人喟叹。这既是集体的伤秋时刻，也更是个人的扪心自问的时间段，在这样的反省意味的天地人气氛里，人所沉浸的某种程度的忧伤并非真正的痛苦，而是宏大的哲学性的思绪绵远。在哲学层次上的伤怀实际上是审美的变形，是一种其他季节里很难有的人生享受。

这是北方秋天的专利。落叶，扫不净的落叶总是在道路上铺展着；不见阳光的天空低沉而漠然，世界一下冷静下来，人生也跟着索然。这是一个人孑然而行，行走天地之间，在寒凉中，在不温饱的情况下向着莫名的未知而去的状态，也是独有诗意的情状。尤其是再下上一点点冷雨，人在昏暗与凄冷之中，就格外向往灯光下的不湿的温暖，格外向往有一杯热茶、热咖啡的用双手握着的取暖方式。这个姿态里的温暖直通心灵。

在不扫落叶而雨雪又很多的德国，那些独自在秋末冬初的寒凉中骑行的日子里，就经常有这样因为感受了孤独和寒凉而获得了对温暖的渴望的情致。这是这个季节里上天赐予人类的特殊享受。可惜本地的赐予里已经被人类制造的雾霾和过分的打扫落叶给破坏了很多，只能在某个偶然的角度上才约略还有一点点那样唯美的感受的影响可供捕捉了。

与寒凉一起到来的是越来越长的黑暗。早晨迟迟不肯天亮，下午早早天黑。随着夜的加深，寒凉之气逐渐加重，它们无声地爬上腿来，提醒人该钻被窝了。只有被窝的温暖可以驱散寒夜的冷与凉了。

终于，在雾霾中下了雨，相对中和了一些不良的视觉。雨用自己的湿润至少擦洗了路面和树叶，让颜色更真切，让漠然的平庸生活里突然有了某些浪漫的角度，有了某些甚至可以激动一下人心的细节。那些细节点缀在没有雨线、没有形状的雨水涂深了的角度上，乃至几乎可以说是深邃的远景上。

这是雾霾天气里对视觉窒息的拯救，是给予一向热爱自然的人突然无处可去之后的一道光亮。在本地含混不清的雾霾历史与现实中，风和雨从来都是中断它们的肆虐的最后手段，尽管这个手段不是来自人类，但是每一次都会让人感叹，天地不仁的诅咒暂时可以休矣。

雨水使熟视无睹无可奈何的本地雾霾情境之中，生发出来一点点异地的没有雾霾的地方的诗情画意。冷冷的冬雨直接将人带向了诗与远方。在本地生活里寻找到这样一点点可以想象远方的蛛丝马迹的时候，就已经算是美好人生。

雨中凭窗俯瞰，颜色清晰的黄色柳树、锈色法桐之外的青青麦田都在说不清是雾霾还是水汽的朦胧中；这样湿雨绵绵的场景让人惊喜地发现，干燥荒凉的北方变得有了南方湿润的气息。但是不待细细端详，早早到来的夜晚很快就将这在短暂的雨中傍晚里的大地，吞噬掉了。只有偶尔的汽车灯光才会将黑暗的道路照亮一小段，那一小段被照亮的路径不断向前移动着，成为整个黑暗的大地上必然的视觉中心。这样的视觉中心，只是使黑暗更其黑暗。阒无人迹的黑暗里，你就是怎么仔细听，也听不见任何雨水的声响，山前平原上的村庄里突然响起的一连串的礼花，是结婚的好日子里必然要有的庆贺方式。它们在这寒凉潮湿的夜里的骤然升腾，带着浑身的彩色和远方山谷的回声，暂时将人一直盯着汽车灯光的注意力转移了过去。

一拨一拨的礼花落下，大地重归黑暗，这样被对比出来的寂静里，突然有一种明确的唰唰啦啦的声响似有若无地在周围密集地响起来，其中还有某一处檐下的水滴有节奏地砸响了什么地方的声音。雨在夜色帮助收拢了大地上的一切闲杂干扰之后，终于有了被听到的清晰。夜越深，这些声响越明确，明确到像是用铁锅煮着铁碗，铁碗随着沸腾的水不断地在好几个角度上碰撞着铁锅，密集而有节奏。

有雨声的时候好像特别安静，就只有雨声，连大地深处昼夜不息的高速公路上的车声，也听不到了。

秋雨是雨，冬雨也是雨，只要是雨就有雨的可以谛听的妙不可言。这也是城里已经供暖而我依然不肯离开郊外的家的原因所在，只有在这样远离城市的地方，才能时时体会到大自然一天一天的脚步之下的无穷细微之处。

冬天的雨下了一夜，好像要补上整个秋天都没有下雨的亏欠。躺在床上，楼顶上的彩钢板在雨中不是一种均匀的唰啦啦的声响，而是一种有人在某一个点上敲打似的闷响。这种闷响让人一时不能立刻入睡。不过睡到凌晨四点多的时候醒来，再听那雨声，终于已经变成均匀的唰唰声了。

冬夜，雨，长时间的雨，这样的感受机会不多。所以，尽管屋子里满满的都已经是寒凉之气，甚至被窝的边角有一点点没有塞严的地方就能透进来，让人不得不缩紧了身子，但是还是很愿意住在这郊外的家，而不愿意回到有了暖气的城里去。时时刻刻与四季的细节并置，这是城里越来越不具备的品质；为了"舒适"而牺牲掉这样的"细节并置"，于身心未始不是一种潜滋暗长的伤害；只有尽量接收到天地所赐的全部，人生才更臻愉悦完满之境矣……

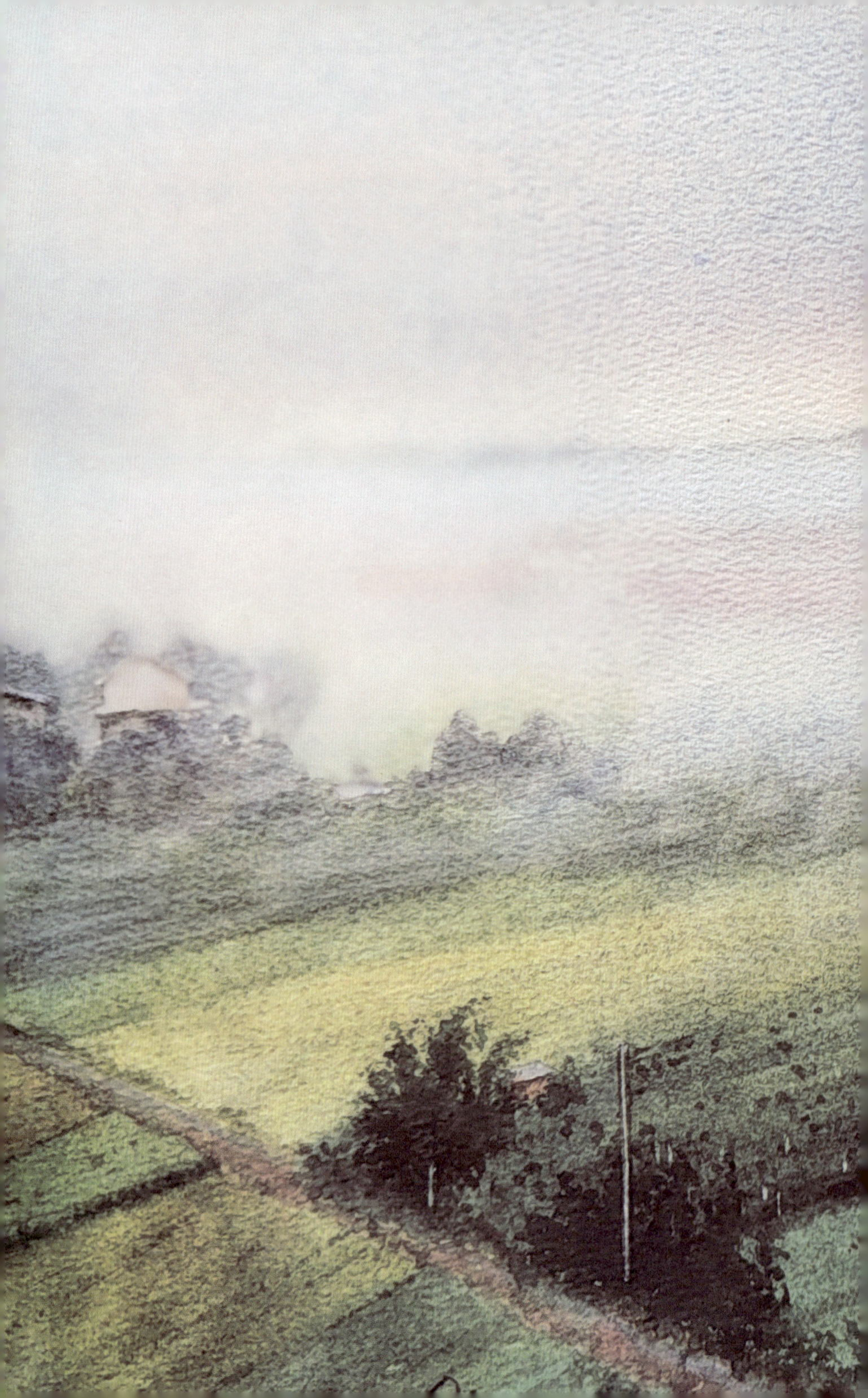

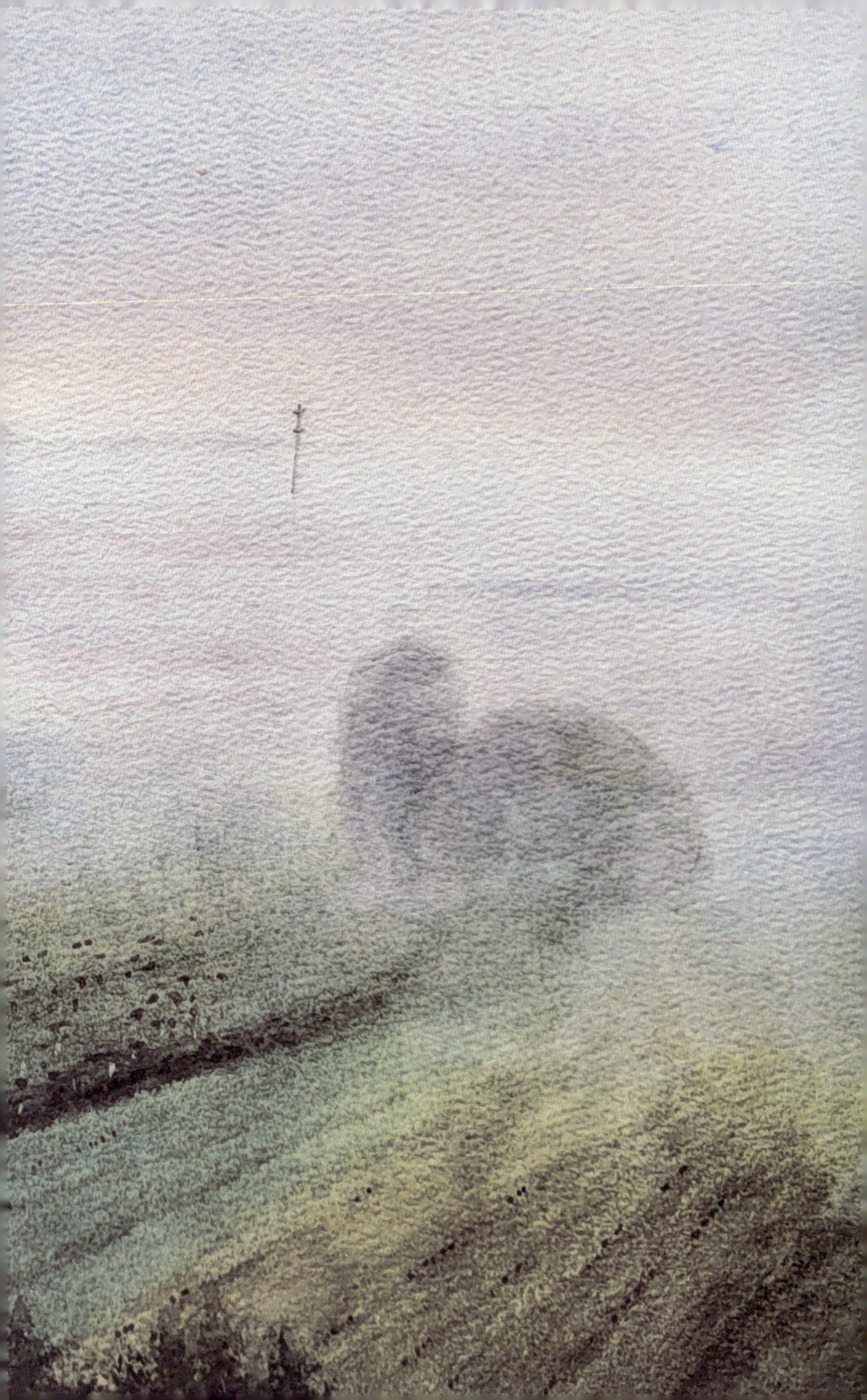

晨昏暮晓

黎明前的黑暗

早晨五点钟的月亮已经到了西天上，以出人意料的橘红色悬挂在高高的空中，与西山顶上亮着的一盏日光灯颜色的孤灯比试着亮度，与黑暗的地面上一串串的路灯形成俯瞰与仰望的呼应关系。

在湿冷的、带着明显比白天多得多的水分的气息里，白天碧绿的麦田现在是漆黑的，漆黑之上柳树的鹅黄居然还能显现，是只有人眼才能分辨的暗色底版上的显现，相机里则是完全没有区别的漆黑一团；即便是这样的漆黑一团之中，远方大杨树行列的树冠，还会在黑暗之中形成更其黑暗的一道逶迤的墨线。它的不规则和又暗合着某种规则的圆润和绵延，引导着人的目光去追寻，去遥望，去做不尽的遐想。

这时候人是本能地要噤声的，一举一动都尽量轻缓，能不说话就不说话，必须要说的话，即使是习惯高声的人，也多少会有所压制。因为任何声响和动静都是对眼前无边的黑暗的破坏，而无边的黑暗自有一种无所不能一般的力量，让渺小的人不得不有所畏惧。

在清新而略带凛冽的神奇感觉里，人既有世界之初的兴奋愉悦，又有回到童年的含混朦胧。所有的人和物，动物、植物都在酣睡，连地平线上一直在源源不断地传来的那从来没有一刻停歇的滚滚车声，也都沉浸了下去；趁着它们都在酣睡，站在打开了的窗口的人啊，正可以做摆脱了一切束缚的遨游。

在黑暗的辽阔和只是挂了人类的小灯和自然的月亮的夜空中，广袤与无边的感受正与黄昏日落时同，不同的是现在目光的遥望里更多了一层新生的跃跃欲试和向往，而不是渐渐收敛以后退守到建筑里去的恹恹欲睡。

能看到这黎明前的黑暗的人应该比能看到日落的人更少，即使他就住在郊外，没有建筑的遮挡，没有过于稠密的居住者的干扰，但是能起来看黎明前的黑暗者，毕竟还是不多有矣。

这就在无意之中错失了人间的一大享受。

不管白天的生活多么难如人意，不管人间的事情多么令人辗转惆怅，黄昏和黎明都是对人的抚慰关怀，也都是人对自然的倾诉祈祷：不着一词，尽在无言中，只要你到了现场，能看见大地高天之间的一切，就确准了你也许一次两次并未明了，但终究会在自己的心里积累出来的收获。

黎明前的黑暗，即使仅仅纯粹作为地理天象来说，它也绝对是一个好词。它不压抑，因为呼吸到了任何其他时间都不会有的湿润凉冷、清纯甘洌，而让人更期待时间带来的改变，渴望阳光里的光明，更追求人自身价值的意义；让人心里重新燃起了往往要熄灭了的火焰，悄悄地然而也是坚定地向前看，向着自己人生里的时间看。

早晨四点的天空

在看到早晨四点的天空之前,先听到早晨四点的声音。那是一种地声一样既遥远又真切的存在:隆隆的车声像是很多架永远在起飞却也永远飞不起来的飞机,依次排列在不远的高速公路和国道省道上,时时刻刻都在产生巨大的轰鸣。这样的轰鸣在白天其实也一直存在,不过是因为早晨别的任何声响都已经沉寂下来以后就显得格外突出了。这里,郊外的家毕竟离城市还不远,距离真正的大自然状态,还是有相当的差距的。只要偶尔能有一个短暂的空隙,车声突然停止了,就会体会到真正的没有噪声的自然到底应该是个什么感觉。

早晨四点的天空,只有极少数人能看见。

如果不是住在郊外的家,我也不可能看到这么广阔、这么大面积的天空在早晨四点的时候,层次丰富地俯瞰着人间。

我看到了早晨四点的天空,早晨四点的天空应该也看到了我。不是我有任何特殊,而是这个时候仰望它、深情地仰望它的人屈指可数。

麦田的黄色在这青鸟的云之下,颜色有微妙的弱化,显然是退了一级,至少一级,退到了没有阳光照耀着的时候近似水的波澜不兴。可惜,在适宜人的视网膜接受它温和的反光的时候,大多数视网膜还都闭合着,无缘于这天地之间的盛宴。

这是没有食物的盛宴,这是仅有颜色的盛宴;除了颜色还有远远大于颜色的无边无际的适宜乃至诗意。

一向听说只有鬼不喜欢阳光，其实还有干旱地区的人们不喜欢阳光，还有天上的神仙也不喜欢；他们倒不是怕阳光将他们融化，怕阳光加剧干旱，只是在没有阳光的夜里他们才能避开人类的干扰；只是因为在夜里，他们才可以任性地舒展自己的宽袍大袖而免于被围观。

早晨四点的时候，他们在天上的盛宴还没有完全结束，透明玻璃般的天幕之桥上，云的深浅轻重在广袤的天庭之中近乎均匀地分布：那是神仙们的纷至沓来、盘桓不去的足迹，像是徒步，像是舞步，像是两两之间很说得来地边说边走，一时竟不知归路……

他们更像是另一个平行世界里进行着自由生活的人，而不像是要支配和安排大地上的人们生活的神。他们在夜色之中的生活就是生活本身，而不是对人间的命令，哪怕指导。他们更像是以自己高高在上自成一体的生活格式给人间以示范，如果一定有约束机制的话，也不过是审美的楷模范式的无声展演。

这样说一定是勉强的，因为神仙们低调地将这样很可能挣来人间天文数字的流量的展演安排到了大家都还在熟睡的时候。他们其实不是为了给谁看，只是因为这样的时间段落里天地颐和，万物条然，正可以陶然享受无边无际的遥望和深长悠远的呼吸，正可以将古往今来的万端纷纭全部放下，自己正视自己之所以然。

这是人在天地间屈指可数的属于自己的时间。

如果不是住在郊外的家，我定然也会错过；像是原来住在城里的家的时候那样，未经天启，而一直昏昏然于既往、当下和未来。

生活在一个依然可以得到天启的地方，既是现代人的奢望，也是现代人要努力挣脱开众多的束缚，一定要抵达的彼岸。

凌晨的美

凌晨的时候下过了雨。

在这个已经出现过了第一次秋天的高爽天气之后，再度沦陷于暑热的日子里，凌晨的雨终于重新将难耐的酷暑击退了。哗哗啦啦的雨声在梦里，在未醒的人的潜意识里都令他们舒心地笑了。待意识逐渐清醒的过程中，就已经能体会到在满床游走的风，凉爽的，不黏着的风。那在睡觉前不得不尽量将所有哪怕有一点点互相叠压的肢体分开，以不使汗水丛生的身体姿态，现在居然已经变成了蜷缩成一团以御寒的本能状态。

起床的时候赶紧套上了睡衣，马上穿上了袜子。这样可以避免着凉。着凉，这个词在昨天夜里的酷暑中还完全是不可思议的，但是几个小时过去就成了一个相当急迫的问题。

窗外沉沉的夜色里，田野之间的道路两侧高高的树行，树冠如黑压压的山形，和天空透明一些的黑蓝色之间的界限，刚刚可以分辨出来。黑暗不仅没有压抑感，还给了人最充分的想象空间，对于世界上那些看不清楚的部分，保留了想象的空间。即使是曾经非常熟悉，也还必将在天亮之后一览无余的熟悉的世界，现在都突然改头换面有了一种吸引人凝视的幽深。

在树行下面的道路上偶尔会有一辆亮着大灯的车，缓缓地驶过。不管几点钟，都有车在驶过，这已经是汽车时代遍布城乡的标准状态。反向驶过的车看不见大灯，却可以看见尾灯的红色，像夜里什么大动物具有红外线功能的眼睛。

他们是从夜晚走到黎明的人，还是刚刚出发走进黎明的人，从外观上是没有分别的。有分别的只是方向，只是灯光的颜色和照度。不论什么，这时候都是装点黎明前的夜色的道具，给高远的窗口前你凝视的目光演绎，演绎黑暗和光明，以及黑暗和光明之间的某种望之不尽的神秘。

广袤的庄稼地还在黑暗里，在黑暗里的广袤的庄稼上始终有清凉的风在持续地吹拂。它们从窗口源源不断地涌进屋子里来，涌到睡衣之下，袜子之上的光着的腿上，在微凉之中让人体会到了酷暑中绝对没有的爽利的享受。

这样的凌晨，这样的黎明，怎么能让人不欢喜。

像一切美好的时刻一样，像一切美好的事物一样，凌晨的美也是稍纵即逝的。也许只是几分钟之后，渐渐亮起来的天光就驱散了黑暗之下笼罩出来的这一片审美的妙感，让一切都几乎清晰地呈现了出来，像是显影液里的照片。照片渐渐显现，显现出来的就不再是可以充分想象的可能性，而已经是确定的美了。

当然，所有这一切都有一个充分必要的前提：那就是早睡早起，自然在黎明前醒来，而不是熬夜熬到了黎明。

熬夜熬到黎明的话，尽管眼前的一切还是这一切，但是定然不会有什么美可言了。美的充分必要条件是我们身心的自足。能发现美，能欣赏美，不管那美是草叶上的露珠还是这黎明前的黑暗，都已经说明我们此时此刻的人生的圆融，没有被饥寒交迫所困，没有被现世问题所扰，没有疲惫不堪；而是顺应着自然的节律，俯仰之间如大地上的草木中的一员。只有在这样顺乎天地的自然节律里,我们才能在平常平淡之中感受到造物赐予人的无限的妙不可言。

而只要你遵从了自然,便每天都会有这样的陶醉。

黎明时分乡村一景

凌晨时候,感觉窗口一直有清凉的风吹进来。实际上没有刮风,只是内外温差很大产生的空气自然流动。冷空气不仅从开着的窗口进来,还可以检验出任何门窗的缝隙,在夏天里无论如何都不会体会到的缝隙;它们源源不断地从那些缝隙里进来,总让你感觉什么位置的窗户已经坏了。

这是众人皆睡我独醒的时刻,是宗教人士愿意选择的早起时间;之所以选择早起就是因为众人都还在沉睡,而超拔于众人之上的人却已经清醒。

乡村的早晨,有人已经出发,一辆车尾部红色的示廓灯在依然暗淡的夜色里很自然地成了视觉中心,它呼应了天角上开始铺展开来的晨光,成了黑暗的房舍与街道两端,一上一下的对照物。区别是天上的光有渐渐弥漫下来的趋势,地面上的汽车尾灯却只是越来越远、越来越将时间拉长似的存在。

天光在远远的地平线上向上的光辉,越过了东边隆起的高速公路和与高速公路等高的树梢。那些光暂时还都是向上的,还没有越过地平线上某个弧形的遮挡,还没有来得及横向铺展到大地上,还让这山前平原上的村庄隐在从夜里直接弥漫过来的黑暗之中。

红色的尾灯这时候就成了为整个黎明前的黑暗配色的视觉中

心，它们是形状一致亮度均匀柔和的红色，收敛着的红色，不向外照射的红色，在这样的黑暗里是那么恰如其分，甚至可以说是那么美。人类的创造和大自然的秩序在这一刻形成了统一的既视感，是一种天衣无缝的贴合。

而在汽车社会里，除了专业人士与爱好者之外，人们其实已经很少能再把也许很高级的汽车部件视作一种美了。因为汽车的拥堵彻底改变了大家对这种人类创造物的观感与评价，负面的情绪弥漫到了对于汽车的全部感受中，消泯了这种人类堪称神奇的创作物本身的被观赏的机会。即使是在新车发布会或者车展上人们所见也往往只是模特而不是汽车本身，即使看见到了车也不会对大致一样的车的结构和车在不同自然光里的状态有所察觉，更别说投入凝视的深情了。

这幅早晨的景象，很早的早晨的景象实际上是一种罕见的日常景观，不是因为景观本身罕见而是看见这样的景观的人的稀少——因为大家都是看见了也未必注意到的状态。在这个时间点上的目睹者，大抵都是老人，都是为了什么事情奔忙着即便看见了也完全像是没有看见的人。

在这样光与黑暗参差着的时刻，那个将拐杖横放在身后的老人又到村外菜地边去找邻村的老人聊天了，那个坐在轮椅上的老妇也已经如期坐到了家门口面对这个世界上再次重新开始的一切。

老人从逐渐远离的心态出发的所见，与其他年龄段里的人们将其作为习以为常的日常景观来看的时候的所见，一定是有所不同的。老人看到的往往是并不具体介入其中的形式，是熹微的晨光中黑暗的街道上的气氛，是只有房檐和树梢有了光的时候的时光感，是将既往人生经历搜索出来的深长而又不无茫然的遥望……其他年龄段里的人们的所见则更近于一种视若无睹的自然而然与天经地义，是无暇顾及、不做任何凝视的忽略。这两种人类感知对于这黎明前的时刻的景象，从接受美学的角度来说都有着很欠圆满的遗憾。如果能打破这个规律在不老的时候就已经能凝视，在忙碌之中也依然可以在某个时刻超拔到"客观"中来，充满新鲜感地面对环境，那大约才是正途。

在这神奇的天边上、天顶上有了光，而村庄依旧沉浸在黑暗中的时刻，房檐和树梢的轮廓显得很清晰，其清晰程度直接反映了大气质量的优良，没有雾霾，空气中没有阻挡视线的细颗粒物。连黑暗都是纯正的，更何况那黑暗与光亮交界的位置，那些清晰地将村庄、将人的世界和天空的关系画出来的线条。这些清晰的黑暗和清晰的线条，让人发现了白天朗朗乾坤下所不易察觉的某种基础感觉：现在这一刻是形式主义的客观世界，是儿童和老人才能意识到并且沉浸其中的人之为人在这个世界上的常态；而所有忙碌的人，忙碌着吃喝拉撒睡、忙碌着在世上追逐的人却几乎都对它视而不见。人的宿命便是在年富力强的时候、在身强体健的时候习惯于忽略自己的感受，或者说是不得不忽略自己的感受，只在童年与老年那样人生的两端，抑或在疾病导致的虚弱里，才有将感受反复咂摸的体验感。

意识到这一点，便更会坚持早起，坚持早早出发，穿过村子，走到黎明与黑暗的边界上去；尽管，立冬以后天已经亮得越来越晚。

早晨，生活里的另一维

每天早晨，尚在黎明前的黑暗中的早晨，郊外的家，气温都会后退或者前进一个季节：春天的早晨像是冬天，夏天的早晨像是春天，而秋天的早晨已经像是冬天，冬天的早晨比冬天的白天还冷。

这是因为郊外的家没有保温层，直接和外界的温度相同，外面的大地什么温度，它就什么温度。这也是因为郊外的家和自然融合，自然的一切还没有因为建筑过多而被破局，没有城市的热岛效应，自然还主导着大地上的万事万物，主导着气温的起伏。

所以在这样或者后退一个季节或者前进一个季节的早晨，在这样总是偏凉的早晨，就有一种从一个季节一下子挪到了另一个季节的体验；从一个相对温度高的季节挪到一个相对温度低的季节，就会因为对比让人兴奋，兴奋于一成不变的季节在同一天里的两副面孔。这使人既向往那已经过去或者即将到来的季节，也对现在正在进行中的季节有了优缺点的更其鲜明的把握，知道了其弥足珍惜的好处。

有研究表明，气温偏凉一些对人的身心健康都是非常有好处的。人在偏凉一些的气温里，更有创造力，更容易有幸福感——因为仅仅靠添加衣物就可以抵抗这样的气温，这给了自己能在一定程度上有效地抵御外界侵袭的实践证明和确切印象，使人获得心理的满足。

比如这盛夏的早晨，我居然是被凉醒的：仅仅盖着一件睡衣是不够了，还需要盖上毛巾被甚至薄被；在盛夏的燠热一直是挥之不去的主调的同时，居然还有这样被凉醒了的桥段。这是郊外的家赐予的独特感受。在热岛效应强烈的城市里，在这个时间依然在酣睡的人们那里，都是无缘于这样的感受的。

像是相片底版式的月光逐渐收敛了，大地和树行像是漂浮在显影液里的照片逐渐显现出了黑白的轮廓和影像，某些核心位置甚至已经开始越来越清晰，逐渐地有一种看不见，却可以在早晨的大地上的所有细节上都能分明地感受到的光正在降临。

窗口开始有呼呼的风吹拂，开始将麦地里醇香的潮湿气息与玉米生长的青葱味道带进来，将山坡上的荆条花的味道带进来；这样强劲的风不论多么强劲，都比空调的风，比电扇的风和善，都能被本来就生长在这样的风里的人的身心接受。它原始而淳朴，没有被密集的建筑阻挡和过滤，没有被喧嚣的拥堵阻塞和推挤，它保持着从自然中来的时候全部纯净形状，不是春风也一如春风一样让人迷醉。

不远的远山的山脊线以青色的起伏之状悬浮在大地的边缘，黄色的麦茬地中绿色的玉米苗已经开始露头，四面响起的各种各样的鸟鸣让这幅画面多维而立体，只有树丛后面露出来的一点点永不关闭的小学兼幼儿园的大门上的数字显示屏，是现代化的物品，它亮得耀眼，亮得像是要驱散鸟鸣，亮得与整个环境格格不入。这黎明前的黑暗中越来越明显的天光，好像只是对它无效。

除了它，早晨完全都沉浸在深深的凉爽里。这种深深的凉爽，像是生活的另一维度，虽然短暂但也确凿，在朦胧中如一个终于实现的梦。这也是我在郊外的家习惯早睡早起的一个重要原因，早起就可以欣赏到、沉浸到这个真实的梦里，就可以进入生活里的短暂却也鲜明的另一维。

说它短暂也只是相对的，因为从四点到六点，总有两个小时之长，已经占到了全天的十二分之一。这在一个人一天的二十四小时时间里，固然不是很长，但是绝对独一无二，绝对异样。而异样，从来就是丰富的全部质地。在看似简单的郊外的家的生活里，遍布这样用高楼大厦建立起来的平面化的、不能感知到自然的微妙韵律的城市里所没有的异样丰富，让人乐此不疲。

早晨五点之前的好空气

太阳升起来之前,山脉和平原都还在黑暗的静寂之中,只有远处绵延的路灯,点点地将夜色划破。

打开窗户,从麦地里升上来的清新的气息让人不由自主地一再吸着鼻子,鼻子不够就连嘴也大张开。类似琼浆玉液的甘甜的好空气,充满了这只有天空微微亮了那么一些些的黎明,让人惊喜地发现了在安静与黑暗中才有的小心翼翼的好玩。这样的好玩的每一秒钟之中,都有好空气呼吸着,是全部的好玩的伴随,也是全部的好玩的额外收获。

住到郊外的家已经一个月时间了,我发现其实在这里是做不了什么和这里无关的书写的;时时刻刻都会有与城里不一样的好感觉需要赶紧记述下来,需要及时捕捉住,速写一样抓住其稍纵即逝的特征,审美地留在文字之间。这个黎明前的早晨,打开窗的好呼吸一下就让人不可能再去写别的任何东西,只能来描绘这样的好呼吸了。

鸡鸣远远近近地悠扬地响起来了,快速上升然后快速下降,声调曲线类似于抛向空中的短促的半圆形,升起来的同时也就意味着降下去,好在鸡鸣不是一次,而是一次次;鸡鸣也不是一只,而是这里一只那里一只。在黎明前的黑暗里,在人类和万物不彰的早晨,鸡以自己独一无二的辽远的声音占据了全部空间，这一天里的这一会儿是属于它们的；它们从自己的角度描绘了早晨作为一种开始的开阔。

鸡鸣之间的狗叫则很不艺术，像是捣乱，显得非常没有节奏，显得像是瞎嫉妒、乱掺和；吠叫的节奏和内容和一天之中别的时间段也没有什么区别，并不显示时间的特异性。但是，狗吠恰恰又说明它们感受到了不同。

其实在这样的时刻，一点也不想去描绘这些沉浸在黑暗中的动物们的所作所为，只是因为它们天然的存在而不得不如实地进行记录和刻画而已。在这样的时刻里，只愿意和包括它们在内的万事万物一样，继续沉浸在黑暗的安静里，沉浸在由黑暗到逐渐明亮起来的过程中。

明亮的过程是和缓的，显示为黑暗的程度不露痕迹地减低了，建筑物的表面不再是一团漆黑，而有了月光下一般的照片底版效果；然后是远山的轮廓明显了，山脊线浮现在暗暗的空中。

鸡鸣狗叫都停止了，它们最出彩的、在天地之间唱独角戏的时间段一晃而过。麦地里的野鸡突然哑巴着嗓子大叫了一下，不知道是不是遇到了流窜在一尺多高了的麦子之中的什么动物的袭击。它们的叫声和狗叫一样，没有时间意义，只有警戒和惊慌的内涵，而且每一次叫都是惊慌失措的。不像这时候开始的，窗户边的麻雀叽叽喳喳的叫声，直接意味着天要亮了，新的一天充满了喜乐地开始了，就要可以飞翔了。

一辆开着大灯的汽车用一双锐利的光柱开辟着高大的杨树护道树下的黑暗，出发了。它出发得最早，环境中的一切都成了它的陪衬，默默地注视着它作为这个时间点上的主角迤逦远去。汽车只有在这样黎明之中的远去，才会有迤逦之感。因为它前面的光柱穿破黑暗似乎还是要有一定的力量的，而这种力量穿破黑暗的过程又一直是可以被看见的，显得相当漫长，相当有节奏感，不像白天里的汽车那样除了让人躲避之外便再也不会有任何感觉。

随着它远去的远方，立在大地边缘上的楼宇之间的灯光还能一眨一眨地闪着眼睛，等黎明的进程再过去一下，那样的一眨一眨就不会再有了；那样的一眨一眨，是夜色中的灯光的特征，条件是视野足够遥远而天色也足够黑暗。

东天上的半弯月亮已经由猩红变为惨白，逐渐要融入越来越明亮的天空中去了。虽然是阴天没有阳光，但是一切都一如有阳光的时候一样进行着……

我发现我还是在不由自主地描绘从黑暗的黎明到逐渐亮起来的黎明中的事物，我其实是不想描绘它们的，我只想沉浸在这样的由黑暗到明亮的全过程之中，呼吸着清凉的、馥郁芬芳的好空气。

山前平原上的雨后早晨

早晨五点的时候大地终于安静了下来,远远的那种隆隆声,那种城市和城市周边的道路上联合发出的似乎永远均匀的轰鸣,终于在这个时间段里沉寂了下来。与之匹配的是黑暗,除了学校门口的显示时间的红色电子字符在不知疲倦地永远滚动之外,就是没有什么交通流量的道路边上成串的路灯了。路灯用虚线的方向在空中显示了道路的曲度,又用没有交通的安静方式显示着一种绝无仅有的时间段,凌晨。

这时候是人类赖以生活的大地上为人类显示安静的唯一时段,这一点只有离开城市回望的时候才会看得如此清晰。黑暗和安静是这时间段上的唯一的特征,即使仅仅在屋子里开了一个十五瓦的小灯,小灯也会在窗户上映照出极其明亮的另一个小灯来,可想而知在大地上很遥远的地方就能看到,能看到远远的有楼顶的屋子是明亮的,是在黑夜里的灯塔一样的存在。

山野在雨后的早晨,以久违的清新风貌展现在早起的人面前。在阳光还没有来得及升起来的时候,不远处的山岭上的山石植被的气息就下山弥漫了过来,直接让人闻到了费力登山的时候才有可能呼吸到的那种气息,那种亘古都在不受打扰的自然状态里养成的好气息。

早晨五点,山前平原上还有着夜色荫翳的沉静,绿色的麦田和刚刚发芽的杨树柳树与已经鲜花盛开的桃树杏树们的好味道,没有任何遮拦阻挡地直接弥漫过来,使刚刚从睡梦中醒来的早起之人,意外地收获了尽管以前曾经体验过但是再次不期然地体验的时候,一切依然如第一次的惊喜。

这是人在山野中的惊喜,是人在不太长的历史时期之前,在大自然之中每天都可以收获的天经地义的赐予。在屡试不爽的正常、平常、寻常之间,这样的赐予曾经被人类很不以为然,就像是天然会有、永远会有空气和水一样,山野的气息不过是万千造物安排中的一种,没有任何可以惊讶与感怀的。

然而人类万万没有想到,不消几代人,这样的不以为意的必然就已经在大多数人的人生里消失殆尽了。城市化让人远离自然,建筑和道路和污染更直接窒息、浇灭了山野气息的纯粹。如果不是远离城市,如果不是一场下了很长时间的春雨,这样属于几十年前的山野气息断然不会在这样一个早晨平白无故地再来。

正在经受疫情横扫的人类一定已经相信,一切原来以为永恒的东西都可能戛然而止,一切可以留待人生后续的时间里去体会的感受也都未必还有机会。在一定程度上我们眼前正在经历的、正有机会看到与浸润的,就已经是我们人生的全部。

以这样的心绪来看眼前这山与平原相接的广袤地带的早晨的盛景,就会在流连忘返之间,再加上一层得其所哉的享乐主义的陶然吧。

你看那麦田之间的葡萄园是褐色的,因为葡萄藤还都没有发芽。褐色的葡萄园边上红顶的临时房是葡萄园的主人劳作之余的家。在这样由红色率领的褐色长方形条块周围,则是绿色的麦田。

麦田的绿色是有差异的,有一道是浅绿,有一道是深绿;柳树的树冠也是有区别的,有的树冠是鹅黄,有的树冠是浅绿;而杨树的区别就更大了,有的已经形成了新绿的树冠,有的远远地看上去还是光秃秃的,杨树毛毛落净以后和杨树新叶长出来之前会有一段时间的间隔,这段间隔使这种杨树又回到了冬天光秃秃的原貌。

在这样颜色有差异,又在差异之上联合成了春天的新意的大地之上,所有的建筑还都在沉睡,建筑里面的人们还暂时没有施展出他们拥有的、对于大自然越来越强大的改变能力。

那些已经被开凿出一个个巨大的伤疤的矿坑的山岭,那被建筑几乎覆盖满了的大地,还都可以在这个雨后清晨的时刻里,恢复出一点点既往的生机。

这生机,慰藉了早起的人。

白露之前的晨光

还在白露之前，迟迟不走的夏天在一早一晚的时候终于不再纠缠了，一天之中至少有一半时间，黑暗的那一半时间，已经进入了秋天。傍晚和黎明，虽然有太阳，但是阳光处于很大的倾斜状态的时候，也逐渐让位给了秋天。

在这样秋天和夏天的一进一退的关口上，如果你起得足够早，就能沐浴它们在交接棒的时候那种异常的绚烂。

那是初生一般的稚嫩、纯金一般的闪烁以及一尘不染的通透的联合演出。演出持续时间最多一个小时，核心时间只有半小时。在这一段核心时间里，河边的草木，举凡在光线所及以及光线虽然不及但是也会被所及之处映照到的地方，都会因为沐浴其间而焕发出异常令人惊叹的色彩来。这样的色彩在逆光、侧逆光的时候最为明确，如果顺光反而就失去了一切反射的可能，饱经黑暗的万事万物努力吸收阳光，一点也不肯再衍射出去。

正好每个这样的早晨我都是逆光前进的，逆光前进的过程中，一路上都在迎接路边的树木花草粼粼的反光；草木之上粼粼的反光如水上的潋滟，如镜中的晶莹，不止因为我骑车带着速度，更因为草木本身的纯正。这样粼粼的光掠过眼眸，在某个瞬间的角度，不由得你不戛然而止，甚至还不惜倒回来几步，反复端详。世界上还有什么事，比这光影之间的奇妙更有魅力、更不容错过！

水边的树林草地遮蔽着道路，从道路上经过，透过树林草地去看河面上的晨光，那晨光透射过来的斑斑点点，将树林的缝隙亮亮地填满；可经过一个夏天疯长的草木已经鲜有缝隙，反而显得树林愈发厚重乃至黑暗了。在那些一道道角度大致相仿，只是因为树枝缝隙宽窄不一、形状各异而形成的缤纷的光芒里，总还是有一下就会抓住我们眼睛的事物。

一朵喇叭花上是有水珠的，应该还不是露水；可能是绿道的喷灌设备撒上去的，也可能是刚刚有谁为了拍摄效果滴上去的？看看前后跑步的人，骑车的人，徒步的人，他们只管沐浴这样的光影，用与光影同在的方式，将自己和晨光融合！除了他们还真没有看见另一个拍照的人。拍照的人起得没有这么早。他们长枪短炮的大型设备错过了最好的时间点。

紧贴着地面，一株顶着白色绒球的蒲公英在等风，等风吹起自己驾着降落伞的种子，从地面飞向天空；飞向天空是为了重回地面，重回任何可以降落的地方。它正好完全被晨光照亮，像在舞台上的聚光灯下，提示观众去看，去看它独一无二的存在，去看它生命历程中这幸福的等待。那白色的绒球是由多个轻而透明的降落伞组装成的，每个降落伞下面都吊着一个黑色的种子。在晨光里，这个绒球静静摇曳着，期待着下一刻稍微大那么一点点的风。

一棵背光的树干树枝都在墨黑的暗影里的法桐，临水一侧的几片叶子被照亮了。被照亮的叶子从绿色变成了黄色，像是着了火，黄色的火；因为也只有火才会那样灼烈，那么刺目，那么透明。

一棵弯弯的大柳树，长长的树枝像是头发，像是帘笼一样垂到水面上，阳光将这巨大的帘幕上的每一个细节都照彻，像是一间屋子里安装了很过分的瓦数的大灯泡；虽然费电，但是帘子上的光具有无与伦比的吸引力，好像能激发出人类已经退化了的动物本能的趋光性，让你不由自主地会走向它，并且为它而赞叹和倾倒。

一棵枫杨树，有着这种树特有的树枝像是穹顶的造型；在穹顶逐渐垂下来的造型之下，垂下来的枝条上，还挂着无数垂直的黑色花籽；树枝下的草地和树枝的尖端都被阳光照得将绿色转化成了明黄，黑色的花籽成了这些明黄的对照物，显得明黄更其明黄。我拉近镜头去拍摄特写，拍出来的效果居然是深秋时节草木衰黄的特征。晨光染上绿叶，效果居然为黄。莫非这就是对即将到来的景象的一种预展！

突然发现，以前每天都能在一个固定的地方看到的，阳光穿过树林正好照耀到树林深处的一棵树的树干与树冠连接处的景象，现在没有了。因为太阳的角度随着时间在变化，每天的同一时间点，它们照耀的角度都是不一样的；如果一天和一天紧紧相连的话，这种变化不易被察觉，如果连续多少天，这种位移就会很明确。终于这样的悄悄的位移让那树林中的固定的光斑，消失不见了。这是整个天地之间宏大时序的一部分，它无声地启迪了你的发现，又无声地退出了你的视野。

这时候绕到河的另一岸回看，就会看见所有大柳树山坡一样高大、丘陵一样圆润地起伏着的树冠，都已经被映照到了水中，水中有一个和地面上完全一样的被晨光照耀着的世界。

水中的世界和岸上的世界对接起来，就形成了一个比真实的世界要广大、要神奇，乃至已经在相当程度上接近于我们一直幻想抵达的所谓诗和远方的境界。正是这样的接近使每一个目睹了这晨光照耀的河岸的人，都有一种欣喜若狂的兴奋：只有在这一刻，才真像是脱离开了庸常生活的羁绊，抵达了舒展的自由之境。

一时有一时的光景，只要人对环境的破坏还在可以忍受的范围内，四季之中密集的美好，每一个节气，每一天，每个早晨的美好就还会逐一降临。它们的逐日降临，既是人间最高的美，也是拯救人世的底线。只因为你沐浴过了这样的晨光，你的这一天，就已经确定是百折不挠、终有所归的了。

妙不可言的晨景

在郊外的家，早睡早起是完全不被打扰的，环境中二十四小时持续的安静为这样的作息提供了最基本的也是最奢侈的条件。因为作息的可以保证而总是充满了愉悦，像是要接近把全部的时间都做了人生的享受：每天不到五点起来就已经满心的兴奋，总是习惯性地要站到窗边望一下，望一望楼下的麦田和麦田尽头的西山。

今天，惊喜地发现，除了布谷鸟的叫声之外，还有雾岚正在麦田上方以带状的样貌横亘在山与平原之间。淡淡的白雾界限分明地在大地上沁润，哪里是雾区，哪里不是雾区，雾区正从哪里逐渐蔓延到哪里都一清二楚。这是雾霾和雾岚在直观上就可以看到的重要区别：雾霾没有边界，是一种分布非常均匀的肮脏；雾岚则边界分明，虽然雾中景色也会看不清但是雾本身是透明的。

这样雾岚在早晨的大地上迁移的景象，我们在图片和影像中大致上都见识过，但是真正自己置身其间，那种亲身体验的震撼和喜悦还是对因为雾岚长期缺位而早已经忘记、早已经没有了期待的身心，形成了极大的冲击力。忍不住就像个孩子似的奔走喊叫起来，忍不住就对着眼前的景色做出人类只有在意外的惊喜的时候才会有的那一连串简单而生动的单音节感叹。在真正的景色面前，往往都是这样除了惊叹还是惊叹，再难有任何有意义的话语的！所谓妙不可言，此之谓也。

耐人寻味的是，赶紧将这奇妙的盛景拍照发给了亲朋好友以后，他们似乎都对这个景象缺少和自己一样的反应，至少在兴奋度上是有着明显的区别的。无他，因为他们不在现场，没有亲临其境的震撼和愉悦，他们不过是又一次地看到了图片而已。

在这个时代里，大家都不缺少美景，在手机上什么样的美景都可以大批量地看到的。大家缺少的是亲自看到美景的机会。一个是自己忙，没有时间来看；一个是美景在生活之中已经普遍消失，非偏远之地已经很难觅得。城市里没有鸟鸣，没有雾岚，没有自然。人生活在只有人和人类建筑的所谓现代城市环境里，实际上是无时无刻不在付出"非人"的代价。

我住在郊外的家里，在离开建筑密集、人口密集的城市一段距离以后，终于有机会看到一点点原本属于自然本身的景象的边边角角了，便已经是无上的福分。除了相对固定的广阔视野和自然气息之外，这样不期然的物候和气象万千的雾岚云霓的显现，像是埋伏到了生活之中不定期的喜悦，既意外又合情合理，却每次都能给身心以妙不可言的洗礼。

雾岚将西山几乎完全遮挡住了，只有最高的山顶还在雾岚之上，而从山麓地带一直弥漫过来的纯白的水汽，距离我的脚下还有一段距离；这一段距离里的麦田和麦田中的小径、小径边的树木依旧在静静地等待，它们已经预感到了雾岚即将弥漫过来、覆盖住所有一切的前景。只有布谷鸟，依旧不紧不慢地在树冠里鸣叫，自己聆听着自己的回声，乐此不疲。

我手扶窗上的栏杆，发现这生锈的空心四棱铁杆已经湿润了，像是雨后一样均匀的湿润。这可能是夜里的水汽所致，也可能是现在眼睛能看到的雾岚仅仅是看着还没有完全过来，实际上水汽作为先行者已经悄然弥漫到了眼前。果然，再抬起头来的时候，就什么都看不见了；刚才还在地面上的浓重的雾岚，现在已经完全侵袭过来，将所有的一切都包裹住、都占领了。

像是在雨里奔跑，像是在冬天打雪仗，像是在雷鸣电闪的时刻站在屋子里长时间地凝望；去大地上追逐雾岚，冲进雾岚的迷魂阵里去寻找找不到的方向，一定也是一种天然的乐趣吧！当然今天有点失去机会了，那是一定要从没有雾岚的地方冲进有雾岚的地方，才因为界限分明而更有意思的吧……

要想看雾岚的美景就要等明天，明天也不一定有，就一定要等它下次出现的时候；至于什么时候才会有下次的出现，那就只有天知道了。那也没有关系，总之还会出现；期待本身也已经是对雾岚的欣赏的一部分。我要做的，依旧是每天早晨起来，五点之前起来，先走到窗口来看一看。

这并不难，因为即使不是等待雾岚重现，也会一样来看早晨大地上别的景致的。任何天气，这里都是乐此不疲的观景台；任何天气，这里都是生命欢欣的聚集之地。没有雾岚的特殊天象也会有正常的朝霞：早晨的黛色的西山与早晨朝霞之上带着夜的痕迹的浅灰色的云之间呼应着，中间是满满的，万事万物即将醒来还没有醒来的、已至的清新与将至的欢畅。

雨后黎明

酷暑的意思就是即便在没有太阳的时候，坐在屋子里也依旧会汗流浃背，不论采取什么姿势，你都会觉着不舒服，都会因为脑门上脖子里的源源不断的汗水不得不擦，不得不洗，而擦和洗都只管得了一时，这一时甚至就只是几十秒甚至十几秒而已。

所谓热，热到了无法忍受的程度的时候，往往就是表现到了脸上的时候。

热是从脸上来的，或者说热是最集中地表现在脸上的。汗水在脸上、在脖子上流淌。大脑 CPU 出现过热迹象，人就不能集中精力做任何事了，就只是被热一味地缠绕着了，就只能感受到热，感受到热一直持续，怎么还不结束，什么时候是个头儿啊！

对付这种状态，现代人的第一个动作就是立竿见影地打开空调而已。但是如果你坚持着，与季节同在，在汗水不断的状态里努力寻找着互相容纳的姿势和角度，就几乎没有例外地还能够熬过去。

果然，半夜里雷鸣电闪狂风大作，掀动窗帘，吹进来带着暴力色彩的风。这是好的盛夏，这是还可以回头的酷暑，这是让人依然生有所恋的救星。尽管心绪早已经逐渐平静下来，以心静自然凉的意思入睡，但是被这样的风雨之声惊醒之后，立刻就是满心的欢喜了。

雨在风中像是石头子儿一样啪啪作响，落到窗户上，落到窗台上，落到墙上。这样的风雨尽管时间不长，但是也基本上将屋子里积累的热气驱散了。等早晨起来以后，昨天夜里那种挥之不去的燠热，那种洗澡以后要小心别动，动就会重新被汗水浸泡的状态，终于结束了。

它不仅在事实上驱散了热浪，更在心理上让人有被拯救的妙感：上天没有忘记你的存在，时间不长就来出手救人了。

雨后黎明，原来那种存在于周围各个方向上的庞大的车声，没有了。世界一片安静，只有远处的布谷鸟的悠扬和近处一种嘹亮婉转的鸟叫。它们的叫声只是使一切都更安静。

昨夜的雨，唰唰有声，很大，很长，下了一次又一次，每一次都让梦中人惊喜，惊喜于昨夜辗转难眠的热的消退，惊喜于雨水带来的风的清凉。

雨后黎明，西山上的云呈现着一种峥嵘过后不对称的安静，浓淡之间都是夜里风雨剧烈撕扯过后达成的恐怖平衡的样子，显示出来的却已经是一种难得的平静。

凝望这样浩大的云天景象，雨后的云天景象，是郊外的家的一大福利。如果不是住在这里的话，就断然看不见这样在盛夏里足以抚慰人心的景象，就会让汗流不止的痛苦弥漫到整个身心中来，成为挥之不去的苦夏的煎熬。

同在这个小区，在这个地理位置上，楼下其他楼层的感觉和顶楼是完全不一样的。尽管有的房子很宽敞，但是在其中依然还是感觉压抑，和在城里的房子区别不大。远不像顶楼这样开敞明亮、风骚通透，没有这里的视野，没有这样的居住好感觉。

瞭望雨后黎明的无尽烟云，始终都应该是人类应该有的一种自然权利：对眼睛有利，可以缓解用眼过度导致的肌肉疲劳；对心胸有利，可以借此跨越云天，直上重霄九；对信心有利，不管人世多么艰难不堪，总归是还会有这样一夜之间就换了天地的改变的可能……

五月二十三日清晨

阴天的早晨

清风徐来

柳树摇曳

布谷鸟歌唱

这样的时光

让人怎能不爱意徜徉

每一口呼吸都太美

每一个思绪都那么缥缈

那么

猖狂

放下一切

立刻投身到大地上

去骑车

去跑步

去走走停停
像一只俯首帖耳的狗一样
嗅闻这清晨里
所有的
细节

去飞翔
像是一只自由自在的鸟儿一样
纵览小满时节的
辽阔
发出自己的
声响

  早晨的风吹着楼下的柳树,柳树圆润的树冠随风而动,顺势而为,幅度很大,却每一次都能完全恢复到原来的位置上。风不过是在给它按摩,它就借着风做了早晨的运动。站在一起的法桐则矜持着一动不动,它们有属于自己的原则,笔挺地保持站姿才是应有的范儿。哪怕法桐树其实不大,还在少年。
  因为阴天,早晨五点的时候,空旷的麦田上空就只有风和布谷鸟的歌唱,只有柳树的摇曳和清新的好空气,没有阳光,没有过早到来的炎热。这个周末的早晨,宜人得实在让人小心翼翼,生怕稍微不小心就让老天改变了主意,变得不像这么好,而回到原来越来越热的轨道上去了。
  这一定是别的地方夜里下过了雨,让这里的天空和大地沾染了水汽,变得像是海滨一样气象万千纷纭璀璨。山前平原上辽阔的初夏像一幅巨大的油画丰腴地展开，让人不由自主地走进她无边无际的怀抱。

大宋铁路上长长的火车在山前平原上奔跑，将多年前的铁路记忆重新带了回来。这虽然是一条不办理客运业务的货运线路，但是路轨和大地的关系方式却一如从前的客运，让站在不封闭的铁轨旁的小路上的人，也恍惚回到了已经开始久远了的过去。

过去的阳光就这样清晰地从乌云后面倾斜下来，照耀在过去的植被缝隙里，掉落到路边道渣铺满的路径上；过去的植被就是这样还没有被房地产侵袭着参差着葳蕤着伸展着昨夜长长了的枝蔓，绿色的花椒和圆润的核桃都尚青青小。而茅草还碧绿，麦子却已经微微开始有了黄。早晨起来把大地做了公园来遛早的老人孩子，沐浴着这一如过去的笔直的铁路线旁的清新空气，蔼然无声地走着自己的路。

我推着自行车一点一点经过这样的路段，不忍太快就将眼前的一切闪过；时间之流将在也许半个小时以后让一切改变，而太快的交通则会在一瞬间。站到一道被土掩埋了的老桥上的时候，看见下面河道里一对年轻的夫妻正骑了三轮来采苇叶。他们采叶的方式是挥动镰刀，齐根将芦苇一把把割下；据说除了苇子叶可以包粽子，芦苇茎秆和小叶也是羊最爱吃的嫩草。黑胖的丈夫和穿条格衬衣的窈窕妻子，在不怎么说话只有唰唰唰割草声的忙碌中，只一小会儿就装了满满一车斗。顺着河边大杨树上那些在阳光里摇摆着蜡质光泽的树叶下的阴凉，回村子里去了。

过了桥，山前平原上的辽阔已经在眼前展开，伸展向无边无际的大地的道路上几乎没有树，只有两侧簇拥着的麦田，不遮挡视野，在任何一个方向上都可以任人将目光放到最远。

走到这条路上就又走上了早晨以来不知第几个高峰体验，像是虚幻不实的梦，像是脱离开了既有的一切的崭新的异地，像是人生突然抵达了一个想都不敢想的顶点。只要这样走下去，就可以在无限愉快里，听着音乐台一首汉语歌一首外国歌的交互播放，吹着馥郁芬芳的风，任思绪飘扬着走下去了。

在这样最宜人的美好季节里，在这样难得的明丽而不晒的早晨，踏上这样遥远的旅程，就不仅是走入画中，还在走进去的同时将这幅画顺着脚步延展了下去，延展到哪里，哪里就都像是画一样美。

这是人在大地上的幸福，这是再没有可以超越其上的福祉，这是人之为人在天地之间最惬意的享受。最最值得珍惜的是，它并非一瞬，而是很绵远很绵远的当下，你只要一直走下去，它就一直在……

越来越早

随着夏天到来，醒得越来越早。

后来才恍然，只是因为天亮得越来越早而已。

四点多已经天色微明，度过了黎明前的黑暗阶段。随着天地作息的人，在这个时间段里醒来也就是自然的了。麦子黄了以后早晨亮得也更早了，不仅是因为夏已到，更因为麦田的黄色对天空的反光强烈，晨光乍现，黄色的大地就已经明亮了起来。

染着黄色的大地在早晨的明亮之中，覆盖着一层远远的尘嚣之声。其主要成分，是远方的车声。在天光曙色都还没有出现的时候，只有大地深部隆隆不绝的车声被放大了以后传来，这种在白天的时候是十足的噪声的东西，现在却有一种神秘感，一种似乎是天神正在行进的神秘感。因为这种声响并不单纯，隐隐约约地带着"毛边"，伴随着说不清的什么元素。天神的脚步不仅均匀地踩踏着大地深处，还偶尔会踢到路边饱含露水的草茎甚至小石子，发出不特定的异响。

窗口飘进来的清凉的气息使人一颤，刚刚从睡梦中醒转来的神思就有点恍惚，在这夜与昼的边缘上，人好像也到了实有的现世与神秘的天堂的分界处。实际上，不论大人孩子，对于这样昼夜分隔处的神秘感都有自己的不必言说也不能言说的领悟，都会情不自禁地小声，甚至长时间地沉默，直到第一缕曙光初现。

早起总是能让人感觉到一天之中最新鲜异样的气息。不同于白天那种让人熟视无睹的无限重复；早晨，很早的早晨，有一种冲破所有麻木的涌动，这种涌动不仅是凉爽的带着夜色的空气流动，更是万物复苏的当口所有的生命都即将醒来，开始又一天生命历程的兴奋。

早晨是整个一天之中最少为人窥见的天地私密时刻，阴阳相交，朦胧的光影在变换中逐步走向安静的清明。活跃的只有栖息在高树上的鸟儿，它们叽叽喳喳的叫声源于它们最早看见了东天上粉色的光影。

打开窗户，布谷鸟的叫声更清晰地随着微凉的新鲜空气涌进来。布谷鸟是在用叫声巡视自己的驻地，将自己的边界一再画清。它四个音节的辽阔叫声在早晨依然寂寂如夜的空旷里，显得非常清晰有效。麻雀虽然以人多势众的方式一直在叽叽喳喳，但是两者好像不在一个频段上，互不干扰。麻雀们看到的是眼前几米之内的世界，布谷鸟远比麻雀要高远和悠扬。

早晨的空气是一天之中最为神秘的，神秘地将夜色的暗影和清晨的变换糅合在一起的含混模样，神秘地带着仿佛可以在即将到来的黎明中去一一实现各种愿望的品质。只有早晨才让人不再焦虑，不再为白天的琐事抑或大事而闷闷不乐，而突然像对一切人间世事都得了解决之道，不无盲目地乐观起来，哪怕只是走神式地乐观了一小会儿。

这一天里的第一口呼吸，带着夜色，带着世界被刷新以后的新鲜，带着被鸟鸣啁啾点染过的、被山石荆条的味道掺和过的发黄了的麦浪的气息。使人生变得有价值，而且美妙。

早晨的美，是只有早起的人才可能沉浸其间的喜悦。每个这样的早晨几乎都会由衷地感叹一次：为了一天之中这第一口好呼吸，也是值得住在郊外的家的。

　　住在一个能看见朝霞，能望见夕阳的地方是幸福的。这一点，在城市里生活久了，在四面都有楼房挡着的地方住久了以后，更能体会到这种微薄然而难得的幸福的重要。

　　遥望阳光的最初颜色和最后光芒，在一天之中对一个人的意义其实是无与伦比的。人活宇宙间，地球家园给我们提供的诸多便利之中，这一项朝霞夕阳的享受是不可或缺的，没有了貌似无关现实利益的它们，我们的生命就会逐渐残缺，残缺到窒息的程度的时候，一切其他的幸福也就都打了严重的折扣，变得没有多大意义。

　　也许，只有长期失去了这样沐浴朝霞夕阳的机会的人，才会深深懂得这一点。

夏至雨后的早晨与黄昏

早晨的感觉,是纯净的。让人不由自主地立刻就再次确定这是从比城里要纯净得多的地方醒来,从久违了的干净空气里醒来才会有如此的面貌一新满怀喜悦的状态。这样的确认本身就已经让人兴奋了,何况还有沐浴到这最真实的纯净里去的时候的那种虽有百次而一旦再次也依然如第一次一般的,属于身体经验范畴的近乎本能的愉悦与陶然呢。我们在大地上在季节中的体验,从来都是不厌多而只患寡的;这样的体验具有常有常新的奇妙性质,让人乐此不疲,百折不挠,每有所得便已经喜不自禁……

在这又一个难得的清爽干净的早晨,不到六点就已经阳光普照了的早晨,睁开眼睛看见窗口的阳光的时候,还没有走到平台上去真正沐浴到早晨的庞大气息里去的时候,那种喜不自禁的感觉已经一下就将人整个浸润了!

阳光清晰地映照在大地上,将楼的影子投射到有着黄色的麦茬的大地上,边界异常清晰。光和影都还没有温度,光与影之间的温度差别还很小很小,一切都是均匀的,光明已经降临。万物安详,人间的一切仿佛也由此拥有了一次重新被细致审视的从容不迫的机会。上天通过这样纯净的早晨给人的启示是:一切的一切都是由这样的安详为起点的,一切的一切也终将回归这样的安详,中间那些纷纷扰扰，你们大可不必过于认真，看不透的话就等于玩笑开大了，就等于将生命无谓地付诸了这样终将归于平静的游戏。天空和大地通过这样纯净的早晨给我们的启示，在没有早起的习惯的人们那里是不起作用的，在即便是早起了，沐浴了这样的光辉的人们这里，如果不细细地去凝视也是很难领悟的。但是天空和大地从来不急，它们一向拥有最最悠远的深沉，拥有最最刻板的规则，拥有最最散淡的情怀……

在连续两天的雨后，在夏至已经过去了的季节里，这个干净的纯净的清凉的清晰的夏天的早晨，显得是如此珍贵：它让一直沉浸在严重的雾霾污染中的人们终于透了一口气，像是要被淹死的人猛然跃出了水面；不管以后怎样，至少这一刻暂时获得了自由的喘息……空气仿佛是被很细很细的筛子过了很多遍一样，呼吸到肺里以后异常熨帖，异常顺畅，没有任何一点点平常早已习惯了的那种障碍感。这样没有障碍的呼吸早就已经是身在污染严重的城市里的人们，最为罕见的享受了。

布谷鸟开始节奏鲜明而短促地在远方歌唱，与窗前的麻雀喜鹊的叫唤联合起来，形成远近配合的协奏。由周围的高速公路上发出的扰攘的尘声，在天光越来越亮的宏大叙事中却变得不那么切近了。崭新的一天，依旧属于"一年之中最长的白天"范畴的夏至世界的一个白昼，已经开始。

夏至时节，连续两天的雨后的黄昏，时断时续的小雨终于停了下来。人们纷纷从被雨憋了两天的屋子里走出来，很多人只是走到街上，少数人则明智地走到了郊外。

雨后一向是看云的好机会，何况这夏至时节的黄昏，这一年之中最悠长最从容的黄昏，有着最宽裕的光明。纯净的天空上云异常清晰地将自己浓淡不一的层次细节，展露了出来。那些镶嵌着淡白的边的略黑的云在天空中一边行走一边变换着姿态，像是专门为了逗孩子而做的运动着的变形游戏。可惜这个时候能抬头看天的孩子并不多，即使在看，在城里那种被高楼大厦分割得过于狭小的天空格局里，也实在看不出有什么行走与变换的妙趣。这个时候只有郊外，只有大地上，河流边，开阔的地方才能有幸目睹这天庭上的表演。

　　行云流转，天空由明渐暗，漫长的黄昏一点一点地细致地演绎着，将这一年之中最悠长的白昼做着最尽情的享受。黄色的麦茬地在播种了玉米以后静静地等待着垄间碧绿的小苗茁壮而出，在被那即将到来的绿色重新覆盖之前大地就还是一望无际的黄。这一望无际的黄被雨水浇透了以后开始散发出一种浓郁的麦秸味道，同时由其间升起一片宏大的蛙鸣。

　　青蛙或者蛤蟆，像是一层青草随雨而至，在整个大地上茂盛地生长起来，这里那里层出不穷，生机无限。

阳光灿烂的白天

这样的题目多少有点费解，阳光灿烂自然是在白天了，还用特意这样说？

之所以特意这样说，是因为很少有在家里阳光灿烂的白天印象。很长时间以来，我都是早出晚归，披星戴月往返，加上周末的时候必然会回老家，所以对这里白天的印象几乎没有，完全不知道上午的时候家里居然是可以如此光明。

今天因为突然接到通知，说刚刚出过门离开过本市的人一律要先做核酸并且有了阴性证明以后才能进入单位，所以不得不在做了核酸以后回来，这才有了一整天白天在家里的经历。

即便在大雪时节的冬日，屋子里也满满的是明亮的阳光。在明亮的阳光里，地面上一向没有发现的尘土和碎屑都很明显，晒在床上的被子也很温暖，坐到阳台上的椅子里去的时候，完全没有冬日的寒凉，只有出人意料的舒适。北方的冬天，在这样没有集中供暖设施的家里，也还是宜人的。

这注定将是幸福的一天，待在家里，不必奔波，不必出行，只尽情享受冬日阳光。阅读书写小睡做饭吃饭，全无任何打扰。在屋子里的各个位置上都放着正在读的书，再次坐到那个位置上去的时候，才会再次拿起来读，读一会儿才能从记忆深处将上次读的印象勾回来。

当然现在一定要从这所有的位置上把书拿过来,一定都要沐浴着阳光来读。坐在阳台上的椅子里看书,背冲着阳光写字;每每望向窗外的通透光芒,通透光芒里的绿色麦田,我都好像是第一次看见季节和时间,它们静静地平铺在阳光里,让你怎么待着都禁不住要露出笑脸。

在这样纯净安静环境里,平和的幸福感让人几乎不能使用自己的时间,甚至开始想是不是不应该这么好,都有点怀念在混乱嘈杂中见缝插针,在拥挤逼仄中偶尔偷闲的那些时刻里的反而会心无旁骛。

白天在家里,在满是阳光的家里。甚至都不愿意去睡那其实只有十五分钟的午觉,觉着那是很大的浪费。觉着那样有没有阳光都可以进行的事,还是放到下午四点阳光衰弱之后吧。

现在这饱满的阳光正在照耀着的中午,连面对电脑写字好像也是不妥的,还是应该坐到阳台上,坐到楼上的阳台上,那里距离阳光更近。坐到阳光里,后背冲着阳光,阅读,随时写笔记,才是最佳的沐浴阳光方式。才不虚度。

终究还是很自然地在洒满阳光的沙发上午睡了。全无打扰的安静里,行云流水的梦与非梦、醒与非醒之间几无界限,什么时间睡着了,什么时间醒了,都无知无觉。有的只是事后的乃至持续很久的满心喜悦。

这是郊外的家宜人居住的优秀品质之一斑。

睡醒以后,刚才的、上午的、早晨的以及昨天的一切,都已远去,好像很久以前,好像从未发生,剩下的只有当下、眼前和以后。

每天出发和回来都不见阳光的日子,那样按部就班地忙碌,其实不过是自己给自己制定的一种时间使用格式而已，无意中打破了，不过尔尔，什么也没有发生，甚至还看到了生活中一向被遮蔽的好。

白天在家里的感觉，是一切都突然停止了，停止了也没有什么不好，不仅没有天塌地陷，甚至还是一片岁月静好。一切事情似乎都大可以从容以对，好像一切事情都不会因为不忙碌了而有什么立刻的改变，一切事情都可以以这样的方式静置起来。

在一向紧凑的生活里，至少是偶尔这样等一等，未尝不可。

没有视觉障碍地看太阳落山

搬到郊外的家里以后,几乎每天我都会痴痴地站到楼顶平台上去看太阳落山。太阳落山从来没有像在这里看到的这样吸引人过,它很自然地就成了我一天的生活里的,又一个固定值得期待的美好时间段。

从太阳西斜开始,就可以感到气温在下降了,清明之前的阳光升起来和落下去的温差还是很明确的。太阳一旦接近西山逶迤绵延的山脊线,就会将全部山峦重新变成一种诱人的黛青色;白天的时候纤毫可见的山石和山石之间被长期开矿凿出来的无数巨大伤疤,都暂时可以隐去,可以一律以一种浓重的黛青色来恢复出古往今来西山一向如此的完整山脉走势和没病没灾的神仙姿态,重新成为可以令平原上的人们无限向往的不一样的所在。

这时候太阳已经接触到了山脊,阳光却像比正午的时候还要明亮。因为正午很少有人抬头直接仰望太阳,现在却是平视就可以和太阳面对面了。耀眼的阳光在沉落到山脊线后面一半的时候,整个西部的天空就到了最为辉煌的时候,赤橙黄绿青蓝紫的所有颜色好像都在争分夺秒地露一下脸,连带着山前平原上的大地也变颜变色。

新绿的麦田在昏暗和光明之间挣扎变换,本来已经暗淡下去了,一瞬间又异常明亮了起来;在绿色之上的五彩之光因为有了迅速到来的寒凉之气而不能持久灿烂，急急地重回了冬眠期一样暗重起来。在蓝色的红色的屋顶上，在明黄的楼角上，却都是被人类力量赋予了永不衰败的坚硬之上的、过分尖锐的反光。

太阳即将全部沉没。太阳全部沉没了。光芒像是探照灯一样从山后面直射山顶正上方的天空，连带着山前平原上也似乎更亮了一下。然后，就一步步不再有任何逆转地黑暗了下来。

大地迅速被黑暗笼罩，路灯亮起，蓝色的天幕上一钩弯月和弯月之侧的一颗明亮的星，成了这出日落的大戏的尾声。这个尾声要多长有多长，直到外面的寒凉让你不得不退回屋子里来。在退回屋子的那一刻，就又已经对明天的日落时分有所期待了：明天一定要注意看更多的细节，更广阔的天象……

太阳落山就是太阳落山，每天大致上都一样，何以就让人百看不厌？直到有一天我把照片发给家人，妹妹说"可以这样完全没有遮挡地看日落，太奢侈了！"我这才意识到，这样将整个日落过程无遮无拦地从头看到尾，对于长期居住在密集的高楼大厦之间的城里人来说，的确从最根本的视角视域上来说就已经是一种莫大的改变。

居住在城市里的人看天，早已经习惯了从楼宇的缝隙里仰望，不论是日出日落都不过是到了半天空中才可见的天象，确切说是天空中辉映的一片光芒。那片光芒不同于正午的阳光，或者娇嫩或者五彩斑斓，但是无一例外都已经是被地面建筑遮挡与切割过以后的残缺形象，难以有地平线之上的完整观感。

人口众多又过分聚集，寸土寸金的极端土地效益追求导致利益最大化，多住人成了唯一的建筑原则，余者不论，早已经无暇于是否改变了天际线，是否遮蔽了朝阳、夕阳了。

本来生活在平原上的人们的一大福利就是可以看全景的日出日落，可以遥望大海一样辽阔的土地，可以凝望着大地的边界线无限地走下去；那种居住在崇山峻岭大山沟里的人们很晚日出、很早日落的坐井观天，一向是生活在平原上的人们建立自己的优越感的重要比对条件。然而不期然的发展已经在不知不觉中将人们的视觉角度收窄，以至于对于朝阳、夕阳这样的自然天象也已经漠然。且不说持续的雾霾让一切都含混不清，即使因为偶尔的大风大雨出现一个难得的没有雾霾的天气，久不曾见的日出、日落也都已经大打折扣，不驱车多少公里跑到临着平原上的山坡上去，就难以得见真容了。

看得见、看不见日出日落，短时间内对人似乎是没有什么影响的；一如看得见四季、看不见四季表面上对人也没有什么影响一样。不过除了个别对天地万象特别无感者之外，人类的大多数成员还是会因为失去了亘古以来的自然而然的地理空间和时间的视觉感受、身心感受而进入一种身心俱损的不良状态。这也就是即使被关到监狱里剥夺了人权的犯罪分子，从最基本的人道考虑，还是要给予适当的放风时间的制度的背后原因。

居住在城里的人们，名义上同时也是事实上都处于被保障着各项基本自由的状态，却在不知不觉中已经被折损了这样天经地义的权利。这样的发展之痛，短期内是难以获得解决之道的。我们的吃穿住用、汽车、火车、奢侈品，可能早已经不输于任何发达国家，这时候才豁然发现它们的发达居然就是在这样对自然风光的保持与享受的高水平上，也就是原始状态上。正是这种环境意义上的高水平，使他们享受到了较高的生活水准。

追赶的路，还很远。

火烧云

火烧云不像是真的，因为已经远远超出了人们所习惯的天空的样子；它也并不在夕阳西下的最正确的位置上，而是要偏离开一些，在西南方向，在距离夕阳落下山顶的位置十几度的偏角上。这让人意识到它们是太阳落山以后从山背后发出的神奇光芒，是太阳仰躺着的角度下的发挥。这种发挥一般情况下应该是普通的晚霞，但是今天天空通透，云层密集，折射衍射充分，万般凑巧才有了这偶然的火烧云。

火烧云的规模超乎预料得大，从上到下，覆盖了整个天空；准确地说是西南方向的整个天空。当然那个方向在整个天空中不过是一个角落；只是此时此刻，这个角落里长长的一条彩云及其辐射的广袤的晕色，已经影响到了整个天空的光亮度，出现了一种无所不在的浸染效果。

这种近乎弥漫整个天空的浸染效果具有极大的感染力，一时之间好像天地之间的每个人都站到了舞台的中央，都在炫目的光的聚焦之下；先是欢欣鼓舞，随后不知所措，进而至于感激涕零。人在天地间，一切都自然而然；但是当有这样堪称神奇的天象笼罩的时候，会突然意识到其在宇宙之中的唯一性，进而再次清醒地看到包括自己在内的所有生命的，天凑地设的不易。

即使是最张狂的成年人也断然没有这样的想象力，这一定是只有孩子才会有的毫无限制的随意涂抹。他们瞪着大大的仿佛不会眨的眼睛，用短短的手臂冲着无限挥舞，挥舞出来的想象之境，自有神奇的天意予以兑现。

火烧云的颜色极其瑰丽，是玫瑰色掺杂了红色，是粉红色掺杂了淡淡的乌黑，是暗黄之中满满的灰暗，是火红之中掺杂着的隐隐忧伤……既宏伟壮观又绝对不失体恤，没有一点点高高在上的架子，和地面上的每一个人，每一个肯举头凝望它，拿着手机对它拍照并且感叹的人，质朴亲切地交流。

这一次的火烧云和以前记忆中的火烧云是不一样的，每一次都不一样，尽管每一次都会有一些共同点：比如小雨天气之后的傍晚，比如没有雾霾，比如季节转换之际，比如晚霞降临的时候你正好在户外……但每一次都不是毫无创意的复制品。一千次火烧云有一千次的模样，在某种共同的宏大与晕彩之外，就是一次次完全不同的角度形状和持续长度。每一次都精彩，每一次都让人立刻就期待下一次。

这样的期待是有潜台词的：火烧云直观地证明了天上是有神仙的。即便科学证明没有，在火烧云降临的那一刻，任何一个人，哪怕是受了很多科学熏陶的人，只要他还有审美的本能，就会不由自主地相信，这是神在天空中的表演。

坐在窗前面对漫天的火烧云，实际上是看不了什么书，也写不了什么字的。盯着窗外的天空一个劲儿地看还嫌来不及，即使只有自己一个人也禁不住会兴奋地指指点点的惊喜之后，还在期待下一个惊喜……

火烧云的颜色变化非常快，每一刻都在变，这一刻还灿烂，下一刻已经归于淡漠。它们将生命的全过程演绎得像是延迟摄影，像是电影里的镜头叠放。火烧云的独特和震撼，都让人感觉它似乎存在了很长时间，可以借此永远留在心间；但是事实上仅仅是一会儿就已经不见，且一旦不见便再难在心中完全将其复原。

火烧云在平原上的罕见程度不亚于台风，城市里也有很多人站在楼和楼之间的角落里努力仰望，怎么仰望也看不全，也看不到整个火烧云在大地之上不被建筑遮挡的全貌。

在郊外的家里，在顶楼，我却可以几乎看全。

火烧云稍纵即逝，如果不是在郊外，在城市里的楼宇之间，是很难看全的。那实际上就是人生莫大的损失。也许是很多人都不以为意的一种损失，也许是很多人当下觉着是损失过后又很快忘掉了的事情。

生而为人，天地之间的四季和四季中的一切天象都能沐浴其间，是最基本的福泽；更高的我们可以没有，但是一定要有这最基本的，否则人生岂不枉然。

望夕阳

夕阳
用赭色
用靛青
用粉红
用庚斯博罗灰
用纳瓦霍白
用橄榄褐
用柠檬沙
装点本已灰暗了的生活

夕阳
用层云的沟壑
鱼鳞似的透视
模拟庄严的玩耍

夕阳
总是给我异样的想象
总是以短暂的方式

边边角角地透露一些关于天庭的消息

夕阳的不同
是为了予人间以鼓舞
不使灰心和绝望
真占了上风

夕阳
一次次让人相信它
虽然它从不兑现
只是昭示

只要还有夕阳
便已足够

像是体恤到了人生之不易,宇宙之中这唯一适合人类生存的地球上的天地秩序之中,就有了朝霞和夕阳的安排。它们用光芒和色彩,用超越人类想象能力的云霞的形状和变换不居的姿态,带着满满的孩子气抚慰人心:朝霞负责鼓舞,夕阳负责安慰。

天地之间的人,劳累了一天的人,在重复和不无乏味中筋疲力尽的人,在收工回家的时候,在站在门口或者窗前发呆的时候,夕阳西下的光芒就会以一种与整个白天都不一样的异样界临大地和天空,照耀到也许已经显得灰暗了的面孔中,在相当程度上熨平我们已经起了褶皱的心。

但是一味以单位面积里住的人越多越好的城市建筑原则,和挥之不去的雾霾一起,在挡住了大部分朝霞的同时,也已经挡住了大部分夕阳,让人几乎失去了这种安慰。这是要置城市中人于失去日月星辰的节奏。所以能看见夕阳的日子,貌似普通,实则已经珍贵。

住在郊外的家,在远离尘嚣的安静之外,还有这样脱离开了城市建筑和雾霾的遮挡,经常可以看见朝霞和夕阳的绝好机会。这使生活中多了一种沐浴朝霞和夕阳的内容,每天都会不由自主地走到窗前,伫立良久而不觉丝毫重复的乏味。

没有完全一样的朝霞和夕阳,它们总是日日常新,像是一位最高的神级画家每天展示自己的作品,带着洒满人间的至高无上的辉光和人类不能想象的不一样的格式,为在人世的起伏中挣扎的心,一再点燃希望。

看云、看晚霞

住到郊外的家，我有了空前多的机会看云。

当然最多的时候还是在光线宜和的早晨和黄昏看朝霞和晚霞，其次是雨前雨后的乌云，和个别白云朵朵的日子里奔驰的云。

一看云，尤其是黄昏的云，很容易看着看着就"魂飞天外"，长时间地仰望着、遥望着，一动不动，却又满脸怡和，走思到不知哪里去了。

不是有专属于郊外的家的云，是因为在郊外的家可以没有阻碍地看到云，这也就相当于有了郊外的家的云。

与此同时，在别的地方，尤其是在城里，很大可能是看不到云的。高楼大厦使那里的人们普遍陷于坐井观天之境，能看见也是被建筑线条切割过的一角。看云这种自古而然的天经地义，不知何时就已经丧失掉了。

在郊外，这一切还相对完整。尤其是晚霞来临的时候，别处的云天都已经暗淡，西山山顶之上的天空中，落日的余晖仍然长时间地存在着。这成了每天傍晚的时候我习惯性地遥望，并且每每望之不尽的对象，也是我日常生活中的审美时刻的重要组成部分，不管有什么事都要放一放，这个时间是要看云的。

云不是一团整齐的水汽，它的边缘永远是不清晰的。即便是那种被风推动着快速移动的积云,在有云与无云的边界上,也还是有一种渐入式的从无到有,由淡而浓的过渡;甚至是不停地翻卷:上面的到下面来,下面的到上面去。一边这样翻卷着一样纵横驰骋,一派两不耽误的潇洒豪迈和精密细致。

这就决定了天上的云和地面上任何人造物的不同。人造物断然没有那样的过渡,什么就是什么,有就是有,没有就是没有。人造的东西永远在简单的范畴里,难以复杂工巧如自然。

天上没有两片相同的云,同一片天空里没有,每天不同时段的天空里也没有。这一点,天上的云和地上的人是同样的。只要是自然界的就不会绝对相同,而人造的,人们作为商品追求的永远是绝对一样的目标。

我看云的时候,像是侧坐在列车的窗口,列车不走了,旅客却一点也不以为意,一味地看着漫天的云彩,沉浸在超离了现实羁绊的沉醉之中。

我经常会因为看早霞和晚霞而无法在这两个时间段做别的事情,只一心凝望。看朝霞晚霞之所以更吸引人,还因为云是彩色的,不是一成不变,而是一直在变幻。像有一台大戏在不停地换背景、换道具、换服装、换表情;有没有情节你自己去想好了,反正别的都在变。

我去过那有落日的西山山脊,却总是禁不住会有孩子式的疑问以及这样疑问到来以后自己的哑然失笑:为什么总是在我离开以后太阳才在那里降落,使我不能更靠近那绚丽的云?

不可描述的彩云并非单纯的绛粉色,中间还掺杂了合适的灰色,其灰度随时间增加,却又一直不失晚霞之为晚霞的粉红色调。渐渐地粉红色退去,随之而来的并非黑暗,而意外的是一片白亮,这白亮是刚才一切的色彩变换的底色。

这个时间已经持续了一个多小时，大地上已经开始黑暗下来，大地上的灯光已经比那山顶上的白亮更亮。西山顶上的这出大戏还没有结束。它一定要渐进式地结束，要将婉转进行到底。

出其不意的，在几乎可以说是距离西山顶上日落的位置很远的地方，天空中突然出现了一朵彩云，在深灰近于乌黑的背景里，那朵彩云非常突兀，像是被外力所驾驭，或者在什么强大力量的驱使下才做了一次那么遥远的旁逸斜出；尽管，它很快就暗淡了、消失了、不见了。这好像是专门给我这样一直在看的人看的，因为没有盯着看的人是不会意识到它的离经叛道式的骤然显现与倏忽而去的。

我看到的这一切，已经比实际的地理天象都更美。天上的云如人间的音乐和绘画，总是有能力超拔于人类往往无可奈何的庸常之上。于是我们也就总是把超越人间的美好，自动赋予上天所昭示的这高高在上的天象；或者说，上天从不因为人间的不令人满意而有所懈怠。

看云是孩子的乐趣，也可以成为成年人的乐趣，关键在跨越中间那些人生历程中貌似无法克服、其实终究是能从中走出来的障碍。当然，这有个大前提，那就是还有云可看。

西山卧佛

即使阴着天，没有夕阳，也没有落日余晖，山前平原上的灯光渐次亮起来的时候，不无含混的大地景观也依然充满诗意，让人思绪漂游，凝望良久。这种人类在大地上栖息的恬静，总是有使人安宁与平静的神奇功能。连那用虚线的方式标志出了大路走向的路灯，也不让喜欢没有灯光的自己反感。它们像是特意为装点这日暮时的诗意而点亮的。

我在楼顶窗前借着越来越暗的天光所进行的阅读无以为继的时候，一抬头便沉浸到了这样更让人陶然的诗意之中，全然不以一个人的黄昏与夜晚为意。

尽管，这是一个几乎完全看不见近在咫尺的西山的傍晚。我完全能想象西山的位置和形象，以窗户和墙壁的固定尺寸去衡量，分毫不差。

每天遥望西山，西山的每一座山峰都已经那么熟悉。尤其是卧佛。

卧佛实际上是仰佛，脑袋鼻子身子，都像一位伟人仰躺着的样子。如果说仰卧也是卧的话，那这个卧佛的称呼也是可以成立的。据说当年一位伟人曾经来过此山东部的平原，站在麦地里遥望，连说了几声：像、像、像，然后就又回到车站离开了，似为了避免直接相见——当然这最后的猜测一定是后来百姓的附会。

这个传说给这座卧佛增添了极大的神秘色彩。但是有一点是可以肯定的，那时候的本地绝对没有雾霾，也没有这么多高大建筑，只要稍微离开市区一点就都是小麦高产区的一望无际的平原景观，可以直视无碍、一览无余。站在大地西边的天际线上的一带西山，也就可以清晰地呈现在视野里了。那时候人类的能力还有限，俯仰天地、匍匐在自然的怀抱里还是人类总体的特征，还是人与自然充分和谐着的农业时代。

从那个时代到现在几十年时间里，人类跨越了以前几个世纪都不曾迈过的大步，变化可谓天翻地覆，说是山河异数大致上也不为过。而卧佛，居然还一直保持了下来。只要没有雾霾，只要歪着脑袋躲开高楼的遮挡，就还能望见。

不过走近山麓，就会发现，"卧佛"实际上是一连串的巧合凑成的。住在山脚下的人们是意识不到什么卧佛的，如果不是平原上的人们这么说的话。而从平原上回望着一系列君临平原的山脉，也正是因为它们前面就是平原，视野可以无限延展，才得以将自己逶迤的山脊线呈现在遥远的平原视野上。

这个景观已经形成了亿万斯年，是造山运动的自然结果，至于后来与谁像或者不像则完全是历史在这一个瞬间里的一种人类文化的映像。至少在产生这个映像的当下这个时代，山就已经被赋予了象形之上的符号化的意味，是人类文化遗产的一部分，当然也更是山前平原上的风景的一部分，是栖居在大地上的人们的日常审美的一部分。

卧佛在这样的意义上，更为所有人的目光所聚焦，更为所有人所喜爱。它是家园之所以成为家园的标志，是这里一代代人生的恒定背景。

然而最近几十年来，因为这一带山脉靠近平原，有运输之便，所以开山取矿愈演愈烈。现在虽然大部分保护了，不允许开矿了，但是也并未杜绝。卧佛的核心部位之外，还有昼夜不停持续不断的水泥厂在开山取石，隆隆的声响永续不绝，烟尘虽经遮掩也依旧会从高处弥漫，每当夜晚降临那半山腰矿山上的灯火就成了黝黑的山体上耀眼的存在；时时威胁着这千巧万合的自然与人的文化奇迹……

好在至少在现在，还可以清晰地看到卧佛。

每天可以清晰地看到之余，也知道什么都不是永恒的，自己不永恒，山也不永恒，所以趁着两者都还在的时候，遥望西山就成了我在郊外的家里雷打不动、乐此不疲的功课。

即使每天看到的都是固定的风景，只要那风景的质地是大自然的原始风貌，就也一定还是会让人久看不厌。每天看日落，太阳都是落到卧佛的后面，开始是它肚子的部位，然后慢慢向着腿部移动，移动到夏至就开始回行……

一年四季，卧佛身后每一寸地方都曾经有过日落后的万丈光芒，那光芒在没有雾霾的日子里就可以将卧佛分明的曲线最后标志出来，清晰地呈现在人类视野的大幕上，让人一再忘掉科学的原理而宁愿至少在那一刻相信，相信山里面住着神仙。

晚霞之后的云天

尽管是阴天,也还是有晚霞。只不过晚霞出现在最后的时刻,阳光落到山下以后仰照天空的一瞬间里,西天角上的阴云终于给阳光让出来一条缝隙的那一瞬间。

即使是一瞬间,六月中旬的晚霞也还是足够壮丽。只是,随后它就暗淡了。在这个季节,已经没有人再为迅速暗淡了的晚霞叹息。因为晚霞也有热量,不如阴天舒适,人们经历着大地在燃烧的盛夏,对没完没了的热量,已经有点承受不了,除了麦子愿意承受,收割回来晾晒在路上的麦子愿意承受。

晚霞消失之后,天空意犹未尽,有一种透明的光,不同于夜里的模糊一片的漆黑的,尽管暗淡却也透明的光,依然坚持在西天上播撒。被它照耀到的云,都像是有背光一样,将不规则的边缘染得明明亮亮。

云的边缘亮,云的核心也跟着提高了一个亮度、一个透明度,好像随时都可以像玻璃那样完全被光线洞穿。这是夏夜的光芒去而犹存的一种典型迹象,是天地为了要将临近夏至的时候的昼长夜短,演绎到极致的时候的一种煞费苦心。

巧合的是,今天的西天之上,不是一片云,也不是几片云,而是一层均匀地铺展开的一大片云。这一大片云之间的裂缝,透过青白色的光来的裂缝，就是云和云的界限；这种界限既分明又含糊，它们完全没有规则，像是一块安全玻璃被撞碎以后的样子：碎是碎了，但是互相还连接在一起，没有飞溅，没有将它们遮挡着的天空让出来。

西天之上的这一片裂纹玻璃沐浴在晚霞消失之后的透明的光里，质地晶莹，俯瞰着已经因为黑暗而亮起了点点灯火的大地；它们像是某种铺展的阶梯，某种可以顺着任何一条缝隙攀登上去的登天塔，至少可以让目光一点一点地有根据、有线索、完全实证、似乎随时可以付诸实践地上移。

上移的不过是人类目光的惯性，其实现在没有任何一个人愿意真正去攀上那没有保险的通天塔，大家还是愿意驻足在好不容易凉爽下来的大地上，站在连大地上的灯光一起被仰望的这个角度上，久久地遥望。

晚霞消失之后的瞭望，是专属于盛夏的夜晚的享受。它和太阳没有升起来的清晨一样，都属于这个季节里最美的时间段落。它们都是天地抚慰人心、人和万物都是天地的孩子的最可被证明的桥段。

如果不是住在郊外的家里，我将必然错过这样的桥段，必将因为错过而在内心里怀疑一味地炽热是天地抛弃了人类的表征，乃至心情日渐焦灼与灰暗、乏味与庸碌。

是天上的光慰藉并且同时指引了人心。前提是，你得有条件看见天上的光。

秋天到来的一瞬间

一场场七下八上的雨下到八月中旬的这一天上午的时候，停了。罕见的，阳光出来了。阳光出来却有点异样，不似原来那样所有的雨似乎都于降温无效，不再是阳光出来便立刻会重新陷于闷热潮热之中，而是有一种通透的超拔，有一种虽然阳光强烈，却只停留在表面，已经不再深入建筑物与阴凉中的难得的妥协。

这就是秋天。

就在这一刻，秋天降临了。这一刻距离立秋已经过去了大致一周的时间，气温和人们的穿着都没有变化，粗心的人也不会意识到有什么从表面上可以判断的直观的现象，但秋天就是在这一刻第一次抵达了。

阳光强烈，光影对比鲜明；天高地远，爽利自来，好像本地的海拔被提高了不少。一向都被热雾弥漫遮挡着的树梢、花边上的细节都清晰了起来，而阳光打在叶子上将叶子的筋脉都照彻的样子，也都像是一幅幅封面照一样，充满了吸引人伸手触摸的质感。

不必去研究这些画面究竟有没有成为封面的质地，只这样充分的欣赏心情便是酷暑中难以持久拥有的。现在虽然还是需要避开阳光，还需要驱赶着蚊虫，但是隐隐地从树荫深处已经有明确的凉意浸润过来，很小、很少，也很明确。要想确认它只要到屋子里就可以明了：屋子里和屋子外的感受已经迥然不同，不管外面的阳光多么强烈，屋子里居然没有了暑热天气里的那种内外一笼统、无差别的热，而变成了一定程度上的凉爽宜人。如果你还嫌这样的凉爽宜人不明显，那就等到一早一晚的时候，一旦外面的阳光还不强烈或者已经暗淡下去了，屋子里就能明确感到南北方向凉爽的风了。当然前提是在郊外的家，是周围只有田野而没有建筑的遮挡的地方。

尤其在早晨的时候，随着一阵阵轻柔的晨风，柳树柔软的树梢轻轻地起伏，呼吸到的每一口空气都是甜凉甜凉的，好像不仅将不远的远山上的荆条乃至山石的气息吹拂了过来，不仅将大地上整齐的玉米森林的味道裹挟了过来，还已经将秋天成熟的种种水果的芬芳均匀地散布到了每一个空气分子里，让人呼吸甘美顺畅，每一口都喜不自胜。呼吸已经不再只是口鼻的事情，浑身上下的皮肤也参与了进来，全部的身心都参与到了这无边的沉醉中。

这个季节，一定要早起，一定要在五点之前起来，到窗口，到户外露台上，去遥望着还有点黑暗的大地，做全身心呼吸的享受……

这就是秋天，本地的秋天。

据说高纬度地区哪怕是盛夏也都是这样的，不存在黏热，不存在让人热得喘不过气来的低气压。但是在这俗称夏天热死、冬天冷死的华北平原上，季节鲜明，季节的过渡也往往只在一瞬间就已经实现。每次实现，每次从酷暑到秋凉，从寒冬到春天的实现，都会给人带来这样发自心底的惊喜。好季节总是在人已经不再怀有期望的绝望中骤然而至，过来人虽然满满的都是经验，但是每一年的酷暑和严寒也都像是从来没有经历过一样让人难以忍受。在难以忍受的绝望里，几乎已经对久盼不至的好季节已经遗忘。事实一再证明，也只有这样彻底遗忘了的时候，好季节才会终于到来。

　　干旱和建筑与人口的过度密集，当然还有全球变暖的势不可当，都使得一年一年的一个一个夏天越来越难过，从而也就越来越盼望秋天，盼望今天这样秋天真正从身心感受上到来的时刻。

　　今天之后，暑热会不会还有反复？大概率是会有的。但是只要有过一次这样秋意的抵达，以后所有的热就都不会太过分了，不会夜里热得睡不着觉了。自从有了今天这一刻秋天的最初抵达，就说明在你不得不生活在本地的生命历程中，终于又胜利地度过去了一个极端的季节。

秋天里纯粹的一天

早晨的冷雾从水面上丝丝缕缕地升起，阳光衰弱到无力将它们驱散。河里的水温高于早晨的地表温度导致的雾气升腾，是这个季节里的一种不大不小的奇观。这样貌似自然而然的现象早已经在北方干旱的大地上消失了很多年，现在如果不是这种做成了河的形状的长条形的"池塘"的储水功能，就再难重现。从这个意义上说人工的绿道与修建了橡胶坝的不能流动的河，也的确是功不可没，它恢复出了曾经有自然的流水、有野生的植被的时代里的某些已经从一代人的记忆里消失了的自然奇观。

水边的芦苇叶子上、柳树叶子上的一点点发黄的光亮显得异常宝贵，而即将展开的一天又是一个雾霾中含混不清的日子，还是一个难得的晴朗通透日子，这时候谁也无法判断。一直到上午九点以后一切才真相大白，不知道是从哪里来的风，短暂而强劲的风将一切脏污全部清理掉之后就还给了人们一个纯粹透明的世界。每一年的秋天里都有会一两个这样的好日子的，它们是标准的秋天，是秋天里最纯粹的一天。

蓝色的天空下阳光炽烈而不灼人，阴凉里的冷已经积累到了一定程度，但是畏于正强烈照射着的阳光而仅仅限定在阴影的范畴内，没有逾越。走到阴影里去看阳光，阳光照亮的树叶，不论是红的黄的，都显示着秋天之为秋天最灿烂的特写。

走在这样的环境里的人好像都连着衣服一起洗过了澡，一尘不染，清晰逼人，仿佛是画中纯粹的世界，是劣质电视剧里走在摄影棚背景里的虚拟的市井人物。世界突然变得不那么真实，尤其正从冠盖巨大荫翳深深的枫杨树林里走出来的人，因为每一个细节都过于清晰，有那么一瞬间已经让你觉到某种不自主的疑惑。

枫杨树挂着铁锈色的辫子似的果实串儿，身姿如伞，将阳光挡在自己的伞盖之外，那些透过来的缝隙里则是道道舞台一样的追光灯。追光灯不仅透过了枫杨树，还透过了结了满头暗红色的果实的栾树，还透过了不结果只黄了叶子的槐树，它们在地面上，在草地上的影子，都像是参演舞台剧的演员，扮演了稀奇古怪的角色。这种舞台感最为强烈的地方还是路口，几条路在此汇合，分岔的路口上有角色的影子，有追光灯交错的照射，平展的路面上倾斜的纷乱里自有一番好像有了什么情节的交叉与耐人寻味。

不过这出此时此刻到处都在上演的戏只有一个题目，叫作《静》。秋天里的阳光下的一切，都是在温度适宜中的静。尽管稍微停留时间长一点以后，你唯一暴露在外的皮肤，双手的手背上还难免落下已经动作迟缓了的蚊子，甚至在你拍照的时候过于专心于眼前的光与影的戏剧的时候，它们还能在你的手上咬下一个个发痒的包。不过这个包已经比初秋的时候小了很多，痒的时间也已经大大缩短。

你身边走过去的步行者，因为有一定的速度而可以无虞于蚊子的叮咬。他们实际上一点也没有注意到蚊子的存在，他们专心致志地沉浸在自己的行走里。他们用行走的方式在某种程度上突破了庸常生活的束缚，模拟了人类古老的步行：行走者是国王，大地是他的领土；或者是通过步行到达的地方都是他们的家；至少是处于一种丰盈而没有限度的状态，非日常所能有的状态。

你身边跑过去节奏感很强的脚步轻盈的健身者，骑车过去的男女穿着完全一致的骑行服，而村口那两个总是带着一只狗在菜地边坐着的老人身边，也一如既往像是有第三个人在场：那个人是正在讲评书的粗嗓子单田芳。单田芳在乡野上是永生的。

天光在短暂的黄昏刚刚开始就行将结束，太阳落山以后橘红色的光芒只能照耀到起伏的西山山脊上面的一条天空，整个大地都已经黑暗了下来。山顶上亮起了一盏灯，然后是大地上一串路灯，屋子里的台灯已经可以打开了，因为秋夜已经到来。今天这出叫作《静》的戏剧在这时候才将白天里有阳光参与的热闹对比了出来。原来那时候的《静》是依然热闹，现在的静才是《静》，是山前大地上无远弗届的静。

在这样的静里，郊外的家的生活，是一种纯粹的生活。吃喝拉撒睡之类的身体范畴的本能，都只在最低限度上被使用，所有的时间几乎都围绕着精神世界展开。关键是这样的展开一点不受打扰，任何时间都可以看书，任何时间都可以写字，可以在一起床的时候就直接开了电脑将梦里产生的念头补充到没有写完的文字里。而窗外大地上的四季，不远的远山上的日出日落，楼下的田野里的庄稼的耕种和收获，则成了源源不断的源泉。所有的灵感都源于有感而发的表达冲动，这种冲动自然而然，属于最古老的写作缘起范畴。

这样纯粹的生活虽然难免有时候也觉着落寞，不过那只是些稍纵即逝的片段，更多的还是写累了就睡，十几分钟的深睡眠之后就又精神抖擞地开始写了的充实。每次醒来都很愉快，都没有任何理由地高兴，都会为生命中再次展开的一段时光而庆幸与感怀。

秋天里这纯粹的一天，将以晚上九点之前开始的睡眠结束。那时开始的静，将围绕着悠远的梦继续进行，而通往什么地方，暂时还无法预测；有一点是明确的，那就是在明天早晨醒来的时候将会有盈满了身心的蕴藉与祥和。

雾霾中的早晨和黄昏

住在郊外的家，很喜欢看黄昏，看黄昏一分钟一分钟地降临。

黄昏的变化，每一分钟都和前一分钟不同。西天上的光直到屋子里早已经黑暗下来了，还在不停地变幻。使痴痴地遥望的人，觉着凭空多了一大块时光。

这是一个阴天的黄昏。云在天顶上逐渐开始演绎自己缤纷的姿态，略略的白色中心周围是浓淡相宜的青色乌云，淡淡的却也同时又浓浓的，晕染得没有瑕疵，正所谓天衣无缝。这样的观感源于阴天也是"天"，是正常的大地伦理秩序中的一种；人造的雾霾天气则不是，完全不是。

这一天的雾霾从西部的山区涌起，一下就遮蔽了早晨还能见到的西山，让那个方向彻底成了一片含混。但是这种含混好像没有到眼前的平原上来。不用庆幸，这实际上是人的视觉所致。视觉可以穿透非常靠近的霾。

苍黄的雾霾在山区更容易让人窒息。山也因为雾霾而成了霾的颜色，没有黛色的山峦了，而像是一座座巨大的固体霾。这让人压抑乃至绝望。搞多少旅游小镇，都不能拯救这样的观感。

雾霾之下，近在咫尺的山脉终于完全遁形，没有一点痕迹。在这样的自然之中，除了一如既往的安静以外，已然乏善可陈。且因没有建筑物遮挡,视野开阔,所见茫茫之域,**雾霾**的感觉也就比看不出去多远的城市中更明确。

这时候,外面寒凉冷漠,没有阳光,只有**雾霾**,孤寂的冷从里到外弥漫。在始终安静的家中待了整整一天,闭门不出,无声无息。抵御外在的寒凉与绝望者,唯有靠亲友相聚,抑或是个人精神丰富。不沉湎于个人精神的创造者,无以度过漫漫时间长河。

不过,**雾霾**中的早晨和黄昏,和别的时间段一片含糊不清还是有所区别的。雾霾的铺展以地表为主,一般来说不是很严重的时候,正头顶上的天空中还是可以看到雾霾之上的蓝天的。即使平常时间看不见,在黄昏或者早晨的时候,因为光线倾斜的缘故,往往也会多少有那么一会儿可以看见阳光,甚至看见与阳光伴随的蓝天,一部分蓝天。

同样是雾霾挥之不去,但也还是住出来、住到郊外来,才深深体会到,住在城里的时候我们付出了什么样的代价。甚至可以说只要住在城市里,生活质量就都是不高的。基础的环境决定了一切,不管装修得多么豪华都没有用,都改变不了外在环境,改变不了视野。

房地产最密集的城市,牺牲了现在和以后多少代人的最基本的环境和视野,使大家都隔绝于四季,使后代拙于源出自然的感受机会和创造力。

郊外的雾霾程度,还处在城里的前多少年的阶段,还没有将人们的一天时间全部覆盖。仅仅是这一点也足以让人放弃城里的方便,转移到雾霾小一些的郊外来吧。

这个早晨,太阳从**雾霾**之上乌云的裂隙里,用探照灯一样的光柱照射着地面上的什么地方。即使没有被它直接照射,只是看到了它在这样照射，也让人兴奋不已。如果是站在麦地边上看到的这个景象，有广阔平坦的前景，那就更其值得拍照留念了。

这个黄昏，太阳再次冲出雾霾的重围，终于可以用自己的光穿透人类的污染那么一下了。它像个月亮一样露出红红的脸；城里看不见这张红脸，只有山前平原上才能看见它正将西山的逶迤之状照射出来，供一天没有遥远视野的人凝望，获得一点打开天窗透气般的舒畅。

这很惊艳，出乎意料，让霾区的人们好喜欢。

这样的早晨和黄昏有治愈效果，有抚慰人心的力量，有让人觉着生之愉快的功能。

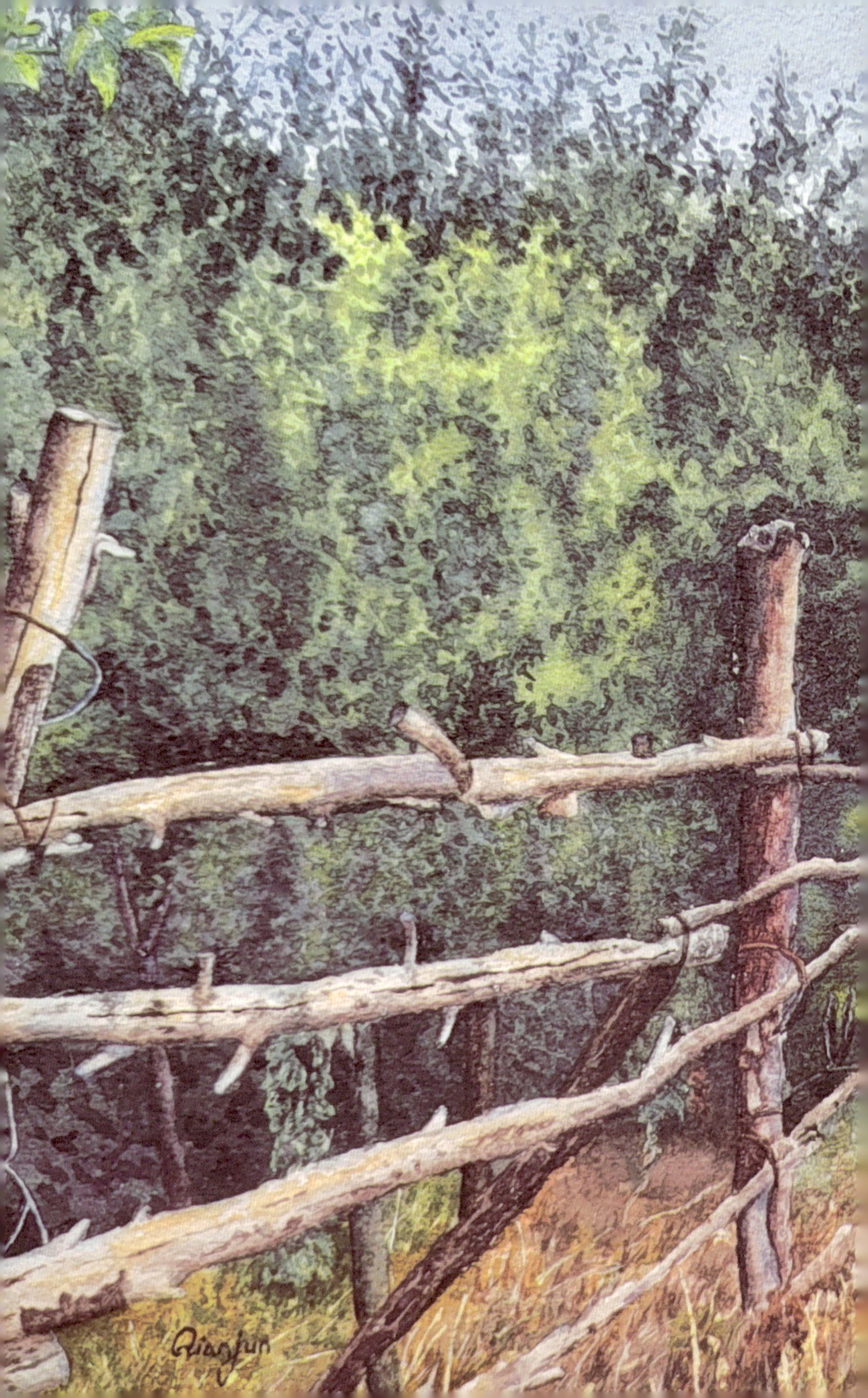
Qianfun

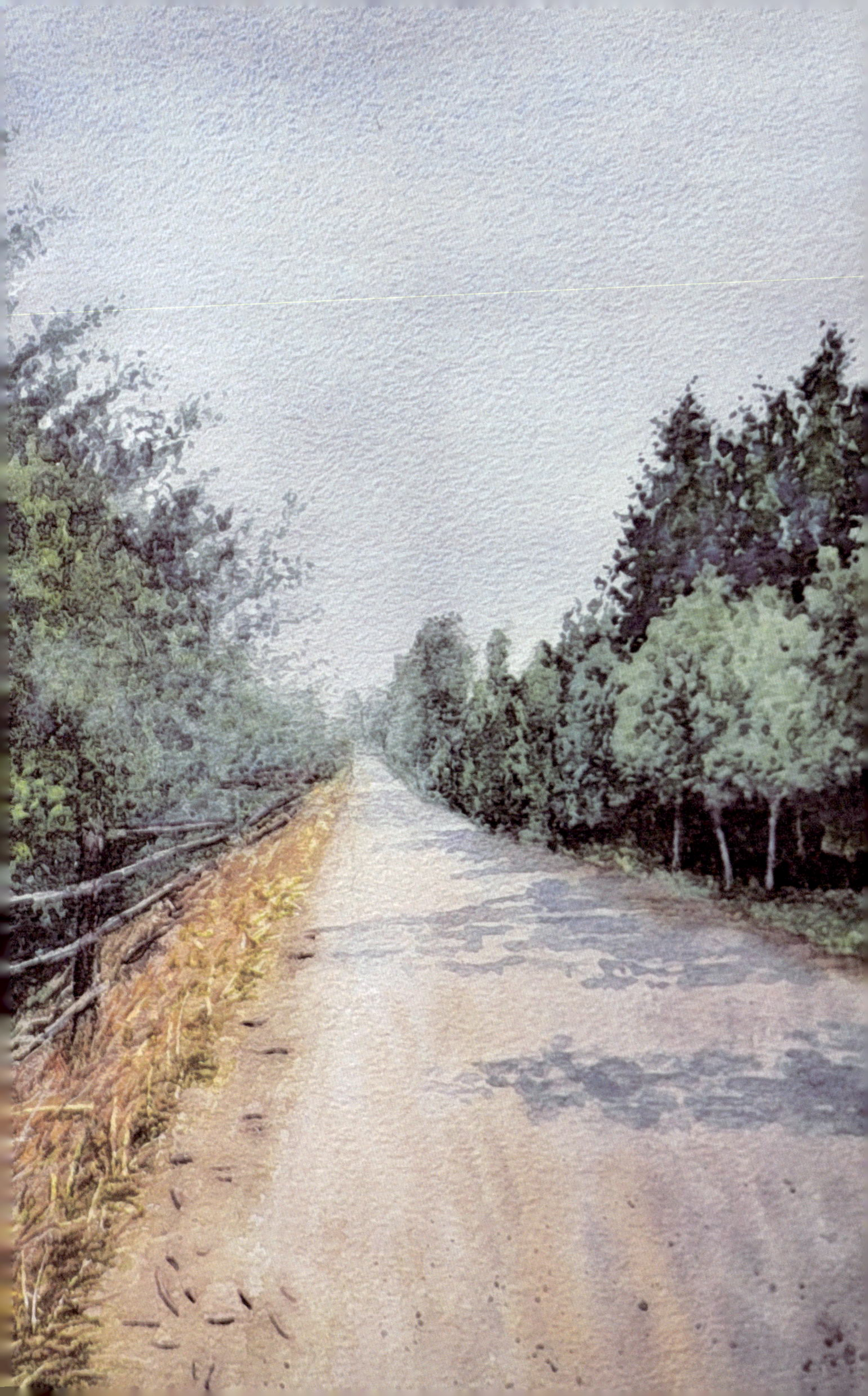

大地行游：徒步跑步和骑车

西北方向那一带未经开采的山脚

住在山前平原上，面对平原和山脉相交的宏伟地理节点，面对那不无神秘的两种迥然不同的地理风貌的衔接地带，除了坐看排闼而去的广袤平原和一带不远的远山的逶迤之状外，还总是让人不由自主地想去一探究竟，想走到山脚下去看看山和平原到底是如何过渡的。

不过这种地理追寻意味的冲动，一直都被山坡上过于密集的开矿取石的巨大伤疤所阻隔。远处观察可以判断，只有西北方向的一小段，还是唯一没有被开山取石的一带。

那一带山前大渠边，还是有茂盛的林莽的地方。刚刚到了谷雨，树干上没有人为限制的枝杈就已经密集地要将窄窄的小径封死了，一个人推着车子经过也每每需要低头弯腰错身。这样的不容易，使人有了探索的激动。

这种树脚没有刷白，树下各种灌木草木自由生长、未经剪枝的树枝树杈纵横交错的样子，作为原始的树林之状，正是其最诱人的地方。所有的细节连接在一起，洋溢着一种仿佛未经人迹的原始之美。这当然不是真正的原始林莽，不过是疏于管理的人工林而已；但是即便是假象，在人口密集的华北平原上，也已经罕见。

平原上几乎所有的地方都已经被道路、建筑、庄稼、苗圃和经过了严格的规划的所谓绿带占据；看惯了横平竖直的几何造型与树种一致、粗细高矮一样的树木形态之后，这样杂花生树的野态显得弥足珍惜。

大树根下钻出来的马兰和鸢尾花在无人照料的情形下自顾自地开出了紫色的花，它们不成片，不整齐，带着有先天缺陷的样子，正是被自然地势地力与环境折损以后的一派天然，也是流水汤汤的渠水之侧的季节性发育的原生态。可惜的是，这条沿着渠道的林中小路走了一段就不能再走了，垃圾和沟壑一再将其隔断，让人寸步难行……

而想靠近那未被开采的山脚的努力也因为完全被什么单位的铁丝网圈占着而终于不能达成。站在铁丝网外望一望，望一望没有被开采、保持着亘古以来的旧貌的山脚，从平原过渡过来的第一处山脚，也是很让人觉着不一样的。

从平原上耸立起来的高山，虽然有山麓的逐渐升高的一点点过渡，但是总的来看无疑还是属于陡然拔地而起的地理格局的。这是多么神奇的事情，山下的平原一直向东绵延到千里之外的大海，或者说从千里之外的大海铺展而至，偏偏就会在这个位置陡然成山，而且再向西就都是绵延不绝的崇山峻岭！

从平原上来爬上这第一道山，爬上去俯瞰平原，爬上去遥望西部如大海波浪的山峰，大概是世世代代的人类的最自然的本能。实际上历朝历代也的确如此地延续了不知多少年，山上的庙宇就是这种地理本能从而也是信仰追求的一种标志。但是到了最近几十年，这一切都不得不戛然而止。以毁灭山体为代价的发展，其状惨烈，其贻害无穷。

如此说来，真要感谢某强力单位在这一带山脚进行的大面积圈占了!没有他们的圈占,估计这里的山体也早已不保,早就被开山取石毁掉了。虽然已经不能深入山脚或者由此登山,但是至少留下了一处可以遥望的所在,留下了一处没有破坏的自然遗产的标本吧。

遥望着会发现,山麓之大超乎想象,从水渠到真正的山体之间还有相当开阔的距离。这一段开阔的距离之间,有树丛,有沟壑,有坡道,地形丰富而野态苙然;真正有未经人类过分打扰的山野魅力。

这样的山脚荒野,曾经是人类完全不以为然的自然地貌。现在被另眼相看,是因为其已经实属罕见。因为其余所有临着平原的山脚都已经被开采过,不仅山形残破,建筑物也已经将全部的山脚一律占满,都已经没有了这样原始的山与平原之间的自然关系。古人一定无法想象,无法想象有一天这种天经地义的山与平原相交的自然关系也会被后代人力彻底毁灭掉。

审美作为一种无用之用,其实是符合人类长远利益的最直观的判断标准:一旦不美了,也就一定是违反了这个标准,被惩罚也就是迟早的事了。可惜惩罚的往往不是,至少不单单是当初的开山者,而是当下和后代所有的人。

到山麓地带散步

雨后山前平原上的春天，因为涵润而有了难得的丰茂与宜人；雨还将雾霾洗净了，让这个雾霾下干燥的春天终于有了一天格外美好的时间段落。

苗圃林边的菜地里，有新菜出芽，也有桃红梨白。这些自然的非绿化部门的花树景象，更像是自然秩序下不无缺陷却也非常真实的春天。倾斜的街道边的一棵硕大的泡桐树，树上的紫花已经渐次开放，散发出甜蜜的幽香。这样走过开花的大树，和缓地沿着一条斜街去往山前的路，像极了某种理想之境中的场景，带着可以挂到墙壁上的画框里去的画面感；比那还有意思的是，你自己就是其中的一部分，不是主人公也忝列其间成为最有幸的参与者。以这样的愉悦的心态，望见废弃老院荒草之中一树无知无觉地独自开放的桃花，也就可以站定了欣赏许久了。

住在郊外一大好处是，即便下午出去走走，骑车走上一段，走过这样一些春天的景致，也就到了山前，到了山麓上紧挨着山坡的地方。

在这样山与平原相交的地方，人是非常舒展的，推着车子走，已经有了空中漫步的好视野。因为以往需要劳师远行才有可能抵达的风景，现在举步便至，就有了一种近乎天然的优越感，此之谓地利之便。这是栖息在大地上的人的一种怎么说也有局限的活动范围使然，如果有机会到不同的地方住一住的话，就可以相对打破这样的局限，有了这样最直接的收获。最近便的地方，总是我们抵达容易而情绪不易为旅途劳顿干扰的所在。

这种介于山与平原相接的地方的道路逐渐升高，直通近在眼前的高企的大山的地理格局，使人获得步步高的喜悦同时，还让人不由自主地时时回望，收获越来越广阔的视野和心胸；更可以很方便地从平原走进大山的气息里去，走到它可以隐蔽的范畴之内，去体会庞大的山野自然的无边无际的好气息。

在整个华北平原上的大的自然物，比如森林、河流、湖泊、旷野都已经消失殆尽的时候，山几乎就已经是唯一的不能撼动，准确地说不能完全撼动的大自然了。

虽然经过几十年的就近开矿，几乎所有邻着平原的山都已经被开得千疮百孔，敞着一块块巨大的伤疤，但是毕竟现在大多数的山体都已经不再允许开采，这些存在了千万年的雄伟山脉，在相当长的一段时间内大概是得以继续存在了。现在看来，将山只作为一堆石头的开山取石的收益，远不如将山作为一道风景的山水审美价值：虽然不能直接卖钱，但是可以不污染环境，不破坏自然风貌，可以永续带来源源不断的游客和长久的品牌效应；同时也是对大地山川、祖宗地脉的自然伦理的敬重、传承。

看看太行山沿线，北京西部的山区几乎完全没有凿山开矿，就可以知道原委了：一是当地经济压力小，远没有到河北河南太行山沿线长期挣扎在温饱线的水平；二是当地的眼界超拔，从一开始就意识到了维护祖宗山水完整的重要性，包括自然伦理价值乃至经济价值的重要性。

紧邻着平原的山麓，被开辟成了面积很广大的栈道绿地。人们可以在曲折蜿蜒的栈道上漫步，在山麓上仰望山峰、俯瞰平原的好地势上走来走去，放风筝；当然还有挖野菜的，有站定了沐浴在这一片好景象里长时间聊天的，有一个人踽踽独行的，有一家人随着孩子的欢天喜地而快行慢走的，这就形成了一个其乐融融的硕大的广场绿地景观。这个景观因为借用了宏伟的地势，所以有着其他城市公园很难拥有的庞大而神奇的气质，是为山下平原上的人们在楼宇密集的生活格式里的一个难得的舒展场所，一个就近便可以进入浪漫之境的地方。

没有把所有的山麓都开发成房地产，没有把寸土寸金的土地挂牌拍卖原则贯彻到全部的土地之上，这还是非常值得称赞的。尽管有人说这不过是为了提升周边地块的售价的一种方式，但是至少客观上能在一定程度上克制住将全部土地变现的巨大而持久的冲动，还地于民，保留这么一片地理位置最好的地带作为公园绿地，也还是住在本地的人们的福分了。

这样的福分因为带有分明的偶然性，所以可遇不可求；一朝降临，便需要抓住机会，多来几次，多体会体会这好位置上的地理之美了。

这应该是自己住所周边固定的几条，属于自己的骑车徒步路线之一；是锻炼路径，是审美大道，更是妥置生命中的时间之一途也。

山前平原上的大地漫游

虽然说家就在大地上，楼下就是麦田，在家里坐着就已经是置身自然，经常舍不得离开，哪里也不愿意去；但是春天毕竟还是春天，还是吸引着人要离开屋子，在大地上去走一走。

疫情防控期间导致的封村并未解除，大地上几乎所有的乡道村路都被硬隔断着，留下的路口也都有带着红袖标的人严格值守；让人不由怀念过去那种纵横交错可以畅通无阻的状态，那是多么珍贵的通畅。

这样一来，能走的路就只有大路，国道省道；还有些不经过村庄、只在大地上延伸的，没有硬化的小路。终于走上这样的小路的时候，才算是找到了以往大地漫游的感觉。

谷雨时节，是春末夏初时候最后一段温润的好时光。阳光还有收敛的时候，蚊蝇未生，晨昏坐卧都不冷不热，而大地上的万事万物都在一片葱茏的生长里。

总是生长在养殖场、砖厂、临时大棚之畔的泡桐花正在高大的树上开放，紫色花朵又甜蜜又泼辣，像是土生土长的美人，一直在美却并不自知；引人驻足观看了，也完全不以为然。

紫红的樱花和明黄的连翘谢了以后的绿叶，已经茂盛而蓊郁地长了出来；树冠之中残留的颜色和菜地里正在盛开的油菜花之间的黄色之间，形成了似有若无的呼应。

菠菜已经从新绿变成了黑绿色，土豆整齐地出了苗，早长的葱又已经是整整齐齐笔管条直的一片片了。菜地边上的四月焦的白色小花总是最吸引蜜蜂的，穿插在四月焦白色小花花丛之中的斑种草紫色的花朵已经将粗糙的地面铺成了花毯。

我蹲下来对着这花毯拍照的时候，从村子里骑电动车迤逦而至的一个女孩在一闪而过的同时一直在扭头看，看我拍的到底是什么东西……

占据大地上的主角位置的，当然还是麦子。麦子开始拔节吐穗，点缀在麦地边上甚至是麦地中间的、开着密集的黄色小花的播娘蒿，也乘机异常茁壮起来。播娘蒿和麦子都是一尺多高的身量，正好可以将自己无边无际的广袤袒露在行走在大地上的人眼前。让人觉着辽阔、舒畅，觉着可以这样一直走下去，有始无终，无始无终。

尤其是这样漫步行走着的背景是平原尽头的一带起伏的山脉的时候，这样的行走就变得既广阔又立体，充满了让人乐此不疲的诗意。生活至此，突然就有了一种意外的惊喜，这惊喜不是一瞬间，而是弥漫开来的很长很长一段时间，至少在今天在山前大地上漫游的脚步不结束的时候，就不会结束。

人生的理想和目标不必再做任何奋斗，只需这样连续迈步前进就可以保持正在实现的状态。所有的风云际会和拼搏拉拽至此都可以告一段落，在轻松地向前走的过程中，一切的一切都已经放下，都已经不在话下。

这样的行走可以不计时间，中午也不比别的时间热多少，习惯性地要吃饭的时候坐在苗圃的树下，面对麦田和青山，吃什么都格外香，没有喝茶习惯而偶然带出来的一壶茶也像是品茶高手一样满满的都是滋味。

因为土地和植被的气息在每一次无知无觉的呼吸里都直抵通畅的心扉；因为无边无际的麦田簇拥着你却又都在你的视野之下，不遮挡远远的一棵树，更不妨碍你对很近很近的一带山脉的向往。

山就在跟前，却是和山的走势平行着在大地上走，只向往，不去真正走过去；这是经过了生活的颠簸之后获得的经验：在合适的距离之上的美才可能永久，或者说是所有的美都在这个黄金分割点上才最佳。最佳的漫游方式就是这样一直沿着山前的平坦走，不走向山地的崎岖，也不走向看不见山的平原深处……

在谷雨时节，在山前平原上自由地走下去，无分时间，不论远近，人生的极致便是如此了，至少是人生极致之一种。

这样的高峰体验在我的生活里获得实现的可能性，因为住到了郊外的家里而空前地多了起来；多到了让自己不得不小心翼翼的程度，生怕不小心而毁弃了它们存在的基础，而永远失去这种灰蛇草线、正可追寻的好状态。

甚至，就连这样的"生怕失去的小心翼翼"本身，也成了一种让自己发笑的美好。

不去想吧，只在大地上，做无事的漫游……

平常已经是每天骑车上下班了，好不容易到了周末，却没有一点偷懒的意思。因为今天可以很早就出去，骑车到大地上去漫行，自由行止，无拘无束。今天的骑车与往日不同，今天没有时间限定，完全自由，很像是儿童的忘我，很像是成年的狂欢。

早晨，天地间的一切尚在朦胧中，人行其中，与万物相融。一起经历天色渐明的过程，万事万物自然而然地开始，这种物我同一的体会，一定是早晨最为强烈。你至少感觉得到你和周围的植被一样，由此开始将拥有一整天既无目的又充分自主的时光；而不是平常那样被上下班所割裂以后的零碎断片，不圆融，偷来的一样只是碎片，只拥有零碎的画面而不拥有整体世界。

骑车加漫步不仅是充分自由的难得体验，还是观察大地上的物象细节的好机会。这样的机会里，以前那种熟视无睹、一掠而过的情形消失了，好像买票进了一个展馆，无论如何都要仔细看看，都要由此进入一个崭新的世界，由此超离出日复一日的庸常；况且现在完全没有那种只是为了要对得起门票钱才来的自我强迫意味，现在是完全自觉自愿，充满了耐心，充满了由衷的愉快地来面对路上遇到的每一种花、每一种草。

每种花草庄稼都像是第一次见到一样令人欣喜：芝麻花开，白色的花朵开在一节节拔高之前的主干上，花开得越来越多、越来越高，就预示着芝麻在逐渐长高，所谓芝麻开花节节高就是这个意思。这个意思在芝麻的庄稼实物上被比对出来的时候，概念终于回到了植被成长的现场，人生也就从虚无的文字进入了色彩斑斓、丰富灵动的生命当下。今天，能弥补这样概念与现实对接之间的缺失，也许对一个人来说，不管他是孩子还是大人，都已经是最为难求的奢侈，也同时是拓展人生的当务之急。它在给予我们知识的同时，赋予我们的更是天人合一的无穷妙感。

向日葵低头，不是因为阴天，而是因为花盘已经成熟，葵花籽密密实实地镶嵌在花盘上重量太大，花盘已经无力随着阳光扭转；它只能像是逐渐衰老的老人一样，深深地低下了头。对于向日葵，我们在图片和影像中所见，都是笑脸对着太阳的那幅标准像，没有人有这样它们一律深深地低着头的印象。这是某种植物生物被人类归为某种特定模式的一成不变的习惯拘囿所致,丝毫不能撼动植物生物本身的多姿多彩。没有见过,只能说明自己孤陋寡闻,生命的疆域狭窄。

喇叭花艳粉,这种艳粉色是在周围一片绿色的野草衬托下的,它们的那种格外的水灵劲儿,来自早晨在适宜的温度湿度里刚刚开放的时候的无上的活力。这样的活力来自童年,来自儿孙辈生命之初那种无意识的状态展演予人的莫名感动……没有见过喇叭花在早晨带着露珠盛开的样子,就没有见识过早晨,没有见识过夏天。

南瓜花金黄,硕大的带着小毛刺儿的瓜叶下面的南瓜也是娇嫩的金黄色。它们,它们的茎叶果实在篱笆架上的攀爬的娴熟与巧妙在自然界鲜有对手,即便那些藤萝和洋刺子(拉拉秧)之类的攀缘型的野草能庶几乎相仿,但是它们哪一个也没有这样硕大的黄色花朵,没有喜人的果实悬挂。南瓜是镶嵌在地脚田边篱笆墙上的艺术品,是不占地方却又一直可以在眼前的画。

任行菜在雨后格外茁壮,它们比墨绿色的叶子浅很多的几乎是鹅黄的嫩心儿,揪回家去焯水以后就是美味可口且独一无二的菜;在世界上任何一种其他的菜那里都没有它的味道。而盛夏的雨后,正是它们生长最为旺盛的季节。此时采摘,因为顺应天时便予人造就,在得其所哉的怡然里还会有一种偷欢式的时不我待。

葡萄是所有这些绿色占据了绝对主调的大地上的草木之中颜色最深的,它的墨绿色已经近乎一种黑,那种黑绿之中孕育着的底气十足的力量才能使它们在排列整齐的水泥柱子的支撑下,结出硕果累累的葡萄来。看过葡萄园里墨绿色的葡萄秧,再吃葡萄的时候,葡萄就有了背景,有了透视效果下的颜色的海,有了排闼而去的无尽开阔。

　　这些以前也都曾经似曾见过的物象，在今天的漫游中相遇，每一样都获得了自己空前认真、空前有兴致的对待。端详、拍照、观察，每个过程之中都有某种可以说是愉快的底色。

　　这个季节里所有貌似再寻常不过的景象，一旦用置身事外的观察者的眼光来看的时候，就拥有了通常只从实用的角度去对待它们的时候难以产生的审美愉悦。而审美愉悦，其实才是人生最有滋味的享受。

　　这样说也许会显得没有根据，但是有一点是非常明确的，也是已经令人欣喜不已的：早晨就骑车出来的漫游，思想完全朝向这正在开始的一天，此处并无他物。不带着历史式的回忆，像是完全没有过去的孩子，只有生命本身的同行，纯粹而陶然。

　　只要开始骑车漫游，开始推着车子走走停停，所有的聒噪咆哮、流言蜚语、纠缠羁绊就都随之消失；人便进入一种既身在真切的现实之中，又与任何现实的纠葛无关的超拔状态。

　　脚下大地坚实，回声震荡身体和灵魂；土路沙路泥路，车辙之中的积水映照着天光，让行走犹如舞蹈，走着跳着，自己就会对着自己乐起来。

　　有一位熟人曾经很认真地问过我，你知道附近哪里还有土路吗，就是没有用水泥或者沥青硬化过的那种过去的土路？我笑着答道，哪里都有。我知道这种诉求，这种想再走上崎岖坎坷的土路的诉求的意思。只有在这样的路上走着的时候，路边参差葳蕤的植被多样性才会更多地被保持，才会少有车辆，不必将注意力过多地放在小心交通安全的问题上，才会在相当程度上实现人之为人的自由。

　　远离高速公路，远离国道省道县道乡道，回归到最质朴的土路上，就将行走的另一个特质彻底显现了出来：行走总是在一种谦卑的状态下完成的，代表着人类对自身局限性的一种承认。

　　不论是个体的人还是集体的人，怀有谦卑承认自身局限性的状态，总是好的。那样可以避免一种自以为是世界主宰的乖谬：个人在膨胀中失去了真实淳朴的感受能力，而人们的生活方式如果超越了自我的需求，就是在榨取后代的资源。正是在这样的意义上，行走让人重回大地之子的原始状态，更接近真实的自我。

　　类似的感慨，最早写下了漫步沉思录的卢梭说过，经常在魏玛共和国的浅山丘陵上散步的歌德说过，每天在瓦尔登湖畔散步的梭罗说过，后世其他人也表达过。不论是卢梭、歌德、梭罗的话，还是哪位前贤先哲讲的徒步自然，都有一个前提，那就是还有自然！然而就是这个不言而喻的前提，基本上已经从我们的生活中消失了。想回归自然，已找不到自然，建筑已经要将全部的平原覆盖起来了。这已经是比有没有回归自然之心更迫切的要务了。

　　所幸住在郊外的家，使我比在城里的时候有了更多的机会在这样的山前大地的众多道路之间寻得尚可徒步的一片自然，一小片自然；虽然不是原始自然，但毕竟还是一片基本上保持着农业社会状态的自然，有着农业社会里人与天地和谐、农作物和自然植被和谐的好状态。

　　多么有幸，在时代的缝隙里，在人生的缝隙里，还可以偶尔拥有这样上好的体验。

五月二十四日的田野

这一天
麦子微黄
排闼远去
有馨香
有陌生的梦

我们
一起去走这乡间平凡的路
早晨天刚亮就出发
没有方向
没有目的
更不想什么时候才回来

五月的大地无边无际
可以永远走下去
不晒也不累
我们兴致高昂
没有不愉快

没有愠色

好像
此生前此后此的
一切
都只是今天的铺垫,和
回味

  这一天的天气湿润颐和,因为大量抽取地下水,让麦田保墒,所以一时之间大地上就很蕴藉,连带着麦田周围的野草野花都吸足了水分,从而使空气中有非干旱地区的润泽感。
  十天半个月之后麦子就会逐渐开始收割,储存了水的麦子将彻底枯黄,大地随之失去这种水分的涵养状态,进入漫长的干热之中。那是后话,现在还很好吧,简直是太好。
  蓝天上飘着白云,白云下面有清晰度很高的地平线。在地平线以里,大地上的麦田绿树和云之间上演着这一切所能构成的最好的可能性。
  阳光也不能不说不明亮,但是气温仍然是不冷不热。树荫里甚至满满的都是舒适,坐在山前平原上的水渠边上一抬头,看见每棵树都很完美,这棵泡桐树尤其完美无瑕,哪儿哪儿都正好;蓝天白云的背景下,略略倾斜的一枝上因为被一束阳光穿透而像依旧在春天里鹅黄的叶子,让人注目不移。
  麦田尽头有绿树,有露出了一点点边角的红色屋顶。给人以既安谧又热烈地生活着的好感觉。虽然稍微想一想也可以知道,不会是每一个那样的屋顶下都是如此理想的生活的。但是印象就是如此固执,这是大地上的美,也更是美术的美能存在下去的形式美感的自动联想机制。我们总是愿意将人间最美好的状态赋予这样天衣无缝的美景。

我在大地上骑车漫行,穿过一个个村庄,在村庄之间的麦田中迤逦向前,偶尔有苗圃,有果园,在它们侧对阳光的树荫下往往就有老人骑三轮或者自行车出来乘凉。坐在树荫里瞭望着不远的远山和山前广袤的平原唠嗑。这种不是退休也是退休的生活,对于每一个老人来说都既珍贵又好像有点无感;只在树荫里享受风凉就是当下最高的愉快吧,像他们一辈子打交道的庄稼和草木,像果园里落花以后终将会果实累累的树。

田地里偶尔有人耕作除草、间苗,将花生秧之间已经开始板结的土刨开,让土地松软下来,重新可以呼吸。粪肥的味道强烈地在麦田边弥漫,这是自家菜园才会用的农家肥的气息,每一个经过的人都不以为刺鼻,反而会站定了和正在施肥的女人说上几句话。她们的脸上都被阳光中的紫外线镀了一层紫红的亮色,却没有一个人意识到这一点,她们沉浸在自己躬耕陇亩的生活里,俯仰天地,悠然于时序的自然而然。

我走的这些小路,几乎没有车辆,偶尔有也都是附近村庄里的住户。远远地看见对面来车,谁距离路口最近就要拐过去等一下,这是让车的不成文的规则,否则就会顶到一起谁也走不了。以前的土路现在都变成了硬化的水泥路,但是宽度增加的不是很够,或者是并不准备让太多的车辆来回经行。这样的路边,庄稼地菜地果园和路的关系是没有任何过渡的,没有路肩,直接就是对方,而不存在中间的模糊地带。

偶尔有几株大柳树紧紧地立在路边,纷披垂荡的柳树枝就悬在行路人的头顶上,很有一点既往的古意。从这个意义上说,现代道路格局的改变在空间上就让过去那样行路人与万物之间的物理的从而也是心理的关系模式永远发生了改变,包括所谓绿道在内的一切现代化的设计,都不及这样原始自然的田间小路来得纯粹。我在大地上骑车漫行,其中一项收获就是这样重回旧时光里的路径与植被的关系的难得的画面感。它使人愿意一直在这样的路上走下去,只要不赶路,不着急,就一直走下去好了。

顺着这样的路到了周围一带最大的核心城镇李村。李村的中心大街上没有一棵树,宽宽的马路两侧摊位鳞次栉比,每一个经营户都必须使用遮阳伞。这块土地并非不适宜树木生长,村子里偶尔还可以看见巨大的泡桐老树,说明仅仅是规划和绿化设计上的人为原因。这样的镇子里实际上很难留住人,人们都是目的非常明确才会来,买了自己想要的东西立刻就走,绝不会在暴晒的路上盘桓,更不会伸长了腿坐下喝杯咖啡、吃个小吃之类的享受什么静好时光。

所以对于这个当年有很多下放的画家作画记录过当地生活地方,也就没有一点多转一转的意思了。没有树,既往的一切人类生活格局也就尽付阙如矣。这并不意外,因为不管有没有被艺术家描摹过的地理存在和往日生活格式,大多都已经荡然无存,这在我们毕竟是一个大概率的事情。也许只有田野里还有那么一点点过去的痕迹吧。

李村西北方向,水库大坝下面的山前平原上的南北白砂和王村,正是这样依然勾留着广袤而丰腴的田野的好地方。从水库里引出的水渠两岸生长着茂密的树丛,茂密的树丛在大地上平展展的麦田之间就是一道非常显然的绿色大墙。这样具有一定的野生之态的绿色的大墙,隔着一望无际的绿色麦田,与装了红顶隔热层的乡村平顶民居遥相呼应。我置身其间，向这边看看，向那边看看，哪一边都想去，而就是站在原地也已经是在欣赏一幅大画。

这一带已经稍稍远离了城镇，旁边又有水库，除了过去开山取矿留下的一些工业都沿着国道省道排列着之外，到了田野里就基本上还是农业社会的天人合一的旧有状态，自然环境还没有被改变，至少是没有完全改变。虽然水库使下游断流的危害从这里开始，但是两条灌渠一年之中的很多时候都是有水的，它们对地下水和植被的涵养多少还是起了一些作用。

与那道绿色大墙边的一座养鱼池的主人聊了一会儿，他的营生就是利用了这里得天独厚的水土条件。葱郁的大柳树下，养鱼池正中的制氧机现在还没有运转，水位也不是很高，他站在阴凉里面对周围一望无际的麦田的言语基本上都围绕着我骑的变速车展开，我一再将话题引回到养鱼上来，他显然对自己已经驾轻就熟的这个行业觉着乏善可陈。但是有一点是肯定的，那就是和别的地方的一般的养鱼池不一样的是，他这里不缺水；钓鱼的人来了以后也有足够的树荫。对于这块土地自古以来都依水而生的历史尽管未必了然，但眼下的生活依旧葆有那个时代的痕迹，甚至是近于硕果仅存的葆有者了。

我在这片大地上的漫行过程中，感觉视野所及的地势至少还是另外一个葆有因素。古人那种依傍着一条大河在群山结束、平原开始的地方安家落户天人合一的生活样貌，就曾经在这里世世代代地展开。

如果不是疫情三四个月以后封堵措施还在一些村庄实行着，我肯定还可以直接穿村过寨，将这一带的好风水走遍。不单为了一定要看看这一片土地上现在的生活，只为了徜徉享受一下古人曾经有过的天人之境。

  这一天，山前平原上展现出了初夏时节最好的天气状态；这一天，我没有错过。

芒种时节，往来路上

从城里到郊外的家，或者从郊外的家回城里，往来的路上，都需要很长时间。不过从来没有因为距离远而心生疲劳或厌倦，反而还会在路上走走停停，骑一段，走一段，跑一段，将路上的通勤作了观赏风景和锻炼身体乃至进入冥想状态的享受。

甚至觉着这样的距离实际上是一个很合适的长度，在这样的距离长度与时间长度里，时间既不属于工作也不属于居家，而是一种在路上的状态，恍惚是在长途旅行。当然，前提是不乘坐任何公共交通工具，自己也不开车，只骑车。只有骑车才会给人带来这样自由的乐趣、时间真正归属于自我的确切，因为行进速度和方式，完全随着心情而定；不走了待一会儿也未尝不可，离开最近的路径去周围看看花、看看树也随心所欲。

路上可以在任何位置——自然是自己感觉好的位置坐下来，在风吹动的树叶摇曳里，看看树荫光影之间的花朵，写写笔记。时光优雅，生命中的每一秒都是舒适的享受。然后，可以不必像绝大多数人那样不得不骑回市里，而是继续慢慢地向着更远的远方而去，一直去往郊外的家，去再次拥有安静环境中的起居。这是多么美好，多么难得。

当然如果有事的话就另当别论了，比如某一天带着一桶水回来，处于赶路状态，也可以不在河边行经，直接沿着公路回家，以期在最短的时间里尽快把水运回家去。

这里的饮用水是从村子里接的井水，因为井已经非常深，而西山开矿，地表的污染也很严重，所以这水泡茶的时候总是有一股味道；茶是一种很奇特的树叶，准确说是灌木叶子，它能检验出水质的好坏、水味的甘苦。

说远了，还是回到往来的路上。

往来的路上是一天的生活里的一段享受时光，好像还原了人在大地上栖息行走的原始情状，一会儿走进树荫，一会儿看见一片水面的反光，看见对岸团形的树冠之上高远的天空。从春天到夏天，各种各样的草花树花渐次开放，一种一种识别起来，饶有趣味。即使已经过了芒种，天气逐渐热到人喘不上气来了，河边的花也还在延续。蜀葵已经自由伸展遮挡了一部分路面。盛夏里开出香喷喷的花儿的绒树，在高高的舒朗树冠里也已经开出了红色的花朵，红色的花朵和它的树叶一样，是散开的穗状；这样的树叶和花都在最大限度上具有了散热的功能，可耐人类都已经受不了的高温。

虽然是闰四月，但是端午节还是快要到了，青青的芦苇丛中出现了一些专门来采苇叶的人，这时候的苇叶采回去包粽子是最正宗的，可以让植被新鲜的味道渗透到江米的纯白糯香之中，再配上去核大枣的甜腻，就是最为恰切的时序中的食物馈赠了。

当然，河边更多的还是一早一晚戴着耳机来跑步的人；是扶着轮椅出来坚持走路的脑血管病患者；是一个双手提着粗大的木头棍子当作拐杖也当作臂力练习的人；是骑着电动车走着走着突然不走了，坐在后座上专心致志地看手机的人；是一大早就已经从城里出发，一律穿着骑行服，将身体的全部优缺点都勾勒出来的拉练队伍。

其中，一年四季雷打不动昼夜都有的，是钓鱼的人。他们好像永远都会在水边上，盯着水面，完全不及其余。捕猎是人类本能，本能之外，他们近乎永恒的存在，应该也有一种给自己找个理由以置身户外的原因吧。

这样，每天在固定的时间固定的路段，几乎都会遇到固定的人。大家的生活习惯、运动习惯、行为习惯在这个时间地点上的重合，都只是说明人同此心，都愿意到这河边的绿道上来舒展一下身心；尽管名义不同，不管专程还是路过，客观效果都是一样，眼耳鼻舌身，全身心的境遇也都是一样的。当然其中大多数人都是专门来的，像我这样就着上下班路过的人，并不多有。这也是住到郊外的家里的一种不知不觉的福利。在一座城市里，上下班的时候能恰好穿过一个公园，就已经是一种令人羡慕的幸运了。设想穿过公园的方式是步行一小时，那将会是怎样的妙不可言。这是在大多数人的生活都被迫远离自然的时候，单单为你敞开了自然的一角天空，让你日日徜徉！这不是你自己的选择，而是天降甘霖式的上天垂顾！

当高温比往年又提前了很多地笼罩住干涸的华北平原的时候，这样往返的路上，人就大大减少了。因为在人们在城市中的想象里，在躲在空调屋子里偶尔出一下门的恐怖经验里，户外都是可以将包括人在内的一切融化的炽热了；只有最执拗地遵从自己习惯的人才会雷打不动地继续到这样有水有树有草有花的地方来，他们坚信在有这些植被陪伴着的时候，天气再热也热不到哪儿去，还能把这些草木都热死吗！

果然，大自然总会在树木的阴凉里，在水边的风吹起的一点点涟漪里给人以还是可以获得一点点舒适的希望。端午未至，芦苇正一片青葱，离酷暑的日子还有一段呢。

我走在这样的路上，还是禁不住推着车子会走一段跑一段，跑一段走一段，顶着无数利刃一样难耐的阳光，走依旧可以救命的阴凉小路。这样的路途使我在大多数人都已经努力脱离开高温的时候，依然和时序并肩而行。走过绒花的清香、走过蜀葵落地的花瓣的时候就会明白，一切还都在天地的掌控之中，还没有到紧绷的极限，因为还有不止一种植被正以花朵盛开的方式欢度这样的高温。

回来以后洗澡，体会运动以后的腿部某种隐约的酸涩，坐在椅子里，望着西山，是最让人觉着享受的事情。即便是躺在沙发上看着手机休息，便已是大享受。然后上楼看书，进入中断了的书中的世界。这种生活之中有一种动与静的和谐、现实与艺术幻境的相融。这已经是一种理想的生活本身，因为自然环境的充分参与而使人身心臻于极乐。

人是环境中的人，人不是独立于万物的。万物总是予人以希望，人类任何心境的感受，都最终可以在天设万物那里获得宽解。我们唯一要做的，或者说我们唯一要惮于失去的，就是始终与万物同在的生活本身。

麦收时节的山前小行之古运河、普照寺和引岗渠

麦收时节的大地漫游总是非常吸引人的。山前大地上金黄的麦田纷纷进入收割季，与金黄的麦田相互参差的是碧绿的菜地；碧绿的菜地直观地从颜色上告诉人们，麦秋还不是真正的秋天，现在和真正的秋天之间还隔着漫长的酷暑。

在气温已经很高然而酷暑终究还没有到来的这短暂的麦收季的好时候，骑车深入山前大地，沿着乡间小路迤逦而行，俯仰皆不尽之诗情画意。如果不是今天零点将防疫级别又下降了一级的话，这样穿过村庄的漫行还是不能完成的，即便如此还是有一些路口被堵着，还需要绕行；原来那些年头里可以完全随意穿行的好时光还真是让人怀念。

阳光已经灼热，但是空气还不潮湿，世界在彻底坠入酷暑之前的最后一段美好时光，就这样在眼前徐徐展开；奇妙的是，你只要投身到大地上来，哪怕是在烈日下骑车，也很快就会不再在乎被强烈的阳光直晒的热，而在自己带来的风中，忘记了季节这回事儿了。

从西北向东南倾斜着顺着地势自然流淌下来的古运河里的水是清澈的，关键是古运河没有被整修成水泥基底水泥岸的渠道，基本上还保持着原来树木杂草自然生长的状态：流水淹没了矮草，像是洗头一样，将每一根草都顺成指着流水方向的姿势，让人站在桥上，

站在岸边的树荫里，可以一直盯着那头发一样顺从的草茎看个没够。这样一份野趣，在人工的河道里，在河道形状的水池里是怎么也不会有的。古人沿地势修成的河，顺应自然，引水而不强扭自然规则，及今多少年过去，依然有其无尽之效用。

当然，现在这古运河的河水，已经不再是古代滹沱河的自然流水，应该还是上游的黄壁庄水库给放下来灌溉用的，随时可以断掉，随时可以重回干涸状态。山前大地上早已经没有了自然的地表径流，这是太行山前的华北平原上的自然生态恶化的重要症结所在。没有水库里的水，就只能靠深层地下水，世界上最大的地下水漏斗区的地下水。

古运河流过的村庄，永乐、王村、同阁、南北故城……都在山前平原上依次排列在西山的山麓地带，在这个季节里，也都淹没在麦田一片耀眼的金黄之中。在其间避开主干公路的纵横的乡间道路上骑车缓行，抬头望山，低头望麦田，望麦田中间那一道河边郁郁葱葱的绿色树冠组成的长城，声息静稳，天地广袤，依稀还有亘古以来的前颜旧貌。听着音乐完全没有目的地走下去，沐浴到、体会到的都是人在季节和物候中的无尽之妙。

每逢这样在乡间小路上自由而行，不被过多的现代化的道路和车辆打扰的时候，就总是能让人重新体会到一点点人之为人最根本的置身天地间的愉悦。这种愉悦在现代社会中已经日渐稀缺，稀缺到大家都不以为还有这么一种好状态的程度了。这种貌似无用的享受在过去大约是一种自然而然，现在则是需要非常苛刻的条件才能凑成的；在这远离大公路又被古运河隔离出来的广袤的山前区域里，其形成的偶然，是可遇不可求的；而随时失去也将是大概率的必然。在整个建筑终将占有全部空间的趋势里，任何古老的天人合一之境都将会是越来越少的偶成。好在现在还有，只要肯骑车慢慢寻找。

这样专门走小路的寻找，在到达裴村村东小王山的普照寺的时候，就又有一番不一样的视野。

小王山是平原上最初一座山，石头山，不高，却有气势，难得的是没有被开成矿山，基本保持圆润的自然风貌。神奇的是，你走到山脚下也基本上就是走到山顶上，因为只需再顺着台阶走上不多的几步，甚至比上到六楼走的台阶都不更多，就已经站到了山顶大庙的檐下了。

一条一条从屋檐到平台的围栏之间的经幡绳，在风中剧烈地飘摆着，一下就有了山高水长的凛然地势上的感觉。神奇的是，悬在绳子上经幡并不密集，从表面上看起来，下面绝对不会有什么能遮挡阳光的阴凉；但是真正走到经幡之下，这种一刻不停的飘摆似乎就大大增加了阴凉的面积，让人觉着甚至比屋檐下还凉爽。

站在这座小山的山顶向北是可以望见滹沱河的，在过去大河滔滔的时代，这里堪称天造地设的瞭望台。而现在站在山顶的庙宇之中，面对南山，面对两山之间的平原，平原上金黄的麦田，也还是让人无由地舒畅起来。只有十几米几十米高的小山上就有了如此良好的视野，怎么看都有点不可思议。

这小山与平原的界限非常分明，完全像是人工从平地上垒成的。到了山脚，就已经是平原了。平原上出家人或者只是庙宇管理者的菜地上，正一片郁郁葱葱。

望着那金黄的麦田之侧的庙宇菜地，不禁感慨：以宗教的名义也好，以其他什么名义也好，只要可以在这里住下来，住下来体会平原小山上的晨昏，该是多么美好的事情。

同样美好的是，中午的时候骑车随便一走就到了旁边有红顶的房子的村子里，可以在村子里的饭馆里要上一盘饺子，然后在挂满了大白杏的树下，在没有任何暑气的阴凉里慢慢地进食……

沿着山前回环的引岗渠前行，就到了向阳村口。村口的防山洪警示牌告诉人们这里是山区，这才注意到向阳村并不在山的阳面而在更宜居的山阴。高速公路大桥在村口横穿而过，大桥下的运动路径上运动器械一个挨着一个。虽然没有人，但是已经从硬件上显示山村与时代的同步性。不过村口上那种只有从地道桥下钻上来的车辆而再无行人的安静，还是能让人隐约体会到这里从既往绵延过来的传统上的安闲。

在没有公路，甚至也没有绕村而过的水渠的时代里，才是那个纯粹的山阴道上的小村庄。

顺着这条水渠，可以在半山腰一直向南走出去很远，一直到整个西山都被开了矿的地方，水渠和道路才一起被截断。当然水渠并没有真正断掉，而是被埋入了厂区的地下。

过去没有开矿的时候，只有一条完整的大渠一直在山腰上前行的时代，曾经是多么美好。那是最适宜的人和自然的关系方式，更多的改造和使用，尤其像现在这样将山体全部开采，形成了劈山救母、愚公移山式的惊人效果的破坏，实在就是太行山和山前平原上包括人类自身在内的一切生命的不堪之殇。

郊外的人

每天早晨在村口席地而坐吃早饭的穿保安制服的人

每天早晨七点左右，我骑车走到村口的时候，都会遇到他。有时候早一点，他正挎着他的大音箱走过来，音箱里大声地放着流行歌曲，两只品种完全不一样大小也不一样的狗，一左一右、一前一后地跟着他。它们显然不大明白自己的主人每天早晨在这样震耳欲聋的声音里走出村子来的行为习惯，所为何来；但是狗的天性就是这样，理解的要执行，不理解的也要执行，而且执行得非常到位，亦步亦趋，没有一点点因为嫌弃那巨大而全无意义的声响而哪怕拉开一点点距离的意思。

有时候我经过这里的时候时间稍微晚了几分钟，他就已经坐到了墙角上。音箱放在脚边，一袋牛奶已经打开，他把口罩脱下一半，双手捧着牛奶袋子，用力嘴着，这是他的早餐。

两只狗趴在音箱前面，在一波一波的歌曲的旋律冲击下，纹丝不动地守着只顾自己吃饭的主人。它们非常清楚，那一袋牛奶没有它们的份儿。

从春天到夏天，他喝的牛奶一直没有变。从春天到夏天，他穿着的黑色保安服也一点都没有变，后背上的 TJ 两个白字很显眼，脑袋上的桶状战斗帽只是在夏天到来以后变得越来越向上、向后推起。

从春天到夏天，两只狗的姿势也没有变，它们守在音箱边，守在主人脚边，等着主人将那一首首烂熟的歌曲听完，阳光晒得人难受了，才悻悻地一起站起来，往回走。

这个穿着有 TJ 标志的保安制服的人，这样每天早晨声音洪大、阵势不小地走出来吃早餐，听音乐，显然在周围的人们都早已经见怪不怪。所有过路的人，不论是以前疫情围挡没有拆除或者半拆除状态里只有行人、骑车人经过的时候，还是现在汽车也能畅通无阻了的时候，所有的人没有一个人对他表示出任何好奇来的。

可能是早晨忙，大家谁也顾不上。也可能是这样拿出来说的时候觉着奇怪，但是一旦在生活里看到的时候又觉着很自然的事情，就是人生无数可能性中的很寻常的一种吧。

他看上去虽然不能说多么有钱，但是至少还是有吃有穿，甚至还有音响。尽管一年四季穿一套 TJ 标志的保安制服，但是那未尝不是他的个人爱好，就像放着音响带着狗是他的个人爱好一样。他用这样的方式表达着自己不一样的人生，他在沉默的同时却有这样的外在行动，他在不说也不写的同时却有着这样日复一日漫长的面壁式重复。肯定有人说他脑子有问题，因为他和别人的行为方式不大一样，他敢于别出心裁，做一种类似于行为艺术式的表演。这种表演没有功利目的，不涉及尘世的喜怒哀乐，尽管他的那些御用歌曲用巨大的声响唱的都是情和爱，是摇起来，是迈步走进什么什么时代。

他在这样类似陈词滥调的话语轰炸之下逐渐进入一种思维的死胡同里不能自拔，但是冥冥之中又感觉世界上一定还有更新的话语以表达更广阔的人生的可能性；不过寻找起来很难，一直不得要领，一直靠着每天这样走出来走到村口上席地而坐的方式来默默地体会。

他的天人感应的本能赋予了他寻找的坚定和持久，但是又因为一直没有什么有效的答案而陷于某种程度的麻木，逐渐地连自己也不大知道自己这是所为何来了。

他重复着多少年来世界各地的人类已经重复过无数遍的事情，上天给予其敏锐却又没有赋予他早年的积累和晚年的顿悟；生活撕扯了他的前半生，却又将其后半生弄成了陷于没有出口的思考的循环。他的音响，他的狗，他的带 TJ 标志的保安制服，就成了他人生的全部符号，或者还有那一袋儿永远是同一个牌子的奶。

他作为一个天天都定时出现在固定位置上的人，将继续陪伴每一个和他在这个时间空间上有交集的人，成为大家共同的生活场景的组成部分。这个组成部分可有可无，有没有对谁来说都无所谓，但是又是每一个人的人生的日常组成部分，是填充了生命之所以是生命的段落。虽然是"无意义"的段落，但是又的的确确就是生命本身的段落。

对折的人

每次骑车从城里回来,走到村口的时候几乎都能看到那个驼背驼到了全身对折的程度的老人,从村子里一步步地挪出来,经过麦子青青的地边,走过杨树叶子哗哗啦啦的树荫,走到村外常年停在路边上的一辆修理车对面,在那里一张被人扔出来的破椅子上坐下,举着报纸看上一会儿。

然后先对折了报纸装起来,再对折着身体,一点点挪回家去。这是他每天都要努力完成的一件事,风雨无阻。

既往走路已经这么艰难,为什么每天都一定要走到,准确说是挪到村子外面来,来这里看上一会儿报纸呢?

身体对折以后,几乎看不见前面的路。每次都需要向地面垂直的头努力向横的方向侧过一点来,用眼角的余光瞄一下路,看看有没有人和车,再接着走一段。好在这是乡间小路,人和车都不多,而且远远地就都看见他奇特的形象了。

他没有表情,没有喜怒哀乐。因为你很难看见他的表情,他的脸几乎垂直到了两脚之间,头顶向着地面,鼻孔冲着天,两条腿和两只脚遮挡住了他的脸。

远看隐约得像个孩子,但是步伐蹒跚显然不是孩子;近一点了,看不见头和脸,尽管已经不是第一次见,但总是还有点触目惊心。肢体健全而精密复杂的人体，有多么好，那个好就有可能因为病痛或者灾难而变得多么不好。

从来没有见有人和他说过话。修车的师傅在路的这边，他在路的那边，好像互不相干。修车师傅不是在修车，就是趴在一张行军床上看手机。而他则始终高举着报纸，全神贯注地看着报纸上的每一行字。那张报纸应该是他自己带来的，他除了拿着一件可以当雨衣的上衣之外，还应该在兜儿里装着一张折叠好的报纸。这个年代了，除了他，没有手机的他之外，谁还看报纸呢！

有一次，我走到那一段路上的时候，雷鸣阵阵，要下雨了。它对折着的身体艰难地走着走着就停了下来，将手里那件上衣，可以作雨衣用的上衣艰难地套到了身体上……那动作既笨拙也熟练，最终终于将外罩套上以后，其实也不过是对后背有所遮挡吧，因为屁股冲上，无论如何是要淋湿的。

芒种之后，天气越来越热，麦子黄了，收了；杨树浓荫依旧，布谷鸟却不怎么叫了。不知道从哪一天开始，也看不到他出来了。

一天一天，不论哪一天，骑车走过那把破破烂烂的空椅子的时候都不由自主地会看一看，隐隐约约地好像是希望猛地看见他高举着报纸坐在那里，以维持自己日常所见的一贯性；但是每一次都只有对面那个修电动车的趴在床上看着手机。

这时候才意识到他原来为什么每天都一定要出来，挪到这个位置上来看报纸了。

无他，他知道自己距离不能走出来看报纸的那一天已经不远了。不管多么艰难，他也要尽量坚持着，多一天能走出来的日子是一天，直到彻底不能走出来为止。

两位坐在村外菜地边上的老人

  这两位老人不仅夏末傍晚还长的时候坐在村外这片菜地边，而且在秋末寒意越来越重，短到黄昏已经成了一瞬间的时候，也一点不改这个习惯。日落以后很久，他们才会在黑暗下来寒凉很重的天地中慢慢离开，各自回家。两个人一个是高庄的，一个是马庄的，完全是两个方向，在菜地边分开以后，就真正是各奔东西了。高庄和马庄相距几百米，中间只是隔着一块菜地，一块暂时还没有被房地产开发占据的菜地。

  夏天开始注意到他们的时候，他们各自还都摇着扇子，扇着点凉风，也驱赶着蚊子；慢慢地，衣服越穿越厚，都穿上了羽绒服。尤其是早晨的时候。他们傍晚坐在这里，早晨也坐在这里，早晨六点天还不很亮甚至还黑着，高庄的这一位老人就已经坐下了。我每天骑车从他面前经过的时候，那一边的路上马庄的那一位老人也来了，牵着一条小狗。小狗熟门熟路，却和人一样乐此不疲，每一天都像是很新鲜的样子。狗很能体会人的心情，将每天这样的重逢做了淋漓尽致的演绎，如果没有它的演绎，也许你就不大能意识到两位老人现在又开始了新的一天聚谈的兴奋。

  俩老人肩并肩地坐在菜地边上，说的都是什么？我因为骑车经过他们身边的时候都是匆匆一瞬，不好停下来专门聆听，那样会打扰了他们的交谈。偶尔以看手机的方式停在附近,听到他们说的基本上也正如猜测中的那样,从身边菜地里的蔬菜长势和今年的收成到各自的身世,从新闻里的什么话到本村的谁谁谁……何以这样一些内容就能把他们每天一早一晚两次都吸引到一起说个没完呢?

这里离开了村庄,离开了街道,离开了村庄和街道上那些再熟悉不过的人和事;当然也离开了家,离开了家里一辈子都在一起的人和事。他们不是不喜欢那些人和事了,只是要抽身出来回望一下,就像是小孩子出来玩一样;虽然不能像小孩子满大地奔跑,但是此时此刻,他们的思想一定是在那样无拘无束地奔跑着了。

他们不怕冷,也不怕黑,他们在两个村庄之间的这菜地边上似乎是找到了一个只属于他们的、自由的世界。他们要离开家,要离开村子,要在两个人共同构建的世界里自由自在地叙谈述说,在语言描绘出来的世界里做人生黄昏里的一如人生朝阳里一样的翱翔。

偶尔也有其他老人,或者不是很老的人加入他们的聊天,但是大多都不能坚持:有的人来上几次就不来了,有的人坐上一会儿还可以,时间长了就走了。他们之中大多数都是骑着三轮,骑着卸了锁的黄色、橘红色的共享单车走到这里,或者干着农活经过这里,再少有专门来这里只是聊天不干别的人了。

摘南瓜的三轮上装了一车厢大大小小的长着暗色条纹的南瓜,挖红薯的地里已经躺过了一片带着潮湿的泥土气息的红薯,只剩下绑着白菜帮子的白菜排列整齐地立在菜地里了,玉米收割以后的大地里一株株小小的麦苗已经再次出现了新绿……

两位老人走到人生的这个时候,世界向他们敞开的虽然看起来依然是不远处已经被开山取石弄得千疮百孔的西山,看起来依然是由那样的西山前铺展过来的华北平原的无边无际的广袤,是这样的广袤里属于他们的家园的眼前的菜地里的潮湿阴凉的菜香味道,但是这一切又分明像是秋末的气候一样,渐渐地却也明确地向着成熟之后的收敛与冷寂而去了。人生的寒意让他们更愿意凑在一起取暖,愿意在话语形成的回顾的温暖里将逐渐空落起来的心思填满。他们没有喝酒却分明有喝了酒似的陶醉和忘我,他们没有跳舞但是又好像有舞蹈着的热烈和张扬。

有人说这么大岁数了还怕什么孤独,我觉着他们主要应该不是怕孤独,各自回家在漫漫长夜里,在睡与非睡之间所能体会的孤独那一定是有的;他们之所以一定要凑到一起不过是不想让自己的一整天都在那样的孤独里而已。孤独早就认了,不孤独的这一早一晚恰恰就是孤独中的追求。他们劳动的一生中,这样语言的狂欢,是自己未必意识到的文化凭借意义上的带有创造性的幻觉之境。在你一言我一语的共同描绘里,每个人都时而共同时而单独地徜徉在也许被语言修改过的既往经历中、在还有可能实现的未来想象里。

每天早晨和傍晚我从他们面前骑车经过,速度都很快。他们偶尔也会抬眼看一下,看一下一闪而过的我。尽管我的随手拍技术早已经炉火纯青,但是可能也禁不住每次经过的时候都举起手机的巧合,有几次我意识到他们已经发现了什么,便忍不住会微微一笑,也算是一种打招呼的方式了。我们已经互相成为日复一日的背景,一种一再重复的人生背景。这样的背景在不经意中就会在你重复的生活模式里一再出现,至于到底是和谁互相成为背景那当然完全是偶然,可一旦形成了这样的天天相见的格局,也就会生出些自然而然的意趣来。

在每一个人的人生旅途上,这都是一种不大不小的缘分,互相观望,互相见证,互相由对方想到自己,又由自己想到对方,至少是共历天地之间的一段小小的时光。

城市与乡间

回到郊外的家

整整三个月以后，又回到了郊外的家。拜地球变暖所赐，气温回升迅速，这个时间比往年提前了一个月。

还在楼下就已经抑制不住自己的兴奋，放下车子，急急地向楼上走：安静依旧；打开门，开阔依旧，两侧通透的视野依旧。忙不迭地打扫和擦洗之后，终于可以坐下了，立刻就沉浸到了阅读和书写之中去，好像一直没有离开过一样。

环境对人的影响说多大有多大，换个环境人就兴奋到了这样不可抑制的程度，就感觉整个人生都变得充满了光彩、非常有意思了。时间不够用，生命中的每一分钟都突然特别有用起来。

不受打扰，任何时间可以做任何事，不必担心正在写着写着楼上噪声陡起，让人神经衰弱得一阵心跳；不必一定要等着晚上九点半以后才能睡觉，否则就随时可能被噪声给惊醒……

在郊外的家，妙就妙在时间是没有界限的：写着写着就去收拾一下床铺，趁着阳光出来将被褥晾晒上；然后整理床铺，扫一扫、收一收也就顺理成章。顺手又去刷刷锅，做上米饭，等一通忙下来，再回到桌边接着写的时候，一点都没有中断的感觉，好像刚才的一切都不过是思索的自动延续而已，回来坐下刚好将已经又在头脑里孕育出来的文字流畅地打到屏幕上。

离开了三个月，回来以后迅速回到原来的读书写作状态。时而阅读、时而书写，一会儿在电脑前面，一会儿坐到阳光里的茶几旁，猛一抬头，似乎从来都在这里，一直未曾离开一样。

打破了正在干什么、不要去干什么的界限，完全处于一种想干什么就干什么的自由之境。这样的自由之境里，始终有一个精神线索，这样便似乎永远不知疲倦，永远津津有味。当然肯定也有疲倦的时候，那就躺下小睡一下好了。这就是一个不受打扰的家所能给予我们的最佳的状态。

这就是自己可以在这里一天一天足不出户的生活格式，自由而享受，心无旁骛，一点都不想出去到别的什么地方。

这里的阳光特别珍贵。在城市里阳光可有可无，即使冬天阳光也难以照耀到屋子里，照到屋子里也不会有多大一片。因为有暖气的原因，城里的阳光在被需要的程度上远不及郊外的家重要，有幸的是郊外的家里阳光照耀的时间明显比城里要长。

因为没有建筑物遮挡，郊外的黄昏也比城里长得多，可以完整地看到整个漫长的黄昏的每一步，一直到大地和天空都完全黑暗下来。虽然还在正月里，但是这个过程也已经可以持续一个小时以上了。

黄昏之后的阳台上依旧有白天日晒的温暖，实际上是空气的热量依然存在，这使得外面的温度高于屋子里。在天光只在西山后面形成一道光亮的最后余晖的时候，山前平原实际上已经黑暗了下来，成排的路灯和楼宇之上的灯火已经亮起，让人久久地凝视着它们不愿意回到屋子里去。

在郊外的家，任何时间做任何事都不受打扰，安静开阔并能感受到适度的孤独。这个品质是其最优越之处，这样的生活环境才是人应该拥有的。否则便一定是遗憾。

在郊外的家才明确感到自己是一个人生活。在城市里虽然也是一个人,但时时处处都在人潮中,在自己家里也摆脱不了别人发出的声音。所以从来没有郊外的这种明确的孤独感觉,从外到里都总是闹哄哄的。

黄昏以后短暂的依然有光的时刻,看着西山的苍茫的山脊线,置身再无声响的家中,好像声响都和阳光一起消失了,这才明确体会到了一个人面对世界的时候的那种明确的自我存在感。

这当然是一种好的感觉,尽管它叫作孤独。

回看城市

从郊外的家回到城里上班，下班以后马上回家。只是偶尔因为买东西或者办事，才会真正到城里转一转。

从郊外的家的角度看过来，城市已经有点陌生。看见从地铁口走进出的人们，穿着整洁，形容利索，大家普遍穿着最应季的服装，表现出一种出门之前刚刚换洗过的普遍卫生习惯。从住的地方到地铁口一般都不会太远，没有郊野生活中一切都要凭着自己事先长时间准备的、长时间奔波的风尘仆仆。到了地铁口，只需要从这里走下去就可以在城市之下看不见的地方迅速移动；不必抵抗尘土风烟，没有日晒雨淋之虞，夏天有空调，冬天有暖气，一年四季环境都宜人……

看到从公交车上下的人们，虽然不无拥挤，但是毕竟不必自己费力骑车开车，刷卡刷手机上下即可；一边走还可以一边隔窗看街景，走走停停，虽然速度不快，但是终究会在不久之后抵达……

突然意识到已经很长很长时间没有乘坐过公交、地铁，没有使用过任何共享单车了，这些方便人们出行的公共交通方式本来就是为所有人服务的，但是你如果不住在城市里，你几乎就不在那个所有人的范围内了。当居住在城市里的人频繁使用，而又是不得不使用这些工具的时候，可能逐渐就会无感；只有突然置身城市的人，突然使用上这些并非个人的交通工具的时候，才会重新认识到它们的本质，它们给大家提供公共服务的本质，及其近乎理想化的优越性。

回到城市整洁的街道上，惊奇地发现自己有一定程度的新鲜感，有一种对城市的赞叹：方便、整洁、有人气，有各式各样的人，有随时联系、随时抵达的可能。

城市在将人与自然隔绝的同时，一方面将吃穿物用、行走位移的可能性做到了最大，给人际沟通的可能性预备了最好的条件；另一方面又用陌生和冷漠封装了人心。如果抛开心灵问题，如果抛开人口和建筑都过于集中的问题，作为物的城市，毫无疑问已经是人类有史以来最方便实用的物。

然而抽离了自然之后，这样的方便的意义也同时大打折扣。住在城市里的人往往有逛街的习惯，因为除了逛街之外，也没有别的地方可去，只要一出门就处于"逛街"状态了。从不住在城市里的人的眼里看，住在城市里的人，实在是没有多大必要再经常逛街了，他们需要的是郊游，是旅行。

当然，逛街既是自己逛街，也更是置身其他逛街的人中，享受群居的人类社会别的成员的背景式的烘托。这是逛街的本质，即使是图清净到咖啡馆里去写作的人，其实也是在自觉不自觉地以人群为背景。

从人类的本性上来说，是需要与他人在一起的。这种在一起未必是距离很近，只要能看见、能擦身而过就好。按说手机时代，这种和他人在一起的感觉可以时时处处通过手机实现，但是终究还是与真正和人在一起，有着虚幻与真实的本质差异。所以即使到了手机时代，人也还是愿意与同类共处。这其实是我偶然回到城市街头的时候的好感受的源头，至于那整洁干净之类的外在表象都不过是说辞，是城市于外在物象上的特点。

回看城市的时候，认识到城市的缺点依旧，但也并非完全没有优点。它只是有了问题，有了病的城市而已。健康的城市，人口总数和人口密度都应该适中，建筑和绿地的配比应该适中，也就是说不应该为了追求GDP而无限制地扩大城市人口，不应该把每一寸土地全部都开发建设成房地产。这种因为追求利益最大化而来的不加限制的冲动，是使城市不宜居的症结。放眼世界，城市也是可以美好的。当然，如果在相当程度上引入自然，给自然留下一定的空间，那就会更趋于理想。

结论居然是：一座既有自然环境，又有比较完备的公共设施的城市，就是一向总以为遥不可及的理想之城。举目四望，至少在周边，好像也只有正定约略似之了。

城里的家

终于在屋子里坐着就可以感受到一阵阵清凉的风了。连续多少天的白天如夏,夜晚才是秋的状态,好像稍微有了一点点缓解。久久不能退去的高温,终于在九月中旬的时候慢慢地退后了一点点。比通常年份里的时间晚了至少一周乃至十天。能在城里的家中感受到窗外的风,是尤其不易的;周围的建筑已经非常密集,而唯一稍微有点空隙的一侧,最近已经全部拆迁,又要有多少多少栋高楼拔地而起了……

半年多没有在城里的家住过了。收拾、打扫、做饭、洗衣,迎接儿子归来。

把衣服放到洗衣机里洗了。以前从来没有意识到,洗衣服还能予人以成就感,一锅锅地自动洗好,人要做的只是放进去和拿出来、晾起来。晾起来以后,阳台上满满的衣物散发着洗衣液的清香,将外面的依旧炽烈的阳光全部挡住了。

晾干以后穿上,衣服轻了、软了、香了。与皮肤接触的每个部位都不再生硬;实际上以前也从来没有觉察过那种生硬,只是因为现在的对比,现在的柔软的感觉,才意识到原来的确是生硬的。

这是穿衣的正常状态吧,自己以前那样穿着的时候也没有觉得有什么不妥,只是如今这样洗了一次再穿上,才深深体会到了全自动洗衣机这样的设备对人的生活质量的提高具有多么大的意义。而在郊外的家里的半隐居状态中，洗衣服的频率明显也降低了很多。好在夏天衣服穿得不多，汗湿了扔到盆里一搓就可以挂起来晾干了。

离开以后回望，会发现在郊外的家，有诸多不同于城里的家的状态，那是一种精神生活为主的状态，吃住不过是附属功能，远远没有达到方便舒适的程度；正因为那样的不是很方便，不是很舒适，才暗示了某种摆脱掉束缚的自由。那是一种身心富有的感觉，这种富有的感觉不是因为自己占有得多，恰恰是因为自己要求得少。很少很少一点物质的东西就可以满足，就可以轻松地遨游在精神的天空。可见那些宗教修行所要求的简化吃穿住行，不单纯是形式，而是直接关乎内容本身。

在那样的生活里，面对窗外没有建筑的田野、茫茫的大地，反而没有任何孤独凄凉，反而忙碌而怡然。在经历了奔波一两个小时的骑车跑步抑或徒步之后，浑身带着汗水回到郊外的家，洗漱以后，实在是有一种浑身通透的新生感，可以全身心地投入自己创造的世界中去了。那样的生活会使人产生一种抛弃物质的极乐感，乐此不疲，断然不肯终结。

离开郊外的家，好像就没有了跃动不居的思绪，就失去了写作的源源不断的动力，关键是突然就处于一种无法聚焦的状态，茫然面对一片模糊的世界，陷于无感。失去了自然的支撑，只能返回书本和概念，只能过着索然的物质层面的生活而已。

城里的家也能看到阳光，看到夕阳，不过都是在建筑和建筑之间的缝隙里，都是自然的支离破碎的片段。城市即使没有遮蔽自然也一定是肢解了自然，留下的一点点空间，仅容人从缝隙里做一点没有长度的感叹而已，形不成有意义的凝望，也就形不成任何创造。

好在心态尚且安然，睡眠也好，过敏性鼻炎症状都减轻了，尽管凌晨一点多还是被鼻子的不通给憋醒了。

没有带稿子，没有带电脑，没有郊外的家的大自然……这些都使人在城里的家不能久待。但又必须待，因为儿子着了些风寒，需要照顾。

因为半年没有在城里住过了，所以多少有一种做客的临时心态，总想着走，回到郊外的家里了。这才注意到，已经被挤到了角落里的电脑桌上还有一台台式电脑呢！座位不能正对，只能侧对，但是并不很影响，总之比没有电脑好吧。

事隔多年以后重新打开这个旧电脑，虽然慢一些，但是写字还是没有什么问题的。键盘与显示都很流畅，不大习惯的是随着双手在键盘上的敲击，连带着会让支在桌子上的电脑屏幕跟着一起颤抖。这是过去在使用电脑桌的时代里从来没有留心过的现象。因为这么多年笔记本电脑外接键盘的使用经验，而被对比了出来。

这样的抖动如列车碾过铁轨一般均匀而持久，对应着的是敲击键盘的滔滔不绝。在一个内心安定的地方，即使是一台老电脑也一样会被使用者运用如飞的。

半年后回来，还是有诸多因为对比而来的熟悉又陌生的好感觉的：郊外的家里的简陋单薄被对比了出来，城里的家的宽大和方便，水电气直用无碍，洗澡方便，购物方便……这是城市生活的特点。

郊外的家的生活，实际上是一种隐居状态，至少是半隐居状态。因为远离尘嚣而在相当程度上可以心无旁骛，专心致志于感受和表达。回到城市里，立刻就没有了郊外的自然物象予人的那种时时刻刻的提醒，提醒你天地四季的存在，提醒你人生最重要的审美享受就在眼前。

城市提供的购物的方便、吃饭的方便、消费的方便、交通的方便、与人相见的方便，这种种方便的代价是人与自然的隔绝。城市里的方便和舒适都只在屋子的范畴，最多也就是本能欲望范畴之内，基本很难到达灵魂、心灵的审美层次。让人突然意识到，始终住在城里的作家艺术家大多都生活在这样的状态里，除了引经据典、照本宣科、人云亦云之外，他们其实都是在不与天地相往来的情况下制作所谓精神产品的。那样的作品的无源之水的质地，也就完全可想而知了。

回到城市里的家，像是来了一次周末异地之行，虽然感觉不错，但是内心里并不愿意久留，想待一会儿就走，回到自己的郊外的家里去。这就是内心里认定的家在哪里的问题了。在一个地方住惯了，就会认定只有那里才是家。那种说起来很轻巧，但是实践起来一定有着内心的撕裂，至少是有不适感的，在不同地方的家里随意居住的所谓理想生活方式，实际上大多数都禁不住落实。在相对固定的一段时间里，人的心只能在一个地方安定下来。

在曾经的家里，在依旧是自己家里的地方，找不到可以长时间待下去的角度和姿势，因为没有习惯了的郊外的家里的那几个可以望见田野的位置。重新适应之前，就会一直想立刻出发离开这没有天地自然的城市生活，回到郊外的家里去。

城里的家与郊外的家

到了6月20号的时候,在城里的家里就已经什么也做不了了。说热吧,还没有到开空调的程度,可是即使是日落以后屋子里的气温也还是长时间地比外面要高。不能看书不能写字,坐卧不宁,几乎什么也干不了。唯一想着的事情就是到郊外,到郊外的河边度过漫长的黄昏。

今天这种情况如期而至,但是因为有了郊外的家,就有了一个可以逃避的地方;在对比中自己越发地意识到,在郊外的家里随时都可以看书,随时都可以写字,随时都有良好的耐心的状况的难能可贵。即便独居于此,也丝毫不影响自己在这里待下去的兴趣。

一个家,一个东西只进不出多少年了的家,大大小小有用没用的东西逐渐就会把人淹没。虽然人依旧有自己的通道,基本的生活空间似乎也并没有受到威胁,不至于没有地方走动和坐卧,但是人居状态中其实是必须的那些留白的空间,那些不能完全塞满的地方,也已经越来越少了。在又一个夏天里,你会突然感到一种几乎是忍无可忍的燠热难耐,这是因为天气热气温高,也更是因为你已经在不知不觉中失去了人居状态中那种适当的疏朗。

郊外的家正是在这个意义上成为城市里的家的绝对对照物的。郊外的家的宽敞透亮、疏朗空旷、没有杂物,都让人意识到一个家是不需要那么多东西的，没有用的东西和用不着的东西、重复的东西。东西为我所用的时候有用，不能用的时候就是累赘，即便它还是所谓好好的也是累赘。这种物的累赘在积累到一定程度的时候就会在挤压掉你的生存空间的同时，也赶走你内心里本应该有的平静。

与想象中的情景极其接近地坐在七楼的两米长的条桌旁，椅子的高矮非常恰当地坐定了，展开书本纸笔，一切都是那么恰如其分，各安其位。笑意禁不住地浮现到了脸上……风从阳台上吹来，四面八方地吹来，浑身上下每一个细胞都舒爽，完全与以往这个季节里时间成为无法打发掉的煎熬，那种生命的垃圾感觉隔离开了。每一分每一秒对自己来说都变得非常珍贵，能意识到自己的时间的珍贵。这是生命中最美妙的状态。

在郊外的家里，在这样已经逐渐燥热起来的季节，我居然可以不分时间地阅读和书写，不受任何习惯与既有的时间分配模式地进入几乎是自由的创作之境。一会儿在笔记本上记下偶然的感觉，一会儿拿起一本平常绝对看不下去的小说，一会儿又把多年前的一本《读书》捧到了手里，一会儿又在笔记本电脑上开始流畅地敲打……思绪不被气温干扰，心情总能在周围环境的安详里获得抚慰，而精神生活的方方面面都被非常妥帖地安放到了这与自然融合的起居环境之中！这在一个人到中年的人来说，实在是一种莫大的享受。所以即便是一个人骑普通的大自行车一两个小时才能到达，一日三餐吃着简单的饭食，也绝不觉着孤单，绝对有着继续住下去的乐趣。其实，这不就是自己一直以来幻想中的情境吗！

郊外的家将在城市里的家的时候因为环境而形成的固有的时间习惯，比如下午和晚上不能有效地看书写字之类的自我设置的无缘由束缚，一下子都解放掉了，生活突然变得非常自由，任何时间都可以看书写字，任何时间也都可以休息睡觉，在这新家里的任何一个位置上，生命都成了享受。居住环境的改变能给人以如此洗心革面一般的全新之感，这是以前没有意识到的，这也确实是只有自己有了类似的经验以后，才能深切地体验之的事情。

时间在郊外的家里会变得没有了那种长期以来形成的固定的模式和阻碍，会很流畅很快地滑过去：随便拿着一本书在沙发上，或者拎起一份报纸来在藤椅里，再起身的时候都有可能已经又过去一个多小时时间了。写作不再被限定在什么什么时间段，随时有想法都能坐得下去，写得进去。

在郊外的家里每一件东西都格外是那件东西，都拥有了被端详与被审视的绝对位置。一盆在城里绝对不会多看一眼的花，一本在城里已经放了很多很多年的书，在这里都突然拥有了被单独拿出来面对的时间与空间，从而都显示出了仿佛它们从来不曾具有的魅力。这大约是和在乡野里行走着听音乐一样，只有在那样的环境里，音乐才能将孕育在其中的全部细节的力量，全部人情人性的内涵都释放给你。判断一个环境对你是不是适合，判断一个环境是不是很好，其实这个标准是非常直观的：是不是在这个环境里所有的物都在你的眼里都具有了它们本身的魅力，换句话说你是不是拥有了人类最怡和的品质——耐心。

在郊外的家，最美妙的是早晨和傍晚两个时间段。

早晨天一亮就会醒，醒了以后马上就会站到平台上，在早晨的微风里，在早晨甜甜的气氛里阅读，随后记下飘来的一点点不知道是从书里还是从外面的田野里来的感觉。

傍晚以后并不开灯，依旧坐在平台上看山，看山上的灯光，看星星，看月亮，看自己的内心。在郊外的家的傍晚，在平台上这样遥望着的时候，自己拥有了一段段反观自己的内心的时光。天气热的时候就不愿意开灯，好像灯光也能带来更多的热量，而明亮本身就是热的根源。随着雨下了一天的凉爽，很自然地就在夜里开了灯，就在开了灯以后没有赶紧去关。这时候的灯光已经具备了一切宜人的要素。

城里的家、郊外的家，双城记式的居住改变，可以救赎身心，可以拯救灵魂。

离开城市，一定要住在乡间

　　早晨五点不到，熹微的亮色已经将两侧的窗口都涂抹得明显晕白了起来。走到窗口，外面其实一片清明。鸟儿在树冠里啁啾，已经将麦茬的黄色完全覆盖住了的玉米地绿色一片郁郁葱葱。又一个通透的、清澈的黎明正在到来；因为和想象中伏天里的黎明不一样，所以它带给人的是惊喜甚至已经大于舒适。伏天也可以如此美好！

　　带着某种香甜的味道的清晨就这样到来了，尽管是伏天，但是气息一如初夏一般宜人，不潮不黏更不热。这是只属于早晨的适宜，这样的适宜在热岛效应明显的城市里被建筑与建筑之间挥之不去的热所笼罩，很难被体会到。城市里一天到晚都散不掉的燠热会在第二天太阳升起来以后迅速叠加，形成昼夜不止的热浪，形成难以熬过又必须熬过只能靠空调熬过去的酷暑。

　　真正在郊外的家里，在周围都是田野的状态里，这种热总是以一个白天为界的。到了夜里就会迅速凉下来，后半夜甚至需要盖被子以抵抗那种在盛夏里不期然的凉。而每个早晨也就都还是这样初夏一样的宜人了。

　　郊外的家每一天都有四季，都有明确的降温升温过程，不至于让人在伏天里的一以贯之的高温中绝望。

　　打开平台上的门，顶楼也就立刻形成了南北对流的过堂风。清晨田野上的气息全部一拥而入，沁人心脾。坐在这里看书写字，就像是坐在户外，通透无间。人类建筑对外在气息的过分遮蔽尽去无遗。即使住在郊外，但是如果不是住到了顶层，视野开阔的地方，大约也是待不平稳的。人在有俯瞰视野的地方，更易安顿自己的心灵。

这就好像是搬了椅子桌子到了外面的山坡高敞的地方，在一棵有巨大的树冠的大树之下。其舒适和舒畅都让人不能专心致志于书籍和写字，而一再扭头看向周围，看周围这妙不可言的一切。

这么坐着，这么吹着凉爽的风，无风也有风的风，真的就是哪里也不愿意去了！就愿意一直待在这里了！

今天是周末，周末的意思，就是收音机里，台式收音机里放着歌曲，锅里炖着需要很长时间才熟的饭，蒸碗与锅之间被开水激荡着碰撞的声响持续传来。人坐在桌前，看看报纸，看看手机，将偶尔的感想记录到小本子上。时间之流在此时此刻流淌得舒缓平静，从容优裕。这就是不折不扣的幸福。

这是没有任务的日子，包括自己设定的任务也没有。和周一到周五使用时间的方式不同，这就是周末。这种不同可以是大地漫游，也可以是这样在屋子里自由阅读书写做饭听音乐。偶尔抬头，就可以看见楼下重新碧绿起来的种满了玉米的大地。

生活在郊外的家，环境的妙处是一天二十四小时安静。安静到楼下偶尔有人说话，也会清晰地传到楼顶的位置上来，像是大喇叭广播一般。环境中任何一个方向上的鸟鸣虫叫都可以无损地抵达耳鼓。现在，不知道什么时候开始的小雨已经将全部的安静都笼罩住了，在雨声里只是让安静更其安静。

伏天里的雨，丝丝缕缕，星星点点。因为有雨所以不太热，但是阴汗始终有，油腻的汗，让身上哪里哪里都必须舒展着，互相尽量不搭界。这种状态一直持续到回家洗澡以后，洗澡以后就凉快了。这是郊外的家在伏天里最好的一种品质，就是安静地坐在屋子里时不会有在城里那种汗流浃背无法忍受不得不开空调的非人状态。

当然，这也是因为阴雨天终究还是比晴天好受。如果伏天的四十天里一直有这样断断续续的雨，这个夏天真的就好过了，就一点也不需要熬了。当然这一切都源于离开了城市。既然离开了城市，就不要再住到县城里了，一定要住到乡间。

生活在一个县城里的拘囿感是明确的，甚至比生活在乡村里还严重。因为生活在县城里你就有不由自主地判断其为一个城市，心理预期上就有城市的丰富和复杂；然而县城不过是扩大了些的乡村而已，街道就那么几条，人就那么几个，所有的地方都已经去了无数次，每次几乎都能遇到熟人。这里虽然没有大城市的拥堵，但也没有大城市的无尽之感。因为"有尽"而少新意，无趣，乏善可陈。

在县城里你会明确地感觉到闭塞压抑，在乡村里反而不会；因为县城也已经是城市，和城市一样已经没有了乡村中的自然，没有了与四季物候直接的相关性，已经被建筑和建筑所填满。

偶尔从乡村回到城里，看见鳞次栉比的店铺，看见什么物用都很方便的格局，才意识到居住选择上与大自然尽量贴合的标准，实际上将这一切都拒绝到了生活之外。这对于大多数人来说可能都是不愿意的，都是不利的，否则无以解释自己住的郊外的小区入住率极低的情况。但是对于我自己来说却又是非常适合的，因为自己所需要的就是没有这些商业、没有闲杂人等的自然环境。尽管人性里也并非就不需要这些，需要的时候就来城里转转好了，起居还是要在郊外的家的。这样可以使互相都成为赏心悦目的存在，都不是因为熟视无睹而丧失感觉的场景。

  一个人置身自然之中，没有店铺，没有人，只有天地草木晨昏、夜与黎明。这样在喜欢群居的人类习惯看来是难以忍受的生活，却在自己这里津津有味，不肯一日错过。这里也许是有一般意义上的孤独，但是自己很少能感受得到，相反却常常因为内心生活的专注而在猛然抬头的时候觉着很是丰富，很是热闹。

  这里在对比的意义上使人有了远离尘嚣不受打扰的人生状态，尽可以纵情驰骋在自己的精神世界里，而没有任何外来的干扰。远离所有的虚荣和应酬，本真地生活。日日享受快乐，咀嚼天地人互相容纳的滋味，沉浸在敏锐而丰富的生命体验中。

不愿意回到城里去

六点半离开单位，走最近的路，骑车一个多小时到郊外的家。尽管天黑了，还很远，但是还是回来，回来感觉最好。两天没有在家就有一种久违了一般的喜悦。在这个能看见夜色笼罩大地，能看见山顶上的灯光的地方，人感到格外舒展。能体会到生活在天地间的无上的乐趣与愉快。

回来以后，终于拿走了摆在屋子正中央的两把椅子。

这两把椅子是盛夏的时候，靠近窗户的地方很热，所以就把桌椅挪到了屋子正中，这里是南北几间屋子的风对流的地方，哪怕有一点点风也会感受到。没有想到后来桌子撤走了，椅子就还在原来的位置上，一直在，一直也想不起来挪动一下，哪怕每次经过都绕行；好像它们已经生了根，它们在那里是天经地义一般。

直到今天，已经小雪节气了，才在打扫地面时一味地从椅子下面掏着扫的时候突然意识到，何不把椅子挪一下呢！

就这样椅子挪走了，客厅立刻就连成了一体，有了一种很宽阔的感觉。在这样宽阔的感觉里继续生活下去就是天经地义的好状态了。可坐在屋子里，已经有冷意在不知不觉中逐渐从腿上蔓延上来。所谓腿暖身不寒，其实说的就是这样寒气从下面来的规律。立冬以后虽然天气依然不是很冷，但是夜里的气温已经越来越低，距离不得不离开郊外的日子已经不远了。

　　实在不愿意离开。偶尔回去城里的家一下,对比着会特别明白,郊外的家的这种与自然一致的孤独环境,几乎就是可遇不可求的最佳之地。它极简的不仅是内部的生活,还有外部人少安静的总体状态,是季节的每一步的细节都展示到了室内生活中的无间。它可以让人最充分地体会到四季的全部特征——在城市生活中一向被忽略、被遮蔽的特征。

　　生活在这样一个相对不被打扰的自然环境中,就是当下自己最迫切的需要;像孩子渴望吃糖、吃冰棍那样迫切而执拗的需要。这个需要既已实现,便不想改变,不想回到城市中去,哪怕寒冷已至。作为一个成年人,能像是孩子、年轻人一样很明确地知道自己当下的迫切需要,不易也。这是我们的身心都还敏锐的时刻,这是生命还在盎然的状态。

　　因为在郊外的家,每一分钟都是在面对自然。窗外的大地永远安静,任何时间你都不会受到周围的打扰。你和四季无间地在一起。

　　郊外的家,经常可以形成一种完全沉浸、完全忘我的境界,不知不觉间时光就已从昼而夜,还没有觉着怎么样就又到了吃饭的时候、睡觉的时候。也就是说,除了吃喝拉撒,甚至就在吃喝拉撒过程中,人也一直处于精神世界里,过着精神生活。客观上说,不这样的话,物理层面的孤独就可以让人"隐居"不下去;而妙处是这并非故意而为,而是水到渠成的自然而然。

　　在很早很早的早晨起床之后,面对窗外漆黑的大地,大地上零星的灯光和偶尔的汽车驶过的大灯灯光,都无损地传播过来;初冬时节的通透光线即使在黑暗里也是可以感受得到的。虽然一般来说不会着意去看黑暗,但是有这样纯正的黑暗陪伴,呼吸是顺畅的,乃至人的整个身心也都是清澈的；这是郊外的家总是给人以好感觉的全部基础所在。

郊外的家虽然只是在山前平原上的角落里，但是又分明好像是在山顶上，夜幕降临也还可以俯瞰黑乎乎的树梢，和树梢之间偶尔一点灯光。这还不仅仅是说海拔上的感觉，更是一种心态上的超拔感。

新家的纯净在于它的环境，更在于它极简得没有通常家庭中的一切带有享乐性质的设施设备。没有电视热水器，没有冰箱空调热水壶，唯一使用的电器就只有一个小瓦数的立式台灯。最经常使用的电器还不是这个台灯，而是电脑。除此之外，一切具有电磁辐射的设备尽付阙如。

这种没有电磁干扰的环境状态，让人睡眠香甜，让人心态平稳愉悦，让人从旧有的家庭模式的被干扰被控制的循规蹈矩乃至不自由状态里抽身出来，获得了一种非常自如的平静。

在这样的平静的支撑下，在新家里总是可以随时进入阅读和书写，总是过着一种物质极简而精神很丰富的生活。这就是我想过的生活。乐此不疲的生活，每一天每一小时每一分钟都是享受的生活。

在城市越来越建筑密集、人口聚集的状态里，在乡村越来越被城市污染或者干脆就被拆除的情况下，这样在距离城市不是很远的地方的郊外的家，实在是这个时代里位于角落里的一种偶然状态。说可遇不可求可能有点夸张，但是似乎也不大能重复，不太好重复。王小波在郊外写作的小房子不知道是什么样的，陈忠实是回到白鹿原上自己的老家写作的，找到一个自己觉着最适合写作的地方去进行精神上的创作，将物质降到最低，这基本上是一种普遍规律。能写出什么来也许还在其次，这种状态本身就一个人的一生来说就已经是唯美的了。

在这样的生活状态里,几乎可以将一切生活中不愿意花时间做的事情都屏蔽掉,无效社交之外,连同模式化的生活惯例,什么时间该做什么的人云亦云等等,都可以省去。删繁就简、拨冗去芜,浑身轻松,直接获取人在天地间的纯粹。

这,一定便是幸福本身。

寒冷到来以后

城里的人注意到郊外的低温往往是从早晨骑着电动车从外面进城打工的人穿的厚厚的夹克甚至棉衣上；在城里还穿着裤衩背心的时候，他们早晨出发而来的时候就已经是这副打扮了。城里人未免会因此而有一定程度上的讪笑，不过细想一下，也就可以明白郊外大地上的物候因为没有城市里的热岛效应而自然的一早一晚的清凉乃至冷。

在郊外的家里，第一次感觉到了冷，坐不住的冷。

不过早晨起来，穿上秋裤就好多了，昨天晚上却只想到穿两条绒裤，那样的效果也还是不如穿了秋裤再穿外裤。这样坐着就不觉着寒气从腿上往上爬了。冷的另一个表现是早晨醒来以后就是五点多了，被窝里虽然也不像过去那么温热，但是想一想终究还是整个屋子里最温暖的地方，于是就不愿意起床，辗转一下再起来已经五点四十以后了，这几乎比平常起床时间错后了一个小时。顺应天地的睡眠所延及的时间，就是人与自然一致着的地方。冬天到来的一个明显特征，就是睡眠延长。这即使不是动物式的冬眠，也一定是人类基因里早就写下的密码。如果不是在郊外，在早早就供暖了的城里，这个密码基本上就不会发生效力，就会陷人于无知无觉的四季之泯然中。就身体当下的舒适度来说，那样不冷不热自然是享受，但是就启动潜在我们身心里的基因密码来说，就反而是一种欠缺了。启动不启动不单纯是一种感受力丰富与否的需要，长久地看也更是健康圆满人生的身心基础。

原来在屋子里感觉冷，还是因为一直坐着，坐着写字不动那就会冷，腿冷。真正站起来一直活动的话，就没有那么冷了。活动的内容实际上是收拾准备带回城里去的东西。这也是不得不的事情了，虽然还在坚持，但是也知道就会在最近一段时间，最近的哪一天搬回去了。总觉着外面还有那么多斑斓的树叶，与我们想象中冬天的冰天雪地还差得远。而人体的感受是不以风景为转移的，只要气温低于十五六度就已经有了不适，这种不适就被人们命名为冷。

所以没事的时候，冷的时候就站起来收拾一下，书本画具衣服茶叶，不一定都拿回去，但是后面四个月漫长的冬天里可能要用的东西还是要拿上。

外面起风了，雨后晴朗温暖了一个下午的太阳很快落山，纯净的黑夜刚刚过了一会儿，就起风了。风呼呼地叫了起来。因为一尘不染而使外面大地上俯瞰时间里的小路上偶然驶过的汽车车灯，都格外明亮了。

外面下起了冬天冷冷的雨。在温度还没有降到零度的时候，雨水就还不会冻结，就还不是雪，就还能听到像是春雨夏雨一样敲打到窗台上的声响，噼噼啪啪不紧不慢，时间因此悠长。感觉不到潮湿，水汽因为气温低而被封在了水里，不能升空。要感受到水汽也许得等雨停了，太阳出来了，有了蒸发效果。这样的状态，造就了冬天的雨沉默而内敛的效果。大部分树叶都掉落了，没有什么东西能托住雨水，雨水只能落地，落地在水洼里，等着渗入地面，不能升腾到空中。

冬雨状态是可以让人彻底安静下来的一种气氛。适合蜗居，只在一天之中的某个想动的时刻才撑着伞慢慢到雨水里走一走，走一走。这是人的四季之美中重要的一节，其他任何季节都不会有。一年三百六十五天，每天都不一样，每一天都属于四季之中独特的一天。如果说这种说法是理论上的，那么我们可以将它稍微放宽一点，说是"每三天""每五天"，至多是一周。这就是为什么我们离开家乡到外地去，又去到遥远的外地去，哪怕只有一周时间，再回来的时候也会感到有一点点陌生，有一点点错过了什么的惆怅。

下着冬天的冷雨，钻被窝是抵御寒冷最有效的一招。所以在晚上九点之前准时地就会迫不及待地钻了被窝，经过短暂地哈着气的冷之后，逐渐也就稳定了下来。

在持续的寂静里，似乎有风或者鸟儿在楼顶彩钢板上弄出了声响，一次、两次、三次，于是就开始想是不是有人正在那里爬，小心翼翼地爬，隔上一会儿爬一下地爬。开始的时候还一再抬头看窗户，像透过窗帘看有没有黑影出现。后来觉着现在刚刚晚上九点，就是有小偷也不会知道我在这个时间已经睡觉了……这样也就睡着了。实际上内心里对自己的状态是有判断的，这不过是一种出于半睡半醒之间的朦胧状态里理性逐渐衰弱下去的时候的臆想。恰恰是这样的臆想扩大了我们意识的范畴，使人在冬天冷雨淅沥的日子里，在醒与睡的边界上，意象万千、丰富无穷。

喝热水在夏天是一种避暑的方式，用出汗的方式去暑。到了冬天，喝热水又成了一种保暖的方式，身体从一杯热水那里获得额外的热量，拓展自己的温度源，使自己有能力抵御寒凉。当然，这不过都是当下的感觉而已，热水温度是不能太高的，是要接近人体温度的，太高了会烫，会伤害身体。

实际上，在寒凉中不用说喝热水，连做热水也是一种获得温暖的机会。越是寒凉越是有一种珍惜的心态，因为这意味着越来越冷，越来越接近于不得不结束今年在郊外的家的居住了。的确让人恋恋不舍，这种恋恋不舍主要不是来自什么理性，完全来自直觉。从直觉上说就很不愿意离开，或者说很不愿意回到城市里去。

夏虫不可语以冰，但是我们很多人其实是拒绝不是夏虫的自己也去感受冰的。冬天的感受，被冻得难受的感觉，熬过漫漫寒夜的过程，一般人都避之唯恐不及，不愿意去体验。在保暖无虞的情况下偶然瞥上一眼，玩玩雪、滑滑冰也就够了。不知道人类在普遍失去了挨冻的经验以后会不会有所退化，但是感受的丰富性肯定是缺了一大块。

在郊外的家，如果一直收拾东西来回走动，或者干脆钻了被窝都不会觉着有多么冷，完全可以忍受。但是坐定了阅读书写已经很难。而一旦不能阅读和书写，也就失去了生活的支撑，再待下去的必要性就没有了。

于是下定决心要搬离郊外的家了。

看了一半的书，用了一部分的本子，笔筒裂纹的钢笔；吃剩下的胡萝卜、苹果，需要拿回去洗的衣服，一瓶没有开封的矿泉水……那盆芦荟就用棉垫包裹起来吧，桌子上盖上一块大大的布，水电气全部关闭……

收拾东西的时候有一种结束旅行般的放下感，一切都不再紧凑，没有了每天需要骑车来回的三点多公里路程，而一切应用之物，也都突然方便了起来。以往大多数时间里的生活就是如此，其代价是大部分时间都无感，都不会有如泉的创造力。

这两处居所，两种生活的转换之处，尤其是从乡间回到城里的转换，的确需要适应。在外观上看哪边都是一个人在生活，没有区别，可从它们内在的自我体验和习惯而言，却有着天壤之别。城里的家，使人失去了四季的视野，失去了自然的纯净和安静，只有深深的雾霾弥漫满了所有的建筑缝隙的苟且。

有过八个月的郊外的家的居住经历之后，努力在城里的家的环境里，摸索让自己心安的路径吧。简朴而不受罪的生活是为最佳。托尔斯泰在他的文字中一直在叙说这个观点；他所以崇尚简朴够用的原则，是因为在那样的生活格式里有不被拖曳的精神空间的自由，是因为那样的生活有与自然一致的健康乃至道德感，从而也就是一种身心俱美的生活。郊外的家在一定程度上实现了这样的目标，相对于城里的家它的生活格局无疑已经是一种超越。

现代人实际上在各个方面都已经无缘于那样的环境，在不得不聚居在越来越拥挤的城市里的生活中，如何最大限度地舒展自己的身心已经是一个日益重要的问题。

有时候悖论反而是有道理的，比如：超越生活才是生活。超越于日常吃喝拉撒睡之上的，有自己的独立方式的生活，并非为了显示而事实上也就显示了自己之所以是自己的生活，建立起自己的内心宁静的生活，不受别的人、大多数人怎么生活的影响的生活，才是生活。这是众多有过人生幸福体验的先贤的经验之谈，也是个人有限的经验中的切身总结。

在已经入冬的早晨，据说是气温第一次降到零下的日子，照例早早地起来。打开电脑，一边将头脑中的、小本上的、手机里的各种思绪的片段不间断地从指尖上流淌到屏幕上去，一边用不是很大但很清晰的音量放着死金摇滚。屋子里因为有暖气而不冷，因为有台灯的灯光而不黑，这就是越冬的一个最佳模式了。

重新坐到阳台上的小桌旁，这是城里的家中最接近郊外的家的感觉的位置。虽然外面饭馆的鼓风机始终在轰鸣，虽然再也看不见郊外的家的视野里的山前平原上的广袤大地，再也看不到窗外斑斓的法桐和大柳树，但终究还是有一点点户外的光和凉气的。

自此就少了每天来回奔波的自行车劳碌了，而且有暖气，使人不会因为寒冷而坐不下去。回到城里生活，感觉时间突然多出来一大块，以前每天通勤时间至少是两个小时，多的时候达到三个半小时，虽然锻炼了身体，但是的确也是有累的感觉。现在回来，时间就有了多的感觉。

擦了桌，铺上白布，放上纸笔和本子，初回到城里的家的不适，逐渐找到了一个驱散的地方。所谓生活其实主要是要找到一个合适的居所，是要在居所里找到一个自己习惯的位置，这个位置可能是沙发可能是阳台更尽可能是书桌；书桌的高矮、椅子和桌的关系、键盘的安放、电脑和眼睛的距离，尤其是双手扶在键盘上的舒适度等等，都是组成这种习惯的好位置的重要因素。一一找到了，就能待得住了，就待得安稳了。

好在，冬天不过是三个多月而已。

后　记

　　似乎始终还没有找到一处可以安心于室内生活，以室内生活为主的地方。尽管从来都是如此，从来都没有不以室内生活为主过。但是理想之中依然还有一个环境优美，没有开发商、没有物业，不受人干扰的属于自己的人间仙境在头脑深处。自己在那里才会真正安于自己的室内生活，在室内的精神生活。

　　其实几年前就已经算是找到过，并且在那里度过了三年以上的春夏秋的时光，完成了几种有长度的写作。随后的一年春天准备再次回来的时候，物业人员在家里没有人的情况下，擅自将入冬的时候断开的水管重新接上，并且打开了开关；而自己又整整一个星期没有回来。浪费了多少吨水不说，还将整个房子都浸泡成了游泳池，没有半年以上的时间晾晒，房子就一直是潮的。

　　这样整个春天就没有来，夏天热了也就算了，秋天已经住习惯了马上冬天了也不值得倒腾了。没有想到居然就是好几年没有再来。

　　你有一个郊外的家，有一个几乎曾经实现过理想居所的所在，却几年都没有来过。

　　几年前住过的痕迹，看过的书，用过的东西，让人想起了当时那么真切如今已经忘掉了的书与物品。离开了几年以后，重新在郊外的家里的桌子前坐下，想起以前无数个日夜在这个位置上吃饭写字看书说话。在这一方比城里纯净得多的天空下,这个位置是很让人流连的。一侧头就可以看见田野,看见麦地,家就悬在麦地的上空。

那些年里,都是待到供暖以后才依依不舍地离开,可这连续几年就居然一天也没有来住过了。这源于城市生活中对于理想环境的向往的无望,不以为可以改变,尤其不以为可以轻而易举地改变,尽管曾经改变过,曾经轻而易举地改变过。

郊外的家是我的风水宝地。感觉极好,像个山洞,只有窗口有洞口一样的光。坐在桌前,键盘和手的位置非常融洽,不必费力,甚至比电脑桌都好用。这样一来就能源源不断地输出文字,别处写不下去的东西到了这里马上就能写下去了。别的时候还没有的想法,坐在这里就源源不断地产生了。

安静,不被打扰,绝对无人,周围的一切都简单得很。这样的环境就是自己最喜欢的。

感觉在郊外家里,时间的每一秒都在等着自己用,一直都有一种迫不及待的感觉:迫不及待地要看书、要做笔记、要在电脑上写、要去做饭吃饭洗漱收拾桌子,当然会一边听着收音机一边做这些体力劳动……任何事情都充满了愉悦和期待。

究其原因还是环境,因为二十四小时都安静没有打扰的环境。在这样的环境里,一切都按照自己的兴致来安排,绝对不会有被搅扰的问题,也就不会有坏情绪,而且还会一直兴致勃勃。

住了一个月以后,才终于又有了一种放慢节奏,或者准确地说是打乱原来过于紧凑的每一分钟都有用的时间使用状态的渴望。偶尔有慵懒的、不计时的、休闲的享受,也是享受。不必在明明只有一个人生活,却好像是在众人监督下起居一般的分秒必争。

十一月下旬即将离开郊外的家的这一天，从晚上九点多一直睡到早晨将近五点，很暖和、很酣畅、很甜。雨后清冷，外面的黑暗都是透明的，点缀其中的灯光不论远近都一尘不染。气温虽然下降，在屋子里睡觉还没有问题，在屋子里干活也没有问题，唯一就是不能长时间坐着，坐着就会有冷的感觉顺着腿向上爬。也就是说快坐不住了。这和夏天汗流浃背的坐不住是一样的。

我在郊外的家住着的这八个月时间，时间总是紧凑的，写作阅读，写笔记看稿子，偶尔喝水看手机做饭上厕所，没有无所事事的垃圾时间，没有浑浑噩噩的无聊状态。是生活质量非常高的一段时间，每天都处于一种兴奋的极致体验里，是一种热爱自己当下的一切的状态。不仅热爱还感恩，感恩天地万物，感恩亲人朋友。虽然身份不同，但是每个人都应该努力找到使自己进入那种好状态的环境。当然这是需要有所准备的。比如坚持写作，坚持画画，有自己的精神追求。在这个前提下，才有可能找到让自己愉悦的乐土。

《渴望生活：凡·高传》中讲，凡·高到了阿尔后，阿尔火热的太阳、金色的麦田、色彩丰富的大地，让凡·高兴奋发狂，进入创作高峰期，其绘画名作大多在这个时期完成。一个人体验到高峰体验不难，难的是在相当长的一段时间里一致处于这种高峰体验当中。郊外的家给予了我这样极致的体验。

不仅物质要适度匮乏，不能很舒适，而且人也要适度自闭，不能有很多交往，甚至是要完全没有交往；只有这样人才会在寂静中超拔到人世之上，去审视去俯瞰，写出观察生活和审美生活的文字来。只要和生活直接掺和在一起了，就会失去这样的角度和心态，写作就会遇阻。就不再是写作状态了。

长时间的寂静是人获得自我的必要条件，不说话，和别人没有交集，只活在自我的世界里。这些都是一个人进入精神世界的必需的氛围。自己的写作和独处的生活，如同静坐、参禅或站桩，都是抵达这样的情境的途径。

在中国社会的农业社会结构和景象正在普遍丧失的大背景中，我于郊外的家中享受到的是已经变得相当珍贵了的农业社会的生活环境，这种珍贵的环境中的更其珍贵的人在自然的包容下的安详人生。

在这里引上几段在这个八个月里随意记录下的几个片段场景和感受，无序排列，也可管中窥豹，从这些书中文章之外的细节里看见郊外的家里的生活状态。

清晨的安静中，总是有隐隐约约的声响，响一下便停，竖起耳朵判断的时候立刻就不再响。突然又一声响，声音很大，像是动物翻身，像是人的脚步，赶过去发现，是窗口的清风掀动了一个装过鱼的塑料袋，套在一起的两层塑料袋有一种凝固的形状，发出哗哗的声响。

很稀罕地在梦中被吵醒，不是楼上楼下，也不是本单元本楼，而是前面一栋楼的楼道口。那家很颟顸的父子，在深夜里喝醉了以后回来，上楼之前会在楼道口没完没了地高声说话。那样的高声与其说是说话，不如说是喊闹，底气十足到了迥非人类的程度。大多数人都只在疯了的狗，或者受惊了的驴那里领略过这种从肉体深处蓬勃而起，似乎永远不会枯竭的蛮力。

不知道几点，没有看表，如果看的话很可能还不到十二点。自己已经睡了将近三个小时……

楼间距虽然不小，但是无奈楼板很薄，墙砖更是偷工减料，落地窗的玻璃既不隔温也不隔音；最主要的是，环境中的绝对安静，这使得任何声响都会成为惊扰别人的雷声……

对面楼上一家人在对骂。

兄弟俩都光着膀子声嘶力竭，中间是矮小的父亲，竭尽全力拦着，拦也拦不住地拦着。兄弟俩互相叫骂，和街头斗殴之前的互相叫骂没有任何区别。都是一边骂一边向一起凑，凑到一定距离就开始推搡，开始挥手打过去……

他们家在六楼，开着灯，声震整个小区。这个阵势持续了半个小时以后，似有平息，可是之后还断断续续地绵延了很久很久。

这就是他们的生活。俩孩子都已经岁数不小，小的也有十六七了。

做饭的时候，玻璃窗外的窗台上来了一只麻雀，啾啾地叫个不停。便饶有兴致地停止了自己手里忙碌着的做饭事宜，专心地望着它。因为看起来有趣，也因为怕有什么动作它瞥见了，吓跑了它。

这样的环境，才是人应该生活于其间的好环境。

一个人高声在楼下说话，像自言自语，两边的楼上每一家都能清晰地听到。整个小区也都能听到，说话的人用的是周边某个地方的方言，毫无节制，一点没有自己已经影响了别人的意识。

听不到有人和他对话，或者和他对话的人声音相对很低。他唱的是独角戏，滔滔不绝。

有些湿热的傍晚,阴阴的没有阳光,一个人坐在安静的屋子里,没有开电脑,也没有开灯,面对笔记本将时时涌出的一个个念头、想法、画面匆匆地写下来。之所以匆匆,是因为这一个还没有写完,下一个已经出现;不匆匆,不快一点,就怕一闪而过,再也找不到了。

这种状态,和在电脑前写作的快乐相比,一点也不差。也是一种创作的快乐。

现在居于城市的人,经常会有一个住到山野自然之中去的梦想。这本书里记述的是我一段时间里、在一定程度上住到离开城市、接近自然的地方以后的感受。

所以说是"一定程度上"的,是因为在郊外居住的同时还经常返回城市,是所谓个人居住意义上的双城记。有一种现代居住观点认为,应尽量让自己拥有工作地之外的另一个生活场景。经常可以在二者之间切换,在切换过程中对比,在对比中意识到生活是可以有其他的可能性的,在对比中可以从忙碌与混沌的生活里抽身出来,俯瞰自己的生活,乃至俯瞰世界。

本地环境与生活的好处,当你用照片或者文字表现出来的时候,往往就会出现一种像是外地一样的陌生感;或者说会令没有住在这里的外地人向往的情绪。这是表达,艺术化的表达形成的效果。

这是一种体验式的生活,而不是一种盲目地一头扎下去便不再抬头的生活。因为对比而可以使自己清醒,明白自己在世上的位置与状态。

这也许是大多数无法脱离开城市,无法笑傲林莽山岳的人的一种比较现实的自我调整之道。从这个意义上说《郊外的家》大约可以作为一个范例。我只是因地制宜,在貌似不经意中经历并且记录了这样的"双城记",如果能给读者留下一些这样在一定程度上离开城市的生活的感受细节与思绪的纷纷扬扬,便也不枉您拨冗阅读了。

限于篇幅,没有收录住在郊外的家的时候写下的关于各种花草的文字。那些文字源于往返郊外的家的路途上所见,也源于住在郊外的家而空前地有了观察花草的心境。郊外的家给予人的,正是这种相辅相成的置身自然的机会与体验自然的兴味;两者的结合,大大提高了人的生命质量,既使人兴奋热烈、放声歌唱,又使人韵致悠长、怡然不语。

郊外的家,既在生活之中,又在生活之上。